Marah Woolf

MondSilberTraum

Über die Autorin:

Marah Woolf wurde 1971 in Sachsen-Anhalt geboren, wo sie auch heute noch mit ihrem Mann, drei Kindern, zwei Hasen und einer Zwergbartagame lebt. Sie studierte Geschichte und Politik und erfüllte sich mit der Veröffentlichung ihres ersten Romans 2011 einen großen Traum. "MondSilberTraum" ist der Abschluss der MondLichtSaga. Der erste Teil ist unter dem Titel "MondSilberLicht" und der zweite unter dem Titel „MondSilberZauber" erhältlich.

Marah Woolf

MondLichtSaga

Teil III

MondSilberTraum

Roman
2.Auflage

Deutsche Erstausgabe November 2012 als E-Book
erschienen

Umschlaggestaltung: Carolin Liepins

Impessum:
Körner, Lorenzweg 42, 39124 Magdeburg
marah.woolf@googlemail.com
Facebook: Marah Woolf
www.marahwoolf.com
Twitter: Mondsilberlicht

ISBN-13: 978-1481080088
ISBN-10: 1481080083

Für Lilly,
meinem dritten Wunschwunderkind
zum 5. Geburtstag

Liebeslied

Wie soll ich meine Seele halten, dass sie nicht
an deine rührt?
Wie soll ich sie hinheben über dich
zu andern Dingen?
Ach gerne möcht ich sie bei irgendwas
Verlorenem im Dunkel unterbringen
an einer fremden stillen Stelle, die
nicht weiterschwingt, wenn deine Tiefen schwingen.
Doch alles, was uns anrührt, dich und mich,
nimmt uns zusammen wie ein Bogenstrich,
der aus zwei Saiten eine Stimme zieht.
Auf welches Instrument sind wir gespannt?
Und welcher Geiger hat uns in der Hand?
O süßes Lied.

Rainer Maria Rilke (1907)

1. Kapitel

Letzte Nacht war etwas mit mir geschehen. Ich spürte es in jedem Winkel meines Körpers. Alles in mir kribbelte und vibrierte. Bilder formten sich in meinem Kopf. Unglauben machte sich breit. Konnte es sein, dass ich nur geträumt, und meine allzu lebendige Fantasie und meine Sehnsucht mir einen Streich gespielt hatten? In diesem Zustand zwischen Schlafen und Wachen, in dem ich mich befand, schien alles möglich zu sein.

Andererseits hätte ich mir die Geschehnisse der letzten Nacht nicht in meinen kühnsten Träumen so wunderbar ausmalen können.

Ich versuchte, die Erinnerung zurückzuholen, und zog mir meine Daunendecke bis zur Nasenspitze.

Wie war ich nach Hause gekommen? Ich konnte mich nur undeutlich erinnern, was geschehen war, nachdem Calum mich verlassen hatte. Jeder einzelne Gedanke hatte ihm gegolten. Den Weg nach Hause hatte ich eher automatisch gefunden, als dass ich darauf geachtet hatte.

Ich hielt die Augen fest zusammengekniffen, da ich befürchtete, dass die Bilder, sobald ich sie öffnete, zerstoben. Ich ließ die Geschehnisse der Nacht Revue passieren. Hitze kroch mir ins Gesicht, als ich mir die Details unseres unverhofften Zusammentreffens vor Augen führte. Ich spürte Calums Hände auf meinem Körper, die glitzernde Streifen in meine Haut gebrannt hatten. Ich spürte seine Lippen auf meinem Mund, die so viel besser geschmeckt hatten als je zuvor. Das Wasser hatte uns umschlungen und die Geschwindigkeit, mit der wir hindurch gerast waren, hatte den Rausch vervielfacht. Von mir aus hätten wir für alle Ewigkeit dort bleiben können.

Würde er sein Versprechen halten und kommen, um mich zu holen? Würde Calum mich nach Avallach zurückbringen?

Die Sehnsucht wob ein festes Seil um mein Herz.

Widerstrebend schlug ich die Augen auf.

Vereinzelte Sonnenstrahlen flirrten durch die Vorhänge herein. Der Geruch von frisch gebrühtem Vanilletee bahnte sich seinen Weg durch einen Spalt unter meiner Zimmertür.

Wir würden zusammen sein, jeden Tag, der zukünftig kommen würde, wenn ich fest daran glaubte.

Ich stand auf und zog mir meinen Bademantel über das Schlafshirt.

Dann lief ich in die Küche, in der Bree mit dem Geschirr klapperte. Der Mittagstisch war noch gedeckt. Aber Amelie und Bree waren bereits mit dem Abräumen beschäftigt.

Zaghaft trat ich ein und machte mich auf die Vorwürfe gefasst, die unweigerlich kommen würden.

»Guten Morgen«, murmelte ich, als ich eintrat.

Amelie musterte mich, als ich mich auf meinen Stuhl schob und eine Portion Gemüseauflauf auf meinen Teller schaufelte.

Aus dem Augenwinkel sah ich, wie sie sich in Position brachte und ihre Arme vor der Brust verschränkte.

»Meinst du nicht, dass Du uns eine Erklärung schuldest, wo du letzte Nacht gewesen bist? Wir sind tausend Tode gestorben«, platzte es aus ihr heraus.

Ich schob mir den ersten Bissen in den Mund. Sie hatte recht. Meine Familie hatte sich große Sorgen gemacht, als ich nicht zur vereinbarten Zeit aufgetaucht war. Ich fragte mich nur, an welcher Stelle der Nacht ich sie hätte anrufen sollen. Wenn ich ehrlich war, hatte ich sie schlichtweg vergessen. Das war unverzeihlich, nachdem, was mit Sophie passiert war.

Als ich in der Morgendämmerung aufgetaucht war, waren alle zu erleichtert und ich zu müde gewesen, um Fragen zu beantworten. Angestrengt überlegte ich, ob ich bei der Wahrheit bleiben sollte. Dann nuschelte ich mit vollem Mund: »Isch hab Calmmm getrofn.«

»Wie bitte? Könntest du bitte deutlicher sprechen?«

Ich warf Amelie einen finsteren Blick zu.

Bree wandte sich zu uns um. Ich sah die Spuren der Tränen, die sie letzte Nacht vor Sorge geweint hatte. Das schlechte Gewissen regte sich in mir.

»Ich habe Calum getroffen und wir haben uns unterhalten. Tut mir leid, dass ich nicht angerufen habe. Das war dumm von mir. Ich hab die Zeit vergessen und das Handy im Auto liegen lassen. Wir sind ein bisschen rumgelaufen«, setzte ich lahm hinzu.

Amelies Stimme triefte vor Spott, als sie antwortete. »Du hast Calum getroffen – zufällig. Und ihr seid spazieren gegangen.«

Ich nickte.

»Und worüber habt ihr euch die halbe Nacht unterhalten? Über seine Briefmarkensammlung?«

Ich musste kichern und verschluckte mich an dem Auflauf. Gleichzeitig wurde ich knallrot.

Spätestens jetzt wusste Amelie Bescheid und Brees Gesichtsausdruck nach zu schließen, war auch sie nicht von gestern.

Sie zog sich einen Stuhl vom Tisch und ließ sich mit einem Seufzer der Erleichterung darauf fallen.

»Du musst uns alles erzählen«, forderte Amelie. »Das ist das Mindeste.«

Ich musste versuchen mich aus der Affäre zu ziehen. Schließlich hatten wir uns auch unterhalten – zwischendurch.

Bree rettete mich.

»Amelie, das ist Emmas Privatsache. Wichtig ist, dass ihr nichts passiert ist. Calum hat offenbar gut auf sie aufgepasst«, mischte sie sich ein. »Wir haben uns so gesorgt«, setzte sie hinzu und ich versuchte, ihren vorwurfsvollen Blick zu ignorieren.

Amelie lachte laut los, sodass Hannah und Amber in die Küche gestürmt kamen, um herauszufinden, was los war.

»Emma, wir hatten schreckliche Angst«, bestürmte Amber mich. »Mum hat geweint. «

Ich schob den Rest des Auflaufes auf meinem Teller zu einem Turm zusammen. Die Schmetterlinge in meinem Bauch hatten keinen Hunger. Mir fiel nichts Sinnvolles ein, wie ich den Kleinen mein nächtliches Abenteuer erklären sollte. Also sagte ich lieber überhaupt nichts und strich Amber nur über den Kopf.

»Ich zieh mich mal an«, nuschelte ich entschuldigend.

Bevor ich ging, beugte ich mich zu Bree und gab ihr einen Kuss auf die Wange. »Entschuldige, das war dumm von mir. Kommt nicht wieder vor.« Bree lächelte und strich über meine Hand. »Ist ja nichts passiert. «

Amelie lachte wieder los und ich flüchtete ins Bad, bevor Amber und Hannah sich wunderten, weshalb ich die Farbe einer Tomate annahm.

Ich wusste, dass es eine Gnadenfrist war.

Aus dem Spiegel guckte mich mein Gesicht an. Ich hatte mich nicht verändert, obwohl sich meine Welt letzte Nacht endgültig verschoben hatte. Komisch, dass man mir mein Glück so wenig ansah. Ich strich mir über meine Lippen.

Sollte ich Bree und Ethan erklären, dass Calum mich abholen würde, oder sollte ich abwarten, bis er kam?

Es würde ihnen nicht gefallen. Ethan war nicht gut auf Calum zu sprechen. Er würde mich ihm nicht gern überlassen, befürchtete ich.

Kaum war ich geduscht und hatte mich angezogen, stürmte Amelie in mein Zimmer.

»Kannst du nicht anklopfen?«, fuhr ich sie an.

Sie schüttelte ihre Lockenmähne und warf sich auf mein Bett.

»Los, erzähl schon. Wie war es? Dein erstes Mal?« Theatralisch verdrehte sie ihre Augen.

»Du bist ein Biest. Dir erzähle ich gar nichts! Und überhaupt, wie kommst du da drauf? Wir haben uns unterhalten. Hab ich doch gesagt.«

»Bla, bla«, unterbrach Amelie mich. »Und im Himmel ist Jahrmarkt. Mir kannst du nichts vormachen. Man sieht es dir hundert Meilen gegen den Wind an.«

Man sah es also doch. Verlegen wandte ich mich ab und wühlte in meinem Schreibtisch.

»Komm schon, Emma«, bettelte Amelie. »Ich erzähle nichts weiter. Kein Sterbenswörtchen wird über meine Lippen kommen. «

»Er tauchte plötzlich auf«, gab ich meinen Widerstand auf. Sie würde sowieso nicht locker lassen. »Und er war furchtbar wütend.«

»Nichts Neues bei Calum«, warf Amelie ein und malte mit ihrem Finger Muster auf meine Decke.

»Na ja, dieses Mal hatte er natürlich recht. Es war völlig bescheuert von mir, allein ins Wasser zu gehen.«

Entgeistert sah Amelie mich an.

»Du hast *was* gemacht?«, fragte sie flüsternd.

Ich wand mich unter ihren verständnislosen Blicken. Dann lehnte ich mich gegen meinen Schreibtisch und versuchte zu erklären. »Es war Vollmond. Das Wasser hat mich gerufen, sagt Calum. Ich konnte nichts dagegen tun. Es war wie ein Zwang. Es hätte mir auch mal jemand sagen können, dass so etwas geschehen kann«, setzte ich zu meiner Verteidigung hinzu.

»Und dann?«

»Als ich raus kam, stand Calum vor mir. Erst habe ich ihn nicht erkannt. Ich dachte, dass es Elin ist, der mir auflauert. Du kannst dir vorstellen, wie erleichtert ich war, als ich sah, dass es Calum war. « Ich machte eine Pause. »Und dann ist es passiert.«

»Passiert?«

Ich nickte. »Du weißt schon.« Die unvermeidliche Röte kroch mir ins Gesicht.

»War es schön?« Amelies Stimme klang beiläufig, während sie mich nicht aus den Augen ließ.

Ich nickte, nicht bereit Details preiszugeben.

»Kann ich mir denken. Und jetzt? War das nur ein One-Night-Stand?«

Jetzt war ich an der Reihe, die Augen zu verdrehen. »Er hat versprochen, mich abzuholen. Er will mich zurück nach Avallach bringen. Calum meint, dort sei es sicherer für mich.«

»Na, dann wollen wir hoffen, dass er dort gut auf dich aufpasst.«

Amelie sprang auf und umarmte mich.

»Bist du endlich glücklich?«, flüsterte sie fragend in mein Ohr.

Ich nickte, während ich sie festhielt.

»Wurde auch Zeit.« Sie schwieg. »Du musst es Mum und Dad sagen. « Dann hüpfte sie aus meinem Zimmer.

Vielleicht war es das Klügste, erst mit Bree zu sprechen, überlegte ich. Wenn sie auf meiner Seite war, würde Ethan mir nicht verbieten zu gehen. Es war nicht fair, sie vor vollendete Tatsachen zu stellen, wenn Calum vor der Tür stand. Also machte ich mich auf die Suche nach ihr.

Ich hatte nicht das Glück, mit Bree allein sprechen zu können. Sie und Ethan saßen im Garten. Bree lächelte mir entgegen. Ethan sah mich verkniffen an. Er war sauer, wegen letzter Nacht. Ich konnte es ihm nicht verübeln. Nach allem, was mit Sophie passiert war, hätte ich rücksichtsvoller sein und mich melden müssen. Er war in der Nacht von Inverness aufgebrochen und nach Portree gefahren. Zum Glück hatte er Calum und mich unterwegs nicht entdeckt.

»Setzt dich zu uns Emma«, forderte Bree mich auf. Sie schob mir Tee zu und tat Kekse auf einen Teller. Um Zeit zu schinden, rührte ich viel zu lange Milch und Zucker in meine Tasse. Da ich danach immer noch nicht wusste, wie ich das Gespräch beginnen sollte, entschied ich mich für den Sprung ins kalte Wasser.

»Calum und ich haben uns letzte Nacht getroffen«, erklärte ich Ethan, obwohl ich annahm, dass Bree ihm dies längst erzählt hatte. »Er möchte, dass ich nach Avallach zurückkomme.«

Damit war es heraus.

Bree strahlte mich an und griff nach meiner Hand. Abwartend sahen wir beide Ethan an und warteten auf seine Reaktion. Er räusperte sich und fuhr sich mit beiden Händen umständlich durchs Haar. Er sah nicht wütend aus. Das war schon mal gut.

»Tja, Emma. Ich weiß nicht, ob das richtig ist. Calum hat sich als ziemlich wankelmütig erwiesen, wenn ich das sagen darf. Ich gebe dich nicht gern in seine Obhut. «

»Diesmal wird es anders sein«, widersprach ich mit zittriger Stimme. Ich brauchte Ethans Zustimmung nicht, doch ich wollte nicht ohne gehen.

Ethan nickte. »Das ist deine Entscheidung«, sagte er dann. »Du bist alt genug, und wenn du denkst, dass das der richtige Weg für dich ist, dann werden wir dich unterstützen.«

Ich atmete erleichtert aus und Bree drückte meine Hand. Das war leichter gewesen, als ich gedacht hatte.

»Vermutlich kann Calum sowieso besser auf dich aufpassen als wir. Dann kann er sich zukünftig mit dir herumärgern.«

Ethans Lächeln strafte seine Worte Lügen.

»Ich freu mich für dich«, sagte Bree.

»Will er denn richtig mit dir zusammen sein, oder wollt ihr beide weiterhin ein Geheimnis aus eurer Beziehung machen?«, fragte Ethan und erwischte mich an einer wunden Stelle. Calum hatte nichts dazu gesagt.

»Ich weiß es nicht«, antwortete ich wahrheitsgemäß. »Darüber haben wir nicht gesprochen.«

»Ich hoffe, dass Calum diesmal weiß, was er tut«, warf Ethan ein.

»Dann sind wir schon zu zweit«, lächelte ich ihn an. Denn *das* hoffte ich auch.

Ich hatte keine Ahnung, wann Calum kommen würde. Wieder und wieder durchstöberte ich meine gepackten Taschen, um sicherzugehen, dass ich nichts vergessen hatte. Da ich alles für meine Amerikareise vorbereitet hatte, war im Grunde alles für eine Abreise fertig. Jenna hatte ich eine Mail geschrieben, in der ich ihr die Situation so gut es ging erklärte. Sie würde sauer auf mich sein. Aber das konnte ich nicht ändern, so gern ich es getan hätte.
Die folgende Nacht ohne Calum erschien mir unerträglich.

Kaum graute der Morgen, war ich auf den Beinen und verschwand im Bad.

Dann bereitete ich, vorerst das letzte Mal, für meine Familie das Frühstück vor. Ich stellte ein Gedeck für Calum auf den Tisch, in der Hoffnung, dass er so früh kommen würde.

Ich hatte keine Ahnung, was ich tun sollte, wenn er sein Versprechen brach. Was, wenn er bereute, dass er sich mit mir verbunden hatte? Wenn ihm etwas geschehen war? Wenn Elin ihn aufgestöbert hatte? Wenn ich ihn in Gefahr gebracht hatte?

Ich musste diese Gedanken abschütteln und daran glauben, dass er kommen würde. Noch eine Enttäuschung würde ich nicht überstehen.

Das Knallen einer Autotür hallte durch die morgendliche Stille. Erleichterung durchströmte mich. Es gab nur eine Person, die so früh bei uns vorfahren konnte. Es musste Calum sein.

Ich lief zur Tür, um ihm zu öffnen. Das strahlende Lächeln auf seinem Gesicht wischte all meine düsteren Überlegungen fort. Er war gekommen, wie er es versprochen hatte. Alles würde gut werden. Nichts würden uns mehr trennen.

Calum nahm mich in seine Arme und ich spürte seine ganze Liebe.

»Ich hatte solche Angst, dass du nicht kommst«, flüsterte ich in sein Ohr.

»Ich werde nie wieder ein Versprechen brechen. Das musst du mir glauben.«

Hinter uns räusperte sich Ethan.

Nur widerstrebend löste ich mich von Calum.

»Ethan«, begrüßte Calum ihn mit einem Handschlag.

Ethan nickte und lächelte Calum an. »Hast du dich endlich entschlossen, das Richtige zu tun?«

Calum nickte. »Hat eine Weile gedauert.«

Ohne ein weiteres Wort legte Ethan einen Arm um Calums Schulter und zog ihn in die Küche.

Glücklich ging ich den beiden hinterher. Während ich Tee kochte und Toast vorbereitete, lauschte ich ihrem Gespräch.

»Gibt es Neuigkeiten von Elin?«, fragte Ethan.

Ich wandte mich den beiden zu.

»Leider nicht«, antwortete Calum. »Wir haben keine Ahnung, wo er sein könnte und wie viele Anhänger er mittlerweile hat. Aus Berengar sind Shellycoats verschwunden. Wir wissen nicht, ob sie sich Elin angeschlossen haben oder die Stadt aus Angst verlassen haben.«

Berengar war die Hauptstadt der Shellycoats. Dort hatte Elin im letzten Jahr Calum gefangen gehalten. Nur mit viel Mühe war es unseren Freunden und mir gelungen, ihn zu befreien.

»Glaubst du, dass Elin aufgeben wird?«

Calum schüttelte den Kopf.

»Ich, oder besser gesagt, wir haben es gehofft, nachdem er nach meiner Befreiung geflohen ist und wir lange nichts von ihm gehört und gesehen haben. Aber im Grunde habe ich mir etwas vorgemacht. Ich kenne Elin von Kindesbeinen an. Er wird nie aufgeben. Was mit Sophie passiert ist, hätte ich voraussehen müssen. Ich hätte ahnen müssen, dass er etwas ausheckt.«

»Mach dir keine Vorwürfe«, warf Ethan ein. »Niemand konnte das vorhersehen. Wir hätten alle vorsichtiger sein müssen.«

»Wir wissen nicht, wie wir weiter vorgehen sollen«, sagte Calum. »Solange er sich versteckt hält, können wir nichts tun. Er kann jederzeit und überall zuschlagen. Ich bin froh, dass Emma mit nach Avallach zurückkommt. Aber um euch mache ich mir Sorgen.«

Ethan nickte verstehend. »Wir werden zukünftig vorsichtiger sein. Ich hoffe, dass ihr ihn bald zu fassen bekommt. Wenn er erfährt, dass du und Emma wieder zusammen seid…«

Ethan blickte uns beide an. »Ich bin nicht sicher, ob das klug ist.«

In diesem Moment stürmten die Zwillinge in die Küche und begrüßten Calum stürmisch. Kurz danach trudelten Amelie und Bree ein, sodass wir gemeinsam frühstücken konnten. Ich spürte Calums wachsende Unruhe, obwohl er sich bemühte, sich an den Gesprächen zu beteiligen. Ich selbst bekam kaum einen Bissen hinunter, so aufgeregt war ich. Ich zählte die Sekunden, die es dauerte, bis wir endlich allein im Auto sitzen würden, um nach Avallach zu fahren. Die Vorfreude ließ mein Herz hüpfen. Nur wir beide jeden Tag und jede Nacht. Calum lächelte mich an, als könne er meine Gedanken lesen. Er stellte seine Tasse ab und wandte sich Ethan zu.

»Es ist besser, wenn Emma und ich aufbrechen. Ich möchte unterwegs keine bösen Überraschungen erleben.«

Ethan nickte und stand auf. Schnell holte ich die Taschen aus meinem Zimmer.

Meine Familie wartete im Flur, um mich zu verabschieden. »Du musst versprechen, regelmäßig zu schreiben«, sagte Bree, während sie mich an sich zog. »Ich hoffe, es dauert nicht lange, bis wir uns wiedersehen.«

»Sobald es sicher ist, kommen wir euch besuchen«, versprach Calum.

»Bestell Joel Grüße von mir«, raunte Amelie in mein Ohr.

»Mach ich.« Ich drückte sie fest.

Calum verabschiedete sich von Ethan: »Brich ihr nicht noch mal das Herz«, hörte ich diesen sagen.

Calum schüttelte den Kopf. »Nie wieder, versprochen.«

Er griff nach den Taschen und nahm meine Hand. Dann gingen wir zum Auto. Ein letztes Mal winkte ich zurück.

Nachdem Calum mein Gepäck im Kofferraum verstaut hatte, stieg auch er ein. Ohne ein Wort griff er nach mir, zog mich an sich und küsste mich leidenschaftlich. Ich ließ den Gurt, mit dem ich mich abgemüht hatte, los und erwiderte seinen Kuss. Spätestens jetzt war klar, dass ich nicht geträumt hatte. Das Feuer in meinem Körper loderte hell auf. Calums Lippen lagen weich und warm auf meinen. Mein Puls begann zu rasen, während ich ihn näher zu mir heranzog.

Widerwillig lösten wir uns Minuten später voneinander und Calum startete den Wagen. »Das wollte ich schon die ganze Zeit tun«, erklärte er und bei dem Lächeln, das er mir schenkte, zog sich mir die Brust zusammen vor Glück.

»Aber ich werde erst beruhigt sein, wenn ich dich sicher in Avallach weiß.«

2. Kapitel

Stunden später erreichten wir das Schloss. Ausgestorben lag es im Licht der Augustsonne. Für die letzten Ferientage gehörte es uns allein. Die Vorstellung, dass niemand unsere Zweisamkeit stören würde, war beinahe zu schön, um wahr zu sein.

Calum brachte mich in sein Zimmer. Ich starrte auf das große Doppelbett.

Er zog mich an sich und folgte meinem Blick.

»Damit werden wir vorlieb nehmen müssen.«

Ich sah ihn an. »Weshalb? Niemand außer uns ist hier. Was spricht gegen ein Bad im See?«, wandte ich ein und versuchte verführerisch zu klingen.

»Wir sollten unser Glück nicht herausfordern. Der See ist zwar durch die Barriere geschützt, aber darauf möchte ich mich nicht verlassen. Wir haben keine Ahnung, über welche Fähigkeiten Elin mittlerweile verfügt.«

»Aber«, wandte ich zaghaft ein: »Vorletzte Nacht hat er uns auch nicht gefunden. Ich dachte, hier wäre es sicher für uns.«

Ich vergrub mein Gesicht in seinem Hemd und atmete tief den vertrauten Duft ein. In einer entfernten Region meines Gehirns manifestierte sich der Gedanke, dass er mich womöglich nicht so stark begehrte wie ich ihn.

»Ich vermute, dass Elin selbst durch den Vollmondtanz abgelenkt war und unser Ausflug ihm deshalb entgangen ist. Wenn er uns gefunden hätte, Emma. Er hätte keine Sekunde gezögert und uns beide getötet.«

Ich nickte an seiner Brust und schob meine Hände unter sein Hemd. Lieber den Spatz in der Hand, als die Taube auf dem Dach, war mein letzter Gedanke, bevor Calum meine Lippen mit seinen verschloss.

Ob dieses Verlangen ewig anhielt, fragte ich mich später. Ich lag an Calums Brust und lauschte seinen regelmäßigen Atemzügen. Der abnehmende Mond warf sein Licht in das dunkle Zimmer. Vorsichtig strich ich mit den Fingern über Calums makellosen Körper. Dann schlang ich meinen Arm um seine Taille und schloss die Augen.

Die Sonne stand hoch am Himmel, als Calums Küsse mich weckten. Ich blinzelte in das helle Licht. »Wach auf, du Schlafmütze. Es ist ein wunderschöner Tag.«

Brummend zog ich mir die Decke über den Kopf und tastete nach ihm. Wenn es nach mir ginge, würde ich das Bett heute nicht verlassen. Bei diesem Gedanken knurrte mein Magen und mein Hirn registrierte, dass die Seite neben mir leer war. Ich schlug die Decke zurück, um festzustellen, dass Calum frisch geduscht und komplett angezogen auf der Bettkante saß. Irritiert sah ich ihn an.

»Na, komm schon«, lachte Calum und strich mir liebevoll mein zerzaustes Haar aus dem Gesicht. »Ich habe Frühstück raufgeholt.«

So einfach wollte ich mich nicht geschlagen geben. Es konnte nicht sein, dass ein profanes Bedürfnis wie Hunger über jedes andere Verlangen triumphierte.

Ich zog Calum zu mir heran und begann sein Hemd aufzuknöpfen. Er strich mir über den Rücken und bedeckte mein Gesicht mit zärtlichen Küssen. Der Geruch von frisch gebratenen Eiern drang in meine Nase und wieder knurrte mein Magen, jetzt deutlich fordernder. Es war kein Wunder, schließlich hatte er sich seit fast vierundzwanzig Stunden zurückgehalten. Ich spürte, dass sich Calums Lippen an meinem Hals zu einem Lächeln verzogen.

»Wir haben so viel Zeit«, flüsterte er in mein Ohr und zog mich hoch. »Zwischendurch sollten wir dafür sorgen, dass du nicht verhungerst.«

Wir setzten uns auf die Bank, die unter dem Fenster stand, aßen Rührei und Toast mit Honig. Der Tee weckte meine Lebensgeister endgültig. Bevor sich der Gedanke, wieder mit Calum ins Bett zu kriechen, festigen konnte, schickte er mich unter die Dusche. Er hatte es sich in den Kopf gesetzt, mit mir in den Wald zu gehen.

»Meinst du, wir können es riskieren, das Schloss zu verlassen?«, fragte ich Calum durch das rauschende Wasser.

»Ich habe hin und her überlegt«, antwortete er und kam mit einer Tasse Tee in der Hand ins Bad geschlendert. »Ich bin zu der Erkenntnis gekommen, dass Elins Magie nur im Wasser funktioniert, oder in Verbindung mit Wasser. Die Undinen sind Wassergeister. Egal, über welche Kräfte und welchen Zauber sie verfügen, auch dieser kann nur mit Wasser funktionieren. Ja, ich denke, solange wir uns auf dem Gelände von Avallach befinden, sind wir sicher.«

Ich drehte den Duschhahn zu und angelte nach einem Handtuch. Calum stellte seine Tasse ab und kam zu mir. Er wickelte das Handtuch um mich und nahm mich mit einem Schwung auf den Arm. Ich hatte das Gefühl, der Wald würde auf uns warten müssen.

Drei Tage später begann das neue Schuljahr. Die Zeit der Zweisamkeit war, für meinen Geschmack, viel zu schnell vorüber.

Trotzdem freute ich mich auf das Wiedersehen mit Amia und Miro. Raven, die gestern eingetroffen war, hatte mir versichert, dass die beiden zurückkommen würden.

Ich hatte keine Ahnung, wie viele aus meiner Gruppe wussten, dass es Calum gewesen war, der mich zurückgeholt hatte. Ohne dass wir darüber gesprochen hatten, war klar gewesen, dass ich zum Schuljahresbeginn mein Zimmer wieder mit Raven und Amia teilen würde. Es gefiel mir nicht, aber ich wollte Calum auch nicht zu einer Entscheidung drängen. Alle nahmen es als selbstverständlich hin, dass ich wieder hier war.

Pünktlich zum Unterrichtsbeginn am nächsten Morgen stand Amia in der Tür unseres Zimmers und strahlte uns an. Ich ließ meine Bücher fallen und sprang über mein Bett, um sie in die Arme zu schließen. Ich hatte sie vermisst. Am liebsten hätte ich sie nicht losgelassen, doch Raven zog mich von ihr fort, um sie ebenfalls zu umarmen.

Amia sah wunderschön aus. Die Liebe stand ihr ausgesprochen gut.

»Das war aber auf den letzten Drücker«, warf Raven ihr vor. »Emma konnte es nicht erwarten, dass du kommst. Ich reiche ihr als Freundin nicht aus.«

Ich lächelte Raven an und fasste nach Amias Hand. Im selben Moment hörten wir den Gong, der den Unterrichtsbeginn ankündigte.

»Oh Gott«, stieß ich hervor. »Jetzt müssen wir uns aber beeilen. Wir haben in der ersten Stunde bei Talin Mysterienkunde.«

Im selben Moment liefen wir los. Aber selbst, wenn wir geflogen wären, hätten wir es nicht pünktlich geschafft. Talin stand, wie immer, mit gerunzelter Stirn im Raum und sah uns entgegen.

»Dass ihr es nicht einmal schafft, am ersten Tag pünktlich zu sein.« Vorwurfsvoll schüttelte er den Kopf.

»Bei Amia kann ich es ja verstehen, obwohl Miro schon hier ist. Aber bei euch beiden.«

Er wedelte mit einer Hand in die Richtung unseres Tisches und wir drängelten uns zu unseren Sitzplätzen durch. Ich suchte den Raum ab, und als ich Miro entdeckte, winkte ich ihm zu. Er lächelte zurück. Auch ihm hatten die Flitterwochen gutgetan. Er sah reifer aus und wirkte längst nicht so unsicher wie früher.

Ich zog mein Buch und meine Stifte heraus. Talin hatte angefangen, zu erläutern, welche Themen wir dieses Jahr behandeln würden. Da es unser letztes Jahr war und wir zum Abschluss Prüfungen ablegen mussten, warteten seinen Ausführungen nach zu schließen arbeitsreiche Monate auf uns.

An diesem Tag hatten wir außerdem Mathematik und Politeia. Ich verstand nicht, weshalb man uns am ersten Schultag die furchtbarsten Fächer in den Stundenplan gepackt hatte. Wenn das so blieb, dann würden die zukünftigen Montage die reinste Qual werden. Das Einzige, was mich aufmunterte, war Calums Anwesenheit in unserem Klassenraum. Er und Joel wollten in diesem Schuljahr ebenfalls ihren Abschluss machen, deshalb hatte Myron sie in unsere Klasse gesteckt. Joel war auch in unsere Gruppenräume gezogen und teilte sich mit Miro ein Zimmer Zum Glück hatte Calum sein Einzelzimmer behalten, so würde es für uns leichter sein, auch mal ungestört zu sein.

Als wir am Nachmittag in unser Zimmer zurückkamen, warf ich mich auf das Bett und beobachtete Amia, wie sie ihre Sachen in die Kommode räumte.

»Weshalb wohnst du nicht mit Miro zusammen?«, fragte ich.

»Myron hat uns gefragt«, antwortete sie, »aber wir wollten das letzte Jahr mit euch zusammen verbringen und nicht mutterseelenallein in einem Winkel des Schlosses sitzen.«

»Calum und mir hat er das nicht angeboten«, bemerkte ich schmollend.

»Ihr seid ja auch nicht verbunden. Das wäre irgendwie nicht richtig. Stell dir vor, es gäbe für jedes Paar ein eigenes Zimmer.« Sie schüttelte ihre langen Haare und sah empört aus. Raven kicherte in ihr Kissen.

»Was hast du?«, fragte Amia und wandte sich ihr zu.

»Ihr Shellycoats seid so spießig«, brachte sie lachend hervor. »Da wäre doch nichts dabei. Ich fände das eine gute Idee. Wir sollten es Myron vorschlagen.«

Amia sah sie entgeistert an. »Findest du das auch, Emma?«

»Also ich hätte nichts dagegen, ein Zimmer für mich und Calum zu haben. Dabei fällt mir ein, woher wusstest du, dass wir beide wieder zusammen sind? Du warst nicht ein bisschen erstaunt, mich zu sehen.«

»Joel hat es uns erzählt«, erklärte sie. »Außerdem habe ich das erwartet und es hätte mich gewundert, wenn Calum sich noch länger zurückgehalten hätte«

»Na, wenn du das schon geahnt hast, hättest du mich auch ein bisschen aufmuntern und mir sagen können, dass es nur eine Frage der Zeit ist, bis meine große Liebe mich wieder einfängt«, erwiderte ich vorwurfsvoll.

»Ich hätte mich täuschen können«, brachte Amia zu ihrer Entschuldigung vor.

»Hast du glücklicherweise aber nicht«, lenkte ich ein. »Erzähl uns lieber, was in Berengar vor sich geht. Gibt es Neuigkeiten?«

»Elin ist ein Dauerthema. Alle haben Angst, dass er versuchen wird, Berengar mit Gewalt einzunehmen. Die Wachen sind um die gesamte Stadt verstärkt worden. Niemand kommt rein, ohne kontrolliert zu werden. Waffenbesitz ist seit Kurzem innerhalb der Stadt verboten. Es soll vermieden werden, dass Anhänger Elins, die in der Stadt leben, versuchen den Ältestenrat zu entmachten. Es ist fast wie im Krieg. Wir sind zuerst nicht nach Berengar geschwommen, sondern waren nur die letzten zwei Wochen dort. Es sind keine Kinder mehr zu sehen und die Straßen sind wie ausgestorben. Wer irgendwo anders unterkommen konnte, hat die Stadt verlassen. Elin ist vollkommen verrückt geworden. Wenn ich wüsste, wo ich ihn finden kann, würde ich versuchen, mit ihm zu reden. Doch wahrscheinlich würde das nichts nützen. Was haben die Undinen bloß mit ihm angestellt?«

Darauf wusste keiner von uns eine Antwort.

Ich ließ mir Amias Worte durch den Kopf gehen. So hatte ich das nie betrachtet. Was sollten die Undinen mit Elin angestellt haben? Im Grunde wusste ich nichts über die Undinen als das, was ich aufgeschnappt hatte. Calum hatte gedacht, dass sie ausgestorben waren, doch sie hatten sich als erstaunlich lebendig erwiesen. Ich beschloss, in der Bibliothek auf die Suche zu gehen und mir Informationen zu verschaffen. Heute würde das allerdings nicht gehen. Talin hatte uns viele Hausaufgaben aufgegeben und Myron stand ihm in nichts nach. Die beiden schienen einen Wettkampf daraus machen zu wollen, uns zu beschäftigen.

Ich versuchte mich zu erinnern, was Calum mir über die Undinen erzählt hatte. Wassergeister - fiel mir ein. Seelenlose Wassergeister sollten es sein. Wunderschön zwar, aber ohne jeden Skrupel.

Wie war Elin auf sie gestoßen? Oder hatten sie ihn gefunden? Früher war er nicht bösartig und verbittert gewesen, hatte Amia erzählt. Der Tod seiner Mutter hatte ihn verändert. War er deshalb zu einem Monster geworden, das vor nichts zurückschreckte? So hatte ich mir das vorgestellt. Aber vielleicht war das nicht die ganze Wahrheit. Der Gedanke ließ mich nicht los. Ich musste der Sache auf den Grund gehen.

Erst zwei Tage später kam ich dazu, mein Vorhaben in die Tat umzusetzen.

Ich ging in die Bibliothek und betrachtete die Reihen alter Bücher. Ob ich etwas über die Undinen fand, was mir weiter half? In einem dieser dicken Wälzer musste etwas über sie geschrieben stehen. Schließlich hatten alle anderen die Undinen gekannt und gewusst was sie waren. Wahrscheinlich hatten ihre Mütter ihnen Gruselgeschichten über sie erzählt.

Ich lief die Reihen ab. Mehrmals. Ich wurde nicht fündig. Dann erregte ein Buch meine Aufmerksamkeit. *Uralte magische Völker* war in silberner Schrift eingraviert. Das könnte passen. Ich wollte nichts unversucht lassen. Ein Versuch war es allemal wert.

Ich zog den Wälzer aus dem Regal und trug ihn zum Tisch. Selbst das Buch musste uralt sein, dachte ich, während ich es aufschlug. Nichtsdestotrotz war es gut erhalten. Farbige Illustrationen sahen mich an, während ich durch die Seiten blätterte. Von vielen Wesen, die abgebildet waren, hatte ich nie gehört. Im Grunde sollte mich das nicht wundern, denn die Wesen, die mich in Avallach umgaben, existierten in meiner menschlichen Welt ebenso wenig. Interessiert las ich einen Artikel über Selkies – Seehundmenschen. Sie besaßen die Fähigkeit, als Menschen und Seehunde zu leben. Ich las weiter. Seltsame Namen wie Fenoderee, Leprechaun oder Urisk sprangen mir ins Auge. Die Bilder zu diesen Gestalten waren mal gruselig, mal lächerlich. Seite um Seite blätterte ich weiter. Je mehr Bilder ich sah, desto deprimierter wurde ich. Egal, ob es böse oder gute Wesen gewesen waren, sie waren verschwunden. Viele taugten nicht einmal für Märchen und waren vergessen worden. Endlich fand ich, was ich suchte: Undinen – stand in geschwungener Schrift unter einem Bild. Mir stockte der Atem. Noch nie hatte ich eine so wunderschöne Frau gesehen. In der Welt, die ich jetzt kannte, waren unbestreitbar die Elfen das schönste Volk. Die Frau auf dem Bild übertraf diese Schönheit um ein Vielfaches. Ich begann den Text zu lesen.

Undinen waren weibliche, jungfräuliche Wassergeister. Einst lebten sie in der silbernen Stadt Ys. Viele hundert Jahre herrschten sie über unsere Welt. Weise waren die Undinen und besonnen. Doch mit der Zeit wuchsen ihre Machtgier und ihr Wunsch, andere Völker zu unterdrücken. Ys wurde größer und größer. Als die Königin der Undinen beschloss, sich dem Willen ihrer Göttin zu widersetzen und einen Menschen zum Gemahl zu nehmen, zürnte diese ihr so sehr, dass sie Ys in einer einzigen Nacht vernichtete. Denn gemeinsam hätten sie Unheil über die Welt gebracht, da Gier und Bosheit die beiden beherrschten. Die Vernichtung der Stadt Ys genügte der Göttin nicht. In ihrem Zorn raubte sie den Undinen auch ihre Seelen, auf dass sie umherirren sollten zwischen den Welten. Die Legende besagt, dass erst, wenn der Eine kommt und den Undinen freiwillig seine Seele überlässt, diese dessen Körper in Besitz nehmen können. Ihm werden viele andere folgen und zu willenlosen Werkzeugen der Undinen werden.

Hoffen wir, dass dieser Augenblick in weiter Ferne liegt.

Gänsehaut rieselte bei diesen Worten meinen Rücken hinunter.

Am anderen Ende der Bibliothek krachte eine Tür ins Schloss.

Ich schrak zusammen.

»Emma?«, hörte ich Calums Stimme. »Bist du hier?«

»Hier hinten«, rief ich und schlug die nächste Seite auf.

Es ist größte Vorsicht geboten. Eins der Wesensmerkmale der Undinen ist ihre Falschheit. Sie haben nur eine einzige Chance, um wieder zu alter Macht zu gelangen, und dafür wird ihnen jedes Mittel recht sein. Sie werden den Einen mit ihrer Schönheit in eine Falle locken, aus der es kein Entrinnen geben wird.

»Hier bist du.«

Ich sah Calum entgegen.

»Was hast du da?« Er setzte sich neben mich, zog das Buch zu sich heran und las. Dann sah er mich an.

»Glaubst du dasselbe, was ich denke?«, fragte ich ihn und meine Stimme bebte vor Angst.

»Du meinst, Elin ist der Eine, der den Undinen seine Seele überlassen hat?«, entgegnete er, ohne seinen Blick von dem Buch zu lösen.

»Es wäre möglich. Meinst Du nicht?«, entgegnete ich.

Calum hatte weitergelesen und las nun die Stelle im Buch vor, an der er angekommen war.

Es wird der Tag kommen, an dem dieser Eine die Undinen findet, und dann werden sie ihm mit Versprechen nach Macht und Rache seine Seele entlocken. Er wird diesen Versprechen Glauben schenken und seine Seele opfern. Doch egal, was die Undinen ihm versprechen, niemals werden sie dies halten. Im Gegenteil, im Moment des Seelentausches wird er ihnen verfallen und den Undinen bedingungslos jeden Wunsch erfüllen und er wird viele andere opfern. Der Fluch kann nur durch die endgültige Vernichtung der Undinen gebrochen werden.

Jedoch wissen wir nicht, wie dies erreicht werden kann, da nicht einmal die Göttin dieses Werk vollendet hat. Vor langer Zeit existierte eine Überlieferung bei den Gwragedd Annwn, die einen Weg gewiesen haben soll.

Aber dies ist vielleicht auch nur eine Legende.

»Gwragedd Annwn?«, versuchte ich den Zungenbrecher auszusprechen. Das hatte ich schon mal gehört oder gelesen. Ich versuchte mich zu erinnern, aber es fiel mir nicht ein.

»So nennt sich der walisische Zweig der Shellycoats. Allerdings ist es nur eine sehr kleine Gruppe. Ich bezweifle, dass sich dort jemand an diese Legende erinnert.«

Bei Calums Worten klingelte etwas in meinem Hinterkopf, aber ich kam nicht darauf, was es war.

»Was genau können die Undinen ihm versprochen haben?«

Ich sah Calum an, wie schwer es ihm fiel, darauf zu antworten. Seine Gedanken verweilten bei einer anderen Frage.

»Dass er König werden wird? Dass er sich an seinen Widersachern rächen kann?«, brachte er nach einer Weile heraus.

»So viel Unheil für solch niedrige Ziele.« Ich dachte an Sophie, die in Inverness im Krankenhaus lag und dem Tode näher als dem Leben war. Ich dachte an Ares und an meine Mutter, die Elin ermordet hatte.

»Das sind stärkere Motive, als du dir vorstellen kannst, Emma. Elin fühlt sich nicht vollständig in unserer Welt. Er hofft, wenn er seine Rache vollzogen und die Macht in unserem Volk an sich gerissen hat, dann wäre er der Mann, als den er sich selbst gern sehen würde. Dann würden auch seine Feinde erkennen, dass er zu Großem fähig ist.«

»Dafür war er bereit, auch andere zu opfern?«, fragte ich.

»Nachdem was hier steht, bin ich nicht sicher, ob er den Preis kannte, den er und wir zahlen müssen«, sagte Calum nachdenklich. »Aber wir wissen jetzt, wie er zu seinen Anhängern kommt. Es muss schrecklich sein, ihm und den Undinen willenlos ausgeliefert zu sein. Ich muss es Myron mitteilen. Merkwürdig, dass niemand bisher dieses Buch gefunden hat. Wir fragen uns schließlich schon die ganze Zeit, wie Elin es schafft, immer mehr Anhänger um sich zu scharen.«

Ich nickte und schlug das Buch zu. Calum nahm es mir aus der Hand und gemeinsam verließen wir die Bibliothek. Ohne dass er es sagte, wusste ich, dass er am liebsten sofort mit dem Buch zu Myron gegangen wäre. Trotzdem begleitete er mich zu unserem Gruppenraum. Auf dem Weg dorthin nahm er meine Hand. Erst durch seine Wärme spürte ich, wie kalt mir geworden war. Ich schauderte und Calum zog mich zu sich heran, um einen Arm um mich zu legen.

»Das bedeutet…« Ich hielt an. »Die Undine, der Elin seine Seele überlassen hat, muss sterben«, brachte ich tonlos über meine Lippen. »Sonst wird das nie ein Ende haben.«

Calums Augen blickten finster. »Da stand, die Undinen müssen endgültig vernichtet werden. Das ist ein Unterschied. Aber lass das unsere Sorge sein. Wir werden einen Weg finden, sie zu stoppen. Ich möchte nicht, dass du dich einmischst.«

Ich wollte ihm widersprechen. Andererseits – was konnte ich schon tun?

3. Kapitel

Ich wusste nicht, was Calum mit Myron besprochen hatte, und die folgenden Wochen ließen mich die Bedrohung beinahe vergessen. Alles war genauso, wie im letzten Jahr. Nur dass Miss Lavinia und Gawain nicht mehr da waren und dass der Schwimmunterricht nur sporadisch und unter strengster Bewachung stattfand. Talin triezte uns mit seinen Mysterien, als würden die Abschlussprüfungen nicht erst am Ende des Schuljahres stattfinden. Merlin versuchte uns für Geschichte zu begeistern und Myron beschwor in jeder Politeia-Stunde den Zusammenhalt der Völker.

Zu den unmöglichsten Zeiten schickte der Rat der Shellycoats Mitglieder der Stadtwache von Berengar nach Avallach, um uns den Schwimmunterricht zu ermöglichen. Elin sollte kein Muster erkennen, falls er Berengar und Avallach beobachten ließ. Sämtliche Lehrer von Avallach fanden sich zum Schwimmunterricht am Ufer des Sees ein, um für unseren Schutz zu sorgen. Talin ließ es sich nicht nehmen, gemeinsam mit der Stadtwache Patrouille zu schwimmen. Ich vermutete, dass er sich ebenso ausgetrocknet fühlte wie wir anderen. Dabei ging es mir immer noch besser als den »echten« Shellycoats. Die Wohltat, einmal in der Woche zu schwimmen, war für uns alle eine Befreiung. Leider war an den Sprungunterricht unter diesen Umständen nicht zu denken.

»Ich werde übers Wochenende mit Joel nach Berengar schwimmen«, überraschte Calum mich eines Abends.

Er spielte mit meinem Haar, während ich bäuchlings auf seinem Bett lag und lustlos durch mein Mysterienbuch blätterte. Es fiel mir schwer, mich während seiner Anwesenheit auf den Text zu konzentrieren, doch ich hatte viel aufzuholen. Die Unterbrechung kam mir trotzdem gerade recht.

»Weshalb?«, fragte ich alarmiert. Ich wusste, dass Jumis, der Vater von Joel und Vorsitzende des Rates der Shellycoats, bisher immer nach Avallach gekommen war, um mit den Vertretern der anderen Völker über die neuesten Ereignisse zu sprechen. Calum war bei diesen Sitzungen dabei, obwohl nach wie vor nicht feststand, ob er der zukünftige König der Shellycoats werden würde. Weshalb wollte er jetzt selbst nach Berengar schwimmen?

»Das ist viel zu gefährlich«, wies ich ihn zurecht.

»Es gibt einige Dinge, die der Rat mit mir besprechen will, und nicht alle Ältesten sind bereit, an Land zu kommen. Außerdem ist es gut, wenn ich mich in Berengar sehen lasse und mein Volk nicht seinem Schicksal überlasse. Es gibt einige, die glauben, dass ich mich an Land in Sicherheit gebracht habe, während mein Volk Elins Angriffen ausgesetzt ist.«

»Er hat Berengar angegriffen?«, fragte ich erschrocken.

»Nein, das ist auch nicht nötig. Er raubt der Stadt seine Männer.«

»Es ist also so, wie es in dem Buch geschrieben stand«, erwiderte ich heiser. »Es hat begonnen.«

»Dann verstehst du, dass ich dort hin muss?«

Tränen stiegen mir in die Augen. Aber ich wusste, dass es zwecklos war, ihn zu überreden bei mir zu bleiben.

»Ich kann wohl nicht mitkommen?«

Die Frage war eher rhetorisch gemeint, sodass ich über Calums erschrockenen Gesichtsausdruck schmunzeln musste.

»Wage es ja nicht, mir heimlich nachzuschwimmen«, fuhr er mich mit wütender Stimme an.

Ich schüttelte den Kopf.

»Bei dir kann man ja nie wissen«, setzte er versöhnlicher hinzu und ich war sicher, dass er sich daran erinnerte, wie ich ihm gefolgt war, um ihn auf Skye beim Vollmondtanz zu beobachten. Meiner Mutter war ein ähnlicher Ausflug zum Verhängnis geworden. Calum und ich hatten mehr Glück gehabt. Ich konnte nur hoffen, dass das anhielt.

»Ich verspreche dir, dass ich das nie tun werde. Vorausgesetzt, du kommst zu mir zurück.«

Calum legte seine Arme um mich und zog mich näher zu sich heran.

»Darauf kannst du wetten«, flüsterte er mir ins Ohr und seine Lippen schmiegten sich an meine.

Ich ließ Mysterien Mysterien sein und überließ mich seinen Zärtlichkeiten.

Später lagen wir eng aneinander gekuschelt unter seiner Decke und ich spürte, wie die Müdigkeit mich übermannte. Ich wusste, dass ich nicht die ganze Nacht bei Calum verbringen sollte, doch ich konnte mich nicht losreißen. Seine Finger glitten über meine Haut und ich presste mich fester an ihn. Es würde wohl niemand kommen und mich holen, überlegte ich, während ich einschlief. Schließlich musste ich mich auf eine zweitägige Trennung vorbereiten.

Ein Klopfen riss mich aus dem Schlaf. Ich zog mir die Decke über den Kopf. Es musste mitten in der Nacht sein. Ich tastete nach Calum, doch die Seite war leer. Wo war er hin? Dann fiel es mir wieder ein. War er tatsächlich losgeschwommen, ohne sich von mir zu verabschieden?

»Emma«, hörte ich Ravens Stimme durch die Tür. »Wach auf. Wir müssen los.«

Los? Wovon redete sie?

»Komm rein«, rief ich. Ich hatte die zwei Worte nicht einmal ausgesprochen, da stand sie im Zimmer. Zielstrebig ging Raven zum Fenster und zog die Vorhänge auf.

Selbst durch die Decke sah ich das Sonnenlicht, das ins Zimmer flutete. Also nicht mitten in der Nacht.

»Ich gebe dir zehn Minuten, sonst fahren wir ohne dich.«

Ich verstand nach wie vor nur Bahnhof. »Äh, Raven. Bist du dir sicher, dass du zu mir wolltest?«

Sie wandte sich zu mir um. »Hat Calum nicht mit dir gesprochen?«

Ich schüttelte den Kopf. »Worüber?«

»Dass du Peter und mich nach Inverness begleitest. Zu Sophie. Und jetzt los, beeile dich.« Damit war sie aus dem Zimmer.

Während ich mich anzog, schimpfte ich leise vor mich hin. Natürlich freute ich mich, Sophie zu besuchen. Aber ich ärgerte mich über Calum, dass er mir nichts von dem Ausflug gesagt hatte. Schließlich sollte ich bei so etwas ein Wörtchen mitzureden haben.

Da entdeckte ich einen Zettel, den Calum auf den Tisch gelegt hatte.

Die Elfen haben ein Gegenmittel für Sophie entwickelt. Raven wird es ihr heute bringen. Wir dachten, Du würdest gern dabei sein, wenn sie aufwacht. Sei aber nicht enttäuscht, wenn es nicht wirkt. Peter und Raven fahren halb zehn los. Ich liebe Dich.

Ich lächelte, während ich die Zeilen noch einmal las. Hektisch sammelte ich meine Sachen zusammen, lief die Flure entlang und die Treppe hinunter.

Raven und Peter standen am Auto und waren in ein Gespräch vertieft. Wann hatte Calum die Fahrt mit den beiden geplant? So konnte das nicht weitergehen. Ich würde, wenn er zurückkam, ein ernstes Wörtchen mit ihm reden müssen.

Peter und Raven hörten mich nicht kommen. Raven strich eine von Peters widerspenstigen Haarsträhnen hinter sein Ohr. Es machte einen sehr vertrauten Eindruck.

»Wann bist du angekommen, Peter?«, unterbrach ich ihre Zweisamkeit und umarmte ihn zur Begrüßung.

»Ich war sozusagen auf der Durchreise«, antwortete er. Jetzt war ich noch verwunderter. Avallach lag eigentlich nicht auf der Strecke Edinburgh – Inverness.

»Ich dachte, wir könnten Sophie zusammen besuchen«, setzte er erklärend hinzu.

Ich verkniff mir eine Bemerkung und wandte mich zu Raven. Die hatte ihren Kopf ins Auto gesteckt und kramte in ihrer Tasche.

»Ist es okay, wenn ich vorn sitze?«, fragte sie ohne aufzuschauen.

»Ja klar«, sagte ich und setzte mich auf die Rückbank.

»Du hättest mir ruhig selbst sagen können, dass das Gegenmittel für Sophie fertig ist«, warf ich Raven vor, kaum dass wir losgefahren waren. Ich staunte über Peters ungewöhnlich rasanten Fahrstil und fragte mich, ob er Raven damit beeindrucken wollte. Ich musste mich festhalten, um nicht durchs Auto zu kullern.

»Ich wollte erst Calum fragen, ob es ihm recht ist, wenn du Avallach verlässt.«

Ich verdrehte die Augen.

»Ich glaube, ich bin alt genug, um das selbst zu entscheiden, findest du nicht?«

Gleichzeitig schüttelten Peter und Raven ihre Köpfe und fingen an zu lachen, wie über einen guten Witz.

»Danke schön«, murmelte ich spitz und beschloss, nicht mehr mit den beiden zu reden.

»Myron hat mich vor ein paar Tagen zu sich gerufen. Er hatte eine Nachricht von Elisien erhalten, in der stand, dass unsere Heiler das Gegenmittel gefunden haben.«, lenkte Raven ein.

»Es ist gerade von einem Boten gebracht worden. Wir müssen es Sophie verabreichen. Heimlich, versteht sich. Wir müssen Dr. Erickson überzeugen, dass er es ihr gibt.«

»Wieso sollte er es nicht tun?«, fragte ich.

»Es ist noch nie ausprobiert worden. Aber unsere Heiler sind sicher, dass es helfen wird«

Vorsichtig zog Raven ein kleines Holzkästchen aus ihrer Tasche. Darin lag eine Glasampulle, die mit einer silbrig glänzenden Flüssigkeit gefüllt war. »Die Medizin behält maximal zehn Stunden ihre Wirksamkeit. Sechs Stunden davon sind schon verstrichen. Wir müssen uns also beeilen.«

Peter trat noch stärker auf das Gaspedal und ich wurde in die Polster des Rücksitzes gedrückt. Ich konnte mich nicht daran erinnern, dass Peter jemals eine Verkehrsregel gebrochen hatte. Jetzt mussten wir hoffen, dass uns keine Polizeistreife erwischte, sonst würden sie ihm auf der Stelle den Führerschein entziehen. Offenbar hatte der liebe Gott ein Einsehen und dreieinhalb Stunden später hielt Peter vor dem Eingang des Krankenhauses.

»Beeilt euch«, sagte er. »Ich suche einen Parkplatz.«

»Wir haben nur noch dreißig Minuten«, sagte Raven. »Hoffentlich ist sie in ihrem Zimmer.«

Diese Angst war durchaus berechtigt. Die Ärzte dokterten seit Wochen vergebens an Sophie herum und brachten sie dafür ständig zu neuen Untersuchungen. Wir stürmten durch die Gänge. Patienten, Ärzte und Besucher wichen uns aus, kaum dass sie uns sahen. Als wir die Zimmertür aufrissen, starrte uns gähnende Leere an. Auf der Stelle drehte ich um und machte mich auf die Suche nach einer Schwester.

»Wo ist Sophie Erickson? Sagen sie schon, wohin haben Sie sie gebracht?«

Verständnislos sah das junge Mädchen mich an und zuckte mit den Schultern. Eine ältere Kollegin kam ihr zu Hilfe.

»Lassen Sie doch das Mädchen los«, fuhr sie mich an.

Ich hatte keine Zeit höflich zu sein, doch bei dem Drachen, der sich vor mir aufbaute, war klar, dass ich meine Ungeduld zügeln musste.

»Wir würden gern Sophie Erickson besuchen. Ihr Zimmer ist leer. Sagen Sie uns, wo wir sie finden.«

Der Drachen musterte uns einen Moment.

»Sind Sie Verwandte?«, fragte sie betont langsam.

»Ich bin ihre Nichte«, stieß ich hervor.

Ich hatte bis dahin nicht gewusst, dass Drachen so buschige Augenbrauen haben konnten. Der hier zog seine in die Höhe und fixierte mich spöttisch. Ich rang mir ein »Bitte« ab und hatte damit unerwarteterweise Erfolg.

»Untergeschoss – Komastation. Die läuft euch nicht weg«, war die Antwort.

Wir drehten uns um und stürmten zu den Treppen. Die Aktion hatte uns wertvolle Minuten gekostet.

Auf den Gang der Komastation war es totenstill. Bett reihte sich an Bett.

Hier gab es keine Einzelzimmer mehr. Offenbar war es nicht nötig, die Privatsphäre der Patienten zu schützen. Um einige Betten waren Vorhänge gezogen. Wenigstens etwas. Glücklicherweise waren die meisten Betten leer. Eine Schwester hatte uns auf unser Klingeln die Tür zur Station geöffnet und geleitete uns zu Sophie. Vorsichtig zog sie den Vorhang zurück. Dr. Erickson saß neben dem Bett und las ihr etwas vor.

Vor Rührung stiegen mir Tränen in die Augen. Seit Wochen war er nicht von ihrer Seite gewichen. Sophie konnte sich glücklich schätzen, ihn zu haben.

Erstaunt sah er von seinem Buch auf. Ein trauriges Lächeln glitt über sein Gesicht.

»Raven, Emma, schön, dass ihr uns besucht. Wir sind seit zwei Tagen hier unten. Gut, dass ihr uns gefunden habt«, setzte er entschuldigend hinzu. »Die Ärzte wussten sich keinen Rat mehr.«

Raven antwortete ihm nicht, sondern drehte sich zu der Schwester um. Sie griff nach den Vorhängen und zog sie ihr vor der Nase zu. Ein empörtes Ausatmen verriet, dass wir uns auch hier keine Freundin gemacht hatten. Leise Schritte entfernten sich.

»Wir haben das Gegenmittel, Dr. Erickson«, wandte sich Raven ihm zu. »Sie müssen es ihr geben. Sofort. In knapp fünf Minuten verliert es seine Wirksamkeit.«

Fassungslos sah Dr. Erickson sie an. »Was ist es diesmal?«

»Unsere Heiler haben es neu entwickelt und sie sind fest überzeugt, dass es hilft«, antwortete Raven ungeduldig.

»Die letzten vier Male waren sie auch sicher«, erwiderte er stur.

Mir stockte der Atem. Ich hatte nicht gewusst, dass es schon vier Versuche gegeben hatte.

»Beim letzten Mal hat sie sich tagelang erbrochen«, setzte er störrisch hinzu. »Ich dachte, sie stirbt mir unter den Händen weg.«

»Wollen Sie es ihr jetzt geben oder muss ich es tun?« Ravens Stimme klang wie klirrendes Eis. »Sie haben noch zwei Minuten.«

Dr. Erickson ließ sich auf seinen Stuhl fallen. Kraftlos lagen seine Hände in seinem Schoss. »Ich kann das nicht mehr. Ich habe die Hoffnung verloren und nun sind wir auch noch hier unten gelandet.« Seine Hand beschrieb einen Kreis.

»Dann werde ich es ihr geben, Dr. Erickson«, schaltete ich mich ein. »Schlimmer kann es nicht mehr werden. Das hier hätte Sophie niemals gewollt.«

Ich deutete sein leichtes Nicken als Zustimmung. Raven reichte mir das winzige Fläschchen.

Eine Hand schob ich unter Sophies Kopf, mit der anderen hielt ich das Fläschchen an ihre Lippen. Ich hoffte, dass ihr Schluckreflex noch funktionierte. Vermutlich hätten wir das vorher in Erfahrung bringen müssen, doch jetzt blieb dazu keine Zeit. Die silberne Flüssigkeit lief aus der Ampulle und bahnte sich, wie von selbst, einen Weg zwischen Sophies trockene Lippen. Es erinnerte mich an Quecksilber. Als ich klein war, hatte ich einmal ein Fieberthermometer zerbrochen und aus seinem Inneren waren winzige silberne Kugeln herausgeflossen. Fasziniert hatte ich damit gespielt, bis meine Mutter mich erwischt und völlig hysterisch in eine Kinderklinik gebracht hatte. Erst viel später hatte ich erfahren, dass diese hübschen Kugeln giftig waren. Ich hoffte, dass es sich bei dieser Mixtur um etwas Harmloseres handeln würde. Der letzte Tropfen verschwand zwischen Sophies Lippen. Die leere Ampulle reichte ich an Raven zurück.

Ich musterte Sophie. Ihre Wangen waren eingefallen und ihre Augen lagen in tiefen Höhlen. Nichts erinnerte mehr an die lebenslustige Frau mit der Vorliebe für bunte Farben. Hier gab es nur Weiß.

Auf dem Gang waren schwere Schritte zu hören. Peter hatte uns gefunden. Er schob den Vorhang zur Seite. Und sah uns neugierig an.

»Hat sie es schon bekommen?«, fragte er und legte Dr. Erickson zur Begrüßung eine Hand auf die Schulter.

Ich nickte.

»Wir müssen warten«, erklärte Raven. »Das Mittel muss sich im Körper ausbreiten.«

Peter ging zurück auf den Gang und besorgte drei weitere Stühle. Dann warteten wir.

Dr. Erickson griff nach dem Buch, das er auf der Bettdecke abgelegt hatte, und begann leise zu lesen.

»›*Wo sind die Menschen?*‹, *fuhr der kleine Prinz endlich fort.* ›*Man ist ein wenig einsam in der Wüste …*‹«

Ich lächelte. *Der kleine Prinz* war Sophies Lieblingsbuch. Schweigend lauschten wir den Worten.

»›*Man ist auch bei den Menschen einsam*‹, *sagte die Schlange. Der kleine Prinz sah sie lange an.* ›*Du bist ein drolliges Tier*‹, *sagte er schließlich.* ›*Dünn wie ein Finger …*‹«

Ich verlor mich in dem Text und erinnerte mich daran, wie Sophie mir ihr ganz persönliches zerlesenes Exemplar feierlich übergeben hatte. Das kleine Büchlein hatte so viele Randnotizen gehabt und es waren so viele Stellen bunt angestrichen, dass ich beim Lesen meine liebe Not gehabt hatte. Aber ich hatte mich seines Zaubers nicht entziehen können.

»›*Wen ich berühre, den gebe ich der Erde zurück, aus der er hervorgegangen ist*‹, *sagte sie noch.* ›*Aber du bist rein, du kommst von einem Stern …*‹«

Ob Sophie das Buch jemals wieder in ihren Händen halten würde? Ob sie jemals wieder in ihrem Laden stehen würde, um Kindern daraus vorzulesen? Im Moment erschien mir dies unmöglich. Es war meine Schuld. Sie hatte das nicht verdient. Weshalb hatte ich nicht besser aufgepasst?

»›*Wo sind die Menschen?*‹, *fragte höflich der kleine Prinz. Die Blume hatte eines Tages eine Karawane vorüberziehen sehen.* ›*Die Menschen? Es gibt, glaube ich, sechs oder sieben. Ich habe sie vor Jahren gesehen. Aber man weiß nie, wo sie zu finden sind.*‹«

Dr. Erickson verstummte und räusperte sich. Dann wischte er sich umständlich mit einem Taschentuch über die Stirn.

»›*Der Wind verweht sie. Es fehlen ihnen die Wurzeln, das ist sehr übel für sie*‹«, erklang in die Stille Sophies zitternde Stimme. Ich erstarrte. Niemand von uns rührte sich. Ihre Augen waren nach wie vor geschlossen. Hatte ich mir das eingebildet? Ein Blick zu Peter und Dr. Erickson belehrte mich eines Besseren. Raven stand als erste auf, trat an das Bett und griff nach Sophies Hand.

»Sophie«, hörte ich Dr. Erickson flüstern. Er strich über ihr Gesicht. »Sophie, bitte. Sag, dass ich das nicht geträumt habe.« Seine Stimme brach.

»*›Ich werde dich nicht verlassen‹, sagte der kleine Prinz*«, hörten wir wieder ihre dünne Stimme.

Tränen rannen mit einem Mal über das alt gewordene Gesicht von Dr. Erickson. Er beugte sich über Sophie und gab ihr erst einen Kuss auf die Stirn und dann auf den Mund. Ich zog Peter und Raven fort und wir schlossen den Vorhang hinter uns. Auch in Ravens Augen schimmerten Tränen. Peter machte einen Schritt auf sie zu, und ich war mir sicher, dass er vorhatte, sie in den Arm zu nehmen. Doch etwas hielt ihn ab.

Kurze Zeit lauschten wir den leisen Stimmen hinter dem Vorhang.

»Was machen wir jetzt?«, fragte ich Raven. »Wir können sie wohl nicht mitnehmen, oder?«

Raven antwortete nicht und je länger sie schwieg, umso unwohler wurde mir.

»Was ist los? Sag schon. Was ist der Haken bei der Sache?«

Auch Peter blickte sie an.

»Sie wird nicht nach Portree zurückkönnen«, brachte Raven heraus.

»Bist du verrückt geworden?« Ich war fassungslos. Wo sollte Sophie denn hin?

»Das Mittel wirkt nicht unbegrenzt. Sophie muss ständig damit versorgt werden. Wie du weißt, ist es zu instabil, als dass man es auf Vorrat herstellen kann. Elisien wird den Ericksons anbieten, bei den Elfen zu leben.«

Ich konnte nicht glauben, was ich hörte. Portree ohne Sophie erschien mir undenkbar. Was würde aus dem Laden werden und aus dem Pfarrhaus? Wer würde Dr. Erickson vertreten, solange Peter studierte?

»Meinst du nicht, du hättest es Dr. Erickson sagen müssen? Vorher.«, mischte Peter sich ein. »Jetzt hat er keine Wahl mehr.«

»Denkst du, er hätte anders entschieden, wenn er es gewusst hätte?«, stellte Raven die Gegenfrage.

Peter schüttelte den Kopf. »Sicher nicht.«

»Wir müssen es den beiden sagen. Wie oft braucht Sophie die Medizin?«, fragte ich weiter.

Raven zuckte die Schultern. »Das müssen wir noch herausfinden. Unsere Heiler waren nicht einmal sicher, ob sie wirkt.«

Jetzt war ich noch entgeisterter.

»Wir mussten es riskieren«, zischte Raven. »Lange hätte Sophie diesen Zustand nicht überlebt.«

Beschwichtigend hob ich die Hände. »Ist ja gut. Aber so ein Risiko einzugehen …«

Der Vorhang wurde zur Seite gezogen und Dr. Erickson strahlte uns an. Er hatte Sophies Kopfstütze hochgeschoben, sodass sie etwas erhöht lag und uns entgegenlächelte.

»Emma.« Sophie streckte mir ihre Arme entgegen. Ich machte drei Schritte und umarmte sie. Sie fühlte sich zerbrechlich an. Jetzt erst flossen meine Tränen und ich begann Entschuldigungen an ihren Hals zu schluchzen. Sophie tätschelte meinen Rücken.

»Es wird alles gut, meine Kleine. Es war nicht deine Schuld. Du konntest nichts dafür.«

Dr. Erickson zog mich von Sophie fort. »Sie ist noch sehr schwach«, ermahnte er mich. »Wir sollten sie schlafen lassen.«

»Papperlapapp«, unterbrach Sophie ihn. »Ich habe genug geschlafen. Das reicht für den Rest meines Lebens.«

Doch wir konnten hören, wie schwer es ihr fiel, zu sprechen. Kurze Zeit später war sie eingeschlafen. Wir liefen den Gang entlang, um nach der Schwester zu suchen und ihr die Neuigkeit so schonend wie möglich beizubringen. Es dauerte nicht lange und mehrere Ärzte stürmten die Station. Dr. Erickson hatte sich vor Sophies Bett aufgebaut und brachte seine ganze Autorität zu Geltung, um zu verhindern, dass sie sie weckten. Lediglich ein Arzt durfte ihre Werte ablesen, dann verschwanden die Weißkittel. Lange würden sie sich nicht von Sophie fernhalten lassen.

Vor uns Dreien lag die schwierige Aufgabe, Dr. Erickson von den Bedingungen von Sophies Heilung in Kenntnis zu setzen.

Wir gingen in die Kantine des Krankenhauses und während Peter, Raven und ich Tee tranken, bestellte Dr. Erickson sich eine riesige Portion Pancakes mit Ahornsirup. Er aß alles bis auf das letzte Krümelchen auf. Vermutlich hatte er in den letzten Wochen kaum etwas zu sich genommen. Zu meiner Überraschung nahm er Ravens Erläuterungen gelassen auf. Entweder er stand noch unter Schock, oder es war ihm völlig egal, wenn er nur Sophie nicht verlor.

»Wir werden Elisien und euren Heilern bis an unser Lebensende dankbar sein. Und wenn wir zukünftig am Nordpol leben müssten, wäre mir das gleich. Ich werde mit Sophie dorthin gehen, wo es am besten für sie ist.«

»Ich wusste, dass Sie das sagen würden«, antwortete Raven und warf mir einen Seitenblick zu.

Ich verdrehte die Augen. War ja klar, dass sie recht behalten hatte. Peter versteckte sein Grinsen hinter der Teetasse.

»Waren Sie schon einmal bei den Elfen?«, fragte ich.

Dr. Erickson nickte. »Es ist sehr lange her«, antwortete er. »Aber ich habe die Schönheit von Leylin nie vergessen. Ich bin sicher, dass Sophie dort glücklich sein wird.«

»Elisien wird Ihnen ein Haus zur Verfügung stellen«, sagte Raven.

Dr. Erickson nickte. »Ich werde mit Sophie darüber sprechen.«

Nachdem wir eine Stunde später noch mal nach Sophie geschaut hatten und uns überzeugt hatten, dass es ihr gut ging, verließen Peter, Raven und ich das Krankenhaus. Dr. Erickson würde mit Sophie so schnell wie möglich nach Leylin reisen. Ich fragte mich, wie das vor sich gehen würde. Aber Dr. Erickson schien Bescheid zu wissen.

Schweigend fuhren wir nach Avallach zurück. Es fiel mir schwer, mir Portree ohne Sophie vorzustellen. Beinahe alle Menschen, die ich liebte, hatten die Insel verlassen. Amelie war wie Peter nach Edinburgh gegangen. Dr. Erickson und Sophie würden bei den Elfen leben, nur Ethan, die Zwillinge und Bree waren noch dort.

Trotzdem überwog das Glück, dass Sophie aufgewacht war. Nur, dass Calum nicht da war, trübte meine Stimmung. Ich war so glücklich und hätte diesen Moment gern mit ihm geteilt. Morgen Abend würde er zurückkommen und ich würde die Erste sein, die ihm von Sophies Genesung berichtete.

4. Kapitel

Etwas hatte mich geweckt. Ich wusste nicht, was es gewesen war, und versuchte mich zu orientieren.

Leise, um Amia und Raven nicht zu stören, schlich ich zum Fenster. Draußen war es stockfinster. Lediglich der Mond erhellte die Wiese und den See zu meinen Füßen. Ich öffnete einen der Fensterflügel.

Es war totenstill. Unwohlsein kroch in mir hoch. Selbst in der Nacht hörte man sonst ein paar Tiere oder das Rauschen des Windes. Heute – nichts. Ich drehte mich um und bemerkte, dass Raven nicht in ihrem Bett war. Ich hatte keine Ahnung, wo sie rumschlich. Amias Bettdecke bewegte sich unter ihren gleichmäßigen Atemzügen.

Da vernahm ich ein Geräusch. Es war leise, aber das machte es nur bedrohlicher. Mein Kopf ruckte herum. Vor dem Schloss war alles ruhig, aber das Meer hatte zu brodeln begonnen. Draußen vor der Barriere tat sich was. Wie paralysiert starrte ich auf das Ungeheuer, das sich aus dem Wasser erhob. Schäumend wuchs ein riesiger Strudel in der Dunkelheit heran. Das Licht des Mondes konnte seine Ausmaße nur unzureichend erhellen.

Sah niemand außer mir, was sich da abspielte? Wo waren die Wachen, die nachts auf dem Gelände patrouillierten? Es war kein gutes Zeichen, dass sie nicht längst Alarm gegeben hatten.

Was ich sah, erinnerte mich an die schlimmste Stunde meines Lebens. An den Moment, in dem ich Calum und Ares verloren hatte. Für das, was dort geschah, gab es nur eine einzige Erklärung.

Ich musste etwas tun. Mir fiel ein, dass Myron und Merlin an diesem Wochenende ebenfalls nicht im Schloss waren. Sie verbrachten die Wochenenden nicht oft außerhalb von Avallach. Aber ausgerechnet heute waren beide nicht da. Ich machte Licht und schlüpfte in meine Jeans. Vor Aufregung verhedderte ich mich. Ich atmete tief durch. Ich musste Ruhe bewahren.

»Amia!« Ich hüpfte zu ihrem Bett und bekam endlich meine Hose an. »Wach auf, Amia. Elin ist hier.« Ich schüttelte sie heftig an der Schulter. Erschrocken fuhr sie aus dem Schlaf.

Ich versuchte ihr mit wenigen Worten zu erklären, was ich gesehen hatte. Doch aus meinem Gestammel wurde sie nicht recht klug.

»Schau aus dem Fenster und dann such Raven. Ich warne die anderen«, rief ich im Hinauslaufen. Ich stürmte die Flure entlang, klopfte an die Zimmertüren und riss sie auf. Meine Lunge schmerzte vor Anstrengung. Doch meine Beine taten ihren Dienst. Nie waren mir die Gänge des Schlosses so endlos vorgekommen. Im Erdgeschoss riss ich die Küchentür auf und prallte mit einer Fee zusammen, die dabei war, das Frühstück vorzubereiten. Der Topf, den sie in der Hand hielt, fiel zu Boden. Durch das laute Scheppern wurde jede Fee im Raum auf mich aufmerksam. Vorwurfsvoll sahen sie mich an, während ich nach Luft rang. Morgaine kam auf mich zugeflattert.

»Emma, was ist los? Sag schon. Was ist passiert?«

Ich stützte mich mit meinen Händen auf meine Knie und versuchte zu sprechen.

»El… El… Elin.« Dabei wies ich mit einer Hand in Richtung See. Mehr brauchte ich nicht zu sagen. Ein Dutzend Feen setzte sich in Bewegung und flog aus der Küche hinaus um Alarm zu schlagen. Es hatte nur weniger Worte von Morgaine bedurft, um dies zu organisieren. Ein paar andere waren so mutig und reckten ihre Köpfe aus der Tür, die zum See führte. Vorsichtig folgte ich ihnen hinaus. Eine schwarze Wolke hatte sich vor den Mond geschoben. Das wenige Licht, was hervordrang, tauchte alles in einen gespenstischen Schein.

Einige Lehrer, die am Wochenende im Schloss geblieben waren, liefen vorbei. Wie angewurzelt blieben sie vor mir auf dem Rasen vor dem Schloss stehen. Sie starrten auf den haushohen Strudel, der durch den See tobte.

Dieser hier war mindestens doppelt so hoch wie der, der Elin, Calum, Joel und die anderen festgehalten hatte. Tiefschwarz wälzte sich das Ungetüm den See entlang. Die Barriere hatte ihn nicht aufgehalten. Bei der Geschwindigkeit, mit der er durch den See raste, würde es nur kurze Zeit dauern, bis das Wasser über das Schloss hereinbrechen würde.

Ich wirbelte herum und rannte in die Küche zurück.

»Morgaine!«, schrie ich. »Morgaine, wo bist du?« Ich hoffte, dass sie schon zurück war.

»Ich bin hier«, flatterte sie neben mir. »Wir haben alle geweckt. Was geht draußen vor?«

»Wir müssen alle raus bringen. Schicke die Feen in jedes Zimmer. Alle sollen sich vor dem Eingangstor versammeln. Wir müssen das Schloss verlassen, sonst werden wir ertrinken.«

Morgaine riss vor Entsetzen ihre kleinen Augen auf. Dann ertönte ein schriller Pfiff aus ihrem Mund und sie flatterte mit einem Trupp Feen hinaus.

Ich überlegte fieberhaft, was ich tun konnte. Die Elfen, die innerhalb des Schlosses Wache gehalten hatten, stürmten mit Raven an ihrer Spitze und mit leuchtenden Fackeln an mir vorbei. Wieder fragte ich mich, wo die Wachen abgeblieben waren, die auf dem Gelände patrouilliert hatten. Mir schwante nichts Gutes. Elin musste die Wachen ausgeschaltet haben. Das bedeutete, dass er Avallach betreten hatte. Die Schutzzauber der Elfen und Zauberer hatten ihn nicht aufgehalten. Einige der Lehrer schlossen sich der Handvoll Elfen an, die zum Seeufer liefen. Ich wusste, dass sie keine Chance hatten. Bei Calums Befreiung waren hunderte Elfen und Zauberer nötig gewesen, den Strudel zu stoppen und dieser war noch mal so groß. Das war Selbstmord.

Ich zögerte. Sollte ich zum Eingangsportal gehen oder sollte ich Raven folgen? Ich trat hinaus auf den dunklen Rasen und lief los. Im selben Moment verzog sich die dunkle Wolke und gab das Mondlicht frei. Ich sah, dass Gestalten von einer kleineren Welle an Land gespült wurden. Bewaffnet mit Dreizacks marschierten sie auf Raven und ihre Elfen zu. Doch sie griffen nicht an. Sie sprachen miteinander. Ich blieb stehen. Von meinem Standort aus konnte ich nicht verstehen, worüber sie redeten. Allerdings entging mir nicht, dass ein Großteil der Elfen den Rückzug antrat.

Miss Summer, meine Mathematiklehrerin, kam mir entgegen, ergriff meinen Arm und zog mich zum Schloss zurück.

»Was ist los?«, fragte ich. »Was will er?«

Einen Moment lang sah sie mich an, als ob sie überlegte, was sie mir sagen sollte. Dann entschied sie sich für die Wahrheit.

»Er will dich.«

Sie schwieg einen Moment.

»Er will dich, und zwar sofort. Er gibt uns fünf Minuten Zeit. Dann wird er Avallach fluten. Wir müssen uns in Sicherheit bringen.«

Ich schüttelte ihre Hand ab und drehte mich um.

»Sie sind alle vor dem Tor. Bringen Sie sie fort. Ich gehe zurück«, sagte ich und fragte mich gleichzeitig, woher ich den Mut nahm. Mein Herz schlug mir bis zum Hals.

»Das wirst du ganz sicher nicht tun«, fuhr Talin dazwischen. Ich hatte ihn nicht einmal bemerkt. »Das würde nichts bringen.«

»Aber…«, widersprach ich.

»Hör auf zu diskutieren und komm mit.« Er nahm meine Hand so fest, dass ich keine Chance hatte, ihm zu entkommen.

Talin stürmte durch das Schloss zum Haupteingang, wo sich, wie ich hoffte, alle Schüler versammelt hatten. Seine Stimme donnerte über das aufgeregte Geplapper hinweg.

»Wir verlassen geordnet das Schloss. Versichert euch, dass jeder Schüler, der sich heute Nacht im Schloss aufgehalten hat, da ist. Jeder prüft, ob sein Zimmergenosse anwesend ist.«

Er wartete einen Augenblick, doch offenbar fehlte niemand. Dann bahnte er sich einen Weg durch die Menge.

»Die anwesenden Lehrer holen bitte Fackeln aus der Eingangshalle und gehen an den Seiten und am Schluss. Ich übernehme die Führung. Achtet darauf, dass niemand zurückbleibt. Es wird ein anstrengender Marsch. Es gibt nur einen Ort auf der Insel, wo wir sicher sind.«

Verwundert sah ich ihn an. Ich hatte vermutet, dass er uns nach Marycroyd bringen würde. Fort von der Insel. Aber Talin hatte offenbar etwas anderes im Sinn.

Jemand reichte ihm eine Fackel.

»Was ist mit Raven?«, fragte ich. »Sie ist noch am Ufer. Wir müssen auf sie warten.«

»Raven und ihre Männer werden versuchen, Elin aufzuhalten, bis wir außer Reichweite des Wassers sind. Wir müssen uns beeilen. Lange wird Elin sich nicht hinhalten lassen.«

Angst bemächtigte sich meiner. Was würde Elin mit Raven und ihren Männern tun, wenn er merkte, dass sie mich nicht ausliefern wollten und konnten? Darauf fiel mir nur eine Antwort ein. Er würde sie töten. Oder er würde sie zwingen ihre Seelen und ihre Körper den Undinen zu überlassen.

Schweigend erreichten wir das Ende des Schlosshofes. Talin rannte über die Wiese auf den Wald zu, der auf dieser Seite dunkel die Berge emporwuchs. Das Getrappel der anderen folgte uns. Am Fuße der Berge erreichten wir einen Pfad. Der Zugang lag verborgen zwischen den Büschen. Er führte uns höher in die Berge und den Wald.

Ich versuchte, durch die Zweige und das Laub der Pflanzen, die am Rande wuchsen, einen Blick zurück zu erhaschen. Weiße Gischt schlug mittlerweile aus dem Strudel hervor. Es sah aus, als ob das Wasser ein Eigenleben entwickelt hatte und wutschnaubend nach den Elfen am Uferrand griff. Diese Wassermassen würden Avallach überschwemmen, wenn Elin sie losließ. Der Strudel leckte brausend am Himmel. Er wogte mit ohrenbetäubendem Lärm hin und her und wartete darauf seine Kraft entfesseln zu können.

Ich sah Gestalten vom Ufer fortlaufen. Es war Raven mit ihren Elfen. Talin riss mich weiter und lief den Pfad hinauf. Minuten später blieb er stehen, um sich umzuschauen. Wasser raste auf das Land zu, den fliehenden Elfen dicht auf den Fersen. Auf der Spitze des Strudels thronte Elin. Im Wasser konnte ich mehrere Dutzend anderer Shellycoats ausmachen, die ihre Dreizacks schwangen und sich wie verrückt gebärdeten.

»Dort ist Gawain«, sagte Talin tonlos. Doch so sehr ich mich anstrengte, ich konnte ihn durch die aufsprühende Gischt nicht erkennen.

Starr vor Angst stand ich neben Talin und rührte mich nicht. Das konnte Raven nicht schaffen. Sie würden ertrinken.

Die Sekunden dehnten sich zu Ewigkeiten. Der Lärm war nicht zu ertragen. Die Schreie der Shellycoats, das Brausen des Wassers, das Kreischen der Schüler um mich herum.

Peter drängelte sich zu uns durch.

»Wir müssen Raven helfen.« Seine Stimme klang verzweifelt. »Die Elfen werden es nicht schaffen.«

Talin nickte, antwortete jedoch nicht. Schweigend sahen wir auf das Bild, das sich uns bot. Das Wasser hatte das Ufer erreicht und fuhr mit unverminderter Kraft über den Uferstreifen auf das Schloss zu. Die Elfen rannten um ihr Leben. Eine Fackel nach der anderen verlosch in der Gischt, die von oben auf sie herab sprühte.

Peter konnte den Anblick nicht ertragen. Ein letzter Blick auf Talin, der das Geschehen mit versteinerter Miene beobachtete, genügte und er bahnte sich einen Weg zurück durch die aufgeregten Schüler. Talin drehte sich um und lief, meine Hand fest umklammert, weiter bergauf. Ich konnte nicht glauben, was er tat. Er überließ Raven und die Wachen ihrem Schicksal.

Ich nahm all meine Kraft zusammen und riss mich los. Bevor Talin wieder zugreifen konnte, war ich ihm entwischt und folgte Peter. Miro und Vince sahen mich fragend an.

»Raven«, rief ich im Vorbeilaufen und deutete mit einer Hand nach unten. Vince schloss sich mir an. Miro wechselte ein paar Worte mit Amia und lief hinter uns her. Der Strom der anderen Schüler folgte Talin nach oben, während wir vier verzweifelt versuchten, uns einen Weg zurück zu bahnen.

Ein Blick zum Schloss genügte, um zu wissen, dass wir es nicht schaffen würden. Die Panik beschleunigte meine Schritte. Ich hatte keine Ahnung, was wir tun sollten.

Wenn das Schloss erst überflutet war, würde Raven ertrinken. Mir und den Shellycoats würde das Wasser nichts ausmachen. Aber was war mit Peter? Er konnte uns nicht helfen. Er musste hier auf uns warten. Ich rannte zu ihm, zog an seinem Arm und zwang ihn, stehen zu bleiben.

»Peter, du musst hierbleiben. In den Wassermassen kannst du Raven nicht helfen. Du bist uns nur im Weg.«

Peter war völlig außer Atem. Nackte Angst stand in seinem Gesicht. Es wiederstrebte ihm, tatenlos zu zusehen, wie Raven im Wasser um ihr Leben kämpfte. Aber er wusste, dass ich recht hatte.

»Du musst sie retten«, rief er mir hinterher, während ich mit Vince und Miro den Weg fortsetzte.

In dem Moment, in dem wir am Fuße des Berges angekommen waren, trafen die Wassermassen auf das Schloss. Mit unglaublicher Geschwindigkeit strömte es auf uns zu, überflutete das Gebäude und den Schlosshof.

»Halt dich fest!«, hörte ich Vince durch den Lärm rufen. Ich klammerte mich an den nächstbesten Baum, als das Wasser über mir zusammenschlug. Ich hoffte, dass Peter zurückgelaufen war und dass das Wasser ihn nicht mehr erreicht hatte. Es dauerte ewig, bis sich die Flut etwas beruhigt hatte, und auch dann toste sie noch um mich herum. Das Wasser knallte gegen die Berge, als wollte es diese umschubsen. Ich sah mich um und versuchte, Vince und Miro zu entdecken. Doch in der Dunkelheit war niemand zu sehen. Nach einer Weile ließ ich den Baum los und begann zu schwimmen. Ich hatte nicht viel Zeit. Es war mühselig, gegen das wütende Wasser anzuschwimmen. Außerdem hatte ich Angst, Elin oder einem seiner Shellycoats zu begegnen. Die Sorge um Raven trieb mich weiter. Langsam wurden die Umrisse des Schlosses im Wasser deutlich. Ich konnte nicht erkennen, wie hoch das Wasser stand. Verzweifelt sah ich mich um. Wo zum Teufel sollte ich suchen? So schnell ich konnte, schwamm ich weiter. Hoffentlich war sie nicht verletzt. Wie lange konnte eine Elfe unter Wasser bleiben, ohne zu ertrinken? Ich erreichte das Schloss und schwamm daran entlang. Ich musste einen Weg ins Innere finden. Vergeblich rüttelte ich an den Türen. Endlich entdeckte ich ein zerbrochenes

Fenster. Vorsichtig, um mich nicht zu verletzen, griff ich hinein und versuchte es zu öffnen. Es dauerte eine Weile, bis es mir gelang. Ich bahnte mir meinen Weg ins Schloss. Langsam schwamm ich zwischen umher treibenden Gegenständen durch die Flure. Es war stockfinster. Ich traute mich nicht, mein Licht zu benutzen. Ich war sicher, dass Elin mit seinen Anhängern hier drin unterwegs war. Die Augen von »echten« Shellycoats waren viel besser als meine halben Menschenaugen. Sie würden mich sofort entdecken. Etwas packte mich am Arm und ich wurde durch eine offenstehende Tür gerissen. Ich versuchte mich zu befreien, da hörte ich Miros Stimme in meinem Kopf.

»Psst, da ist Elin mit seinen Leuten.«

An diese Art der Kommunikation würde ich mich nie gewöhnen. Miro zog mich hinter die Tür. Durch einen Spalt sah ich, wie Elin an uns vorbei schwamm. Er machte sich nicht die Mühe, sein Licht zu verstecken. Sein Gesicht war wutverzerrt.

Vor Angst hielt ich die Luft an. Würde er meine Gegenwart spüren? Zu meinem Erschrecken sah ich, dass vier seiner Leute Gefangene mit sich schleppten. Es waren Mitglieder von Ravens Truppe. Was hatte er mit ihnen vor? Ihm musste klar sein, dass sie im Wasser keine Chance hatten zu überleben. Ich atmete auf, als der Trupp an uns vorbei war, und drehte mich zu Miro um.

»Was sollen wir tun? Wo sollen wir Raven suchen? Wenn wir sie nicht bald finden, wird es zu spät sein.«

»Ich bin nicht sicher, ob sie das Schloss überhaupt erreicht hat.«

Fragend sah ich ihn an.

»Bestimmt ist sie noch draußen vor dem Schloss von dem Wasser überrascht worden«, setzte er hinzu.

Langsam begann ich zu verstehen, was er meinte.

»Es ist zu gefährlich, das ganze Schloss zu durchschwimmen, um nach draußen zu gelangen. Wir könnten zu leicht einer Patrouille von Elin in die Hände fallen«, wandte ich ein.

Ich sah mich um. Wir befanden uns im großen Festsaal. »Der nächste Weg ins Freie ist durch den Innenhof«, überlegte ich.

Miro nahm meine Hand und zog mich hinter sich her.

»Wenn das Wasser hoch genug steht, kann ich dort springen. Vielleicht entdecken wir Raven dann«, übermittelte ich ihm weiter.

Miro nickte. Vorsichtig tasteten wir uns durch die Gänge, als eine Gestalt vor uns auftauchte. Ich wollte Miro hinter eine Säule ziehen, doch der beruhigte mich.

»Das ist Vince.«

Erleichtert erkannte ich unseren Freund, der auf uns zu schwamm. Sein linker Arm stand merkwürdig von der Seite ab. Miro und ich schwammen ihm entgegen.

»Was ist passiert, Vince?«, fragte Miro besorgt.

»Die Welle hat mich mitgerissen«, presste Vince hervor, »und ich bin gegen die Schlossmauer geprallt.«

»Wird es trotzdem gehen? Kannst du zurückschwimmen?«

Vince nickte und wir berichteten ihm, was wir vorhatten. Mit der Armverletzung fiel Vince für die Sprünge aus und Miros Sprünge waren schon immer mehr als kläglich gewesen. Also fiel diese Aufgabe mir zu.

»Wenn ich Raven entdecke, musst du losschwimmen und sie holen, Miro. Darin bist du deutlich besser als ich.«

Er nickte.

Der Innenhof lag leer vor uns, wenn man von den Gegenständen absah, die durch das Wasser trieben. Vorsichtig schwammen wir hinein und sahen nach oben. Tatsächlich stand das ganze Schloss unter Wasser. Es war zu dunkel, als das wir sehen konnten, wie hoch das Wasser reichte.

»Ich werde nach oben schwimmen und nachschauen, wie es dort aussieht«, übermittelte ich den Jungs und schwamm los, bevor sie Einspruch erheben konnten.

Vorsichtig durchstieß ich die Wasseroberfläche. Es wurde langsam hell, registrierte ich. Blutrot leuchtete der Horizont. Es war, wie wir befürchtet hatten. Lediglich die Turmspitzen ragten noch aus dem Wasser. Elin hatte Avallach vernichtet. Hätte ich weinen können, dann hätte ich es getan.

»Das Wasser wird zurückgehen«, hörte ich Miros tröstende Worte neben mir. Er hatte es unten nicht ausgehalten. »Wir werden Avallach nicht verlieren.«

Ich wandte mich ihm zu und lächelte.

»Raven auch nicht.«

Ich tauchte nach unten, um Anlauf zu nehmen. Dann durchbrach ich die Wasseroberfläche, verharrte einen Augenblick in der Luft und sah mich um. Ich hatte mir überlegt, dass ich bei jedem Sprung eine der vier Seiten des Schlosses auswählen würde. Doch selbst so blieben mir lediglich einige Sekunden, um mich umzusehen. Nur mit viel Glück würde ich Raven entdecken. Schon nach dem ersten Sprung war mir klar, dass diese Aufgabe fast unlösbar war. Auf der Wasseroberfläche trieben allerlei Dinge, die einen Weg aus dem Schloss gefunden hatten. Wie ich in dem Durcheinander Raven finden sollte, war mir schleierhaft. Es wäre besser gewesen, wenn auch Vince hätte springen können. Vier Augen sahen bekanntlich mehr als zwei. Doch mit seiner Verletzung war das unmöglich. Bei meinem nächsten Sprung nahm ich die westliche Seite in Augenschein. Auch dort konnte ich keine Regung ausmachen. Womöglich war Raven längst ohne Bewusstsein und konnte sich nicht mehr bemerkbar machen, schoss es mir durch den Kopf. Nach zwei weiteren erfolglosen Sprüngen machte ich eine Pause und schwamm zu den Jungs, die im Innenhof auf mich warteten. Erschöpft ließ ich mich neben sie auf den harten Steinboden fallen. Vince sah mittlerweile ganz blass aus, doch er jammerte nicht.

»Du musst es weiter versuchen, Emma«, sagte Miro. »Raven wird sich verstecken. Wenn sie dich sieht, wird sie sich bemerkbar machen. Spring am besten zweimal auf jeder Seite, dann muss sie nicht warten, bis du einmal rum bist.«

Ich nickte und schwamm nach oben. Lange würde ich das nicht durchhalten. Ich war nicht im Training. Ein Sprung – nichts, zweiter Sprung – nichts. Beim dritten Sprung meinte ich hinter dem Südturm, eine Bewegung auszumachen. Wieder sprang ich und tatsächlich, Raven klammerte sich an dem Turm fest. Als sie mich erblickte, wagte sie es sogar mit einer Hand loszulassen und zu winken. Erleichtert tauchte ich zurück und schwamm zu Miro und Vince.

»Ich habe sie entdeckt!«

Miro umarmte mich. Eine Sekunde hielt ich mich an ihm fest. Vor Erleichterung und Erschöpfung schien mein Körper mir den Dienst zu versagen.

»Sie hält sich hinter dem Südturm versteckt. Keine Ahnung, wie lange sie sich dort festhalten kann. Das Wasser steigt weiter. Du musst sie schnell holen. Und sieh dich vor, falls Elins Leute mich entdeckt haben.«

»Du musst Vince helfen«, sagte Miro. »Die Verletzung ist schlimmer, als ich gedacht habe. Er schafft es nicht allein. Wir treffen uns an der Stelle, an der das Wasser uns überrascht hat. Findest du dorthin zurück?«

Ich nickte und hoffte, dass es auch so war.

Miro musterte mich.

»Ich lass dich ungern mit Vince zurück, doch ihr werdet viel langsamer sein als ich.«

»Ich schaffe das schon«, versicherte ich ihm. »Jetzt schwimm endlich los.«

Ohne sich noch mal umzuschauen, machte er sich auf den Weg nach oben. Ich sah ihm nach und hoffte, dass er es schaffen würde. Dann griff ich Vince unter die Arme und zog ihn hoch. Ich wollte es nicht riskieren, durch das Schloss zu schwimmen, sodass ich entschied, mit Vince in Richtung Oberfläche zu schwimmen. Oben angekommen sah ich mich um. Doch ich konnte Raven und Miro nicht entdecken. Ich drehte mich einmal um meine eigene Achse, um die Richtung zu bestimmen, in die ich mit Vince schwimmen musste. Er wurde schwerer und schwerer in meinen Armen. Nach einer Weile stellte ich entsetzt fest, dass er ohnmächtig geworden war. Ich mobilisierte alle meine Kräfte, um ihn durch das Wasser zu ziehen, und hoffte, dass uns kein feindlicher Shellycoat entdecken würde.

Nur langsam kamen die Berge näher. Sie waren nur noch halb so hoch, wie am Tag zuvor. Immer wieder schwamm Gerümpel an uns vorbei. Manchmal versuchte ich danach zu greifen, in der Hoffnung mich daran festhalten zu können. Meine Kräfte ließen langsam nach. Lange würde ich Vince nicht mehr halten können. Ein Brett trieb auf uns zu. Würde ich es schaffen Vince darauf zu heben? Ich hielt es fest, doch das Wasser, das immer noch hin und her tobte riss es mir aus der Hand. Ich spürte, wie sich ein Splitter in meine Handfläche bohrte. Das hatte mir gerade noch gefehlt. Langsam paddelte ich weiter. Aufmerksam behielt ich die Gegend im Auge, immer darauf gefasst, dass Elin oder einer seiner Männer vor mir auftauchen würde. Doch nichts dergleichen geschah. Ich wunderte mich, weshalb ich Miro und Raven nirgendwo sah. Vermutlich hielten sie sich hinter einem Gegenstand, der im Wasser trieb, versteckt.

Endlich erreichte ich die Stelle, die wir vereinbart hatten. Jedenfalls hoffte ich, dass sie es war. Alles sah so verändert aus. Mühsam zog ich Vince aus dem Wasser. Völlig entkräftet ließ ich mich neben ihn ins Gras fallen. Ich war nicht lange allein. Peter tauchte aus dem Wald auf, setzte sich neben mich und griff nach meiner Hand. Ich versuchte zu lächeln, war aber nicht sicher, ob mir das gelang.

»Raven?«, fragte er mit rauer Stimme.

»Ist Miro noch nicht mit ihr hier?«, fragte ich alarmiert und setzte mich auf. Peter schüttelte den Kopf. »Ich hatte gedacht, dass sie weit vor uns sind. Ich konnte mit Vince nicht so schnell schwimmen. Er ist verletzt.«

Die Minuten zogen sich unbarmherzig in die Länge, während wir auf das Wasser starrten. Dann tauchte Miros Kopf auf. Ich stieß den Atem aus, als ich erkannte, dass er Raven fest im Griff hatte. Peter half ihr aus dem Wasser. Sie fiel auf die Knie und begann zu husten. Peter hielt sie fest und strich ihr das Haar aus dem Gesicht. Dankbar lächelte sie ihn an.

»Wo wart ihr solange?«, wandte ich mich an Miro.

»Da schwamm eine Patrouille von Elins Soldaten. Wahrscheinlich ist ihm aufgegangen, dass sich einige mögliche Geiseln im Wasser tummeln könnten. Ich bin froh, dass wir ihnen entwischt sind, auch wenn Raven deshalb etwas viel Wasser schlucken musste.«

Er grinste sie an.

»Wir sollten von hier verschwinden«, sagte Raven stockend. »Elin, er ist völlig verrückt geworden. Ihr hättet seinen Blick sehen müssen. Seine Augen, sie sind schwarz. Jede Regung ist daraus verschwunden. Da ist nur noch Hass.«

Ich schüttelte mich.

»Weißt du, wo Talin mit den anderen hin ist?«, fragte ich Peter. Ich wollte eine größtmögliche Entfernung zwischen mich und Elin bringen.

»Er ist dem Pfad gefolgt. Ich konnte ihn noch eine Weile sehen, aber dann habe ich nicht mehr darauf geachtet.«

Bedauernd zuckte er mit den Schultern.

»Ich weiß, wo er hin ist«, warf Raven ein. »Er bringt die Schüler zum einzigen sicheren Platz auf der Insel. Er bringt sie zu dem Heiligen Baum.«

Peter und ich wandten ihr den Kopf zu.

»Ich denke, nur die Priester kennen den Ort, wo der Baum steht.«

Raven nickte.

»Talin ist einer von ihnen«, erklärte sie, als ob das das Selbstverständlichste auf der Welt wäre.

»Aber von uns ist niemand ein Priester«, erinnerte ich sie.

»Noch nicht«, unterbrach sie mich. »Wenn ich Elisiens Nachfolgerin werde, werde ich zur Priesterin geweiht. Um mich darauf vorzubereiten, begleitete ich Elisien vor einiger Zeit zu dem Baum. Ich glaube, dass ich den Weg wiederfinde.«

Peter starrte sie ehrfürchtig an.

»Ist es weit?«, fragte ich skeptisch und warf einen Blick auf Vince, der immer noch bewusstlos am Boden lag.

Raven schüttelte den Kopf.

»Da wir schon ziemlich weit oben sind, müssten wir den Ort in ungefähr einer Stunde erreichen. Das Hauptproblem wird sein, durch die Schutzwälle zu kommen. Ich hoffe, Talin erwartet uns.«

Miro und Peter hoben Vince hoch und nahmen ihn zwischen sich. Raven ging voran.

Wir schafften es nicht in einer Stunde und auch nicht in zwei.

Wir kletterten über Baumwurzeln und riesige Steine, die uns den Weg versperrten. Farne und Gräser wuchsen die Berge hinauf. Glücklicherweise war der Weg, den Talin mit den Schülern genommen hatte, noch gut zu erkennen. Blieb nur zu hoffen, dass Elin nicht auf die Idee kam, uns an Land zu verfolgen.

Die Sonne stand hoch am Himmel, als wir auf einer Lichtung ankamen und Raven den Jungs ein Zeichen gab, Vince hinzulegen. Ich ließ mich neben ihm ins Moos fallen und fühlte seine fieberheiße Stirn.

»Und nun«, fragte ich Raven. »Sind wir endlich da oder ist das wieder eine Zwischenpause?«

»Wir sind da«, erwiderte Raven kurz angebunden.

Ich sah mich um. »Wo ist der ominöse Baum? Wo sind die anderen?«

»Wir müssen warten«, erwiderte Raven.

Sprachlos sah ich sie an. »Warten? Worauf? Kann man das nicht beschleunigen? Kannst du nicht jemanden rufen?«

Raven schüttelte den Kopf.

»Dann hoffe ich, dass Elin nicht unsere Spur gefunden hat und uns gefolgt ist. Denn wenn das so wäre, würde er gleich neben uns stehen.«

»Wenn das so wäre, hätte er uns längst eingeholt«, fiel Peter mir ins Wort. »Du musst ein bisschen mehr Vertrauen haben. Raven weiß schon, was sie tut.«

Ich musterte ihn mit hochgezogenen Augenbrauen. War ja klar, dass er sie in Schutz nahm.

Im selben Moment tauchten drei weiße Gestalten wie aus dem Nichts auf. Während ich sie ungläubig anstarrte, stand Raven auf, trat auf sie zu und neigte ihren Kopf vor ihnen. Es waren zwei Frauen und ein Mann in langen weißen Gewändern. Sie lächelten sie freundlich an und begrüßten sie. Hinter ihnen tauchten Talin und Loris, mein Schwimmtrainer, auf. Sie traten zu uns und Talin beugte sich besorgt zu Vince hinunter. Talin legte ihm eine Hand auf die Stirn und wandte sich dann uns zu.

»Ist er schon lange bewusstlos?«, fragte er.

»Seit wir ihn aus dem Wasser gezogen haben. Er wacht immer nur kurz auf und scheint ziemliche Schmerzen zu haben«, antwortete Peter.

»Ihr habt ihn die ganze Zeit getragen?«, fragte Loris ungläubig.

»Wir konnten ihn schlecht zurücklassen, oder?«, antwortete ich schnippisch. »Wir hätten jedoch nichts dagegen gehabt, wenn jemand von euch auf uns gewartet hätte«, setzte ich hinzu.

»Wir mussten die anderen Schüler in Sicherheit bringen«, mischte sich Talin ein. »Zurückzugehen war eure eigene Entscheidung.«

Sprachlos sah ich ihn an. Noch gefühlloser ging es wohl kaum. Ich war froh, dass Raven, die noch bei den Priestern stand, ihn nicht gehört hatte. Schließlich hatte sie die anderen Elfen, die mit ihr zum See gegangen waren, um mit Elin zu verhandeln, verloren. Wir wussten nicht, ob eine der Wachen sich hatte retten können.

Talin bat Loris, ihm mit Vince zu helfen. Die beiden Männer nahmen ihn zwischen sich und hoben ihn hoch.

Die Priester bedeuteten uns, ihnen zu folgen. Ächzend rappelte ich mich auf und hoffte, dass es nun nicht mehr lange dauern würde, bis ich mich ausruhen konnte.

Ich machte nur wenige Schritte und stand unvermittelt zwischen den anderen Schülern, die am Fuße eines riesigen Baum saßen und aßen und tranken. Es hatte den Anschein eines riesigen Picknicks.

Ich sah mich um. Die Lichtung wirkte völlig verwandelt. Wie war das möglich? Was war passiert? Ich hatte nichts bemerkt. Ich war über keine Grenze und durch kein Portal gegangen. Das würde Raven mir erklären müssen. Sie hatte etwas von Schutzwällen gesagt. Wo waren die?

Ich blickte mich um und sah Raven mit unserem Empfangskomitee in einem der weißen reetgedeckten Häuschen verschwinden, die nicht weit entfernt standen. Geschäftiges Treiben war im Gange. Frauen und Männer in langen weißen Kleidern schritten zwischen den Häusern und den Schülern hin und her, beladen mit Tabletts voller Essen oder Wasserkrügen. Es sah friedlich aus. Die Sonne schien und Vögel zwitscherten in der warmen Luft. Die Hütten waren gesäumt von bunten Blumen- und Gemüsebeeten. Auf der rechten Seite erstreckte sich ein kleiner See, an dessen Ufer mehrere Boote lagen. Das Schilf rauschte im Wind und der Duft von frisch gegrilltem Fisch kitzelte meine Nase.

Morgaine kam auf mich zugeflattert und reichte mir eine Pastete.

»Auch mal nett, dass wir den Haufen nicht bedienen müssen«, flüsterte sie mir ins Ohr.

Ich lächelte sie an. »Haben es alle geschafft?«

Als sie nickte, fiel mir ein Stein vom Herzen.

»Ein paar sind verletzt und die meisten sind erschöpft, aber zum Glück sind alle in Sicherheit. Wenn Du den Strudel nicht bemerkt hättest, wären wir ertrunken.«

Verlegen winkte ich ab. Das war wirklich bloßer Zufall gewesen. Hungrig biss ich in die Pastete und sah mich suchend nach Amia um. Sie saß mit Miro direkt am Fuße des Baumes und winkte mir zu. Ich lief zu ihr und setzte mich neben sie.

»Ich hatte solche Angst, dass ihr es nicht schaffen würdet.«

Sie reichte mir einen Becher und einen Teller mit Essen. Die Pastete hatte mich nicht satt gemacht, und so schlang ich das Essen in mich hinein, während Miro und Amia neben mir leise flüsterten.

Ich lehnte mich an den Stamm des Baumes. Erst jetzt spürte ich die Kälte der klammen Sachen auf meinem Körper. Kaum hatte ich den Baum berührt, durchrieselte mich eine wohlige Wärme. Sie breitete sich überall aus, beruhigte meine angespannten Nerven und ich spürte, dass alles gut werden würde.

Das Letzte, was ich sah, bevor mir die Augen zufielen, war Amias wissendes Lächeln.

Als ich aufwachte, fühlte ich mich wie neugeboren. Jemand hatte mich mit einer Wolldecke zugedeckt. Kälte und Angst lähmten mich nicht mehr. Ich setzte mich auf. Amia und Miro waren nirgendwo zu sehen. Nur Vince lag neben mir und schlief. Der verletzte Arm war verbunden. Sein Atem ging ruhig und der schmerzverzerrte Zug war aus seinem Gesicht verschwunden. Ich fragte mich, wohin alle anderen Schüler verschwunden waren. Nur vereinzelt saßen noch einige Grüppchen zusammen.

Ich sah hinauf in die Krone des Baumes. Dunkelgrüne Blätter raschelten in den riesigen Ästen. Eins fiel herab und schwebte langsam in meinen Schoß. Vorsichtig nahm ich es in die Hand. Es glitzerte silbrig auf grünem Grund.

Ich hielt das Blatt in die letzten Sonnenstrahlen und betrachtete fasziniert das Funkeln darin.

Morgaine kam angeflattert und reichte mir einen Becher mit Tee.

»Wo sind alle hin?«, fragte ich, nachdem ich meinen Durst gelöscht hatte.

»Die meisten Schüler wurden abgeholt. Die Völker sind benachrichtigt worden. Du hast lange geschlafen. Jetzt sind nur noch Shellycoats hier.«

»Was ist mit Vince?« Ich warf einen Blick auf meinen schlafenden Freund.

»Es geht ihm besser. Morgen früh wird seine Verletzung verheilt sein.«

Ungläubig sah ich Morgaine an.

»Der Arm ist gebrochen, das verheilt nicht in einer Nacht.«

»Ach, weißt du, Emma, es gibt Dinge zwischen Himmel und Erde … man sollte meinen, dass du das mittlerweile gelernt hättest.«

Sie lächelte mich an und es war mir unmöglich, ihr böse zu sein.

»Es ist der Baum, oder? Er heilt ihn.«

Ich blickte auf das Blatt, das ich immer noch festhielt. Der Kratzer, den der Splitter in meine Hand gerissen hatte, war verschwunden.

Sie nickte und flog los.

Ich stand auf und versuchte, während ich ihr folgte, notdürftig meine Sachen zu glätten. Mit dem Blatt in der Hand ging ich hinter Morgaine her. Kaum hatte ich mich einige Schritte von dem Baum entfernt, breitete sich das flaue Gefühl der Angst wieder in meinem Magen aus. Am liebsten wäre ich zurückgegangen und hätte mich an den Baum neben Vince gesetzt. Hoffentlich war die körperliche Heilung nachhaltiger. Ich sah zurück. Verrückt, was alles möglich war.

Ich entdeckte Peter und Raven, die bei Talin standen, und ging zu ihnen.

»Was soll jetzt werden, wo Avallach zerstört ist? Wo sollen alle, wo soll Emma hingehen?«, hörte ich Peter Raven fragen.

»Vorerst werden alle Schüler bei ihren Völkern bleiben. Das Wasser wird bald zurückfließen, dann werden wir weitersehen. Wir werden Avallach nicht verlieren«, antwortete Talin an ihrer statt.

Fassungslos sah ich ihn an.

Wo sollte ich hin? Wo sollte Calum hin? Ich hoffte, dass ihm und Joel nichts zugestoßen war. Ich sehnte mich nach ihm, nach seiner Wärme, seinen Armen, die mich festhielten und mich vor all diesen schrecklichen Dingen beschützten.

»Emma.« Als Peter mich sah, fasste er nach meinem Arm. »Wir werden in einer halben Stunde aufbrechen und nach Portree fahren. Wir müssen Ethan, Bree und die Zwillinge warnen und in Sicherheit bringen. Wir befürchten, dass Elin dort auftaucht, nachdem er dich in Avallach nicht bekommen hat. Er wird vermuten, dass du zurückkehrst.«

Ich nickte abwesend. Damit hatte Elin auch nicht unrecht. Wo sollte ich sonst hin?

»Lass das ein paar Elfen erledigen«, hörte ich Ravens Stimme. »Das ist viel zu gefährlich.«

»Ich glaube nicht, dass mein Vater sich von ein paar Elfen überzeugen lässt, Portree in einer Nacht- und Nebelaktion zu verlassen. Du darfst natürlich gern mitkommen und uns helfen.«

Raven nickte zustimmend. »Das hatte ich sowieso vor. Wir werden uns in Marycroyd einen Wagen besorgen müssen.«

»Es wird Stunden dauern, bis wir dort sind«, jammerte ich. »Was, wenn wir zu spät kommen?«

»Wir müssen einfach versuchen, es zu schaffen«, sagte Peter mit fester Stimme.

5. Kapitel

Es war mitten in der Nacht, als wir in Portree eintrafen. Unser Haus lag still und friedlich vor uns. Kein einziges Licht brannte mehr. Es musste weit nach Mitternacht sein. Vor Müdigkeit konnte ich mich kaum auf den Beinen halten. Lange hatte die Kraft, die der Baum mir gegeben hatte, nicht vorgehalten. Aus Angst vor einem Überfall hatte ich im Auto kein Auge zugetan. In der Finsternis hatte meine Fantasie mir mehrfach Gestalten vorgegaukelt, die am Straßenrand auf uns warteten. Ich stellte mir vor, wie sie sich vor das fahrende Auto warfen, um uns aufzuhalten. Natürlich war nichts dergleichen geschehen.

»Ihr bleibt im Auto«, befahl Raven. »Ich sehe mich erst einmal um.«

Leise öffnete sie die Wagentür und wurde kurze Zeit später von der Dunkelheit verschluckt. Peter und ich warteten. Ein leises Klopfen am Autofenster schreckte uns Minuten später auf.

»Es scheint alles in Ordnung zu sein. Lasst uns zum Haus gehen. Wir müssen uns beeilen. Peter, du musst deinen Vater überzeugen, mit uns zu gehen.«

Peter nickte. Während der gesamten Fahrt hatte Raven auf ihn eingeredet und ihm die Gefahr, in der unsere Familie schwebte, deutlich gemacht. Anfangs hatte ich mich gefragt, ob sie nicht übertrieb. Je länger sie redete, umso ängstlicher wurde ich. Zum Schluss war ich beinahe sicher, dass wir zu spät kommen würden. Trotz der Müdigkeit schlug mein Herz jetzt bis zum Hals und pumpte Adrenalin durch meine Adern. Ich wollte nur noch eins. Meine Familie wecken und von hier verschwinden.

Wir schlichen zum Haus und öffneten vorsichtig die Tür. Ich fühlte mich wie eine Einbrecherin. Peter ging zum Schlafzimmer von Ethan und Bree. Mir fiel die Aufgabe zu, die Zwillinge zu wecken. Ich ging in das Zimmer und knipste eine der Nachttischlampen an. Da stand Raven hinter mir und löschte das Licht. Ich wandte mich zu ihr um.

»Es muss ohne gehen.«

Behutsam, um sie nicht zu erschrecken, schüttelte ich erst Amber und danach Hannah am Arm. Hannah schlug sofort ihre Augen auf und sah mich erschrocken an.

»Was machst du hier, Emma?«, fragte sie mit aufgeregter Stimme.

»Das erkläre ich dir gleich«, antwortete ich und versuchte, meine Stimme so normal wie möglich klingen zu lassen. »Zieh dich erst an und packe ein paar Sachen zusammen. Wir werden für einige Tage verreisen.«

Wie von Hannah nicht anders zu erwarten, befolgte sie meine Anweisungen, ohne weitere Fragen zu stellen.

Amber zu wecken, gestaltete sich weitaus schwieriger. Sie war eine Langschläferin und reagierte auf mein Schütteln kaum. Die einzige Reaktion bestand darin, dass sie sich zur Wand drehte und unverständliches Zeug murmelte.

»So funktioniert das bei ihr nicht«, flüsterte Hannah. »Da musst du schon einen nassen Waschlappen aus dem Bad holen.«

Ich lief ins Bad, als ich laute Stimmen aus dem Schlafzimmer hörte. Raven und Ethan stritten miteinander. Zwischendurch hörte ich Bree, die vergeblich versuchte, die beiden zu beruhigen.

»Ich werde meine Kinder nicht von hier wegbringen«, hörte ich Ethan. »Das Schuljahr hat gerade begonnen. Was soll ich den Eltern und der Schulbehörde sagen, weshalb ich Portree verlasse?«

Ich trat ins Zimmer.

»Emma«, fragte Raven, »sind die Kleinen fertig? Wir müssen in ein paar Minuten fort sein.«

»Das kommt nicht infrage«, widersprach Ethan.

Jetzt mischte Bree sich ein.

»Ich werde mit den Mädchen mit Raven gehen«, widersprach sie Ethan. »Was Sophie passiert ist, war schrecklich genug. Ich werde nicht zulassen, dass Elin ihnen etwas antut.«

Sie drehte sich um und ging ins Bad. Ethan starrte ihr nach, als ob er nicht glauben könnte, was gerade geschehen war.

Aus dem Gäste-WC holte ich einen nassen Lappen. Ich drückte ihn Hannah, die komplett angezogen und mit ihrem Reisekoffer bewaffnet im Flur stand, in die Hand und befahl ihr, ihre Schwester zu wecken. Dann ging ich in mein Zimmer, um wenigstens einige Sachen einzupacken. Schnell zog ich mich um, da die Klamotten, die ich trug, von den Geschehnissen des Tages völlig ramponiert waren. Fünf Minuten später stand ich im Flur und sah mit Genugtuung, dass auch Ethan sich entschlossen hatte, mit uns zu kommen. Bree half Amber, die ihre Augen selbst im Stehen geschlossen hielt, in ihre Jacke. Endlich waren alle startbereit.

Raven hatte sich mit Peter an der Eingangstür postiert.

»Ich mache jetzt die Tür auf und sehe nach, ob alles in Ordnung ist. Wenn ich los sage, rennt ihr so schnell ihr könnt zu den Wagen«, instruierte Raven uns. »Peter fährt das eine Auto, Ethan das andere«, setzte sie hinzu.

Vorsichtig öffnete sie die Tür einen Spalt breit. Alles war still.

»Was denkst du?«, fragte Peter und sah sie an.

Raven schüttelte den Kopf.

»Da draußen ist nichts. Ich müsste etwas spüren. Es ist merkwürdig. Es liegt etwas in der Luft. Hörst du, wie ruhig es ist?«

Dieselbe Stille wie in Avallach, ging es mir durch den Kopf.

Raven trat aus dem Haus. Peter folgte ihr auf dem Fuße. Einen Moment sahen sie sich um. Dann winkten sie uns zu sich. Ich setzte einen Fuß auf die Steinstufen vor der Haustür.

»Lauft!«, schrie Raven da neben mir und gab mir einen Stoß. Ich griff Hannahs Hand und lief los. Der Weg vor mir nahm kein Ende. Es fühlte sich an, als würden meine Füße in einer glibberigen Masse verschwinden und ich würde keinen Fuß vor den anderen setzen können. Ich hörte Bree mit Amber hinter mir und Ethan, der unsere Reisetaschen trug. Er keuchte vor Anstrengung.

Ich spürte die Gefahr, ehe ich sie sah. Während ich lief, wandte ich den Kopf. Dunkle Gestalten nährten sich in rasender Geschwindigkeit dem Haus. In ihren schwarzen Umhängen kamen sie mir grausam bekannt vor. Elin hatte kaum Zeit verloren. Immer schneller nährten sich unsere Verfolger. Das Flattern ihrer Mäntel hinter mir schwoll an. Hannah an meiner Hand wurde langsamer. Ich spürte ihre Angst wie meine eigene, und diese Angst lähmte uns. Ich befürchtete, dass wir die Autos nicht rechtzeitig erreichen würden. Ich wagte es nicht, mich noch einmal umzudrehen. Ich verdoppelte meine Anstrengungen und zog Hannah mit aller Kraft hinter mir her.

Der Zaun, der das Grundstück umgab und hinter dem die Autos standen, tauchte auf. Peter und Ethan betätigten die Schlüssel und öffneten die Türen. Panisch schob ich Hannah, Bree und Amber in den einen Wagen. Dann rannte ich zu dem anderen und ließ mich auf die Rückbank fallen. Im selben Augenblick, in dem Peter die Tür verriegelte, waren sie da. Eine finstere Gestalt baute sich vor unserem Wagen auf, eine riss an meiner Tür. Unter der Kapuze war nichts zu erkennen. Eine schneeweiße Hand schlug gegen mein Fenster.

Ich schrie und wich zur anderen Seite zurück.

»Fahr«, hörte ich Raven.

Ich kauerte mich auf dem Rücksitz zusammen. Als eine weitere Gestalt am Auto auftauchte, rutsche ich in die Lücke zwischen Fahrersitz und Rückbank und verbarg meinen Kopf zwischen meinen Armen. Wilde Schläge gegen die Fensterscheibe raubten mir den Verstand. Es würde nicht lange dauern, bis eine Hand nach mir griff. Ich meinte zu spüren, wie mich jemand durch eine zersplitterte Scheibe ins Freie zog. Da sprang der Wagen an und mit aufheulendem Motor gab Peter Gas. Auf die Gestalt vor ihm nahm er keine Rücksicht. Es gab einen dumpfen Aufprall, dann schoss Peter davon. Ich setzte mich zurück auf den Sitz und drehte mich um. Ethan war direkt hinter uns. Unsere Verfolger gaben jedoch nicht auf. Ich konnte in der Dunkelheit mindestens fünf Gestalten ausmachen, die den Autos folgten.

Wir waren so auf sie fixiert, dass wir das, was am Haus geschah, erst bemerkten, als sie zurückfielen und die Flammen hell am Himmel loderten.

Raven bemerkte sie als erste und zog laut den Atem ein. Die Shellycoats hatte unser Zuhause angezündet. Das war beinahe schrecklicher als die Flutung von Avallach.

Peter stöhnte auf, als er den Lichterschein im Rückspiegel bemerkte. Ich wollte mir nicht ausmalen, was sich im Auto hinter uns abspielte. Das Haus, in dem meine Mutter und Ethan und vor ihnen viele andere Generationen ihrer Familie groß geworden waren, wurde in einer einzigen Nacht vernichtet.

»Weshalb können sie Feuer machen?«, wandte sich Peter an Raven.

»Was meinst du damit?«, stellte sie die Gegenfrage.

»Na, im Wasser brauchen sie das ja wohl nicht. Und da frage ich mich, woher Elin weiß, wie das geht.«

Peter hatte recht. Für uns war Feuer etwas ganz Normales. Aber die Shellycoats mussten das irgendwo lernen. Und dieses Feuer war kein kleines Lagerfeuer. So schnell konnte es nur brennen, wenn ein Brandbeschleuniger im Spiel war.

»Elin war auch in Avallach. Ich schätze, er hat dort gelernt, wie man Feuer macht. Wie er so schnell so ein großes Feuer entzünden konnte, weiß ich leider auch nicht. Unsere Priester verwenden an Beltane, unserem Fest zum Sommeranfang, verschiedene Mixturen, damit die Feuer schnell und kräftig brennen. Doch davon kann Elin nichts wissen.« Resigniert hob sie ihre Schultern.

Tränen liefen mir über die Wangen und Gänsehaut zog über meine Arme, während ich das Feuer nicht aus den Augen ließ, das sich durch alles fraß, was mir lieb geworden war. Ich musste daran denken, was ich mit Calum besprochen hatte. Nur Elins Tod würde dem Ganzen ein Ende bereiten. Als das Haus und der Lichterschein, der es vernichtet hatte, nicht mehr zu sehen war, kauerte ich mich auf der Rückbank zusammen und deckte mich notdürftig mit meiner Jacke zu. Was würde nun werden? Wo sollten wir hin? Die Erschöpfung forderte ihren Tribut und trotz der Sorgen, die ich mir um uns machte, schlief ich ein.

»Edinburgh? Wieso Edinburgh?«, fragte ich aufgebracht. Ich wollte zu Calum.

Ich war kaum aufgewacht, als Peter mich mit der Neuigkeit konfrontiert hatte.

»Wir werden uns dort verstecken«, erklärte Peter. »Wir hoffen, dass Elin uns dort nicht aufspüren wird. Wir werden bei Miss Wallace wohnen.«

»Miss Wallace?«

»Erinnerst du dich nicht? Wir waren schon mal bei ihr. Damals als wir in Edinburgh Urlaub gemacht haben.«

Ja, ich erinnerte mich an die alte weißhaarige Dame, in deren Pension wir gewohnt hatten.

»Wie lange werden wir uns da verstecken? Wie soll Calum uns finden? Er wird nach Portree kommen und mich suchen. Was wird er tun, wenn wir nicht da sind? In Edinburgh wird er uns als Letztes vermuten«, erwiderte ich und selbst in meinen Ohren klang es hysterisch.

Ich würde es nicht einen Tag länger ohne Calum aushalten. Zitternd legte ich mir meine Jacke um die Schultern.

»Wir werden ihm eine Nachricht zukommen lassen, sobald es sicher genug ist. Bei Miss Wallace werden wir uns erst einmal ausruhen können. Es ist ein sicherer Ort«, versuchte Peter mich zu beruhigen.

Ein sicherer Ort? Sollte das ein Code für irgendwas sein?

»Miss Wallace ist eine Elfe«, erklärte Raven.

Entgeistert sah ich sie an. Die kleine zierliche Person mit den grauen Locken sollte eine Elfe gewesen sein?

»Elfen brauchen in eurer Welt Zufluchtsorte. Die Pension von Miss Wallace ist einer davon«, erklärte sie weiter.

»Aber da haben ganz normale Menschen gewohnt, als wir da waren. Wieso ist denen nicht aufgefallen, dass Miss Wallace eine Elfe ist? Wieso ist mir nichts aufgefallen?«

»Erinnerst du dich daran, dass du dich in Avallach gewundert hast, weshalb Amelie Ferins Hörner nicht sehen konnte?«

Ich nickte.

»Menschen sehen uns nicht so, wie wir wirklich sind. Wir wissen nicht, weshalb das so ist. In der Zeit der großen Kriege war das noch anders, aber je mehr unsere Welten auseinanderdrifteten und je ignoranter die Menschen mit ihrer Umwelt wurden, umso weniger konnten sie unsere Völker erkennen. Für die Menschen sehen wir eben wie Menschen aus.«

»Aber ich kann euch erkennen und, Peter, du siehst Raven doch auch als Elfe, oder?«

»Emma, du bist zur Hälfte eine Shellycoat. Natürlich kannst du uns sehen und Peter bekommt als Eingeweihter die Fähigkeit verliehen, uns zu erkennen. Aber sonst sind wir für Menschen, in unserer wahren Gestalt unsichtbar. Für Ethan und Bree sehe ich aus, wie ein normales Mädchen.«

Ich musterte sie in ihrer wie immer etwas knappen Bekleidung.

»Ich fürchte, unter einem normalen Mädchen versteht Ethan was anderes.«

Trotz der verzweifelten Situation mussten wir lächeln.

»Die Pension ist momentan der beste Ort für euch«, erklärte Raven ruhig.

»Trotzdem werden wir euch vorerst in den Highlands verstecken. Wenn wir sicher sind, dass euch in der Pension keine Gefahr droht, bringen wir euch dorthin«, ergänzte Raven. »Und vielleicht hat Calum uns bis dahin längst gefunden«, setzte sie hinzu.

»Denkst du, Elin kennt die Pension?«

»Nein, das kann ich mir nicht vorstellen, aber sicher ist sicher.«

Mehrere Stunden fuhren wir durch die Berge, bevor Raven Peter aufforderte, vor einem verfallenen Haus zu halten. Sie stieg aus und begutachtete die Unterkunft. Ich hörte das Schlagen einer Autotür und sah Ethan, der sich zu ihr gesellte und ebenfalls einen Blick in das Haus warf. Seinem Gesichtsausdruck nach zu folgen, hielt er Raven für übergeschnappt.

Peter und ich stiegen aus, um einen Streit zu verhindern. Bree kam uns zuvor. Sie trat mit ihrer Tasche ins Innere der Hütte und öffnete die Fensterläden. Ich sah ihr zu, wie sie auf dem Tisch, der als einziges verbliebenes Mobiliar im Raum stand, ein paar Servietten ausbreitete und Brot, Käse und etwas Obst aus ihrer Tasche holte.

Wann sie daran gedacht hatte, etwas zu essen einzupacken, war mir schleierhaft.

Ich konnte deutlich die Tränenspuren auf ihren Wangen sehen. Auch wenn unser Haus in Portree nicht ihr Elternhaus gewesen war, so hatte sie dort ihre Kinder großgezogen. Jetzt war jedes Andenken an diese Zeit vernichtet. Mein Herz zog sich schmerzhaft zusammen. Ich ging zu ihr und umarmte sie. Sie strich mir übers Haar.

»Hauptsache, wir sind am Leben und zusammen«, flüsterte sie. »Ich will mir nicht vorstellen, was passiert wäre, wenn ihr später gekommen wärt.«

Sie hielt mich weiter fest und nur widerstrebend lösten wir uns voneinander, als Ethan mit den Zwillingen in die Hütte kam. Selbst Amber hatten die Ereignisse der Nacht die Sprache verschlagen. Wortlos nahm sie sich etwas Brot und einen Apfel und verschwand mit ihrer Schwester im Schlepptau wieder nach draußen. Als ich ihnen folgte, saßen sie an die weiß gekalkte Wand des Häuschen gelehnt, dicht nebeneinander.

Amber sah zu mir auf.

»Emma, was ist da geschehen? Was ist mit unserem Haus passiert? Ist es wirklich ganz abgebrannt? Mit all unseren Sachen und unserem Spielzeug?«

Ich brachte es nicht übers Herz, ihre Vermutung zu bestätigen. Also setzte ich mich neben sie und griff nach ihrer Hand.

»Vielleicht war ja die Feuerwehr rechtzeitig da und es ist nicht alles verloren«, versuchte ich sie zu beruhigen. Ihr skeptischer Blick sagte mir, dass mir das nicht gelungen war.

»Was waren das für Männer, die uns verfolgt haben?«, fragte Hannah.

Hilflos sah ich sie an. Ich wusste nicht, was die beiden in den letzten Monaten über unser Geheimnis erfahren und was Bree und Ethan ihnen bisher erzählt oder verschwiegen hatten. Wir hatten versucht, so viel wie möglich vor den beiden geheim zu halten. Das würde zukünftig nicht funktionieren. Bevor ich antworten konnte, kam Raven aus der Hütte.

»Kommt, ihr zwei«, sagte sie. »Wir erkunden ein bisschen die Gegend und ich erkläre euch, was heute Nacht passiert ist.«

Ich sah den Dreien einen Moment nach, bevor ich in die Hütte ging und Bree half, das Essen wieder einzupacken. Danach setzten wir uns draußen in die Sonne. Die Vorstellung, auch nur eine Nacht in dem kalten klammen Häuschen verbringen zu müssen, behagte mir nicht.

Doch als es dunkel wurde, war ich so müde, dass es mir egal war, wo ich schlief. Ich breitete meine Jacke auf einem Haufen Gras aus, den Ethan und Peter gesammelt hatten, und war im Nu eingeschlafen. Im Morgengrauen weckte Peter mich zu meiner Wache, die wir abwechselnd hielten.

Ein weiterer Tag verstrich in untätigem Nichtstun. Das Einzige, was die Eintönigkeit unterbrach, waren die kargen Mahlzeiten. Am Nachmittag schloss ich mich Peter und Ethan an, die mit einem Messer das hohe Gras abschnitten, um unsere Nachtlager weiter auszupolstern. Es fühlte sich an, als ob wir die letzten Menschen auf der Welt waren. Bis auf Blätterrauschen und Vogelstimmen war kein Geräusch zu hören. Ich fragte mich, worauf Raven wartete. Aber aus ihr war nichts rauszubringen. Sie konnte so unglaublich stur sein.

Die Zwillinge wichen ihr den ganzen Tag nicht von der Seite. Seitdem Raven ihnen verraten hatte, dass sie eine Elfe war, löcherten sie sie mit Fragen. Dass ihre eigene Cousine eine halbe Shellycoat war, war nicht halb so spektakulär. Was wahrscheinlich daran lag, dass es mit dieser Spezies keine tollen Filme gab. Wir wollten uns gerade hinlegen, da es spätestens in einer halben Stunde stockfinster sein würde, als Raven am Horizont mehrere Gestalten ausmachte. Eilig scheuchte Bree die Zwillinge ins Haus und versuchte die Fensterläden zu verriegeln.

»Bree, das sind Elfen«, beruhigte Raven sie und ging den Neuankömmlingen entgegen.

Sie blieben in einiger Entfernung stehen. Offenbar wollten sie nicht, dass wir ihr Gespräch mit anhörten. Es dauerte eine Weile, bis Raven zu uns zurückkam.

»Die Pension ist sicher. Wir können noch heute Nacht dorthin aufbrechen. Lasst uns packen.«

Ich sah auf die Wiese zurück, wo eben die anderen Elfen gestanden hatten. Sie waren verschwunden.

Mitten in der Nacht erreichten wir Edinburgh. Ethan trug Hannah und Amber ins Bett.

Miss Wallace umarmte uns zur Begrüßung. Eine Geste, die ich in der jetzigen Situation als äußerst tröstlich empfand. Nachdem wir unser Gepäck ausgeladen hatten, fuhr Peter die Wagen in eine nahe gelegene Tiefgarage und ich bezog mit Raven ein Zimmer.

»Ich bleibe nur bis morgen früh«, erklärte Raven, bevor wir einschliefen. »Dann kehre ich nach Leylin zurück. Dr. Erickson und Sophie sind sicher längst dort. Ich werde sehen, was ich für Neuigkeiten erfahre.«

»Du kannst uns doch nicht allein hier zurücklassen. Stell dir vor, Elin findet uns.« Ich spürte, wie Panik in mir hochkroch. Ich wollte sie nicht mit Fragen nach Calum löchern. Damit hatte ich sie genug genervt. Sie wusste selbst nicht, wo er abgeblieben war. Ich hatte furchtbare Angst um ihn. Hatte er in Berengar von der Zerstörung von Avallach erfahren? Hatten er und Joel sich dort versteckt?

»Es sind Elfenkrieger zu eurem Schutz abgestellt. Sie werden das Haus im Auge behalten. Ihr werdet nur solange hierbleiben, bis wir einen anderen sicheren Aufenthaltsort für euch gefunden haben.«

Sie würde sich nicht umstimmen lassen.

Während wir frühstückten, klopfte es ans Fenster. Miss Wallace öffnete einen Fensterflügel und ließ Morgaine herein. Die zwei begrüßten sich wie alte Bekannte und Morgaine machte es sich, nachdem sie auch uns begrüßt hatte, auf einer Sessellehne gemütlich. Es war klar, dass sie dort nicht zum ersten Mal saß.

Ich betrachtete sie. Die Kleine sah erschöpft aus. Miss Wallace ging in die Küche und kam mit einer Teetasse wieder, die exakt zu ihrer Größe passte. Wohlriechender Dampf stieg daraus empor. Auf einem ebenso kleinen Tellerchen lagen winzige Kekse. Dankbar blickte Morgaine unsere Gastgeberin an und begann die Kekse zu essen. Schweigend sahen wir ihr zu. Ich war sicher, dass auch die anderen vor Neugier fast platzten, aber Morgaine musste erst einmal zu Kräften kommen. Hannah und Amber hatte es bei ihrem Anblick die Sprache verschlagen. Als sie fertig war, hielt ich es nicht mehr aus.

»Morgaine, spann uns nicht so auf die Folter. Sag schon, was gibt es für Neuigkeiten? Weißt du, wo Calum ist? Wie sieht es in Avallach aus? Wie lange werden wir hierbleiben müssen?«

Morgaine schüttelte bedauernd ihren Kopf.

»Ich habe keine Ahnung, wo Calum ist. Er ist nicht nach Avallach zurückgekehrt. Sicher hat er rechtzeitig erfahren, dass Elin das Schloss eingenommen hat. Das Wasser geht nur langsam zurück. Ich würde gern wissen, woher Elin wusste, dass an diesem Wochenende so wenig Lehrer im Schloss waren.«

»Das würde mich auch interessieren«, warf Raven ein. »Und was hat er davon, Avallach zu fluten? Es kann bei der Sache nicht nur um Emma gehen.«

Ihre Worte trugen nicht zu meiner Beruhigung bei. Ich musste wissen, wo Calum war. Ich vermisste ihn von Stunde zu Stunde mehr. Was war geschehen, nachdem er mit Joel nach Berengar geschwommen war?

Am frühen Nachmittag hielt ich es in der Pension nicht mehr aus. Ich rief Amelie an. Sie wohnte nicht weit entfernt in der Nähe der Universität in einer WG. Typisch für Amelie war, dass sie diese mit zwei Jungs teilte.

Ethan hatte ihr am Morgen von unserer Flucht und der Katastrophe in Portree berichtet und vereinbart, dass sie nicht zur Pension kommen sollte. Wir wollten etwaige Verfolger nicht auch auf sie aufmerksam machen. Aber ich brauchte jemanden, mit dem ich reden konnte. Amelie und ich verabredeten uns in einem kleinen Café. Als ich ankam, saß sie an einem der Tische. Sie blickte mir traurig entgegen. Ich freute mich so, sie zu sehen, dass ich ihr um den Hals fiel und sie am liebsten nicht losgelassen hätte. Wir bestellten Cappuccino und Brownies und ich begann ihr ausführlich zu berichten, was in den letzten Tagen geschehen war. Während ich erzählte, wurde Amelie immer blasser.

»Unser ganzes Haus?«, fragte sie leise.

Ich nickte.

»Wir konnten nichts tun.«

Minutenlang schwiegen wir und rührten in unseren Tassen. Ich konnte sie nicht trösten. Ich wusste nicht, was ich hätte sagen können, um diesen Verlust zu mindern.

»Und du weißt nicht, wo Calum und Joel abgeblieben sind? Heißt das, Elin könnte die zwei in seiner Gewalt haben?«

Wieder nickte ich. Dieser Gedanke war zu schrecklich, als dass ich ihn in Erwägung ziehen wollte. »Ich hoffe, dass dem nicht so ist. Meine Befürchtung ist eher, dass Calum uns nicht findet. Er müsste mit den Elfen Kontakt aufnehmen, um zu erfahren, wo ich bin.«

»Das wird er sicher tun.« Amelie griff nach meiner Hand. »Wo sollen Mum und Dad mit den Zwillingen hin? Wo sind sie vor Elin sicher?«

»Ich habe keine Ahnung. Vorerst beschützen uns die Elfen in der Pension von Miss Wallace. Aber ewig können wir da nicht bleiben. Die Leute in Portree werden sich wundern, wo wir abgeblieben sind und weshalb das Haus abgebrannt ist. Ethan versucht, sich eine Erklärung auszudenken. Ich glaub nicht, dass ihm etwas halbwegs Sinnvolles einfällt.«

»Weshalb musste es soweit kommen? Was hat Elin davon, unser Haus anzuzünden? Weshalb hasst er dich so?«

»Wenn wir das bloß wüssten«, antwortete ich. »Aber vielleicht können wir etwas herausbekommen. Ich habe mich in der Bibliothek von Avallach über die Undinen belesen. Viel habe ich nicht gefunden. Aber eine Information ist vielleicht wichtig.«

Ich wurde aufgeregt. Amelie würde mir helfen.

»Ich habe dir doch erzählt, dass ich während unseres Urlaubs damals in Edinburgh in der Bibliothek war. Ich habe nach Informationen über die Shellycoats gesucht.«

Amelie nickte. »Und dann ist Calum aufgetaucht und du bist wie ein aufgescheuchtes Huhn weggerannt.«

»Genau, und dabei habe ich ein Buch verloren. Ein Buch über die Gwragedd Annwn.«

Amelie sah mich bei den Namen entgeistert an.

»So nennen sich die walisischen Shellycoats.«

»Okay.«

»Calum und ich haben herausgefunden, dass die Undinen Elins Seele geraubt haben und er ihnen dadurch verfallen ist. Es gibt eine Überlieferung bei den Gwragedd Annwn, die vielleicht über einen ähnlichen Vorfall berichtet. Vielleicht finden wir dort auch einen Hinweis, was wir dagegen unternehmen können.«

»Und was soll das bringen?«, fragte Amelie verständnislos.

»Vielleicht können wir Elin zur Vernunft bringen, wenn wir ihn aus dem Bann befreien. Die Undinen sind ohne fremde Seelen machtlos, nur durch diese Verbindung können sie fremde Körper benutzen.«

»Ehrlich, Emma, das klingt wie ein schlechter Fantasyfilm. Geklaute Seelen. Ich bitte dich.« Amelie lächelte, wenn auch etwas schief.

»Du musst mit mir in die Bibliothek kommen«, bettelte ich. »Wir müssen das Buch suchen. Ansonsten fällt mir nichts ein, was wir tun können.«

»Ist ja schon gut. Ich hab heute eh nichts Besseres vor.«

Wir zahlten und verließen das Café. Dann drängelten wir uns durch die Touristenströme, die Edinburgh selbst im Herbst noch bevölkerten, zur Bibliothek.

Ich hatte keine Schwierigkeiten damit, die Sammlung von Dr. Erickson wiederzufinden. Wo allerdings das gesuchte Buch genau gestanden hatte, wusste ich nicht mehr.

»Ich hab das Buch irgendwo fallen lassen und dann ist es, glaube ich, unter eins der Regale gerutscht«, erklärte ich Amelie.

»Da hier vermutlich ab und zu mal sauber gemacht wird, ist es bestimmt wieder da gelandet, wo es hingehört.«

Vorsichtshalber lugten wir trotzdem unter alle Regale, allerdings erfolglos.

»Wir müssen es doch mit den Karteikarten versuchen«, schlug Amelie vor und beäugte die alten Holzschränke, die den handgeschriebenen Katalog enthielten.

»Es stand bei den Büchern über die Shellycoats, besser gesagt in der Nähe«, bemerkte ich. »Du suchst unter S und ich unter G«, schlug ich vor.

Amelie nickte zustimmend und zog den passenden Kasten hervor. Ich griff nach dem G-Kasten und gemeinsam setzten wir uns an eins der Tischchen, das in der Nähe stand.

Muffiger Geruch stieg aus den Kästen empor. Amelie wedelte mit ihrer Hand vor der Nase.

»Puh, hoffentlich stinken die Bücher nicht auch so. Ist ja widerlich.«

Ich verkniff mir ein Grinsen und blätterte durch die Karten. Aus dem Augenwinkel beobachtete ich Amelie, die mit spitzen Fingern jede Karte einzeln rausfischte und begutachtete. Genau wie ich damals wunderte sie sich über die merkwürdigen Namen, die da standen.

»Sylphen, was soll das denn sein? Oder Spriggans? Emma, weißt du, was das ist?«

»Keine Ahnung, aber ich würde nie mehr sagen, dass das alles nur Märchengestalten sind. Wer weiß, wer da so alles durch unsere Welt geistert und wir sehen es nicht.«

»Ich denke, Peter und du, ihr seht die Wesen, wie sie wirklich sind?«, fragend sah Amelie mich an.

Ich zuckte mit den Schultern.

»Schon möglich, aber eine Sylphe hat sich mir noch nie vorgestellt.«

Amelie kicherte und hielt eine Karte hoch. »Und ein Selkie? Das sind doch Seehundmänner, wenn ich mich recht erinnere.«

Ich stand auf und machte eine Verbeugung, dann schmiss ich einen imaginären Mantel ab und murmelte mit tiefer Stimme: »Gestatten, mein Name ist Selkie, ich bin ein Seehundmann.«

Amelie lachte laut los. »Stell dir das mal vor, da steht dann plötzlich ein nackter Mann vor dir, mit seinem Fell zu seinen Füßen.«

Eine Mitarbeiterin der Bibliothek erschien in der Tür und sah uns mit gerunzelten Brauen an.

»Ich wette, du würdest selbst in so einer Situation wissen, was du zu sagen hättest.« Ich ließ mich wieder auf meinen Stuhl fallen.

»Das käme darauf an, was er nackt für eine Figur macht. Vielleicht gebe es da gar nicht so viel zu sagen«, flüsterte Amelie verschwörerisch und grinste frech.

Ich lächelte zurück. War ja klar.

»Du musst dann nur aufpassen, dass du dich nicht auch in eine Selkie verwandelst.«

Kichernd durchforsteten wir weiter die Karteikästen. Ich war froh, dass ich diese Aufgabe nicht allein erfüllen musste.

Ich war fast am Ende meines Kastens, als ich auf die Karte stieß. Triumphierend hielt ich sie in die Höhe.

»Sag schon die Signatur«, brummte Amelie und brachte ihren Kasten zum Schrank zurück.

»HGwA 352«, las ich vor.

Wir liefen zu dem Gang, der an der Seite mit einem großen H beschriftet war. Ich erinnerte mich, dass das Buch in Augenhöhe gestanden hatte, ansonsten wäre es mir gar nicht aufgefallen. Mit dem Finger ging ich die Reihe ab.

»HGu 300«, las ich vor. »HOj 364, Hzi 564. Kein HGw.«

»Lass mich mal.« Amelie stellte sich vor dem Regal auf und kontrollierte die dort stehenden Bücher noch einmal, doch auch sie konnte das Buch nicht finden.

»Vielleicht ist es ausgeliehen«, mutmaßte sie. »Wir sollten nachfragen, bevor wir uns einen Wolf suchen.«

Mit der Karteikarte machten wir uns auf die Suche, nach jemandem, der uns die gewünschte Auskunft erteilen konnte.

An einem Infopunkt wurden wir fündig. Die Mitarbeiterin tippte die Signatur in ihren Computer. Es dauerte ein paar Sekunden, dann reichte sie mir die Karte zurück.

»Tut mir leid, das Buch ist nicht ausgeliehen. Es muss in dem Regal stehen. Oder jemand hat es versehentlich an eine andere Stelle gesteckt.«

»Was jetzt?«, fragte Amelie, während wir zurückgingen.

»Keine Ahnung.«

Ich fixierte die Regalreihen mit den unzähligen Büchern, die Dr. Erickson angehäuft hatte.

»Woher weißt du eigentlich, dass Calum und Dr. Erickson das Buch damals nicht gefunden haben?«

»Ich schätze, dann hätte Calum es mal erwähnt, meinst du nicht?«

Amelie antwortete nicht.

»Was überlegst du?«, fragte ich.

»Stell dir vor, du machst hier sauber und findest unter einem Regal ein Buch. Was machst du damit?«

»Es ins Regal zurückstellen?«

»Genau. Aber an welche Stelle? Denkst du, die Reinigungskräfte machen sich die Mühe und vergleichen die Signatur?«

»Ich schätze nicht.«

»Glaube ich auch nicht«, erwiderte Amelie triumphierend. »Jetzt überleg mal genau, wo du das Buch fallen gelassen hast.«

»Also, ich habe es hier herausgezogen.« Ich stellte mich an die Stelle, an der ich das Buch damals entdeckt hatte.

»Dann bin ich losgegangen um einen Kopierer zu suchen«, erinnerte ich mich. Mit einem imaginären Buch in der Hand ging ich in den Mittelgang.

»Ich bin ein paar Reihen gegangen, als ich die Stimmen von Dr. Erickson und Calum hörte. Ich hab mich in einer der Reihen versteckt und bin dann hinter ihnen hergeschlichen.« Ich ging zurück und bog in die Reihe ein, in der ich damals gestanden und die beiden belauscht hatte. Ungefähr in der Mitte blieb ich stehen.

»Ich bin mir nicht sicher, aber hier war es irgendwo. Plötzlich zog Calum auf der anderen Seite ein Buch heraus und funkelte mich an. Vor Schreck habe ich das Buch fallen gelassen und bin weggelaufen.«

»Na, dann lass uns doch mal nachsehen.« Amelie ging in die Hocke.

»Am besten wir nehmen uns erst mal nur die beiden unteren Reihen vor.«

»Es ist ein blauer Einband, ganz schön verblichen«, erklärte ich Amelie. »Er funkelt ein bisschen. Nur deshalb ist mir das Buch damals aufgefallen.«

Ich hatte noch nicht zu Ende gesprochen, als ich Amelie hörte.

»Tatatata. Gwragedd Annwn«, gurgelte sie den Namen.

Ich nahm ihr das Buch aus der Hand, drehte und wendete es. Es sah genauso aus, wie ich es in Erinnerung hatte.

»Wir haben es tatsächlich gefunden«, strahlte ich Amelie an. »Ohne dich hätte ich das nicht geschafft. Komm, lass es uns ausleihen und dann schauen wir, was es uns verraten kann.«

Amelie kramte ihre Bibliothekskarte heraus und lieh das Buch aus.

»Ich komme mit in die Pension«, verkündete sie, kaum dass wir auf der Straße standen.

»Aber das sollst du nicht. Ethan hat gesagt, Elin soll nicht erfahren, dass du auch in Edinburgh bist. Für den Fall, dass er uns findet.«

»Quatsch. Ich will meine Familie sehen. Ich komme mit.«

Jeder weitere Einwand war zwecklos, deshalb gab ich mich geschlagen und wappnete mich gegen Ethans Wutanfall.

Tatsächlich wurde er blass, als seine Tochter mit mir in die Pension spazierte, doch nach der ersten Schrecksekunde nahm er sie in die Arme und Amelie zwinkerte mir zu. Wie gut sie ihren Vater kannte. Nachdem sie und Bree ein paar Tränen vergossen hatten, gesellten die zwei sich zu uns in die Küche, wo Miss Wallace gerade dabei war, einen leckeren Schokokuchen aufzuschneiden, den sie mit Bree gebacken hatte.

Man hätte meinen können, dass wir gemeinsam in unserer Küche in Portree saßen, so glücklich waren wir, alle zusammen zu sein. Der Einzige, der mir zu meinem Glück fehlte, war Calum.

6. Kapitel

Amelie war nicht davon zu überzeugen gewesen, zurück in ihre WG zu gehen, und hatte Ravens Bett übernommen. Sie kuschelte sich in die Kissen, als ich begann, in dem Buch zu blättern.

Es war dicker, als ich es in Erinnerung hatte. Es begann mit der Geschichte, über den jungen Mann, der das Tor zur Welt der Gwragedd Annwn verschlossen hatte.

»Was Interessantes gefunden?«, murmelte Amelie schläfrig.

»Bis jetzt noch nicht«, erwiderte ich.

»Lies mir was vor. Damit ich weiß, wofür ich meinen halben Tag geopfert hab.«

»Ich lese dir den Abschnitt vor, der mich damals am meisten interessiert hat. Ich war ja auf der Suche nach Informationen, die bestätigen sollten, dass Shellycoats und Menschen mal friedlich zusammengelebt haben. Beziehungsweise, dass Shellycoats nicht so gefährlich sind, wie Ethan dachte.«

Ich blätterte zu besagter Stelle.

»*Laut der Legende war es früher erlaubt, das Reich der Gwragedd Annwn durch eine Tür in einem Felsen zu betreten. Nur wenige hatten den Mut dazu. Sie kamen in einen wundervollen Garten und konnten bleiben, solange sie wollten. Der Garten war voll von saftigen Früchten, Blumen, der schönsten Musik und vielen anderen Wundern. Es gab eine einzige Bedingung, sie durften nichts mit zurücknehmen in die Menschenwelt. Eines Tages nahm ein junger Mann eine Blume aus dem Garten mit zu den Menschen. In dem Moment, in dem er das Reich verließ, löste sich die Blume in nichts auf und er fiel ohnmächtig zu Boden. Seit diesem Tag blieben die Tore zum Reich der Gwragedd Annwn verschlossen.*«

»So ein dummer Junge«, Amelie schüttelte ihren Kopf. »Aber das bringt uns nicht weiter oder?«

»Nein, wohl nicht«, seufzte ich. »Ich werde weiter suchen müssen.«

»Viel Glück.« Amelie drehte sich um und bald darauf hörte ich ihren gleichmäßigen Atem.

Seite um Seite, Wort für Wort las ich, auf der Suche nach einer Verbindung zu den Undinen. Bis zur Mitte des Buches gab es keinen Hinweis darauf. Das Buch bestand aus lauter kleinen Geschichten und Erzählungen. Es wurde von Begegnungen mit Menschen berichtet und von Begegnungen mit anderen mystischen Völkern. Merkwürdig war, dass es keinen Autor gab, der das Buch verfasst hatte. Nirgendwo war ein Verlag vermerkt. Zwar wirkte das Buch durchaus menschengemacht, doch der silbrige Glanz des Einbandes verunsicherte mich. Noch etwas war anders als bei den Büchern, die ich ansonsten aus der Sammlung von Dr. Erickson gelesen hatte. In diesen wurden die mystischen Völker und vor allem die Shellycoats in der Regel verunglimpft und als böse und hinterhältig dargestellt. In diesem Buch war davon nichts zu spüren. Es wirkte eher wie eine Sammlung von Legenden. Legenden, die ein Volk niederschreiben würde, um sich daran zu erinnern. War das möglich? Konnte es sein, dass das ein Buch der Gwragedd Annwn war? Wie sollte es in die Sammlung von Dr. Erickson gelangt sein?

Ich rieb mir die Augen. Dann legte ich das Buch auf mein Nachttischschränkchen. Ich würde morgen weiterlesen. Ich hatte die Hoffnung noch nicht aufgegeben, etwas zu finden, was uns helfen würde.

Wieder dehnte sich ein unendlicher Tag voller Grübeleien vor mir aus. Die Untätigkeit machte mich verrückt. Aber nicht nur die Untätigkeit, auch Ungewissheit. Angst grub sich mit scharfen Krallen Gänge durch meinen Magen. Obwohl das Essen, das Miss Wallace uns am Abend vorsetzte, sicher köstlich war, bekam ich keinen Bissen herunter. Wenn Calum nicht bald unversehrt auftauchte, konnte ich für nichts garantieren. Ich würde mir ein Auto nehmen und zum Meer fahren. Wenn es ihm gut ging, dann würde er mich im Wasser finden. Eher als an Land. Nur befürchtete ich mittlerweile, dass es ihm nicht gut ging. Wäre er sonst nicht längst gekommen? Es gab nicht viel, was ihn aufgehalten haben könnte. Im Grunde gab es nur eine Erklärung.

Ein Klopfen an der Eingangstür unterbrach das Essen. Das Klirren des Essbestecks verklang.

Miss Wallace stand auf und ging, um zu öffnen. Mit einem Strahlen auf dem Gesicht kehrte sie zurück. Erleichtert erkannte ich hinter ihr Raven. Andere Elfen drängten in den Raum. Zu meinem Erstaunen war Elisien unter ihnen, die schöne Königin der Elfen. Ihre Krieger prüften die Zimmer, und als sie keine Gefahr für ihre Königin sahen, entließen sie sie aus ihrer Mitte. Elisien lächelte uns an. Ich ging auf sie zu und beugte zur Begrüßung meinen Kopf.

»Emma, wie schön dich wohlbehalten zu sehen«, sagte sie und reichte mir ihre zierliche Hand. Nacheinander stellte Raven ihr die Mitglieder meiner Familie vor.

Ich grübelte, was der Aufmarsch der Elfen zu bedeuten haben konnte. Leider musste ich meine Ungeduld zügeln, bis Miss Wallace alle Elfen von ihren Umhängen befreit hatte. Erst dann nahm Elisien mit Raven an ihrer Seite im Wohnzimmer Platz. Mit einer Handbewegung forderte sie uns auf, es ihr gleichzutun. Ihre Männer postierten sich im Flur und an der Tür.

»Ich bin froh, Mr. Tate«, sprach Elisien Ethan an, »dass Sie sich entschlossen haben, hier Zuflucht zu suchen. Es wäre unverzeihlich gewesen, wenn wir es nicht geschafft hätten, Sie vor Elin zu schützen. Unsere Gesetze, müssen Sie wissen, erlauben es nicht, dass wir Menschen Gewalt antun. Im Namen unserer Welt möchte ich mich bei Ihnen und Ihrer Familie entschuldigen, für das Leid, welches Elin über Sie gebracht hat.«

Ethan blickte die Elfe bei ihren Worten mit offenem Mund an. Peter fasste ihn am Arm und verbiss sich dabei ein Grinsen. Selbst Bree schmunzelte bei diesem Anblick. Ethan sprachlos zu erleben, war für uns alle eine neue Erfahrung. Er schüttelte sich kurz, bevor er antwortete: »Wir wissen, dass Euch keine Schuld trifft. Sie brauchen sich keine Vorwürfe zu machen. Der Einzige, der dafür die Verantwortung trägt, ist Elin.«

»Es ist gut, dass Sie das so sehen. Wir werden in Zukunft härter gegen ihn vorgehen müssen. Wir dürfen seine Taten nicht länger dulden.«

Ich konnte nicht an mich halten und obwohl ich wusste, dass es unhöflich war, platzte ich mit meiner Frage heraus: »Entschuldigt, Elisien, aber wisst Ihr, wo Calum ist? Hat Elin ihn in seiner Gewalt? Ich habe seit dem Überfall auf Avallach nichts mehr von ihm gehört. Er ist wie vom Erdboden verschluckt. Wenn er nicht bald auftaucht, werde ich mich auf die Suche nach ihm machen.«

Ich sah, wie Ravens Gesichtsfarbe von blass zu rot wechselte. Geflissentlich ignorierte ich den zornigen Ausdruck in ihren Augen.

Elisien nahm meine Hand.

»Emma, du musst dir keine Sorgen machen. Calum ist bei uns in Leylin. Er ist verletzt, deshalb konnte er nicht selbst kommen.«

Mir wurde übel.

»Ist er schwer verletzt? Kann ich zu ihm? Was ist passiert?«

Die Fragen flossen nur so aus meinem Mund, während auch meine Familie aufgeregt zu reden anfing. Ich blickte fest in Elisiens Augen, als könne ich die Antworten auf meine Fragen dort finden, bevor sie ihre Lippen verließen.

»Er ist nicht sehr schwer verletzt. Wir haben ihn und Joel rechtzeitig gefunden. Doch wir mussten Calum einige Tage in einen künstlichen Schlaf versetzen, damit die Wunden besser heilen konnten.«

»Wann kann ich zu ihm?«, insistierte ich weiter.

Raven neben Elisien stöhnte auf. Ich ignorierte sie. Früher oder später würde ich mir ihren Vortrag über meine Unhöflichkeit anhören müssen.

Elisien ließ meine Hand los und stand auf.

Ich hatte sie verärgert. Vor Angst wurden meine Hände und Füße eiskalt. Was, wenn sie mich nicht zu Calum ließ? Ich verwarf den Gedanken. Die Elfen waren unsere Freunde. Sie würde mich und meine Sorge um Calum verstehen.

»Wir sind gekommen, um deine Familie nach Leylin einzuladen. Dort werdet ihr vor Elin sicher sein. Ihr könnt bleiben, bis wir dieses Problem gelöst haben.«

Sprachlos sahen wir sie an. Niemand sagte ein Wort. Wir alle, unsere gesamte Familie sollte mit Elisien in die Hauptstadt der Elfen gehen? Unsere Welt verlassen, ohne zu wissen, was uns erwartete?

»Wir wissen nicht, wie lange wir euch hier vor Elin schützen können. Die Undinen sehen mehr, als wir bisher glaubten. Es scheint, als würden sie jeden unserer Schritte vorausahnen. Wir stehen einer Gefahr gegenüber, die wir derzeit nicht beherrschen können. Jeder von uns muss in dieser Zeit Opfer bringen.«

Ihr Blick glitt zu mir und ich senkte die Augen. Ich hatte verstanden.

»Unser Rat hat darüber beraten. Dr. Erickson, Raven und Joel haben sich dafür eingesetzt, dass ihr zu uns kommen dürft. Noch nie lebten Nichteingeweihte bei den Elfen. Ich hoffe, ihr werdet euch des Vertrauens, dass wir in euch setzen, als würdig erweisen.«

Ich getraute mich nichts zu sagen. Raven brach die Stille, die sich ausbreitete.

»Ich würde vorschlagen, ihr packt«, forderte sie uns auf.

»Meint Ihr mit alle, alle?«, fragte Amelie. Wir wandten uns ihr zu.

»Es ist für jeden aus eurer Familie gefährlich, hierzubleiben. Wir können euch nicht zwingen, mit uns zu kommen. Wir können unseren Schutz nur anbieten«, antwortete Elisien.

»Nein, nein, so meinte ich das nicht.« Verwundert registrierte ich, dass sich leichte Röte auf Amelies Wangen ausbreitete.

»Ich w-wuss…ste nur ni-icht.« Jetzt stotterte sie auch noch. Was war mit ihr los?

»Du bist genauso würdig, unseren Schutz zu empfangen, wie jedes andere Mitglied deiner Familie, Amelie. Sollte Elin dich in seine Gewalt bringen, so würden wir unsere ganze Kraft darauf verwenden, dich zu befreien«, beantwortete Elisien ihre unausgesprochene Frage.

Amelie nickte dankbar. »Meine Sachen … ich habe alles in meiner WG«, erklärte sie, nun etwas weniger schüchtern.

Ich hatte keine Ahnung, ob Elisien wusste, was eine WG war. Aber ohne nachzufragen, winkte sie einen ihrer stattlichen Krieger heran und befahl ihm, Amelie zu begleiten. Bei seinem Anblick blinkerte mir meine alte Amelie verzückt zu. Na, das würde heiter mit ihr werden, dachte ich, bevor ich in mein Zimmer ging, um meine paar geretteten Habseligkeiten einzupacken. Auch das blaue Buch stopfte ich in meine Tasche.

In wenigen Stunden würde ich bei Calum sein. Ich hoffte, dass seine Verletzung nicht so schlimm war und die Elfen ihn bald aufwecken würden. Was war ihm und Joel bloß zugestoßen? Ich würde mich gedulden müssen, um eine Antwort auf diese Frage zu bekommen.

Es dauerte gut eine Stunde, bis wir bereit zum Aufbruch waren. Raven hatte versucht, auch Miss Wallace zu überreden mitzukommen, doch diese wollte ihren Zufluchtsort nicht verlassen. Hoffentlich geriet sie nicht in Elins Visier.

Wir verließen Edinburgh mit unseren Wagen. Elisien hatte mit Peter einen Treffpunkt in den Highlands vereinbart. Das bedeutete wieder einmal stundenlang durch die Dunkelheit fahren.

Trotz oder wegen der Aufregung des Tages döste ich ein. Als das monotone Schuckeln des Wagens aufhörte, war ich hellwach. Stockfinstere Nacht umgab uns, als Ethan und Peter die Scheinwerfer der Autos abschalteten. Es dauerte eine Weile, bis meine Augen sich an die Dunkelheit gewöhnt hatten, und ich die Umrisse der Bäume erahnen konnte, die uns umgaben.

Wir stiegen aus.

»Was jetzt, Peter?«, flüsterte ich.

»Ich schätze, wir werden abgeholt«, flüsterte er zurück.

»Weshalb flüstert ihr?«, fragte Amelie und ich zuckte vor ihrer lauten Stimme zurück. Ein Vogel begann, aufgeregte Töne anzuschlagen. Amelie hatte auch ihn erschreckt.

Ich blickte mich um. Das Laub der Blätter raschelte hoch über mir in den Bäumen. Ab und an durchbrach ein Knacken oder Rascheln die Stille. Eng aneinandergedrängt standen wir bei unseren Autos, darauf gefasst, jeden Moment hineinzuspringen, um zu fliehen. Der warme erdige Duft des Waldes erinnerte mich an meine Mutter und unsere gemeinsamen Ausflüge in meiner Kindheit. Wohin war mein normales Leben entschwunden? Würde es ein Zurück geben? Ich schüttelte diese Gedanken von mir ab. Irgendwo in der Dunkelheit wartete Calum auf mich. Es würde der Tag kommen, an dem wir beginnen würden, ohne Angst zu leben. Darauf musste ich vertrauen. Daran musste ich mich festklammern, sonst würde ich das nicht schaffen.

»Seht ihr das?«, flüsterte Hannah neben mir und drückte meine Hand ein wenig fester als sie sie schon umklammert hielt.

»Was meinst du?«, flüsterte ich zurück.

»Dort.« Sie wies mit ihrem Finger in die Dunkelheit. »Da ist Licht. Es flackert.«

Ich strengte meine Augen an, um die Dunkelheit mit Blicken zu durchbohren. Es dauerte eine Weile, bis Amelie ausrief: »Ich sehe es. Es sind Fackeln. Sie kommen auf uns zu.«

Da erkannte auch ich das Licht, das sich uns nährte.

Ethan schien dem Frieden nicht zu trauen und scheuchte uns Frauen in eins der Autos.

»Wir gehen ihnen entgegen. Wenn euch etwas merkwürdig vorkommt, dann wendet ihr den Wagen und fahrt davon. So schnell ihr könnt. Verstanden?«

Amelie, die hinter dem Steuer Platz genommen hatte, nickte. Bree zog auf der Rückbank die Zwillinge in ihre Arme und redete auf sie ein. Amber begann gegen die Umarmung zu protestieren.

Ich versuchte zu erkennen, was draußen vor sich ging.

Das Licht kam näher. Ethan und Peter entfernten sich von uns und gingen ihm entgegen. Als die Lichtung vom Schein der Fackeln erhellt wurde, atmete ich erleichtert ein. Das Licht beleuchtete die Gesichter von Raven, Amia und Miro. Hinter ihnen postierten sich ein Dutzend Elfenkrieger in weißen Anzügen. Ich riss die Wagentür auf, stürmte hinaus und fiel Amia um den Hals. Ich hatte nicht damit gerechnet, sie hier zu sehen. Vor Erleichterung entschlüpfte meiner Kehle ein Schluchzen. Amia hielt mich fest und flüsterte mir etwas ins Ohr, was ich vor Aufregung nicht verstand. Ich spürte, dass sie versuchte mich zu beruhigen, und ich spürte, wie die Anspannung der letzten Tage verschwand.

Widerstrebend ließ ich von ihr ab. Miro stand neben Amia und strahlte mich an. Er drückte mich an sich.

»Calum ist vorhin aufgewacht und hat nach dir gefragt.«

Sofort begannen winzige Schmetterlinge in meinem Bauch zu flattern. Jetzt wollte ich nur noch zu ihm. Die Elfenkrieger nahmen unser Gepäck in ihre Obhut und uns in ihre Mitte.

Peter und Ethan versteckten mithilfe weiterer Krieger unsere Autos zwischen den Büschen.

Amia nahm meine Hand und leise flüsternd folgten wir den Elfen.

»Ist es weit?«, fragte ich Amia. Zu meiner Freude schüttelte sie den Kopf.

»Nur ein kleines Stück, dann überschreiten wir die Grenze.«

»Was für eine Grenze?« Vor meinem Auge dehnte sich unendlich dichter schottischer Wald.

»Die Grenze zu Leylin. Hast du gedacht, die Stadt der Elfen liegt für jeden zugänglich im Wald?«

»Ich hatte nicht besonders viel Zeit darüber nachzudenken.«

Versöhnlich drückte Amia meine Hand.

»Du wirst schon sehen. Alles wird gut werden.«

Ihr Wort in Gottes Ohr, dachte ich.

»Was macht ihr zwei eigentlich hier?«, fragte ich neugierig.

»Die Elfen haben uns noch in Avallach Asyl angeboten. Die Shellycoats, die nicht nach Berengar zurück wollten oder konnten, durften nach Leylin kommen. Einige von uns haben dieses Angebot angenommen.« Miro drückte Amias Hand. »Es erschien mir sicherer, Amia hierher zu bringen. Was Calum uns nach seiner Ankunft über die Zustände in Berengar erzählt hat, hat meine Befürchtungen nur bestätigt.«

Ich wollte Miro fragen, was er meinte, als ich bemerkte, dass die Luft um mich herum eigenartig zu flimmern begann. Winzige glitzernde Tröpfchen breiteten sich um uns aus und hüllten uns ein. Zielstrebig liefen die Elfen durch den flimmernden Schein und wir folgten ihnen. Als er verschwunden war, breitete sich vor uns eine Stadt aus. Der Mond beschien unzählige ein- oder zweistöckigen Gebäude. Still lagen die engen Straßen in der Dunkelheit.

»Es ist Nacht«, stellte ich fest.

»Natürlich ist es Nacht, was sollte es sonst sein?«, fragte Raven.

Ich zuckte mit den Achseln. »Na ja, ihr schlaft nicht ..., da dachte ich ...«

»Dass wir den Mond aufhalten können?«, Raven lachte leise in sich hinein. »Emma, manchmal bist du echt komisch.«

Ich hatte keine Zeit, mich über Raven oder über mich selbst zu ärgern. Zielstrebig bahnten die Krieger sich vor uns ihren Weg durch die Gassen. Wir begegneten keiner Menschenseele oder besser gesagt Elfenseele. Graue Laternen bestückt mit Kerzen säumten die mit kleinen Kieseln gepflasterten Straßen. Ab und zu strich eine Katze zutraulich um unsere Beine. Amber quietschte jedes Mal entzückt. Mich faszinierte viel mehr der eigenwillige Baustil der Häuser. Leider war bei dem Licht nicht viel zu erkennen, aber runde Häuser hatte ich noch nie gesehen, geschweige denn Häuser, deren obere Etagen versetzt auf den unteren standen. Das würde ich bei Tageslicht genauer betrachten müssen. Die Farbenpracht der Häuser leuchtete jedoch auch im schummrigen Licht der Laternen bezaubernd.

Endlich blieb Raven vor einem olivgrünen zweistöckigen Haus stehen.

»Das ist eins unserer Gästehäuser. Elisien stellt es euch für die Dauer eures Aufenthaltes zu Verfügung. Ruht euch aus. Die letzten Tage waren sehr anstrengend. Morgen früh komme ich und zeige euch die Stadt.«

Sie öffnete die Tür und die Elfen brachten unser Gepäck hinein.

»Wo ist Calum?«, fragte ich Raven flüsternd.

»Im Haus natürlich. Wo sollte er sonst sein. Denkst du, ich wusste nicht, dass du sowieso nicht locker lässt und ihn sofort sehen willst? Ich habe vor unserem Aufbruch veranlasst, dass er in eins der Zimmer gebracht wird.«

Ich drückte Raven einen Kuss auf die Wange. »Du bist die Beste.«

»Das wird sich noch rausstellen. Er ist nicht gerade pflegeleicht. Unsere Heiler sind froh, ihn los zu sein. Jetzt kannst du dich mit seiner schlechten Laune rumplagen.«

Sie grinste mich an. »Erster Stock, zweite Tür.«

Ohne weiter auf sie oder die anderen zu achten, stürmte ich die Treppe nach oben. Vor der Tür angekommen, strich ich kurz über mein Haar und atmete tief ein. Dann drückte ich vorsichtig die Klinke nach unten. Mit wenigen Schritten war ich an seinem Bett.

Calum schlief. Die Bettdecke verdeckte seinen schlanken Körper nur unzureichend. Um seinen Bauch war ein breiter Verband gewickelt. Ich erschrak. Von einer Bauchverletzung hatte mir niemand etwas gesagt. Ich betrachtete ihn. Er sah blass aus. Aber seine Atemzüge durchbrachen gleichmäßig die Stille des Zimmers. Darauf bedacht, ihn nicht zu wecken, setzte ich mich auf die Kante des Bettes. Ich strich ihm eine seiner widerspenstigen Haarsträhnen aus dem Gesicht. Dann zog ich die feinen Linien in seinem Gesicht nach. Sorgenfalten hatten sich in seine Haut gegraben. Die Sehnsucht wurde übermächtig. Ich streifte mir die Schuhe von den Füßen, zog meine Jeans und mein T-Shirt aus und kuschelte mich zu ihm unter die Decke.

Meinen Kopf bettete ich auf seine Brust und mit dem Arm umfasste ich vorsichtig seine Mitte. Ohne, dass er aufwachte, spürte ich, dass Calum mich an sich zog. Tränen sammelten sich in meinen Augen, rannen langsam über mein Gesicht und fielen auf Calums Brust. Eine fast vergessene Erinnerung stieg in mir auf. Die Nacht in Avallach, in der wir Calum aus Elins Gewalt befreit hatten, wurde lebendig. Damals war ich in sein Zimmer gegangen und hatte mich zu ihm unter die Decke gelegt. Kurze Zeit später hatte er mir mitgeteilt, dass er mich nicht mehr liebte. Bei dem Gedanken zog sich mein Herz zusammen und ich drückte mich fester an ihn. Noch einmal würde uns nichts trennen.

»Emma«, hörte ich ihn murmeln. Ich sah Calum ins Gesicht, doch seine Augen waren geschlossen. Womöglich träumte er von mir, dachte ich lächelnd, bevor ich, an ihn geschmiegt, einschlief.

Vogelgezwitscher und das Trappeln von Füßen auf der Treppe durchbrachen die Ruhe meines Traumes. Ich blinzelte und erwartete, die Bilder zu sehen, die in Portree über meinem Bett hingen. Doch die hellgrünen Wände, die mich stattdessen umgaben, irritierten mich. Etwas Grünes rankte an ihnen zur Decke hinauf. Ich blinzelte.

»Endlich wach, du Schlafmütze«, flüsterte meine Lieblingsstimme mir ins Ohr.

Augenblicklich erinnerte ich mich. Ich wandte Calum mein Gesicht zu. Seine Lippen lächelten mich an. Ich rutschte ein bisschen höher und verschloss sie mit einem Kuss. Erst ein schmerzliches Stöhnen erinnerte mich daran, dass Calum verletzt war. Erschrocken ließ ich von ihm ab.

»Ich schätze, so eine stürmische Begrüßung würden diese strengen Heiler nicht befürworten.«

Er ließ sich zurück in die Kissen sinken.

»Es tut mir leid«, stammelte ich und meine Hände flogen unbeholfen über seinen Verband und seine Brust.

»Tut es sehr weh? Sag schon, was kann ich tun?«

Beruhigend strich Calum mir über die Wange. »Es ist nicht so schlimm, Emma. Reg dich nicht auf. Der Schmerz ist gleich vorbei.«

Ich nickte, nicht wirklich beruhigt.

»Du könntest mir einen Schluck zu trinken geben«, murmelte Calum mit geschlossenen Augen und stoßweisem Atem. Er wies auf einen Krug, der neben dem Bett stand.

Ich goss eine golden schimmernde Flüssigkeit in ein Glas. Gierig trank Calum. Ich nahm ihm das Glas wieder ab und beobachtete erleichtert, wie die Farbe in sein Gesicht zurückkehrte.

»Geht's wieder?«

Calum nickte und schlug seine Augen auf. Vorsichtig richtete er sich auf und lehnte sich gegen das Kopfteil des Bettes.

»Komm wieder zu mir, ich hab dich viel zu lange vermisst.«

»Bist du sicher?« Zweifelnd betrachtete ich seinen Verband.

Er nickte und ich kuschelte mich vorsichtig an ihn. Sofort spürte ich seine Lippen auf meiner Stirn.

»Ich hatte solche Angst um dich«, murmelte er. »Als ich in Portree ankam und euer Haus in Flammen stand … Ich bin fast wahnsinnig geworden. Wenn Joel mich nicht aus den brennenden Überresten gezehrt hätte, dann hätte Elin in dieser Nacht wenigstens ein Ziel erreicht. Ich war sicher, dich in den Trümmern zu finden.«

Mein Herz stockte.

»Sag jetzt nicht, dass du mich in dem brennenden Haus gesucht hast. Bist du von allen guten Geistern verlassen?«

»Ich konnte nicht mehr klar denken. Ich sah die Flammen und glaubte, euch in dem Haus schreien zu hören. Es war ein Albtraum.« Seine Stimme brach.

»Aber wir waren längst fort. Elin hat uns nicht bekommen. Raven hat geahnt, dass er nach Portree kommen würde, und hat uns keine Sekunde ausruhen lassen.«

»Ich weiß, sie hat mir alles erzählt. Die Elfen haben Joel und mich in Portree gefunden. Joel hatte mich ins Pfarrhaus gebracht, aber er konnte nichts für mich tun. Ich hatte mich verletzt, als das obere Stockwerk zusammenbrach. Das Feuer hat sich schneller durch das alte Haus gefressen, als ich vermutet hatte. Ich hörte Joels Schreie von draußen, dann wurde ich ohnmächtig.«

Calum verstummte, doch sein Atem ging unnatürlich schnell.

»Das hättest du nicht tun dürfen. Selbst wenn ich in dem Haus gewesen wäre, wäre ich vermutlich längst tot gewesen«, flüsterte ich. »Elin hätte mit niemandem von uns Erbarmen gehabt.«

»Ich konnte den Gedanken nicht ertragen, dass dein Körper von den Flammen aufgefressen wird und ich dich nie wieder sehe.«

Calum fuhr sich durch sein strubbliges Haar.

»Da hat es das Schicksal mal wieder gut mit uns gemeint«, versuchte ich ihn aufzumuntern. Noch immer zermürbt von der Erinnerung lächelte Calum zurück.

»Versprich mir, dass du so etwas nie wieder tust«, verlangte ich. »Du darfst dich nicht in Gefahr bringen. Dein Volk braucht dich. Du darfst dein Leben nicht leichtfertig aufs Spiel setzen, hörst du.«

»Für dich würde ich immer wieder durchs Feuer gehen.«

Calum zog mich zu sich heran und bedeckte mein Gesicht mit winzigen Küssen.

»Das darfst du nicht sagen«, versuchte ich zu protestieren, aber mein Körper widersetzte sich der vernünftigen Stimme in meinem Kopf. Viel zu schnell gab ich mich geschlagen. Jemand anders würde Calum zur Vernunft bringen und ihn an seine Aufgaben erinnern müssen. Ich hatte keine Chance. In seinen Armen schmolz ich dahin wie eine Kugel Erdbeereis, die ein Kind in der Sonne vergessen hatte. Und genau in diesem Moment wollte ich auch nichts anderes sein.

Als es klopfte, mussten wir wohl oder übel voneinander ablassen. Ich stand auf und ging zur Tür. Amber stand davor und strahlte mich an. Erstaunlich, dass sie sich die Mühe gemacht und geklopft hatte.

»Emma, das musst du dir ansehen. Das ist alles absolut irre hier. Ganz anders als in Herr der Ringe.« Das klang beinahe empört.

»Amber«, unterbrach ich sie. »Weshalb hast du geklopft?«

»Ach so«, fiel es ihr wieder ein. »Du sollst zum Essen kommen.«

»Fangt schon mal ohne mich an, okay? Ich muss erst mal duschen.«

Amber nickte und versuchte, einen Blick ins Innere des Zimmers zu erhaschen.

»Duschen?«, fragte sie frech. Sie war eindeutig zu lange durch Amelies Schule gegangen.

»Duschen!«, bestätigte ich und schlug die Tür vor ihrer neugierigen Nase zu.

»Was meinst du, soll ich uns Essen raufholen oder kannst du mit runterkommen?«, wandte ich mich zu Calum um.

»Grundsätzlich hätte ich nichts dagegen, mit dir im Bett zu essen.«

»Gut, dann hole ich uns etwas herauf.«

Bevor Calum es sich anders überlegen konnte, um Ethan und Bree gegenüber nicht unhöflich zu erscheinen, zog ich meine Jeans und ein T-Shirt über und flitzte barfuß die Treppe hinunter.

Im ersten Moment hätte man denken können, dass man sich in einem normalen Haus befand. Dieser Eindruck verschwand, sobald man genauer hinsah. Zwar waren die Wände ordentlich verputzt, aber überall rankten zarte Winden empor. Die Blüten leuchteten in den unterschiedlichsten Farben von Pink bis Himmelblau. Sie verströmten einen zarten Duft. In der Mitte des Flures ragte ein Baumstamm in die Höhe, den ich allein kaum würde umfassen können. Ich sah nach oben. Der Baum wuchs mitten durch das Haus. Ich würde nach draußen gehen müssen, um mir die Krone anzuschauen. Aus einem Astloch flog ein bunter Vogel heraus. Er zirpte aufgeregt und ließ sich dann auf meiner Schulter nieder. Wie zur Begrüßung knabberte er kurz an meinem Ohr und schwang sich wieder in die Lüfte. Durch ein offenes Fenster verschwand er schließlich. Ich ging weiter in die Küche. Sie war leer, doch durch eine offene Glastür konnte ich meine Familie im Garten sitzen sehen. Ich sah mich um. In der Mitte der Küche stand ein Springbrunnen aus hellem Stein, aus dem klares Wasser plätscherte. Am Rand des Brunnens standen Gläser. Ich nahm eins und ließ Wasser hineinlaufen. Es schmeckte nach Blumen, Zitrone und frisch gemähtem Gras. Das war so lecker, dass ich das Glas sofort nachfüllte. In einer Ecke thronte ein riesiger Herd, auf dem kupferne Pfannen und Töpfe standen. Aus einer der Pfannen roch es nach Eiern und Speck. Mir lief das Wasser im Munde zusammen. Doch zuerst musste ich nach draußen gehen und die anderen begrüßen. Ich wandte mich der Tür zu und stolperte über einen dicken Kater, der es sich hier gemütlich gemacht hatte. Ich streichelte ihm entschuldigend über sein Fell, aber er nahm keine Notiz von mir.

Der Garten war recht winzig und von mannshohen Mauern umgeben. Überall rankten dieselben kleinen Blumen in die Höhe, wie im Haus. Zwei Bäume, an deren Ästen mir unbekannte Früchte hingen, standen im Garten, dessen Wiese von Gänseblümchen übersät war. Allerdings waren diese hier nicht nur weiß, sondern auch lila und gelb. Wahrscheinlich waren das keine Gänseblümchen. Mein botanisches Wissen war sehr begrenzt.

Bree sah mich als erste und strahlte mir entgegen.

»Emma, komm her. Setz dich zu uns.«

Erst da sah ich, dass Raven am Tisch neben Peter saß.

Ich schüttelte den Kopf.

»Danke, aber ich wollte zusammen mit Calum im Zimmer essen. Er darf noch nicht aufstehen und da …«

Das war Brees Stichwort.

»Wie dumm von mir. Natürlich. Ich mache ein Tablett für euch zwei fertig. Aber es ist so schön hier im Garten. Ethan und

Peter müssen Calum nachher helfen, nach unten zu kommen. Er kann sich auf eine Liege legen. Das wird ihm gut tun.«

Ich verdrehte die Augen und Amelie und Peter fingen an zu kichern. Bei Bree war niemand von uns gern krank. Ihre Überfürsorge erstickte jeden Krankheitskeim. Ich ging zum Tisch und griff nach einer dunkelroten Frucht, die in einer Schale lag. Misstrauisch wendete ich sie zwischen meinen Fingern.

»Du kannst sie ruhig essen. Ich hab sie heute früh frisch vom Markt mitgebracht. Sie schmeckt so ähnlich wie eure Kirschen. Wir nennen die Frucht Kalik. Sie reift erst im Spätsommer und schmeckt frisch geerntet am besten. Unsere Gärtner gehen vor Sonnenaufgang auf die Obstplantagen, um sie zu pflücken, damit sie pünktlich auf dem Markt sind. Nimm Calum ein paar davon mit. Unsere Kräuterfrauen schwören auf ihre heilenden Säfte«, erklärte Raven.

Ich biss hinein. Der intensive fruchtige Saft prickelte in meinem Mund. Gierig aß ich die kleine Frucht auf und nahm eine Handvoll davon aus der Schale.

»So was Leckeres hab ich noch nie gegessen«, erklärte ich. Das Lächeln auf Ravens Gesicht vertiefte sich.

»Meinst du, du kannst Calum nachher allein lassen? Ich möchte euch die Stadt zeigen. Sophie und Dr. Erickson würden euch gern sehen. Und Elisien hat euch morgen zum Abendessen eingeladen.«

Unglücklich sah ich sie an. Das klang nach einem tagesfüllenden Programm. Sie konnte unmöglich von mir verlangen, dass ich Calum so lange allein ließ.

»Die Stadt läuft nicht weg, oder? Und Sophie und Dr. Erickson könnte ich auch morgen besuchen«, schlug ich vor. Bevor Raven mich unterbrechen konnte, sprach ich hastig weiter: »Zu Elisien komme ich selbstverständlich mit.«

Ohne ihre Erwiderung abzuwarten, wandte ich mich um und ging zu Bree in die Küche.

Das Tablett, das sie zurechtgemacht hatte, war dermaßen überladen mit Brot, Eiern, Käse und Tee, dass ich bezweifelte, es tragen zu können. Ich ließ die Kalik zwischen die Teller purzeln und stemmte das Tablett in die Höhe. So würde es gehen. Vorsichtig trug ich es in unser Zimmer und stellte es auf dem Bett ab. Calum lag mit geschlossenen Augen da.

»Ich dachte schon, dass du mich vergessen hast«, sagte er leise und sog den Duft des frisch gebrühten Tees und der gebratenen Eier ein.

»Ich musste uns einen freien Tag verschaffen. Raven nimmt ihren Job als Reiseführerin etwas zu ernst.«

Ich reichte Calum eine Tasse Tee.

»Sie wollte eine Stadtführung machen und mit uns Sophie und Dr. Erickson besuchen. Morgen Abend sind wir außerdem bei Elisien eingeladen. Da ich das nicht ablehnen konnte, ohne unhöflich zu sein, habe ich die Stadtführung verschoben. Ich möchte sie mir lieber mit dir ansehen.«

Calum lächelte. »Leylin ist sehr faszinierend. Bist du sicher, dass du dir das entgehen lassen willst?«

Ich sah ihn böse an. »Willst du mich loswerden?«

Calum lächelte. »Ich bin ziemlich müde und fürchte, dass ich nicht sehr unterhaltsam bin.«

»Ich bin auch ziemlich müde«, entgegnete ich und reichte Calum einen Teller mit Brot und Ei.

Während wir aßen, hörten wir, dass alle das Haus verließen. Hannahs und Ambers Plappern schallte noch eine Weile durch die Spätsommerluft, die durchs Fenster hineinwehte. Calums Appetit nach zu schließen, befand er sich definitiv auf dem Weg der Besserung. Das Ei schmeckte fantastisch und das Brot war so leicht und luftig, dass ich nicht genug davon bekommen konnte.

Nachdem wir das ganze Tablett leer gegessen hatten, ließ Calum sich ins Bett rutschen. Einladend rückte er zur Seite, sodass ich mich neben ihn legen konnte. Ich kuschelte mich an ihn und es dauerte nicht lange, bis er eingeschlafen war. Sanft strich ich über seine Brust.

7. Kapitel

Wie so oft in der letzten Zeit glitten meine Gedanken zu Elin. Beinahe hätte er es geschafft, uns für immer zu trennen. Wie oft würde ihm das noch gelingen? Ob die Elfen einen Plan hatten? Konnten die anderen Völker etwas gegen ihn ausrichten? Mussten nicht die Shellycoats gegen Elin kämpfen? Früher hatte Calum mir immer erklärt, dass das Wohlergehen seines Volkes jedem Shellycoat über alles ging. Bei jeder Entscheidung musste bedacht werden, welche Auswirkungen diese auf das Volk haben würde. Jetzt hatte der Zauber der Undinen ausgereicht, sie dies vergessen zu lassen. Nur Elin hatte seine Seele freiwillig geben müssen und jeder andere geriet unfreiwillig in ihren Bann. Betraf das nur Shellycoats oder auch die anderen Völker? Diese Männer wurden benutzt, die schrecklichsten Taten zu vollbringen. Ich würde Calum fragen müssen, was er in Berengar mit dem Rat besprochen hatte. Wie sah der Plan aus, um Elin Einhalt zu gebieten? Ich würde mit ihm gemeinsam das Buch lesen, wenn er aufwachte.

Das Buch. Ich konnte es auch erst einmal allein weiterlesen. Vielleicht verriet es mir doch noch das ein oder andere Detail, mit dem wir etwas anfangen konnten. Gern wäre ich liegen geblieben, doch eine merkwürdige Unruhe hatte mich beim Gedanken an das Buch erfasst. Widerwillig verließ ich das warme Bett und Calum. Ich küsste ihn vorsichtig auf die Wange und stand auf. Leise schlich ich zu meiner Tasche und begann darin herumzukramen.

Mit dem Buch ging ich in den Garten. Auf einer kleinen Bank, die an der Backsteinmauer stand, machte ich es mir gemütlich. Es war nicht viel anders als zu Hause. Zwar war der Garten deutlich kleiner, aber die Vögel zwitscherten und summten mit den Insekten um die Wette.

Ich blätterte zu der Stelle, an der ich aufgehört hatte zu lesen. Die nächste und, wie ich feststellte, letzte Geschichte umfasste ein ganzes Drittel des Buches. Es ging um ein Mädchen der Gwragedd Annwn, die sich in einen Mann ihres Volkes verliebt hatte. Doch ihr Vater erlaubte nicht, dass die beiden heirateten. Das Übliche folgte. Die zwei flohen, dem Vater tat es leid, er ließ sie suchen, um ihnen seine Erlaubnis zu geben. Leider waren die Beiden nirgends zu finden. Irgendwann zog der Vater allein los. Wieder nur ein Märchen. Resigniert las ich trotzdem weiter.

Und so kam es, dass der Vater selbst durch seine Welt wanderte, um seine geliebte Tochter zu finden. Er durchschwamm sieben Jahre lang sieben Meere, doch nirgendwo hatte man das Liebespaar gesehen. Eines Nachts brach ein Sturm los. Ein Sturm, wie ihn die Meere seit Jahrhunderten nicht erlebt hatten. Der Vater, der nicht schnell genug in einer Höhle am Meeresgrund Zuflucht gesucht hatte, wurde von den Wellen hin- und hergeschleudert. Es schien, als hätte sein letztes Stündlein geschlagen. In seiner Not flehte er seine Göttin an, ihn zu retten. Er wollte nicht sterben, ohne seine Tochter noch einmal gesehen zu haben. Und die Göttin hatte Erbarmen. Der Vater wurde an die Küste einer ihm unbekannten Insel geworfen. Erschöpft brach er am Ufer zusammen und schlief ein. Als er erwachte, brannte die Sonne erbarmungslos vom Himmel. Vor ihm dehnte sich ein weißer Sandstrand. Erstaunt sah er sich um. Steil aufgerichtete Steine verstellten ihm den Weg. Der Mann suchte lange, bis er einen Eingang zwischen den Steinkolossen fand. Er folgte dem Weg, der sich vor ihm auftat. Immer weiter lief er. Mal geradeaus, mal rechts herum, mal linksherum. Als seine Kräfte nachließen, war ihm klar, dass er gefangen war. Gefangen in einem Labyrinth, aus dem es kein Entkommen gab. Es war das Labyrinth der Undinen auf der Insel der verlorenen Seelen. Er hatte auf seiner Reise von der Insel gehört. Angst packte ihn bei dieser Erkenntnis. Niemals hatte jemand diese Insel lebend verlassen.

Die Nacht brach herein und trotz seiner Erschöpfung sammelte der Vater neuen Mut. Wollte er seine Tochter wiedersehen, würde er einen Ausgang finden müssen.

Ich sah auf. Mir war kühl geworden, während ich die Zeilen las. Gänsehaut breitete sich auf meinen Armen aus. Es gab eine Insel, auf der die Undinen lebten? Eine Insel der verlorenen Seelen? Das klang selbst für ein Märchen gruselig. Ich sollte den

Rest mit Calum lesen. Oder sollte ich ihn lieber schlafen lassen? Ich konnte ihm nachher von meiner Entdeckung berichten.

Ich griff nach einer Decke, die auf der Lehne der Bank lag, legte sie mir um die Schultern und las weiter.

Der Vater irrte mehrere Tage durch die Gänge. Seine Vorräte waren aufgebraucht und er war erschöpft. Ein ums andere Mal kam er an den Überresten von Unglücklichen vorbei, die keinen Ausweg gefunden hatten und jämmerlich zugrunde gegangen waren. Doch er war nicht bereit aufzugeben. Es musste einen Grund geben, warum seine Göttin ihn an diesen Gestaden hatte stranden lassen.

Als er allen Mut verloren hatte, öffnete sich plötzlich vor ihm ein Platz und in dessen Mitte sah er den Eingang zu einer Grotte. Das Plätschern von Wasser drang an seine Ohren. Wachsam sah er sich um. Mit letzter Kraft eilte der Mann in die Höhle. Aus einem Wasserbecken sprudelte klares Nass empor. Erschöpft beugte er sich über das Wasser und trank gierig. Dann ließ er sich auf eine steinerne Bank fallen, die das Wasserbecken umrahmte. Er hatte den Mittelpunkt des Labyrinthes gefunden. Doch wohin sollte er sich nun wenden? Mit müden Augen sah er sich um. Da erblickte er gegenüber dem Becken, an die Steine gelehnt, einen wundersamen Spiegel. Vorsichtig trat er näher.

Das Glas schimmerte silbern. Nichts war darin zu sehen. Der Vater sah kein Spiegelbild in diesem seltsam verzierten Ding. Er versuchte, das Glas zu berühren. Aber eine unsichtbare Schranke hielt ihn ab. So sehr er sich bemühte, er konnte seine Hand dem Glas nicht nähren. Er prüfte den Rahmen des Spiegels. Auch er war silbern und mit den unterschiedlichsten Schriftzeichen verziert. Oben und unten, rechts und links waren kunstvolle Zeichen eingraviert.

Ich hielt inne. Der Spiegel. Das konnte nur *ein* Spiegel sein. Ich wusste genau, worauf diese Beschreibung passte. Das war Muril. Weshalb war er im Besitz der Undinen? Was hatte das zu bedeuten?

Stimmengewirr drang in den Garten. Ich erschrak. Mit einem mulmigen Gefühl ging ich ins Haus. Amber kam mir im Flur entgegen gesprungen und umarmte mich. Hinter ihr drängte sich, beladen mit bunten Papiertüten und Büchern, der Rest der Familie hinein. In ihrem Schlepptau befanden sich Sophie und Dr. Erickson, Amia und Miro.

Ich legte das Buch in eine Schublade der Flurkommode und ging den Ankömmlingen entgegen. Ich freute mich, Sophie zu sehen. Von der Zerbrechlichkeit, die sie in dem Krankenbett ausgestrahlt hatte, war nichts mehr zu bemerken. Das Leben bei den Elfen tat ihr gut.

Sie strahlte übers ganze Gesicht, hielt mich etwas von sich weg und musterte mich.

»Du bist blass«, sagte sie. »Die Aufregung der letzten Tage war zu viel für dich.«

Ich widersprach nicht. Was mich wirklich aufgewühlt hatte, war dieses merkwürdige Märchen. So sehr ich mich freute, alle zu sehen, so sehr zog es mich zu dem Buch zurück. Ich musste wissen, wie die Geschichte weiterging. Wie waren die Undinen in den Besitz von Muril gelangt? Was hatte es mit den vielen Inschriften auf sich? Ich war sicher, dass der Spiegel, so wie ich ihn kannte, lediglich *eine* Inschrift gehabt hatte. Ich wusste, dass es noch eine Inschrift gegeben haben musste, denn die rechte Seite des Rahmens war stark zerkratzt gewesen. Auf die obere und untere Kante hatte ich seinerzeit nicht geachtet.

Amelie riss mich aus meinen Gedanken. »Emma, Sophie, kommt schon. Wir haben leckeren Kuchen vom Markt mitgebracht. Alle sind schon im Garten.«

Ich wandte mich ihr zu und merkte, dass Sophie mich beobachtete.

»Was hast du, mein Kind? Ist es wegen Calum? Sicher kann er bald aufstehen. Vielleicht möchte er uns Gesellschaft leisten. Ethan und Peter könnten ihm helfen herunterzukommen.«

Ich nickte und lief in unser Zimmer. Calum schlief noch tief und fest. Seine Gesichtsfarbe war nicht mehr so fahl wie am Morgen. Ein gutes Zeichen. Ich weckte ihn sanft mit einem Kuss. Mit geschlossenen Augen griff er nach meiner Hand und zog mich zu sich.

»Willst du mit uns Tee trinken?«, flüsterte ich ihm ins Ohr, während er mich zu küssen begann. Bevor Calum antworten konnte, räusperte sich jemand hinter uns.

Ich fuhr hoch. Peter und Ethan standen in der Tür.

»Hey Calum«, begrüßte Peter ihn mit einem Grinsen, das mir die Röte ins Gesicht trieb. »Meinst du, wir könnten dich in den Garten schaffen, damit du nicht so einsam bist?«

»Wir könnten es versuchen«, grinste Calum zurück. Peter trat ans Bett und gab Calum zur Begrüßung die Hand.

Ich holte aus dem Badezimmer einen Bademantel und half Calum hinein. Auf Peter und Ethan gestützt verließen die drei das Zimmer und bugsierten Calum die Treppe hinunter. Im Garten legten sie ihn auf eine der Liegen. Da am Tisch nicht genug Stühle standen, hatten es sich Miro und Amia auf der kleinen Bank gemütlich gemacht. Hannah und Amber drängelten sich auf der zweiten Liege und ich setzte mich an das Fußende der Liege, auf der Calum lag. Amelie brachte uns Tee und Kuchen. Schokokuchen. Trotz des üppigen Frühstücks knurrte mein Magen bei diesem Anblick laut auf. Amelie sah mich erstaunt an.

»Seid ihr zwei nicht dazu gekommen zu essen? Wir dachten eigentlich, dass wir euch lang genug allein gelassen haben.«

Die Zwillinge kicherten los, während ich knallrot wurde. So langsam sollten mir diese Sprüche nichts mehr ausmachen, dachte ich, und biss in den saftigen Kuchen.

Drei Stücke später lag ich neben Calum auf der Liege und er erzählte uns von Berengar.

»Als Joel und ich nach Berengar kamen, war die Stadt beinahe ausgestorben. Amia und Miro hatten das schon erzählt, aber jetzt war es noch schlimmer. Der Palast war wie leergefegt. Glücklicherweise trafen wir Jumis in seinem Haus an. Joel war froh, seinen Vater zu sehen. Er hatte schon das Schlimmste befürchtet. Jumis war dabei zu packen. Jeder, der die Möglichkeit hat, zieht sich aus Berengar zurück. Joels Familie besitzt eine sehr komfortable Grotte einige Meilen von Berengar entfernt. Dort lebt seine Familie jetzt. Als Kinder haben Joel und ich dort oft unsere Ferien verbracht. Sie ist, für jemanden, der den Weg dorthin nicht kennt, nicht zu finden. Jumis wollte, dass wir ihn begleiten, aber das war natürlich nicht möglich. Ich hatte schließlich versprochen, so schnell wie möglich zurückzukommen.« Calum wandte mir sein Gesicht zu. »Ihr könnt euch nicht vorstellen, wie schockiert Joel und ich waren, als wir nach Avallach kamen. Beinahe wären wir Elins Wachen in die Arme geschwommen.«

»Wie bist du auf die Idee gekommen, nach Portree zu schwimmen?«, fragte Amelie.

Calum zuckte mit den Schultern. »Nachdem das Schloss zerstört war, hatte Emma ja irgendwo hingemusst. Ich nahm einfach an, dass sie zu euch zurückgefahren war. Ich hatte keine Ahnung, was tatsächlich vorgefallen war, und dass Talin die Schüler zu der Lichtung des Heiligen Baumes bringt, hätte ich nie vermutet. Er muss sehr verzweifelt gewesen sein, dass das für ihn die einzige Lösung war. Also überredete ich Joel, mit mir nach Portree zu schwimmen, aber auch hier kamen wir zu spät. Euer Haus stand in Flammen. Weit und breit war niemand zu sehen. Ich lief hinein, ohne darüber nachzudenken. Ich war sicher, dass Elin sein Ziel erreicht hatte. Ohne Joel wäre ich in den Flammen umgekommen.«

Niemand sagte ein Wort. Alle hingen ihren trüben Gedanken nach.

»Wo ist Joel eigentlich?«, brach Amelie nach einer Weile das Schweigen.

»Im Schloss. Es wurde eine Art Kriegsrat eingerichtet. Er tagt dort. Joel ist die meiste Zeit dabei. Aus jedem Volk sind mittlerweile Männer verschwunden und täglich werden es mehr. Zwar haben wir alle Völker gewarnt, nachdem wir herausgefunden hatten, was vor sich geht. Aber trotzdem geschieht es immer wieder. Wir sind beinahe machtlos«, antwortete Calum.

Ich dachte an mein Buch über die Gwragedd Annwn und die seltsame Geschichte darin. Ich sollte davon erzählen. Aber etwas hielt mich zurück. Ich würde erst zu Ende lesen und dann entscheiden, was mit den Informationen anzufangen war.

In der Nacht schlich ich hinunter in den Flur. Ich hatte nicht einschlafen können. Ich musste wissen, was in der Geschichte weiter geschah, was aus dem Vater und seiner Tochter geworden war. Eine einsame Kerze erhellte den Flur mit unruhig flackerndem Licht. Ich nahm den Kerzenständer in die eine Hand und fischte das Buch mit der anderen aus der Kommode. Dann ging ich in die Küche und setze mich auf die Ofenbank.

Nur langsam formten seine Lippen die komplizierten Worte, die am oberen Rand des Spiegels eingraviert waren. Doch kaum hatte die letzte Silbe seine Lippen verlassen, begann der Spiegel zu flackern. Ein Bild manifestierte sich auf der silbern schimmernden Fläche. Der Vater trat einen Schritt näher, denn in dem Spiegel sah er die, die er so lange gesucht hatte. Seine Tochter lächelte ihn traurig an. »Vater«, sprach sie. »Nach so langer Zeit hast du mich endlich gefunden.«

Der Vater versuchte nach ihr zu greifen. Er versuchte, seine Tochter aus dem Spiegel zu ziehen, doch er griff ins Leere.

»Nein, Vater«, sagte seine Tochter in einem Tonfall, der ihn innehalten ließ. »Ich kann nicht zu dir zurückkehren. Mein Körper ist längst zu unserer Göttin gewechselt.«

Entsetzt sah der Vater auf das Ebenbild seiner Tochter, die durch den Spiegel mit ihm sprach.

»Wie kann das sein?«, stammelte er. »Ich sehe dich. Der Spiegel hält dich gefangen. Ich werde ihn zerstören und du wirst frei sein.«

Die Tochter schüttelte bedauernd ihre blonden Locken.

»Ich bin frei, Vater. Bei unserer Göttin bin ich freier, als ich je war. Aber ich habe eine Aufgabe zu erfüllen und ich möchte, dass du mir hilfst. Wirst du das tun?«

Tränen traten dem alten Mann in die Augen, während er sprach: »Sollte ich dich wirklich verloren haben, so werde ich dir im Tode ein besserer Vater sein als im Leben. Sprich, was verlangst du?«

»Dieser Spiegel hier, Vater, er ist Hexenwerk. Ich verlange von dir, dass du ihn vernichtest.«

Der Vater schüttelte entsetzt den Kopf. »Aber habe ich den Spiegel, so kann ich dich wenigstens immer noch sehen.«

Die Tochter sah ihn erst an. »Nein, Vater, das kannst du nicht. Man kann die Toten nur einmal rufen. Und nun hör mir zu, bevor die Undinen zurückkommen und dich finden. Sie würden dich töten, wie sie mich getötet haben.«

Entsetzt taumelte der alte Mann zurück. Doch er widersprach seiner Tochter nicht mehr. Gebannt lauschte er ihren Worten.

»Dieser Spiegel vereint alle Magie der Undinen, derer sie fähig sind. Mithilfe der Zaubersprüche, die du am Rande des Spiegels siehst, sind die Undinen in der Lage, jedes Wesen der magischen Welt zu sehen. Niemand ist vor ihnen sicher, niemand außer den Menschen.

Sie haben meinen Liebsten getötet, denn er weigerte sich, ihnen seine Seele zu überlassen. Der Gram darüber hat mich sterben lassen.

Du, Vater, musst verhindern, dass anderen dasselbe widerfährt. Du musst den Spiegel zerstören. Versprich es mir. Die Undinen führen nichts Gutes im Schilde. Sie sind auf der Suche nach dem Einen, dem Ersten, der ihnen freiwillig seine Seele darbietet. Mit dessen Hilfe werden sie unendliche Macht über die magischen Völker erlangen. Du kannst das verhindern, indem du dein Versprechen einlöst. Sobald sie diesen Einen gefunden haben, werden viele andere folgen. Ist eine Seele einmal geraubt, vermag die Undine auch den Körper des Mannes in Besitz zu nehmen. Er vergisst jede vorherige Erinnerung, wenn die Undine dies will. Jede Liebe, jede Trauer, jedes Glück ist für immer verloren. Hass jedoch verstärkt sich hundertfach.«

Das Bild verschwamm vor den Augen des Vaters. Er sprang auf. »Bitte bleib. Geh nicht. Ich bitte dich, verzeih mir«, rief er dem entschwindenden Bild hinterher. Doch er bekam keine Antwort mehr. Wieder und wieder murmelte er den Zauberspruch in der Hoffnung, die Tochter zurückzuholen. Doch der Spiegel blieb dunkel und stumm.

Als der Vater endlich einsah, dass er seine Tochter nicht noch einmal zurückholen konnte, sah er sich nach einem geeigneten Werkzeug um, um ihren letzten Wunsch zu erfüllen. Er wollte den Spiegel vernichten, hier und jetzt. Er griff nach einem Stein, der in der Grotte lag. Doch vergeblich versuchte er, die Barriere des Spiegels zu durchbrechen. Es war ein aussichtsloses Unterfangen.

Plötzlich erklang vor dem Eingang der Grotte ein helles Brausen. Die Undinen kehrten zurück.

Der Vater war nicht gewillt aufzugeben. Er schlich zum Eingang der Höhle. Schimmernde Schatten kamen auf ihn zu. Er schrak zurück. Die Körperlosen hatten ihn gefunden. Er würde den Wunsch seiner Tochter nicht erfüllen können. Der erste Schatten betrat die Grotte. Eine Stimme, so lieblich, wie er sie noch nie vernommen hatte, erklang.

»Bist du der Eine - gekommen uns zu erlösen?«

Voller Panik schüttelte er den Kopf.

»Wir werden dir jeden deiner Wünsche erfüllen, wenn du bereit bist, uns zu dienen.«

Kurz flackerte der Wunsch nach seiner Tochter auf. Er schüttelte ihn ab. Diesmal würde er seine Tochter nicht enttäuschen.

Er sah sich um. Es gab keinen weiteren Ausgang. Würden diese körperlosen Wesen ihn aufhalten? Kälte drang in ihn ein. Eisige Kälte. Er begann zu zittern und immer näher kamen die Schatten.

Es gab nur einen Weg, um zu fliehen. Er wirbelte herum und griff nach dem Spiegel. Schwer wog dessen Gewicht in seinen Armen. Mitsamt dem Spiegel kletterte er auf den Rand des Wasserbeckens. Es musste gelingen. Dann sprang er.

Das Kreischen der Undinen dröhnte, selbst unter Wasser, in seinen Ohren. Sein Körper schmerzte unter diesem nicht endenwollenden Geräusch. Das Gewicht des Spiegels zog ihn hinunter. Er zog ihn mit sich durch den schmalen Gang, der sich in den Tiefen des Brunnens vor ihm auftat. Dann endlich war er frei. Das Meer breitete sich vor ihm aus. Die Göttin war mit ihm gewesen.

Die seelenlosen Geschöpfe konnten die Insel nicht verlassen. Körperlos konnten sie ihm nicht folgen. Der Vater brachte den Spiegel zu seinem Volk. Lange Jahre versuchte er, ihn zu vernichten, doch es wollte ihm nicht gelingen. Als er spürte, dass sein Tod nahte, vernichtete er die Inschriften auf dem Rahmen, um die Gefahr durch den Spiegel zu bannen. Zukünftig würde der Spiegel sein Volk schützen. Niemals durfte er den Undinen wieder in die Hände fallen. Sein Volk, die Gwragedd Annwn, würden den Spiegel, wenn er schon nicht zu vernichten war, beschützen.

Ich ließ das Buch sinken. Er hatte sein Versprechen nicht gehalten, schoss es mir durch den Kopf. Nicht halten können. Er hatte den Spiegel nicht vernichtet und die Undinen hatten alles daran gesetzt, ihn zurückzubekommen. Die Zaubersprüche waren verloren gegangen, doch die Undinen hatten sie nicht vergessen. Jahrhunderte lang hatten sie darauf gewartet, dass der Eine kam, der ihnen den Spiegel zurückbrachte. Und nun ermöglichte dieser ihnen, jede unserer Bewegungen zu beobachten. Eine der Inschriften machte es möglich, jeden zu beobachten, ohne dass dieser es bemerkte. Der Gedanke war schrecklich. Etwas nagte in meinem Kopf. Ich hatte etwas in dem Text übersehen, etwas Wichtiges. Leise blätterte ich zurück und begann die Stelle noch mal zu lesen.

Ein Knarren schreckte mich auf. Angespannt versuchte ich die Dunkelheit, die aus dem Flur in die Küche kroch, mit meinen Augen zu durchbrechen. Ein weißer Schatten erschien in der Tür. Erleichtert atmete ich auf, als ich Amelie erkannte.

»Musst du mich so erschrecken?«, warf ich ihr an den Kopf, ehe sie etwas sagen konnten.

»Ich wusste doch nicht, dass du hier mutterseelenallein in der Küche hockst. Ich nahm an, du wärmst Calum das Bett«, verteidigte sie sich.

»Ich konnte nicht schlafen«, versuchte ich einzulenken. Amelie konnte schließlich nichts dafür, dass sie mich beim Lesen gestört hatte. Sie setzte sich mit einem Glas Wasser in der Hand mir gegenüber. Herzhaft biss sie in ein übrig gebliebenes Stück Schokokuchen. Ich schüttelte den Kopf.

»Du wirst dick und rund werden, wenn du den Kuchen weiter so in dich reinstopfst.«

»Ich weiß«, antwortete Amelie mit vollem Mund. »Aber ich hab selten so was Leckeres gegessen. Raven muss uns das Rezept besorgen.«

Ich lächelte und stand auf, um auch mir ein Glas Wasser aus dem Trinkbrunnen zu holen, der selbst in der Nacht leise vor sich hinplätscherte. Ich fragte mich, ob ich Amelie einweihen sollte. Sollte ich ihr erzählen, was ich entdeckt hatte? Muril hatte ursprünglich den Undinen gehört und ein Mann aus dem Volk der Shellycoats, denn nichts anderes waren die walisischen Gwragedd Annwn, hatte den Spiegel gestohlen. Wie immer er in den Besitz der Familie von Talin gekommen war und diese die Aufgabe übernommen hatte, den Spiegel zu hüten, im Grunde gehörte er den Undinen. Und die Undinen hatten nicht verlernt, sich seiner Macht zu bedienen.

Ich wandte mich Amelie zu. Gedankenverloren blätterte sie in dem Buch. Ich ging zum Tisch zurück und setzte mich ihr gegenüber.

»Warum kannst du nicht schlafen?« Vorsichtig zog ich das Buch aus ihren Händen und legte es neben mich.

»Ich mache mir Sorgen.«

Erstaunt sah ich Amelie an. Meine immer gut gelaunte Cousine machte sich Sorgen. Ausgerechnet an einem Ort, an dem sie umgeben war von bildschönen Elfen. Womöglich war sie krank?

»Sorgen?«, fragte ich. »Denkst du, dass es hier nicht sicher ist? Ich glaube nicht, dass Elin uns hierher folgen kann.«

»Eigentlich mache ich mir Sorgen um Joel.«

»Weshalb?« Jetzt machte ich mir Sorgen.

»Raven hat uns doch erzählt, dass sie hier einen Kriegsrat abhalten.«

»Und?«

»Emma, Kriegsrat kommt von Krieg. Sag bloß, du hast keine Angst um Calum?«

Jetzt verstand ich und sah Amelie erschrocken an. »Du meinst, sie haben vor, gegen Elin und seine Männer zu kämpfen?«

Bisher hatte ich bei dem Wort Kriegsrat eher an endlose Debatten gedacht. Wie naiv von mir.

Amelie verdrehte ihre Augen. »Na, was denkst du denn, was die da planen? Ein Murmelspiel?«

Ich ließ meinen Kopf auf die Tischplatte fallen. Wie hatte ich bloß so begriffsstutzig sein können.

»Solange Calum verletzt ist, brauchst du dir um ihn ja keine Sorgen zu machen«, versuchte Amelie mich zu beruhigen. Erfolglos.

»Denkst du, er lässt sein Volk allein in einen Krieg ziehen? Wohl kaum«, erwiderte ich mit Panik in der Stimme.

»Wir müssen das verhindern, Amelie. Diesen Krieg können sie nicht gewinnen.«

»Sie werden nicht auf uns hören. Und was für eine Wahl haben sie schon? Ich will mir nicht vorstellen, was in so einem Kampf alles passieren kann.«

»Du magst ihn sehr, oder?«, fragte ich.

»Joel? Klar mag ich ihn, aber nicht so, wie du denkst. Ich kann mich doch unmöglich in einen Shellycoat verlieben.«

Ich zog meine Augenbrauen nach oben.

Amelie grinste mich an. »Du darfst das nicht falsch verstehen, Emma. Ich mag Wasser. Ehrlich. Zum Trinken und zum Baden. Aber das war es dann auch. Auf eine dermaßen aussichtslose Beziehung kann ich mich nicht einlassen. Trotzdem mache ich mir Sorgen um ihn. Er wird sich in diesen Kampf stürzen, ohne über die Konsequenzen nachzudenken.«

Ich nickte. Genau das würde Joel tun.

Ich stand auf und stellte die Gläser in die Spüle. Amelie reichte mir mein Buch.

»Hast du eigentlich etwas Interessantes entdeckt?«, fragte sie.

Ich schüttelte den Kopf, froh, dass sie nicht nachhakte.

Gemeinsam gingen wir die Treppe zu den Schlafzimmern hinauf.

»Schlaf gut«, sagte ich zu Amelie.

»Du auch.« Sie versuchte zu lächeln, aber es fiel kläglich aus.

Calum schlief tief und fest. Ich verstaute das Buch zwischen meinen Sachen. Morgen würde ich die Geschichte noch einmal lesen. Ich hatte etwas übersehen, dessen war ich sicher. Ich kuschelte mich an Calum unter die warme Decke. Das Einschlafen fiel mir, mit den düsteren Gedanken, die Amelie in meinen Kopf gepflanzt hatte, schwer.

Nach dem Frühstück trafen ein Mann in mittleren Jahren und eine junge Frau ein. Es stellte sich heraus, dass es sich um einen der Heiler der Elfen mit seiner Gehilfin handelte. Ehrfürchtig begrüßten wir den Mann. Amber kicherte, als sie ihn sah, und flüsterte Hannah etwas ins Ohr. Ich konnte mir denken, was sie lustig fand. Der Heiler hatte dunkelgrünes, halblanges Haar. Auch ihm war Ambers Kichern nicht entgangen und er zwinkerte ihr freundlich zu. Ich führte ihn zu Calum ins Zimmer und ließ die drei allein.

Nachdem er Calums Wunde behandelt hatte, kam er zu uns in die Küche. Bree bot ihm einen Platz und einen Becher Wasser an.

»Die Wunde ist gut verheilt. Calum muss sich noch etwas schonen, damit die Narbe nicht wieder aufreißt. Trotzdem wäre es gut, wenn er kleinere Spaziergänge unternehmen würde. Es ist ungesund, die Muskeln solange zu schonen. Sicher wird er euch heute Abend in den Palast begleiten können.«

Ich brachte ihn und seine Begleiterin zur Tür und lief die Treppe nach oben. Calum stand vor dem Spiegel, der im Zimmer hing, und begutachtete die schmale, noch rote Narbe, die sich über seinen Bauch zog. Die dünnen Fäden, mit denen die Wunde genäht worden war, waren deutlich zu erkennen. Offenbar hatte der Heiler auf einen neuen Verband verzichtet. Stattdessen hatte er Calum aufgetragen, die Narbe täglich mit einer Salbe einzureiben. Ich steckte meine Nase in den Tiegel, den Calum mir hinhielt.

»Es riecht blumig«, befand ich und reichte ihm das Töpfchen zurück. »Der Heiler meint, dass du kleinere Spaziergänge machen solltest, damit du nicht einrostest.«

Calum griff nach seinem T-Shirt.

»Dann wollen wir dich nicht weiter auf die Folter spannen. Eine schönere Stadt als Leylin hast du noch nicht gesehen.«

Er musste sich auf mich stützen, um die Treppe herunterzukommen. In der Küche stand Amelie. Sie stand an der Spüle und wusch das Frühstücksgeschirr ab. Neben ihr, mit einem

Trockentuch bewaffnet, stand Joel und grinste uns entgegen. Er musste gerade angekommen sein und trotzdem hatte Amelie ihn schon in Beschlag genommen.

»Ich wollte längst kommen und euch begrüßen«, entschuldigte er sich. »Aber ich musste Calum im Rat vertreten, solange er krank ist.« Er sah seinen Freund prüfend an. »Zum Glück sieht es so aus, als würdest du in den nächsten Tagen deinen Job wieder selbst übernehmen können.«

Ich umarmte ihn und flüsterte ihm ein »Danke. Das vergesse ich dir nie« ins Ohr.

»Keine Ursache«, flüsterte er zurück. »Ich konnte ihn ja schlecht da drin lassen.«

»Wir gehen in die Stadt«, verkündete Calum den beiden. »Es wird Zeit, dass Emma sieht, wohin es sie verschlagen hat.«

Er legte einen Arm um meine Schulter. »Habt ihr zwei Lust mitzukommen?«

»Warum nicht.« Amelie zog den Stöpsel aus dem Spülbecken und das Wasser bahnte sich blubbernd seinen Weg nach draußen.

Sie drückte Joel die letzte nasse Tasse in die Hand und verschwand mit einem: »Bin sofort wieder da.«

»Dann können wir beruhigt noch einen Tee trinken. Das wird dauern«, prophezeite ich.

Ich durchsuchte die offenen Küchenregale, die sich über zwei Wände zogen. In einer kleinen Steingutschüssel mit Deckel wurde ich fündig. Das braune Pulver erinnerte an schwarzen Tee und auch der Geruch war ähnlich. Ich war sicher, dass Bree gestern aus eben diesem Pulver Tee für uns gezaubert hatte. Ich füllte großzügig ein Tee-Ei, hängte es in eine bauchige blassblaue Kanne und goss heißes Wasser darüber.

»Hast du etwas von deinem Vater gehört, Joel?«, fragte ich, nachdem wir es uns am Tisch gemütlich gemacht hatten.

»Nein, leider nicht. Ich hoffe, dass er bald kommt und am Rat teilnimmt.«

Joel rührte in seiner Teetasse. Der Löffel klirrte laut an den Tassenrand.

Amelie kam die Treppe herunter gesprungen. Bei ihrem Anblick verschluckte ich mich an dem Tee, den ich gerade getrunken hatte. Sie hatte gestern erwähnt, dass sie auf dem Markt etwas zum Anziehen erstanden hatte und dass ich mir ebenfalls unbedingt etwas kaufen müsste, aber das, was sie da trug, war kaum dazu geeignet, damit auf die Straße zu gehen. Jetzt wusste ich auch, woher Raven ihre merkwürdigen Vorstellungen von Klamotten hatte.

Calum lächelte, während es Joel die Sprache verschlagen hatte. Zu allem Überfluss drehte Amelie sich in diesem engen, feinen Nichts vor ihm, wohl in der Hoffnung auf ein Kompliment.

Joel brummte etwas Unverständliches und stapfte an ihr vorbei in Richtung Ausgang. Amelie grinste und lief ihm hinterher. Joel war noch nicht an der Haustür angekommen, da hatte sie sich schon bei ihm untergehakt.

Calum legte einen Arm um mich und langsam folgten wir den beiden. Ich vermutete, dass Calum beim Laufen noch Schmerzen hatte, denn er war ungewöhnlich schweigsam.

8. Kapitel

So sehr ich versuchte, all das Neue und Wunderbare, das Leylin bereithielt, zu erfassen, so war ich sicher, dass mir das in hundert Jahren nicht gelingen würde.

Wir liefen an bunten, dicht aneinandergedrängten Häusern vorbei. Erst bei Tageslicht konnte ich die vielen unterschiedlichen Farben erkennen. Kinderlärm drang aus den Gärten, die neben oder hinter den Häusern lagen. Überall grünte und blühte es. Selbst an den Hauswänden wuchsen wunderschöne Blumen und ringelten sich über die gepflasterten Straßen. Überall gab es kleine Springbrunnen. Vor vielen Häusern standen Bänke aus Holz, auf denen entweder ergraute Elfen saßen oder Töpfe mit Blumen und Kräutern platziert waren. Wir liefen an schmalen Bächen vorbei, die zwischen den Häusern dahinplätscherten. Holzbrücken spannten sich darüber, deren Geländer mit Duftwicken und Efeu zugerankt waren. Ein Duft von süßem Honig lag in der Luft. Holztreppen führten uns einige Stufen hoch oder hinunter und halfen die Höhenunterschiede zwischen den Gassen zu überwinden. Zwischen zwei Häusern entdeckte ich einen Wasserfall, der an einem Felsen entlang in ein Steinbecken strömte. Kinder planschten in dem Becken herum und versuchten, uns nass zu spritzen.

Als wir dem Gewirr der Gassen, Häuser und Pflanzen entkommen waren, dehnte sich ein Platz vor uns aus. Bunte Wagen standen darauf und die Verkäufer boten ihre Ware an. Es duftete nach frisch gebackenem Brot, gegrilltem Fleisch und Gemüse, sodass mir das Wasser im Munde zusammenlief. Wir schlenderten an den Verkaufsständen entlang und überall wurden uns Früchte oder Nüsse zum Probieren angeboten. Die meisten Leckereien waren mir unbekannt. Neugierige kleine Elfenkinder umringten uns. Jedes wollte die anderen darin überbieten, uns etwas Besonderes zu zeigen. Eines führte uns zu einer Art Puppentheater. Ein Elfenmädchen führte ein Schattenspiel vor. Ein anderes Kind brachte uns zu einer Stelle am

Rande des Marktes, wo zwei Gaukler ihre Kunst im Feuerschlucken zum Besten gaben. Ich konnte mich nicht sattsehen.

»Emma, wir sollten eine kleine Pause machen. Ich muss kurz ausruhen.«

Erschrocken sah ich Calum an. Er war etwas blasser als am Morgen. Der Spaziergang hatte ihn überanstrengt.

Ich hielt nach einer Sitzgelegenheit Ausschau. Amelie zog uns durch das Gewimmel an die andere Seite des Platzes. Kleine überdachte Cafés säumten die Straße. Wir ließen uns in bequeme Sessel fallen.

Eine Elfin kam auf uns zugeeilt. Sie brachte vier Gläser und eine Karaffe mit frischem Wasser. In Windeseile trug sie uns die Auswahl an Gerichten vor, die sie heute ihren Gästen anbot. Wir entschieden uns für ein Gemüsegericht und sie lief davon.

»Lasst uns nach dem Essen noch zu Sophie gehen. Ihr werdet staunen, was sie in der kurzen Zeit, die sie hier ist, auf die Beine gestellt hat.«

Ich fragte mich, was Amelie meinte. Sophie war nicht viel länger hier als wir.

Der Gemüseauflauf schmeckte köstlich und nach dem Essen sah Calum deutlich besser aus. Trotzdem beschloss er, uns nicht zu Sophie zu begleiten, sondern allein nach Hause zurückzugehen.

Zweifelnd sah ich ihm hinterher.

»Lass uns mit Calum gehen«, wandte ich mich zu Amelie um. »Ich kann mir nicht vorstellen, dass er den Weg zurück findet.«

Joel prustete los.

»Der findet den Weg selbst bei Nacht, da kannst du Gift drauf nehmen.«

»Aber wir haben nicht mehr genug Zeit«, versuchte ich weiter, die beiden zu überzeugen. »Wir müssen uns für das Essen im Palast noch umziehen.«

»Keine Widerrede«, unterbrach mich Amelie. »Ich habe Sophie versprochen, dich heute zu ihr zu bringen. Es dauert nicht lange. So wie Calum schleicht, sind wir gleichzeitig mit ihm zurück.« Damit fasste sie nach meiner Hand und zog mich durch die Straßen.

Amelie hielt in einer kleinen Gasse vor einem ochsenblutroten Häuschen. Obwohl die Gasse sehr schmal war, stand auch hier unter einem der Fenster eine Bank. Ein Kätzchen hatte es sich darauf gemütlich gemacht. Auf den Fensterbrettern standen bunt bemalte Blumentöpfe mit Kräutern darin. Die Tür stand weit offen. Erstaunt erkannte ich, dass im Türrahmen Sophies Perlenvorhang eingespannt war. Das Klimperding hatte in ihrem Buchladen in Portree den Eingang zu ihrer Teeküche verdeckt. Was tat der Vorhang in Leylin? Und vor allem, wie war er hierher gekommen?

Ich zog ein wenig den Kopf ein, als ich hinter Joel und Amelie in das Häuschen trat. Was ich sah, verschlug mir die Sprache. Hätte ich nicht gewusst, dass es unmöglich war, hätte ich vermutet, dass es mich, in dem Moment, in dem ich das Haus betreten hatte, nach Portree in Sophies Laden katapultiert hatte. Mit offenem Mund starrte ich auf die mit Büchern gefüllten Regale. Erst bei genauerem Hinsehen fielen mir die Unterschiede auf.

An der Seite verlief eine Treppe nach oben, auf der sich Sophie vorsichtig heruntertastete. Für eine Frau in ihrem Alter war die Treppe etwas zu steil. Trotzdem strahlte sie übers ganze Gesicht, als sie uns sah.

»Ich freue mich so, dass du gekommen bist. Den anderen hab ich den Laden schon gestern gezeigt. Sie mussten versprechen, nichts zu verraten. Ich wollte, dass es eine Überraschung für dich wird.«

Das war ihr gelungen.

»Wie hast du das geschafft? Wo kommen die Bücher her? Es sieht fast aus wie Zuhause!«

Sophie nickte befriedigt vor sich hin. »Ja, die Tischler der Elfen haben wirklich hervorragende Arbeit geleistet. Das muss ich sagen. Dr. Erickson hat ihnen Skizzen gemacht, wie alles aussehen sollte. Der Tischlermeister ist sogar mit den Kriegern, die unsere Sachen aus Portree geholt haben, mitgegangen und hat sich den Laden persönlich angeschaut. Es ist wunderschön geworden, und das in der kurzen Zeit.«

Ihr Blick glitt zu einem noch recht jungen Elf, der damit beschäftigt war, weitere Regale aufzubauen. Dankbar lächelte sie ihn an.

»Und die Bücher? Sind das alles Elfenbücher?«

Sophie schüttelte den Kopf und lachte.

»Wo denkst du hin. Elisien ist eine sehr kluge und weise Königin. Sie hat Bücher von allen Völkern zusammengetragen. Du findest hier Bücher der Elfen, der Menschen, der Shellycoats, der Feen und, und, und. Im Grunde ist der Laden jetzt schon zu klein und bis unter die Decke zugestopft. Aber ich wollte es nicht größer. Es ist zauberhaft.«

Da konnte ich ihr nur zustimmen. Ich wandte mich Amelie zu. »Wie konntest du das für dich behalten?«

Sie grinste übers ganze Gesicht. »Wir hatten es versprochen und Versprechen muss man halten.«

»Apropos Versprechen. Es ist schon spät. Wir sollten jetzt zurückgehen. In zwei Stunden beginnt das Essen im Palast. Eine Königin darf man nicht warten lassen«, warf Joel dazwischen.

»Geht nur, Kinder. Wir sehen uns nachher. Das nächste Mal bringt ihr etwas mehr Zeit mit.«

Sophie winkte uns hinterher, bis wir am Ende der Gasse in eine andere Straße einbogen. Allein hätte ich niemals zurückgefunden. Amelie sicher auch nicht. Joel schien keine Schwierigkeiten mit seinem Orientierungssinn zu haben. Es dauerte keine zehn Minuten und wir waren vor unserem Haus angelangt.

»Wo wohnst du eigentlich, Joel?«, fragte ich.

Er wies auf ein blaues Haus nicht weit entfernt auf der gegenüberliegenden Straßenseite.

»Dort drüben. Gemeinsam mit Amia und Miro.«

»Wie praktisch«, lachte Amelie. »Dann treffen wir uns nachher hier und gehen gemeinsam zum Palast.«

»Das ist der Plan«, strahlte Joel sie an. Ich verdrehte die Augen und ging ins Haus. Amelie folgte mir fröhlich vor sich hin hüpfend.

»Auf eine dermaßen aussichtslose Beziehung kann ich mich nicht einlassen«, ahmte ich ihre Worte von letzter Nacht nach.

»Ganz genau«, erwiderte sie und grinste mich an. Dann lief sie die Treppe hoch und verschwand in ihrem Zimmer.

Ich fand Calum mit Peter im Garten. Seinem Gesichtsausdruck nach zu urteilen, waren sie in ein ernstes Gespräch vertieft. Schnell lief ich zu ihm und gab ihm einen Kuss. Besorgt sah ich ihn an. Aber er sah wieder besser aus.

»Ich mache mich frisch und ziehe mich um«, sagte ich. »Wir müssen bald los.«

Calum nickte und wandte sich wieder Peter zu. Ich würde ihm nachher von Sophies Laden erzählen. Aber wahrscheinlich wusste er längst davon und hatte es mir ebenfalls nicht verraten dürfen.

Ich lief in unser Zimmer und zog eins meiner geretteten Sommerkleider an. Obwohl es bereits Spätsommer war, war es bei den Elfen noch erstaunlich warm. Ob es hier einen richtigen Winter gab?

Ich wusch mir das Gesicht und trug ein wenig Lipgloss auf. Dann ging ich hinunter. Bree und die Zwillinge warteten am Fuße der Treppe. Alle drei hatten sich in einem der vielen Elfenläden neu ausgestattet. Sie trugen die farbenfrohen, aber glücklicherweise nicht so gewagten, Kleider der Elfen. Allesamt sahen zauberhaft aus. In meinem Menschenkleid kam ich mir ziemlich schlicht vor. Vielleicht sollte ich morgen mit Amelie shoppen gehen. Amia würde uns sicher begleiten.

Amia, Miro und Joel gesellten sich auf der Straße zu uns. Ich war aufgeregt. Schließlich war man nicht jeden Tag in einem Palast eingeladen. Calum griff nach meiner Hand und wir marschierten los. Der Palast lag am Rande der Stadt auf einer kleinen Anhöhe. Joel führte uns durch das Gewirr der Gassen und über den Marktplatz, der fast verwaist in der Abendsonne lag.

»Es ist wunderschön, oder?«, fragte Calum und legte einen Arm um meine Schulter. »Und so friedlich.«

Wir beobachteten ein paar Kinder, die an einem der Springbrunnen spielten, die auf dem Platz standen. Calum zog mich weiter, den anderen hinterher, die mittlerweile ein ganzes Stück vor uns liefen.

»Was hast du vorhin mit Peter besprochen?«, fragte ich.

»Das Übliche.« Er schwieg und ich wartete, dass er seine Erklärung fortsetzte. Es dauerte eine Weile, als würde er überlegen, was er mir sagen sollte.

»Im Grunde ist der Kriegsrat hilflos. Wir wissen nicht, was wir tun können. Momentan scheint die Lage unlösbar.«

Jeder von uns hing seinen Gedanken nach.

»Es gibt Momente, da frage ich mich, ob es für mein Volk nicht besser wäre, Elin die Macht zu überlassen. Wenn es das ist, was er will. Die Shellycoats, die damit leben können, könnten in die Stadt zurückkehren. Sie müssten keine Angst mehr vor seinen Angriffen haben. Ich glaube nicht, dass Elin zu ihnen unnötig grausam wäre.«

»Das kann nicht dein Ernst sein, Calum. Was ist mit denen, die nicht damit leben können? Was mit denen, die später gegen ihn aufbegehren? Glaubst du wirklich, Elin würde auf Gewalt verzichten, wenn er erst einmal bekommen hat, was er will? Und wie kannst du dir sicher sein, dass ihm der Thron in Berengar genügt? Was wird er als Nächstes fordern?«

»Beruhige dich«, fiel Calum mir ins Wort. »Ich sagte lediglich, dass ich manchmal darüber nachdenke. Nicht, dass ich es für richtig halte. Aber es gibt Augenblicke, da erscheint mir die Situation so aussichtslos. Er ist uns immer einen Schritt voraus. Ich weiß nicht, wie das möglich ist.«

»Es wird einen Ausweg geben«, versuchte ich ihn zu trösten. »Wir müssen ihn nur finden. Du bist nicht allein, Calum. Es gibt so viele, die dir helfen.«

Aber du bist der Letzte, der den Mut verlieren darf, setzte ich in Gedanken hinzu. Ich musste die Zeit finden, noch einmal diese Geschichte zu lesen. Ich wusste nicht, woher ich die Gewissheit nahm. Aber je länger ich darüber nachdachte, umso sicherer war ich, dass sich in dem Buch die Lösung unseres Problems befand oder wenigstens ein Hinweis, den ich nur verstehen musste.

Schneeweiß erhob sich der Palast vor uns. Allerdings sah er weniger imposant aus, als ich befürchtet hatte. Er passte perfekt zu der Stadt und seinen Bewohnern. Zwei hochgewachsene Elfenkrieger hielten am Tor Wache. Als sie unserer Truppe ansichtig wurden, öffneten sie es. Ich hätte gern gewusst, wo diese Typen »gezüchtet« wurden. Die Elfen in der Stadt sahen ganz normal aus. Wenn man bei den spitzen Ohren und den fast ausnahmslos hübschen Gesichtern von normal sprechen konnte. Aber immerhin hatte es große und kleine, dickere und dünne Elfen gegeben. Auch hatten nicht alle langes blondes Haar gehabt. Von schwarz, braun, rot und sogar bunt war alles vertreten gewesen. Die Krieger dagegen sahen aus wie dem Herrn der Ringe entsprungen. Ich würde Raven fragen, nahm ich mir vor.

Einer der Wächter ging voran und führte uns über eine weiß gepflasterte Fläche zum Portal des Schlosses. Auf sein Klopfen hin wurde die knarrende Tür von innen geöffnet. Ein junger Mann begrüßte uns lächelnd und führte uns durch die Eingangshalle zu einem kleinen Saal auf der linken Seite.

Elisien, Raven, Sophie und Dr. Erickson standen in der Nähe des Kamins und waren in ein Gespräch vertieft. Als wir eintraten, sahen sie auf und Elisien kam uns einige Schritte entgegen.

Sie reichte Bree und Ethan die Hand und ich hörte, wie Ethan sich bei ihr für die Gastfreundschaft bedankte. Dann wandte sich Elisien uns zu und begrüßte uns.

Der junge Elf, der uns hereingeführt hatte, brachte uns zu unseren Plätzen. Ich war erstaunt, dass nicht mehr Elfen mit uns aßen. So war es fast eine private Runde. Ich wurde zwischen Raven und Calum platziert, Bree und Ethan links von Elisien. Sophie und Dr. Erickson nahmen an ihrer rechten Seite

Platz. Als alle saßen, erhob Elisien ihr Glas, das mit einem hellgrünen Getränk gefüllt war, und stand auf.

»Ich möchte euch herzlich in Leylin begrüßen. Und obwohl der Anlass eures Aufenthaltes bei uns der Verlust eures eigenen Zuhauses ist, wünsche ich mir, dass wir euch ein wenig Geborgenheit und Frieden schenken können. Möge euer Besuch die Freundschaft zwischen den Menschen und den Elfen vertiefen.«

Etwas in meinem Kopf klingelte bei ihren Worten. Automatisch stand ich mit anderen auf und erhob mein Glas. Dr. Erickson bedankte sich bei Elisien in unserem Namen. Calum stupste mich an.

»Emma, was ist mit dir? Alles in Ordnung?«

Ich stieß mit ihm an, dann mit Raven und prostete den anderen zu. Das Getränk schmeckte nach frischer Blumenwiese und kribbelte angenehm auf der Zunge.

Nachdem wir uns gesetzt hatten, brachten Elfenmädchen Platten mit den verschiedensten Gerichten herein. Elisien forderte uns auf zuzugreifen und niemand ließ sich zweimal bitten.

Es schmeckte sogar fantastischer, als es aussah. Der Fisch zerschmolz in meinem Mund. Gemüse, das ich noch nie gesehen hatte und das mit mir unbekannten Kräutern gewürzt war, war schneller vergriffen, als ich essen konnte. Kaum war eine Platte leer, brachten Elisiens Bedienstete neue Köstlichkeiten.

Nachdem wir zum Abschluss eine riesige Portion Schokopudding verputzt und Tee getrunken hatten, befürchtete ich, keinen Fuß mehr vor den anderen setzen zu können.

Das Gespräch drehte sich während des Essens hauptsächlich um Sophies Buchladen. Ich erfuhr, dass dieser Elisiens Idee gewesen war. Ein nicht unerheblicher Teil der Bücher stammte aus den Archiven des Schlosses. Es gab zwar noch andere Buchläden in Leylin, aber in keinem wurden Bücher anderer Völker verkauft.

»Wie ich höre, nutzt mein Volk das Angebot in deinem Laden schon sehr rege«, wandte Elisien sich an Sophie.

»Oh, ich habe schon so viele Bücher verkauft«, erwiderte Sophie. »Ich hätte nicht gedacht, dass vor allem das Interesse an den Büchern der Menschen so groß ist. Viele Elfen kommen zurück und lassen sich Dinge erklären, die sie nicht verstanden haben. Ihr seid sehr wissbegierig. «

»Du kannst gern noch einmal in unseren Archiven nach weiteren Büchern schauen. Ich weiß nicht, weshalb meine Vorgänger so viele Bücher gehortet haben. Ich bin froh, dass wir eine Möglichkeit gefunden haben, sie unter das Volk zu bringen.«

Sophie winkte ab.

»Oh nein. Vorerst ist das nicht nötig. Ich habe noch einige Kisten mit Büchern stehen, die einsortiert werden müssen. Vielleicht können du und Amelie mir zur Hand gehen«, wandte sie sich an mich. »Calum, du bist natürlich auch eingeladen, wenn du wieder ganz gesund bist. Aber ich befürchte, ihr Männer habt momentan anderes zu tun.«

Dr. Erickson mischte sich in das Gespräch ein: »Calum wird sich, sobald er gesund ist, sicher dem Kriegsrat anschließen.«

Das klang nicht nach einer Frage.

Calum sah ihn an und Angst schnürte mir die Kehle zu. Ich suchte Amelies Blick.

Elisien schien unseren Blickwechsel bemerkt zu haben, denn sie ergriff das Wort. »Vorerst tragen wir alle Informationen über Elin und die Undinen zusammen, die wir finden können. Außerdem besprechen wir Strategien, wie wir uns vor Elin schützen oder ihn schwächen können. Wir müssen dieses Problem gemeinsam lösen. Spätestens mit seinem Angriff auf Avallach hat Elin bewiesen, dass er unser aller Feind ist.«

Calum nickte ernst.

»Ethan«, wandte Elisien sich ihm zu. »Wie Sie wissen, haben sich noch nie Menschen, außer einigen Eingeweihten, in Leylin aufgehalten. Viele unserer Kinder kennen keine Menschen und wissen nichts über sie. Ich weiß, dass Sie in ihrer Welt Lehrer sind, und ich würde mich freuen, wenn Sie an unserer Schule den Kindern von Ihrer Welt erzählen würden.«

Abwartend sah sie ihn an.

»Es wäre mir eine Ehre«, antwortete er.

Als wir später durch die Stadt zurückschlenderten, spannte sich ein pechschwarzer Himmel über uns. An einigen Hauswänden loderten kleine Fackeln und erhellten uns den Weg. Amber und Hannah hüpften ausgelassen vor uns her. Ich hatte Amelie und Amia untergehakt, während Calum mit Joel und Miro in ein Gespräch vertieft war. Sophie, Dr. Erickson, Bree und Ethan schlenderten uns wie zwei Liebespaare hinterher.

Die Luft war warm und fühlte sich beinahe flauschig auf meiner Haut an. Glühwürmchen huschten an uns vorbei und flimmerten in der Dunkelheit davon.

»Sie ist eine wunderschöne Frau«, schwärmte Amelie neben mir. »Und so klug und kein bisschen abgehoben, wie man es von einer Königin erwarten würde.«

»Trotzdem weiß sie genau, was sie will. Ob Raven auch mal so eine kluge Königin wird?«, fragte Amia.

»Ich glaube schon. Elisien wird sie gut vorbereiten. Und schließlich weiß auch Raven immer genau, was für andere richtig ist.«

Wir kicherten.

»Was gibt es Lustiges?«, fragte Sophie hinter uns.

»Wir sprechen gerade über Elisien«, erklärte Amelie.

»Eine ungewöhnliche Frau. Wisst ihr, dass sie die erste Königin der Elfen ist?«, sagte Sophie.

Synchron schüttelten wir die Köpfe.

»Bisher haben immer Männer die Elfen regiert. Jetzt scheint es ihrem Volk so gut zu gefallen, dass sie als Nachfolgerin wieder eine Frau ausgewählt haben.«

»Raven«, antworteten wir aus einem Mund.

»Genau«, bestätigte Sophie.

Nachdem wir Sophie und Dr. Erickson nach Hause gebracht hatten, machten auch wir uns auf den Heimweg.

Aus einer der Gassen, an der wir vorbeikamen, klang Musik. Amelie ging neugierig hinein. Ihre Augen leuchteten, als sich zu uns umblickte.

»Kommt, hier ist noch was los. Lasst uns nachsehen, ob wir etwas Spaß haben können.«

Bree lachte über die Begeisterung ihrer Tochter. »Geht ihr ruhig. Hannah und Amber müssen ins Bett.«

Damit zog sie Ethan weiter, während Amber lautstark protestierte.

Kritisch betrachtete ich Calum. Der Tag war lang für ihn gewesen. Er musste erschöpft sein.

»Ein bisschen halte ich noch aus«, beantwortete er meine unausgesprochene Frage und legte einen Arm um mich. Eng umschlungen gingen wir den anderen hinterher, die bereits in einer Tür verschwunden waren. Wir traten hinter ihnen ein. Ich weiß nicht, was ich erwartet hatte, jedenfalls nicht diesen Technoverschnitt.

Erstaunt sog ich bei dem Anblick der spärlich bekleideten jugendlichen Elfenmädchen und Elfenjungs die Luft ein.

»Meint ihr nicht, wir finden etwas weniger Aufregendes?«, fragte Amia mit skeptischem Blick in die Runde.

Amelie zog einen Schmollmund. Ich hätte darauf gewettet, dass Joel mit ihr in dieser Hölle geblieben wäre. Doch sie verließen das Etablissement mit uns.

Wir liefen die Gasse weiter entlang, jetzt etwas vorsichtiger mit unserer Wahl, und fanden eine kleine Kneipe, die Musik spielte, die in der Menschenwelt als Pop bezeichnet worden wäre. Ein junger Elf bat uns herein und begrüßte uns mit einem sprudelnden Getränk.

»Gibt es bei Elfen auch was Alkoholisches«, fragte Amelie Joel.

Der zuckte mit dem Achseln. Calum zeigte Amelie auf einer bunten Karte, welche Getränke unseren Cocktails am nächsten kamen.

Das Einzige, was das nächtliche Vergnügen trübte, war, dass Calum mit seiner Wunde nicht tanzen konnte. So mussten Amelie, Amia und ich uns Miro, Joel und Peter teilen. Erst ganz zum Schluss wurde ein langsames Lied gespielt. Calum zog mich an sich. Ich vergrub mein Gesicht an seiner Brust. So sollte es sein, dachte ich. Mit einem Mal verstand ich Calums Sehnsucht, alles hinter sich zu lassen und Frieden zu finden. Ein unrealistischer Wunsch, zugegeben, aber schön genug, um darüber nachzudenken.

Als der Laden schloss und wir nach Hause gingen, bahnte sich am Horizont Sonnenlicht seinen Weg durch die Dunkelheit.

Wir winkten Joel, Miro und Amia hinterher, die ein paar Meter mehr zu ihrem Häuschen zurücklegen mussten, dann fielen wir todmüde ins Bett.

Niemand im Haus kam auf die Idee, uns zum Frühstück zu wecken.

Es war Nachmittag, als Amelie und ich uns mit schlechten Gewissen auf den Weg zu Sophie machten.

Sie freute sich trotzdem uns zu sehen und wir mussten ihr ausführlich von unserem nächtlichen Ausflug berichten. Ihre Augen leuchteten bei unserer Schilderung, als würde sie beim nächsten Mal am liebsten mitkommen.

»Es ist wunderbar hier«, schwärmte sie. »Es gibt so viel Neues zu entdecken.

»Letzte Woche waren wir im Theater. Ihr könnt euch nicht vorstellen, was für wunderschöne Kostüme die Elfen zaubern und wie viel Mühe sie sich mit den Kulissen geben.«

Ich erinnerte mich an Amias Hochzeit zurück und an die Kleider, die Feline, die Schneiderin der Elfen, für uns genäht hatte. Schon damals war ich von dieser Kunstfertigkeit überrascht gewesen.

Amelie sah mich an. »Das müssen wir auch mal ausprobieren. Lass uns später Raven fragen, wie wir das anstellen müssen und wo das Theater ist.«

Zuerst hatte allerdings Sophie genug für uns zu tun. Wie in Portree bediente sie sich eines völlig veralteten Katalogsystems. Da Computer bei den Elfen unbekannt waren und Karteikarten und Füller durchaus auch ihren Reiz hatten, machte ich mich ohne zu murren an die Arbeit. Amelies Nörgeln versuchte ich zu ignorieren. Nachdem wir zwei Kisten voller Bücher aus dem königlichen Archiv ordentlich notiert hatten, schnappte sich jede von uns einen Armvoll Bücher und trug sie zu den Regalen.

»Wo soll ich die reinstecken?«, fragte Amelie. »Hier ist alles voll.«

»Guck einfach, wo du eine Lücke findest. Es ist nicht so wichtig, dass die Bücher richtig geordnet sind. Wenn jemand nachfragt, findet Sophie das Buch schon.«

Das war eine Arbeit nach Amelies Geschmack. Viel schneller als ich hatte sie ihre Bücher in den Regalen verstaut. Als sie damit fertig war, sah sie mich an.

»Hast du was dagegen, wenn ich schon mal gehe? Ich wollte noch einen Stadtbummel machen.«

Ich nickte, weil ich mich ein bisschen danach sehnte, allein zu sein. Ich hatte zwar nicht damit gerechnet, aber ich hatte das Büchlein eingesteckt, in der Hoffnung es hier nochmal in Ruhe lesen zu können. Anscheinend war das Glück mir hold. Sophie würde mich nicht unterbrechen, das wusste ich.

Nachdem ich meine Bücher einsortiert hatte, staubte ich ein wenig die Regale ab. Dann warf ich einen Blick zu Sophie. Sie war mit einem alten Elf in ein Gespräch über ein Buch vertieft, das die beiden gemeinsam durchblätterten. Überhaupt war hier im Laden viel mehr los, als in ihrem Geschäft in Portree. Ständig kam jemand herein, um zu plaudern, ein Buch auszusuchen oder mit Sophie Tee zu trinken.

Ich verschwand in der hintersten Ecke. Beim Einsortieren hatte ich einen zerknautschten Sessel unter einem Fenster entdeckt. Der perfekte Platz zum Lesen.

Ich zog das Buch aus der Hosentasche und blätterte zu der letzten Geschichte. Ich las sie einmal und dann noch einmal. Eine Stelle war mir besonders unheimlich.

Sie haben meinen Liebsten getötet, denn er weigerte sich, ihnen seine Seele zu überlassen. Der Gram darüber hat mich sterben lassen.

Du Vater, musst verhindern, dass anderen dasselbe widerfährt. Du musst den Spiegel zerstören. Versprich es mir. Die Undinen führen nichts Gutes im Schilde. Sie sind auf der Suche nach dem Einen, dem Ersten, der ihnen freiwillig seine Seele darbietet. Mit dessen Hilfe werden sie unendliche Macht über die magischen Völker erlangen. Du kannst das verhindern, indem du dein Versprechen einlöst.

Sobald sie diesen Einen gefunden haben, werden viele andere folgen.

Ist eine Seele einmal geraubt, vermag die Undine auch den Körper des Mannes in Besitz zu nehmen. Er vergisst jede vorherige Erinnerung, wenn die Undine dies will. Jede Liebe, jede Trauer, jedes Glück ist für immer verloren. Hass jedoch verstärkt sich hundertfach.

Das musste mit Elin geschehen sein. Die Undinen hatten seine Seele geraubt. Das würde erklären, weshalb er so gefühllos und unberechenbar geworden war. Eine Frage blieb trotzdem offen. Wie hatte Elin die Undinen gefunden, oder hatten sie ihn gefunden?

Das war trotzdem nicht, was ich suchte. Es war etwas anderes, was mich stutzig gemacht hatte. Ich grübelte vor mich hin.

Sophie kam zu mir.

»Ich schließe den Laden zu. Möchtest du mit uns zu Abend essen? Du würdest uns eine große Freude machen.«

So wie sie mich ansah, traute ich mich nicht, sie zu enttäuschen. Calum würde sich denken können, dass ich länger bei den beiden geblieben war, und sich keine Sorgen machen.

9. Kapitel

Fest an Calum geschmiegt lag ich in dieser Nacht im Bett und lauschte seinen Atemzügen. So friedlich sollte es immer sein. Ich strich über seine Brust, die sich gleichmäßig hob und senkte.

Ich war spät nach Hause gekommen. Auf dem Rückweg hatte ich mich ein paar Mal verlaufen. Ein Gutes hatten die Umwege, die ich genommen hatte, gehabt. Ich war in Ruhe zum Nachdenken gekommen. Meine Gedanken waren um den Text des Buches gekreist. Ich würde mit jemandem darüber reden müssen. Aus irgendeinem Grund sträubte sich alles in mir, dies mit Calum zu tun. Ich konnte wusste nicht wieso.

Wieder ergriff mich diese Unruhe. Als würde etwas in meinem Kopf feststecken, das raus wollte, aber nicht konnte. So würde ich niemals einschlafen. Mit meinem Gezappel würde ich Calum wecken. Vorsichtig stand ich auf und schlich wieder in die Küche.

Ich saß kaum, da hatte ich das Buch schon aufgeschlagen.

Gedankenverloren blätterte ich die Seiten durch. Die Buchinnenseite am Schluss ließ mich stutzen. Da war etwas aufgemalt. Es war verblasst und kaum noch zu sehen. Ich zog die Kerze näher heran und strich über den inneren Einband. Ich spürte eine kleine Erhebung unter dem Papier. Das war merkwürdig. Vorsichtig untersuchte ich das Buch. Die Seite war fest mit der Rückseite des Buches verklebt. Trotzdem war ich sicher, dass jemand etwas darunter geschoben hatte. Was es war, würde ich nur herausfinden, wenn ich das Papier aufschnitt.

Ich machte mich leise auf die Suche nach einem Messer. Nachdem ich eins gefunden hatte, trennte ich behutsam die Seite vom Buchrücken. Es dauerte ewig, doch ich wollte nicht riskieren, dass ich etwas beschädigte. Ich war besessen davon, dass das Buch uns Antworten auf unsere Fragen geben würde. Als ich die gesamte Seite abgetrennt hatte, blätterte ich sie um. Ein kleiner zusammengefalteter Zettel klebte darunter. Er war so klein und flach, dass ich ihn, wenn ich nicht über die Seite gestrichen hätte, nie bemerkt hätte. Auch ihn trennte ich ab und faltete ihn auseinander. Das Papier war vergilbt und die Schrift winzig klein. Nur mit Mühe gelang es mir, den Text zu entziffern.

Mein Name ist Newton McLeod, Eingeweihter der Isle of Skye, und dies ist mein Vermächtnis.

Alrin übergab mir dieses Buch, bevor er starb. Ich war es, der den Geschichten in diesem Buch die seinige anfügte. Er beauftragte mich, das Buch mit meinem Leben zu schützen, und das tat ich. Seiner Familie übertrug er die Verantwortung für den Spiegel Muril. Sie sollten ihn hüten, bis das Geheimnis seiner Vernichtung gelüftet werden kann. Es war ihm nicht vergönnt, den letzten Wunsch seiner Tochter zu erfüllen, denn Muril kann nicht durch ein Wesen der magischen Welt zerstört werden. Doch das wusste Alrin nicht.

Sollte in ferner Zeit der Spiegel wieder den Undinen in die Hände fallen, so wisset: Ihre Macht erhalten die Undinen einzig durch Muril. Mit seiner Hilfe können sie jedes Wesen der magischen Welt sehen. Niemand kann sich vor ihnen verstecken. Kein Geheimnis ist vor ihnen sicher. Dieser Spiegel wird ihre Waffe sein, unsere Welt zu beherrschen. Deshalb muss er zerstört werden. Koste es, was es wolle.

Doch der Spiegel weiß sich zu schützen. Eine uralte Legende besagt, dass nur ein besonderer Mensch in der Lage sein wird, den Spiegel zu zerstören und die Macht der Undinen zu brechen. Denn die Menschen sind für Muril unsichtbar. Jedes andere Wesen aber ist den Undinen hilflos ausgeliefert.

Erst wenn der Spiegel vollkommen vernichtet ist, werden die Undinen diese Welt endgültig verlassen.

Jahrelang habe auch ich vergeblich versucht, hinter das Geheimnis seiner Vernichtung zu kommen, und nun, kurz bevor ich gehe, glaube ich, es gelöst zu haben. Doch für mich ist es zu spät. Was bleibt, ist die Hoffnung, dass nach mir jemand kommen möge, dieses Buch findet und die Aufgabe vollendet.

Mögen die Götter dann mit ihm sein.

Ich starrte auf den Zettel. Das war es. Das hatte mich an dem Text stutzig gemacht. Hektisch blätterte ich zurück. Da war es. Der entscheidende Satz. Ich hatte ihn immer wieder überlesen.

Niemand ist vor ihnen sicher, niemand außer den Menschen.

Jetzt wusste ich, was er bedeutete. Mir wurde kalt. Eng zog ich meine Strickjacke um mich. Was sollte ich jetzt tun?

Ich stand auf, um mir Tee zu kochen. Der Boden unter mir bewegte sich. Schwankend hielt ich mich an dem Tisch fest. Lähmende Angst kroch in meinem Körper hoch, während ich nach dem Töpfchen mit dem Tee suchte. Unter meinen flatternden Händen geriet eins der Gefäße in Bewegung. Bevor ich danach greifen konnte, kippte es. Es wäre laut scheppernd in den Ausguss gefallen, wenn nicht im selben Moment, von hinten, eine Hand danach gegriffen hätte. Ich schrie leise auf.

»Psst, Emma, du weckst das ganze Haus.« Erleichtert lehnte ich mich an Peters Brust. Er drückte mich an sich.

»Was ist los, Emma? Ist was mit Calum?«

Ich schüttelte den Kopf und sah Peter an. Plötzlich wusste ich, was zu tun war.

»Peter. Ich werde dir etwas zu lesen geben«, flüsterte ich, während ich ihn ansah. »Wir dürfen nicht darüber sprechen.«

Peter sah mich entgeistert an.

»Du bist ganz blass«, sagte er dann. »Als ob du ein Gespenst gesehen hast.«

»Hast du verstanden, Peter?«, fragte ich nachdrücklich.

Er nickte und ich zog ihn zum Tisch. Dann blätterte ich zum Anfang der Geschichte und reichte Peter das Buch.

Während er las, bereitete ich den Tee zu. Ich stellte den Zucker und das Milchkännchen zwischen uns und holte die Kanne. Vorsichtig nippte ich an dem heißen Getränk und ließ Peter nicht aus den Augen. Nachdem er die Geschichte gelesen hatte, blätterte er zurück und las sie noch einmal. Fragend sah er mich an, die letzte von mir aufgetrennte Seite zwischen zwei Fingern.

Behutsam reichte ich ihm den Zettel, den ich in dem Versteck gefunden hatte. Auch diesen las Peter zweimal.

Entsetzen breitete sich auf seinem Gesicht aus, als er begriff, was er las.

Ich entzog ihm das Buch und legte den Zettel hinein.

»Wir treffen uns morgen sechzehn Uhr bei Sophie. Dann suchen wir uns einen Ort, wo wir ungestört sind. Du darfst mit niemandem darüber sprechen.«

Leise lief ich die Treppe hoch. Aufgewühlt und trotzdem erleichtert legte ich mich neben Calum.

Peter würde wissen, was wir tun sollten.

Calum ging mit Joel und Peter am nächsten Morgen zum Schloss. Ich hoffte inständig, dass Peter unser Geheimnis für sich behalten würde. Niemand aus dieser Welt durfte davon erfahren. Ethan und Bree gingen in die Elfenschule, wo Ethan den Elfenkindern etwas über die Menschenwelt erzählen würde. Bree hatte sich bereit erklärt, ihm zu helfen. Hannah und Amber waren furchtbar aufgeregt, denn auch sie begleiteten die beiden und sollten zukünftig an der Elfenschule unterrichtet werden. Ich befürchtete, dass Ethan es sich nicht nehmen lassen würde, seine beiden Nesthäkchen nachmittags noch mit menschlichem Schulstoff zu traktieren. Die zwei taten mir jetzt schon leid.

Amelie und ich winkten ihnen hinterher und machten uns gemeinsam auf den Weg zu Sophie.

Obwohl ich gern im Laden war, konnte ich den Nachmittag kaum abwarten. Ob Peter eine Idee hatte, was wir mit den Informationen anfangen konnten?

Es war kurz nach dem Mittagessen, als Amia in den Laden geschneit kam.

»Wusste ich doch, dass ich euch hier finde«, rief sie. »Ich langweile mich schrecklich, seitdem Miro jeden Tag ins Schloss geht. Ich hoffe, dem Kriegsrat fällt bald etwas ein.«

»Das hoffe ich auch«, unterbrach Sophie sie. »Du siehst nicht gut aus. In deinem Zustand gehörst du ins Wasser. Setz dich.«

Amelie sah mich an. »Zustand?«, fragte sie dann misstrauisch.

Ich blickte zu Amia, die mich anstrahlte. Sie strich sich über ihren Bauch.

»Ich bekomme ein Baby«, sagte sie leise.

Ich tastete nach dem Sessel, der hinter mir stand, und setzte mich. Sophie lächelte, als ob sie die künftige Großmutter werden würde.

»Habt ihr Shellycoats noch nichts von Verhütung gehört?«, platzte Amelie heraus. »Findest du das nicht ein wenig unverantwortlich, jetzt ein Kind zu bekommen?« Sie klang regelrecht wütend.

Amia ließ sich nicht beirren.

»Wir können das nicht steuern, Amelie. Miro und ich freuen uns wahnsinnig auf das Kind.«

Ich griff nach Amias Hand und drückte sie.

»Das ist so schön«, sagte ich leise, um die Furcht in meiner Stimme zu unterdrücken. Noch ein Leben, das wir vor Elin beschützen mussten.

Sophie sah Amelie so streng an, dass dieser weitere Vorwürfe in der Kehle stecken blieben.

»Na gut«, sagte sie nur noch. »Ich hab's nicht so gemeint, Amia. Ich freue mich auch für dich.«

»Was meint Sophie mit – in deinem Zustand gehörst du ins Wasser?«, fragte ich Amia.

Sie betrachtete ihre Fingernägel.

»Wir wissen nicht, welche Auswirkungen es auf das Kind hat, wenn ich die ganze Zeit an Land bin. Ich spüre, dass meine Kräfte nachlassen.«

»Wann kommt das Kind?«, fragte Amelie. »Sicher dauert es noch eine ganze Weile.«

»In circa sechs Wochen.«

»Waaass?«, riefen Amelie und ich aus einem Mund. Ich musterte ihren Bauch, den man nur mit viel gutem Willen als leicht gewölbt bezeichnen konnte.

Amia lächelte.

»Shellycoats sind nicht solange schwanger wie die Menschen. Unsere Babys sind nach wenigen Monaten so entwickelt, dass sie schwimmen können. Ich hoffe, dass ich es schaffe, bis dahin an Land zu bleiben. Aber bekommen muss ich das Kind im Meer. Dafür reicht der See der Elfen nicht aus. Und eine Geburt an Land würde das Baby nicht überleben.«

»Noch ein schwer lösbares Problem«, stöhnte ich und war geneigt, Amelie recht zu geben. Aber Amia sah so glücklich aus, dass ich mir jeden weiteren Kommentar verkniff.

»Wir haben ja noch etwas Zeit«, versuchte Amia stattdessen mich zu trösten. »Zwei Monate sind eine lange Zeit.«

Ich war sprachlos. War es nicht mein Job, Amia Trost zu spenden? Wo nahm sie nur ihren Mut her, während ihre Welt sich in alle Einzelteile auflöste?

»Mädels, alles klar?« Peter war unbemerkt in den Laden getreten. Er sah mich an.

»Amelie, ich habe mit Peter etwas Wichtiges zu besprechen. Kannst du Calum Bescheid sagen?«, bat ich sie.

»Klar, kein Problem. Amia und ich gehen erst mal Babysachen shoppen.« Damit zog sie die verdutzte Amia aus dem Sessel hoch und gab Sophie zum Abschied einen Kuss.

So schnell konnte nur Amelie ihre Meinung ändern.

Amia strahlte, während ich mich fragte, was ein Shellycoatbaby mit Elfenklamotten anfangen sollte.

Aber wenn es den beiden Spaß machte …

Peter und ich verabschiedeten uns von Sophie, nicht ohne dass ich versprechen musste, morgen wiederzukommen, und verschwanden durch den Glasperlenvorhang.

Amelie und Amia wandten sich dem Markt zu und schlenderten davon.

Peter nahm meinen Arm und zog mich in die andere Richtung.

»Wir brauchen einen Ort, wo wir ungestört sind«, meinte er. »Und ich hab schon eine Idee. Hast du das Buch?«

Ich klopfte zur Antwort auf meine Tasche, die über meiner Schulter hing, und ließ mich von ihm durch die Gassen aus der Stadt herausführen.«

Gute zwanzig Minuten später hatten wir den Stadtrand erreicht und Obstplantagen breiteten sich vor uns aus. Zielstrebig folgte Peter einem Pfad, der einen der sanften Hügel hinauf führte, die Leylin umgaben. Es dauerte nicht lange und wir hatten den Wald erreicht. Etwas außer Atem ließ ich mich auf einen der umgestürzten Baumstämme fallen. Von hier aus hatten wir einen guten Blick auf die Stadt und niemand würde uns so schnell überraschen oder belauschen können. Dafür war der Wald hinter uns zu licht. Der Ort war perfekt.

Peter setzte sich neben mich.

»Gibst du mir das Buch noch mal?«

Ich kramte in meiner Tasche und reichte es ihm.

Während er den Text, den ich beinahe auswendig konnte, las, besah ich mir die Umgebung. Von oben sah Leylin wie eine Stadt aus einem Märchenbuch aus. Es schien unmöglich, dass sich über dieser Idylle etwas Schreckliches zusammenbraute.

»Wir dürfen mit niemandem darüber reden, was in diesem Buch steht«, riss Peter mich aus meinen Gedanken.

»Ich weiß. Deshalb wollte ich gestern Abend auch verhindern, dass du etwas dazu sagst.«

»Und du hast nicht mit Calum darüber gesprochen?«

Ich schüttelte den Kopf.

»Ich kann es nicht erklären, aber etwas hat mich davon abgehalten.«

»Wo hast du das Buch eigentlich her?«

Ich erzählte Peter die Geschichte von Anfang an. Er unterbrach mich kein einziges Mal.

»Das ist das Unglaublichste zwischen all den unglaublichen Dingen, das mir in den letzten zwei Jahren passiert ist«, sagte er, als ich geendet hatte.

»Dieses Buch ist womöglich der Schlüssel, um die Undinen zu vernichten.«

Verwirrt sah ich ihn an. Hatte ich noch etwas übersehen? Wir wussten doch bisher nur, dass die Undinen uns Menschen mit Muril nicht sehen konnten. Unsere Seelen waren vor ihnen sicher.

»Wie meinst du das?«

Er reichte mir das Buch.

»McLeod schreibt, dass er einen Weg gefunden hat, Muril zu vernichten. Wenn die Undinen Muril nicht mehr haben, sind sie ihrer wichtigsten Waffe beraubt.«

»Ja schon, aber er schreibt nirgendwo, *was* er herausgefunden hat. Wie sollen wir es dann ausprobieren?«

»Wie oft hast du das Buch schon gelesen?«, fragte Peter.

»Die letzte Geschichte bestimmt zehn Mal, schätze ich.«

»Und du hast keinen weiteren Hinweis entdeckt?«

»Nein, nichts. Auch in den anderen Geschichten nicht. Die klingen eher wie Sagen oder Legenden. Jedenfalls werden nirgendwo Undinen erwähnt. Wenn ich darüber nachdenke, ist es fast, als wollte der Verfasser mithilfe dieser anderen Geschichte diese eine verstecken. Verstehst du, was ich meine?«

Peter nickte.

»Wenn McLeod sich die Mühe mit dem Zettel gemacht hat, dann muss es in dem Buch auch den Hinweis geben, wie wir Muril vernichten können«, erklärte er nach einer Weile.

»Es sei denn, er hat es nicht mehr geschafft, diesen Hinweis zu notieren«, wandte ich ein.

»Das kann ich mir nicht vorstellen. Das macht keinen Sinn«, sagte Peter. »Wenn die Menschen für die Undinen unsichtbar sind, dann können auch nur die Menschen etwas gegen sie ausrichten. Nur Menschen können also mit den Hinweisen etwas anfangen. Deshalb hat Alrin das Buch und seine Geschichte McLeod anvertraut und es nicht bei seiner Familie gelassen. McLeod war der Eingeweihte von Skye. Alrin muss gehofft haben, dass er der Mensch ist, der seine Aufgabe vollenden kann.«

Ich sah Peter an. So musste es gewesen sein. Weshalb war ich nicht selbst draufgekommen?

»Es muss ein besonderer Mensch sein, steht da. Wer immer damit gemeint ist«, ergänzte ich.

»Es muss in dem Buch weitere Hinweise geben«, sagte Peter.

Ich versucht mich noch mal an die anderen Geschichten zu erinnern. Mir fiel nichts ein, was zu unserem Rätsel passen konnte.

Peter zog ein kleines Messer aus seiner Hosentasche.

»Was machst du da?«, fragte ich.

»Ich schlitze auch die Vorderseite auf. Wer weiß, vielleicht hat McLeod da noch etwas versteckt.«

Ich beobachtete Peter, wie er konzentriert das vordere Deckblatt aufschlitzte. Es schien nicht so einfach zu sein, wie bei der Rückseite. Die Vorderseite war fester verklebt.

»Ich glaube, das bringt nichts, Peter«, sagte ich nach einer Weile.

»Du hast recht, hier ist nichts versteckt«, bestätigte Peter meine Vermutung.

Langsam blätterte er das Buch noch einmal durch.

»Wir sollten eine Nacht darüber schlafen«, sagte ich. »Vielleicht fällt uns morgen etwas ein.«

Peter stand auf.

»Kann ich das Buch heute Nacht behalten?«, fragte er. »Ich würde es noch mal durchgehen. Vielleicht finde ich was.«

Es widerstrebte mir, das Buch aus der Hand zu geben, aber andererseits hatte Peter recht. Es war möglich, dass ich etwas übersehen hatte.

»Ja klar, kein Problem.«

»Wir dürfen niemandem von dem Buch erzählen«, erinnerte Peter mich. »Du musst aufpassen, was du Calum sagst.«

»Ich weiß«, antwortete ich. Es gefiel mir nicht, ein Geheimnis vor Calum zu haben.

»Aber mit irgendjemandem müssen wir sprechen«, wandte ich ein. »Wenn die Vernichtung von Muril die Lösung des Problems ist, muss der Kriegsrat davon erfahren.«

»Emma«, begann Peter in dem lehrerhaften Ton, den ich nicht ausstehen konnte. »Lies doch noch mal, was hier steht.«

Doch anstatt mir das Buch zu reichen, las er die Stelle leise vor: »Ihre Macht erhalten die Undinen einzig durch Muril. Mit seiner Hilfe können sie jedes Wesen der magischen Welt sehen. Niemand kann sich vor ihnen verstecken. Kein Geheimnis ist vor ihnen sicher. Dieser Spiegel wird ihre Waffe sein, unsere Welt zu beherrschen.«

»Wir dürfen es niemandem sagen?«, flüsterte ich.

»Genau. Wir Menschen sind kein Teil der magischen Welt. Und ich hoffe, dass trifft auch auf dich zu, trotz deines Shellycoaterbes. «

Ich erschrak bei seinen Worten. Peter hatte recht. Vielleicht wussten die Undinen durch mich längst, dass wir das Geheimnis des Spiegels kannten.

Peter ließ sich nicht beirren und referierte weiter. »Ich denke, dass sie uns nicht sehen können. Aber stell dir vor, wir gehen jetzt mit dem Buch zu Elisien. Wenn es stimmt, was hier steht, dann werden die Undinen davon erfahren und den Spiegel so verstecken, dass er nicht mehr zu finden ist. Und sie werden wissen, dass wir alle Kraft darauf verwenden werden, ihn zu zerstören.«

»Aber wir wissen auch so nicht, wo sie den Spiegel versteckt haben«, machte ich ihn auf eine andere Schwachstelle seiner Argumentation aufmerksam.

»Doch«, sagte er und verwirrte mich damit vollends. »Ich kann es mir denken.«

»Und«, fragte ich, als er daraufhin in brütendes Schweigen versank.

»Sie werden ihn wieder auf diese Insel gebracht haben. Die Insel der verlorenen Seelen.«

Ich bekam eine Gänsehaut. Eiseskälte kroch, bei seinen Worten, durch meinen Körper. Ängstlich sah ich mich um. Der Wald hinter uns war dunkel geworden. Es war, als ob Schatten zwischen den Bäumen herumschlichen.

»Wir sollen jetzt gehen«, wandte ich mich an Peter.

Wortlos stand er auf.

Als wir beide zu Hause ankamen, waren alle in der Küche versammelt. Calum sah mir mit zusammengezogenen Augenbrauen entgegen. Er war verärgert, das konnte ich auf den ersten Blick erkennen. Ich rutschte neben ihm auf die Bank.

»Wo wart ihr?«, fragte er flüsternd.

Ich schob mir ein Brötchen in den Mund und war einer Antwort erst einmal enthoben.

»Ich hab Emma aus dem Laden abgeholt. Ich wollte ihr die Schlossbibliothek zeigen.«

Dankbar sah ich Peter an.

»Und wie fandst du es?«, fragte Calum an mich gewandt.

»Es war wunderschön und einmalig«, erwiderte ich ausweichend und in der Hoffnung, dass es stimmte.

Calum war nicht überzeugt.

Glücklicherweise fing Bree an, von der Schule zu schwärmen.

»Es war wunderbar«, erzählte sie. »Die Kinder sind so höflich und wissbegierig.«

»Ich würde gern wissen, was die Elfen ihren Kindern ins Essen machen. Davon hätte ich gern etwas.« Ethan sah zu Hannah und Amber.

Als ich sah, wie Amber ihn angrinste, ahnte ich, dass heute etwas vorgefallen war.

»Hast du die braven Elfenkinder zu einem Unfug angestiftet?«, fragte ich sie.

Amber setzte ihre Unschuldsmiene auf.

»Sehe ich so aus?«, fragte sie in die Runde.

»Jaaaa«, antworteten wir alle wie aus einem Munde. Fröhliches Lachen brach die Anspannung, die am Tisch geherrscht hatte.

Ich drückte unter dem Tisch Calums Hand und lächelte ihn an. Er schenkte mir zwar kein Lächeln zurück, aber wenigstens waren die Falten auf seiner Stirn verschwunden.

»Ich finde es trotzdem verantwortungslos, dass Amia gerade jetzt ein Kind bekommt«, hörte ich Amelies Stimme, als ich am nächsten Morgen die Küche betrat.

Das hatte ich über meine konspirative Sitzung mit Peter beinahe vergessen.

Calum und ich setzten uns nebeneinander auf die Küchenbank. Ich nahm mir aus einer Schüssel eine Portion Porridge und mengte großzügig Honig darunter.

»Wir können das nicht beeinflussen, Amelie«, wies Calum sie mit scharfer Stimme zurecht. »Es ist beinahe immer so, dass während der ersten Vereinigung ein Kind entsteht.«

Ich verschluckte mich und fing an zu husten. Calum reichte mir ein Glas Wasser und klopfte mir sanft auf den Rücken. Alle sahen mich an und ich spürte, dass ich puterrot wurde.

»Da hast du wohl noch mal Glück gehabt«, hörte ich Amelies sarkastische Stimme von der Seite.

Das Rot vertiefte sich, während Amber zu kichern anfing.

Ich würde den Rest meines Lebens nicht mehr mit Amelie sprechen, nahm ich mir vor.

Bree entspannte die Situation, indem sie aufstand, die Zwillinge hochscheuchte und sie aufforderte, den Tisch abzuräumen. Mir war der Appetit vergangen.

»Wir sollten uns für Amia freuen. Ein Kind ist immer etwas Wunderbares«, erklärte Bree mit einer Stimme, die keinen Widerspruch duldete. Sie stellte eine riesige Schüssel mit Obstsalat auf den Tisch und eine Weile hörte man nur wohliges Schmatzen.

Eine halbe Stunde später war die ganze Familie ausgeflogen. Alle bis auf Amelie und mich.

Auf sie war ich allerdings immer noch sauer. Deswegen nahm ich mir schweigend eine Tasse Tee und setzte mich damit in den Garten.

Amelie kam hinterher, als wäre nichts gewesen.

»Meinst du, wir sollten Amia heute gleich mit in den Laden nehmen? Ich finde, wir sollten uns mehr um sie kümmern. Gerade jetzt. Miro ist den ganzen Tag im Schloss. Ich würde trübsinnig werden.«

Das war wieder typisch für Amelie. Erst vergaß sie, dass ich sauer auf sie war, und dann dachte sie daran, sich um meine Schwester zu kümmern. Wie sollte ich da länger böse sein. Ich rappelte mich auf und gab ihr einen Kuss auf die Wange.

Als wir uns eine Stunde später auf den Weg zu Sophie machten, beschrieben mir Amia und Amelie jeden einzelnen Strampler, den sie gestern auf dem Markt erstanden hatten. Man konnte meinen, dass Amelie selbst schwanger wäre. Aus einem mir unerfindlichem Grund war Amia sicher, dass das Baby ein Mädchen werden würde. Die Strampler waren aus diesem Grund, ihrer Beschreibung nach, in den unterschiedlichsten Violetttönen.

»Zieht man Mädchen nicht rosa an?«, fragte ich, um auch etwas zum Gespräch beizutragen.

Amelie schüttelte empört ihre Mähne.

»Das ist total altmodisch, Emma. Heutzutage tragen Babys Lila.«

Ich zog es vor, nichts mehr zu sagen. Wenn ich mich mit Teenagermode schon nicht besonders gut auskannte, konnte ich zu Babymode nun gar nichts sagen. Allerdings brauchten die zwei meine Hilfe auch nicht. Sie würden auch allein jeden einzelnen Strampler in Leylin finden und begutachten.

»Normalerweise tragen eure Babys doch sicher keine Strampler, oder Amia?«

»Nein, natürlich nicht. Jedes Baby bekommt seinen eigenen Anzug aus Mysgir. Doch Miro und ich haben beschlossen, nach der Geburt hierher zurückzukehren, wenn das Problem mit Elin bis dahin nicht gelöst ist. Ich möchte nicht länger als nötig im Meer bleiben.«

»Und wie lange wird das sein?«

»Ich weiß nicht, maximal fünf Tage. Bei den Shellycoatbabys bildet sich nach der Geburt durch das Salzwasser eine natürliche Schutzschicht auf der Haut. Dieser Vorgang braucht einige Tage Zeit. Genauso lange brauchen sie, um richtig schwimmen zu können. Danach genügt es, wenn sie sich im Süßwasser aufhalten. Diese fünf Tage aber müssen wir im Meer verbringen. Das Baby darf nicht an Land geboren werden.«

Ich griff nach Amias Hand. Schon bei ihrer Erklärung bekam ich Angst.

»Wo willst du das Kind zur Welt bringen? Doch nicht in Berengar?«

»Nein, natürlich nicht. Jumis besitzt diese Grotte, von der Calum erzählt hat. Dort werden wir hinschwimmen, wenn es soweit ist. Er sorgt auch dafür, dass genügend zuverlässige Wachen zu unserem Schutz bereitstehen. Ich glaube nicht, dass Elin den Ort kennt.«

Es wird nichts nützen, wollte ich einwenden. Elin wird wissen, wo ihr seid. Ein Blick in diesen verdammten Spiegel genügt. Ich biss mir auf die Lippen. Ich durfte es nicht verraten.

Sophie strahlte, als sie uns drei sah. Amia wurde trotz ihrer Proteste in einen Sessel platziert.

»Sophie, ich will hier nicht untätig herumsitzen. Ich bin schwanger und nicht krank.«

»Beruhige dich, Kind«, unterbrach Sophie sie. »Ich habe etwas für dich zu tun. In einer halben Stunde kommt eine Gruppe aus dem Kindergarten vorbei. Du kannst den Kleinen etwas vorlesen. Ich habe in der Bibliothek ein Märchenbuch der Shellycoats entdeckt. Wer wäre besser geeignet als du, den Elfen daraus vorzulesen?«

Amia lächelte.

»Warte. Ich hole es.« Sophie verschwand hinter dem Tresen und legte Sekunden später ein Buch in Amias Schoß.

Ich erkannte das Papier wieder. Zwar erinnerte ich mich nicht an den Namen, aber auf demselben Papier hatte Amia ihre Einladungen zur Hochzeit verschickt.

Ehrfürchtig strich sie über die Seiten und blätterte es durch.

»Es ist ein Märchenbuch und es gibt nur sehr wenige Exemplare davon«, erklärte sie. »Als ich klein war, hatten wir eins davon im Schloss. Meine Mutter hat uns immer daraus vorgelesen. Jeden Abend vor dem Einschlafen. Elin und ich, wir liebten diese Stunde mit ihr. Als sie tot war, hat Elin mir nachts die Märchen aus dem Gedächtnis erzählt und mich damit getröstet. Ich durfte zu ihm ins Bett, auch wenn Ares es uns verboten hatte. Aber ich fühlte mich oft sehr allein. Das Buch war nach ihrem Tod verschwunden. Wir haben es gesucht, aber nie wieder gefunden.«

Ich tat mich nach wie vor schwer damit, mir Elin in seiner Rolle als liebender Bruder vorzustellen. Schon gar nicht, wie er seiner kleinen Schwester Märchen erzählte und sie tröstete. Doch wenn ich es bedachte und mein blaues Buch recht hatte, dann mussten die Undinen Elin verhext haben. Seinen Hass hatten sie ins Unermessliche gesteigert und den Elin, der er einmal gewesen war, vernichtet.

Während Amelie und ich Kunden bedienten, beobachtete ich aus dem Augenwinkel Amia, die den Kindern aus dem Märchenbuch vorlas. Sie schien glücklich. Die Kinder hingen an ihren Lippen und fieberten mit, während Amia ihre Stimme verstellte und mal wie ein Seeungeheuer klang und dann ein Seepferdchen nachahmte. Als es für die Kinder Zeit war zu gehen, musste Amia ihnen das Versprechen geben, in der nächsten Woche wieder hier zu sein und ihnen vorzulesen.

Sie würde eine wundervolle Mutter abgeben.

Trotzdem sah sie erschöpft aus, nachdem die Kinder den Laden verlassen hatten. Ich hatte beobachtet, dass sie zwei große Karaffen Wasser getrunken hatte, während sie las.

»Kann ich etwas für dich tun?«, fragte ich.

Amia nickte. »Kannst du mich zum See begleiten? Es ist Zeit für mein Bad.«

»Ist das nicht gefährlich?«, fragte ich.

»Nein. Der See der Elfen ist mit keinem anderen See hinter der Grenze verbunden. Wir können dort beruhigt schwimmen. Bald ist Vollmond. Du wirst diesmal gemeinsam mit uns tanzen.«

Ich war sprachlos.

»Emma. Es wird dein erster Vollmondtanz sein. Eigentlich wird so ein Ereignis in unserer Welt groß gefeiert.«

Mein erster Tanz. Weshalb hatte Calum nicht mit mir darüber gesprochen?

10. Kapitel

Amia führte mich an eine entlegene Stelle des Sees. Findlinge rahmten eine kleine Bucht ein. Farne und Gräser verliehen dem Ort etwas Zauberhaftes. Weißer Sand knirschte unter meinen Füßen, nachdem ich meine Schuhe ausgezogen hatte.

»Das ist wunderschön hier. Hat der See auch einen Namen?«

»Das ist Loch Fairy.« Aus ihrer Umhängetasche zog sie ihren Schwimmanzug und streifte ihn über. Ich beneidete sie. Mein Anzug lag versteckt bei meinen Sachen im Haus.

»Wieso Loch Fairy? Was haben die Feen damit zu tun?«

Amelie wies auf das andere Ende des Sees.

»Morgens und manchmal auch abends kannst du, wenn der Nebel aus dem See aufsteigt, den Rest der Fairybridge erkennen. Vor langer Zeit führte diese von dort in das Tal der Feen. Doch in den Großen Kriegen wurde die Brücke zerstört. Der Weg zurück ist den Feen seitdem verwehrt. Den Namen hat der See trotzdem behalten.«

Ich musste an Morgaine denken und fragte mich, wo sie sich herumtrieb. Avallach war ihr Zuhause gewesen. Wo waren sie und die anderen Feen hingegangen?

Amia schwamm und tauchte. Von Minute zu Minute kehrten ihre Kräfte zurück.

Ich zog meine Hose aus und ging ins Wasser. Ich bespritzte meine Arme und mein Gesicht. Selbst das war schon eine Wohltat. Danach ließ ich mich ins Gras fallen und grübelte über unsere Probleme nach. Die Undinen konnten uns Menschen nicht sehen, okay. Galt das eigentlich grundsätzlich oder änderte sich das, wenn wir uns in der magischen Welt aufhielten? Und vor allem: Was war mit mir? In meinen Adern floss das Blut der Shellycoats. Ich musste mit Peter darüber sprechen. Ich biss mir auf die Lippen. Womöglich wussten die Undinen längst Bescheid.

Amia kam aus dem Wasser und setzte sich neben mich. »Kann ich dich allein zurückgehen lassen?«, fragte ich.

»Was hast du vor?«, fragte sie zurück.

»Ich bin noch mit Peter verabredet.«

»Was soll ich Calum sagen?«

»Vielleicht, dass ich noch in der Stadt bin?«, schlug ich vor.

Amia sah mich an. »Du tust doch nichts Unüberlegtes, oder, Emma?«

Ich schüttelte den Kopf und sprang auf.

Ich sah ihn schon von Weitem. Peter schien ungeduldig und tigerte auf und ab. Er hatte mir heute früh zugeraunt, dass er an derselben Stelle wie gestern auf mich warten würde.

Außer Atem kam ich bei ihm an.

»Ich war noch mit Amia am See. Sie hatte mich darum gebeten«, schnaufte ich entschuldigend.

»Ist schon in Ordnung«, winkte er ab.

»Hast du was rausgefunden?«, fragte ich und ließ mich auf die Bank fallen.

Peter nickte.

»Ich habe noch mal alle Geschichten gelesen. Aber das war Fehlanzeige. Da ist auch mir nichts Ungewöhnliches aufgefallen. Dann habe ich mir noch mal den Zettel vorgenommen. Und dabei habe ich was entdeckt.«

Er schlug das Buch auf und ich rückte näher an ihn heran.

»Hier, siehst du das?«

Er fuhr mit seinem Finger über die verblassten Linien auf der letzten Seite des Buches.

Verwirrt sah ich ihm zu.

»Was soll das sein?«, fragte ich.

»Was denkst du denn?«

»Ich habe angenommen, dass das Buch im Laufe der Zeit mal nass geworden ist, und dass das Spuren davon sind.«

Peter nickte.

»Das könnte man glauben. Aber müsste man dann nicht auch auf anderen Seiten Wasserspuren finden?«

»Keine Ahnung. Vermutlich schon. Was denkst du?«

»Ich glaube, dass das der Hinweis ist. Hier ist etwas notiert, dass nur jemand finden sollte, der danach sucht.«

Ich sah genauer auf die verblichenen Striche und Wellenlinien, die kaum erkennbar auf den beiden letzten Seiten des Buches zu sehen waren.

Peter konnte recht haben. Manche waren hellbraun einige etwas dunkler. Mehr sah ich nicht. Es konnte auch ganz willkürlich dahin gekritzelt worden sein.

»Ich kann nichts erkennen. Es ist viel zu verblichen.«

»Das ist nicht verblichen«, widersprach Peter. »Es ist wahrscheinlich mit so etwas ähnlichem wie unsichtbarer Tinte geschrieben und mit den Jahren ist diese an manchen Stellen sichtbar geworden. Wer immer das hineingemalt hat – und ich nehme an, es war McLeod –, wollte nicht, dass es leicht gefunden wird. Wir müssen rauskriegen, wie wir es deutlicher machen können.«

»Und wenn du unrecht hast? Wenn wir das Buch mit solchen Experimenten beschädigen? Wenn es überhaupt nichts zu bedeuten hat? Ich sehe nur Kritzeleien.«

»Wir müssen es versuchen. Lass uns überlegen, was wir schon wissen. Die Undinen können alle magischen Wesen durch Muril sehen.«

»Richtig.«

»Nur uns Menschen nicht.«

»Ich habe mich gefragt, ob sie uns grundsätzlich nicht sehen können, oder nur nicht in unserer eigenen Welt«, warf ich ein.

»Was meinst du?

»Das sagt das Buch nicht ausdrücklich. Du meinst, vielleicht sind auch Menschen in der magischen Welt für die Undinen sichtbar?«, fragte Peter.

Ich nickte. »Und was ist mit mir. Bin ich für Muril mehr Mensch oder mehr Shellycoat? Wenn sie uns oder mich sehen können, dann wissen sie bereits, dass wir Murils Geheimnis kennen«, beendete ich den Satz mit Panik in der Stimme.

Wir schwiegen beide.

»Elin hat uns in Edinburgh nicht gefunden«, sagte Peter dann. »Damit können wir davon ausgehen, dass er und die Undinen uns dort nicht gesehen haben.«

»Ja«, wandte ich ein, »dort waren wir in der Menschenwelt, aber hier in Leylin könnte es sich anders verhalten. Außerdem wissen wir nicht, ob die Undinen Elin alles mitteilen. Wenn der Spiegel auf dieser Insel ist, dann kann Elin ihn vermutlich nicht für seine Zwecke nutzen.«

»Können wir nicht davon ausgehen, dass wenn wir in der magischen Welt für die Undinen sichtbar wären, McLeod das erwähnt hätte? Sicher ist, dass die Undinen bestens über die Vorgänge informiert sind. Der Angriff auf Avallach war genau geplant. Er sollte dazu dienen, uns Angst zu machen. Seitdem haben die Völker sich weiter zurückgezogen. Untereinander Kontakt zu halten, wird immer schwieriger. Die Boten verschwinden. Mittlerweile hat jedes Volk Männer verloren. Wir wissen nun auch, was mit ihnen geschieht.«

»Die Undinen rauben ihnen ihre Seelen«, sagte ich tonlos. Es war eine schreckliche Vorstellung. »Wir müssen es Raven sagen. Es dürfen keine Männer mehr ausgesandt werden.«

Ich sprang auf.

»Warte.« Peter zog mich zurück. »Lass uns nichts überstürzen. Wenn wir die Elfen warnen, wissen die Undinen, dass wir Murils Geheimnis gelüftet haben. Jetzt glauben sie noch, sie sind im Vorteil.«

Entgeistert sah ich Peter an.

»Willst du etwa weiterhin Unschuldige opfern, die dann wie Zombies durch die Gegend rennen und voller Hass sind?«

»Nein, natürlich nicht«, verteidigte sich Peter. »Ich habe nur gesagt, dass wir überlegen müssen, was wir tun.«

»Calum kennt mich so gut, er wird wissen, dass ich ihm etwas verschweige«, warf ich kläglich ein. Die Aussicht, ihn belügen zu müssen, verursachte mir ein schlechtes Gewissen.

»Es muss sein. Es gibt nur wenige, die wir einweihen können. Wir sollten mit Dr. Erickson sprechen. Dann sehen wir weiter.«

Ich nickte abwesend, mit meinen Gedanken bei Calum.

»Was habt ihr bisher im Kriegsrat besprochen?«, wollte ich von Peter wissen. »Gibt es einen Plan?«

Er winkte ab.

»Es überwiegen die Schuldzuweisungen. Die Werwölfe und die Faune unterstellen den Shellycoats, Schuld an der Vernichtung von Avallach zu tragen. Elisien und Myron haben alle Hände voll zu tun, damit es nicht zu Handgreiflichkeiten kommt. Konstruktive Gespräche sind selten. Die Völker haben Angst. Bisher gibt es jedenfalls keinen Plan, der den Undinen gefährlich werden könnte, und da bin ich richtig froh drüber.«

Fragend sah ich ihn an.

»So gibt es für die Undinen keinen Grund anzunehmen, die Elfen und die anderen Völker könnten ihnen ernsthaft gefährlich werden. Das verschafft uns Zeit. Zeit, die wir dringend brauchen, um herauszufinden, wie wir Muril vernichten können und damit die Undinen.«

Der Himmel am Horizont färbte sich rot.

»Wir sollten gehen«, sagte ich und stand auf. Schweigend liefen wir den Pfad in die Stadt zurück.

»Es gibt nur eine Möglichkeit herauszufinden, ob die Undinen uns oder dich hier sehen«, sagte Peter plötzlich. »Wir müssen auf die andere Seite. Hinter die Grenze.«

»Bist du wahnsinnig?«, fuhr ich Peter an und blieb stehen. »Das kann nicht dein Ernst sein.«

»Hast du eine bessere Idee? Sollten sie uns hier in Leylin beobachten, dann wissen sie sowieso über das Buch Bescheid«, sagte er schneidend. »Sie werden versuchen, es zu bekommen, bevor wir herausgefunden haben, wie wir Muril zerstören können.«

»Wenn du die Grenze überschreitest, was denkst du, was dann passiert?«, schrie ich ihn an.

»Ist ja gut. Wir werden das morgen mit Dr. Erickson besprechen. Ich muss ihn nach dem Kriegsrat in den Wald lotsen. Wir treffen uns zur selben Zeit wie heute. Okay?«, lenkte Peter ein.

Mittlerweile waren wir an unserem Haus angekommen.

Ich sah Peter fest in die Augen und hielt ihn am Arm fest.

»Wir gehen nicht rein, bevor ich nicht dein Versprechen habe, dass du nichts Dummes tust.«

Peter sah mir in die Augen und antwortete nicht.

Die Tür hinter mir ging auf.

»Störe ich?«, hörte ich Calums Stimme und fuhr herum.

»Nein, nein gar nicht«, stammelte ich. »Peter und ich hatten nur eine kleine Meinungsverschiedenheit.«

»Darf man wissen, worum es ging? Ich könnte den Schiedsrichter spielen.«

Ich schüttelte den Kopf und drängelte mich an Calum vorbei ins Haus.

»Ich hab einen Mordshunger«, verkündete ich und klang selbst in meinen Ohren zu aufgesetzt.

Die Jungs folgten mir schweigend. Mal wieder hatte mein Schauspieltalent mich im Stich gelassen.

»Worüber hast du mit Peter gestritten?«, fragte Calum, als wir allein in unserem Zimmer waren. Den ganzen Abend hatte ich gespürt, dass er Peter und mich beobachtete. Ich hätte mir etwas einfallen lassen sollen. Ich hätte wissen müssen, dass Calum den Vorfall nicht auf sich beruhen lassen würde.

»Nichts Wichtiges«, sagte ich, gähnte und hoffte, dass ihn das abhalten würde, mich weiter zu drängen.

»So sah es aber nicht aus.«

»Wie sah es denn aus?«, fragte ich schnippisch.

»Besorgt«, antwortete Calum und sah mir in die Augen.

Schnell drehte ich mich weg. Er würde sehen, dass ich log.

»Ich sorge mich ja auch. Um euch alle. Aber hauptsächlich um Amia«, fiel mir glücklicherweise ein.

»Ihr habt über Amia gesprochen?«

Ich nickte und verzog mich ins Badezimmer.

Doch so leicht ließ Calum mich nicht aus seinen Fängen. Geduldig wartete er, bis ich wieder herauskam.

»Emma, was verheimlichst du vor mir?«

»Nichts, gar nichts.«

»Ich sehe es dir an. Du musst es mir sagen, bitte.«

Seine blauen Augen funkelten. Seufzend setzte ich mich neben ihn auf den Bettrand.

»Es ist nichts Wichtiges. Das musst du mir glauben. Nichts, was uns beide betrifft.« Meine Stimme zitterte bei meinen Worten.

Calums Hand strich langsam meinen Rücken hinauf und verharrte an meinem Hals.

»Ich habe Peter versprochen, dass ich nicht darüber reden werde. Mit niemandem.«

Calum begann meine Schulter zu küssen und tastete sich mit seinen Lippen langsam zu meinem Hals vor. Zärtlich knabberte er an meiner Haut.

»Bitte zwing mich nicht, mein Versprechen zu brechen«, murmelte ich, schlang meine Arme um ihn und ließ mich aufs Bett fallen.

»Heute nicht mehr«, erwiderte er mit heiserer Stimme.

Wieder lag ein Tag in der Buchhandlung vor mir. Selbst Sophie fiel meine Nervosität auf.

»Was ist bloß los mit dir?«, fragte sie. »Du bist nicht bei der Sache.«

»Es ist bald Vollmond«, kam Amia mir zu Hilfe. »Emma war viel zu lange nicht im Wasser. Du solltest mich heute begleiten.«

Bei ihren Worten fühlte ich mich sofort ausgetrocknet.

»Lauft schon«, aufmunternd sah Sophie mich an. »Hol deinen Anzug und dann nichts wie weg mit euch. Mit eurer Nervosität vertreibt ihr meine Kunden. Es genügt wenn Amelie hierbleibt.«

Diese sah uns neidisch hinterher, als wir den Laden verließen. Amia ging zum See voraus und ich lief zum Haus zurück, um meinen Anzug zu holen.

Als ich am See ankam und ihn übergestreift hatte, spürte ich, wie mein Körper nach Wasser gierte. Ich tauchte unter und schwamm so schnell ich konnte zur Mitte des Sees. Erst dann tauchte ich auf und sah mich nach Amia um. Sie planschte auf dem Rücken schwimmend in meiner Nähe.

»Na, du Schnecke, auch schon da?«, neckte sie mich.

»Na warte, von wegen Schnecke.«

Ich machte einen Sprung auf sie zu und zog sie an den Füßen unter Wasser. Sofort vernahm ich ihr Kichern in meinem Kopf.

»Ich werde dir zeigen, wer von uns die lahme Schnecke ist«, meldete ich in Gedanken zurück und tauchte tiefer.

Doch so sehr ich mich anstrengte, Amia war trotz ihrer Schwangerschaft schneller als ich, egal wie tief ich tauchte oder welche Strecke ich schwamm. Es war wie in der Fabel vom Hasen und Igel – Amia war immer vor mir da. Nur eins konnte ich besser als sie und so schraubte ich mich in die Höhe, flog durch die Wasseroberfläche, drehte mich ein paar Mal um mich selbst und tauchte sanft zurück ins Wasser ein.

Erschöpft aber glücklich schwammen wir später gemeinsam an Land. In der Sonne liegend, ließen wir unser Haar trocknen.

»Das habe ich vermisst«, sagte ich.

»Es gibt nichts Schöneres«, bestätigte Amia. »Im Wasser denke ich immer, alles Grausame ist nur ein Traum. Leider holt die Wirklichkeit an Land mich wieder ein.«

Amia sah mich an und ich konnte die Angst in ihren Augen sehen.

»Es wird alles gut werden«, versprach ich. »Du wirst sehen, in einem Jahr schwimmst du mit deiner kleinen Tochter im Meer.«

Amia lächelte, doch die Angst verschwand nicht vollständig aus ihren Augen.

Wir zogen uns um und machten uns auf den Rückweg.

Während ich überlegte, mit welcher Ausrede ich mich heute abseilen konnte, stand Calum auf einmal vor uns.

»Hallo Calum«, begrüßte Amia ihn. »Emma und ich waren schwimmen.«

»Ich wäre gern mitgekommen«, antwortete er. »Aber das können wir morgen nachholen.«

»Du hast Emma noch nicht gesagt, dass sie ihren ersten Vollmondtanz mit uns tanzen wird.« Ihre Stimme war vorwurfsvoll. »Du weißt, wie wichtig dieser Tanz für einen Shellycoat ist. Du musst ihr genau erklären, was sie tun muss.«

»Stell dir vor, Amia, das wollte ich längst tun. Leider entwischt mir Emma jeden Nachmittag und deshalb habe ich mich heute entschlossen, sie direkt abzufangen.«

Er legte seinen Arm um mich und gab mir einen Kuss auf die Schläfe.

Mir fiel beim besten Willen keine Ausrede ein, die Calum überzeugt hätte, mich gehen zu lassen. Also machte ich gute Miene und ging mit den beiden zurück in die Stadt.

Peter und Dr. Erickson würden vergeblich auf mich warten.

So sehr ich Calum liebte und so gern ich jede Sekunde mit ihm verbrachte, es war wichtiger, mit Peter unser Rätsel zu lösen.

Als Peter am Abend nach Hause kam, warf er mir einen fragenden Blick zu. Ich saß mit Calum im Garten und ließ mich von ihm in die Regeln des Vollmondtanzes einweihen. Joel, Amia und Miro unterstützen ihn tatkräftig. Mir war nicht klar gewesen, dass der Tanz einem so strengen Ritus unterworfen war, und ich fragte mich, weshalb ich erst jetzt davon erfuhr. Jeder Tänzer hatte eine Rolle zu erfüllen. Da Joel und ich die besten Springer in der Runde waren, würden wir die kompliziertesten und höchsten Sprünge ausführen. Ich musste Calum versprechen, am nächsten Tag mit ihm im See zu üben.

»Bist du kräftig genug dafür?«, fragte ich ihn skeptisch.

»Es wird schon gehen«, beruhigte er mich.

Seine Wunde war mittlerweile gut verheilt.

Wieder ein Nachmittag, an dem ich mich nicht mit Peter treffen konnte. Ich zuckte entschuldigend mit den Achseln und sah ihn dabei an. Prompt folgte Calum meinem Blick. Peter wandte sich ab und ging in die Küche.

Ich war so neugierig, zu erfahren, was er mit Dr. Erickson besprochen hatte, dass ich mich kaum auf das Gespräch mit Calum konzentrieren konnte. Es dauerte nicht lange, bis es ihm auffiel.

»Ich schätze, das reicht erst mal. Das sind alles ein bisschen viel Informationen.«

Miro und Amia standen auf und verabschiedeten sich. Joel beschloss, zum Abendessen zu bleiben und dann noch mit Amelie um die Häuser zu ziehen.

»Hast du auch Lust?«, fragte Calum mich. »Wir könnten mit den beiden mitgehen.«

Ich schüttelte den Kopf. Irgendwie musste es mir gelingen, mich heute Nacht mit Peter in der Küche zu verabreden.

Neben mir hörte ich etwas poltern. Calum war aufgestanden und hatte sein Glas dabei umgeworfen. Ich drehte mich zu ihm und konnte gerade noch seinen Blick erhaschen, bevor er sich hinunterbeugte, um die Scherben einzusammeln. Er hatte wütend ausgesehen.

»Wir müssen reden«, murmelte er, bevor er mit den Scherben in der Hand in die Küche stapfte.

Peter stand in der Küchentür und legte einen Finger auf seine Lippen. Als ob ich nicht selbst wusste, dass ich Calum nichts verraten durfte. Nur was sollte ich ihm stattdessen sagen? Ich sollte versuchen, so nah wie möglich an der Wahrheit zu bleiben. Ansonsten würde ich mich in meinen eigenen Lügen verheddern.

»Was läuft da zwischen Peter und dir?«, fragte Calum, kaum dass wir unsere Zimmertür geschlossen hatten.

»Was meinst du mit laufen?«, stellte ich eine Gegenfrage.

»Emma, denkst du ich sehe nicht, wie ihr euch Zeichen gebt oder miteinander tuschelt?«

»Quatsch. Das bildest du dir ein.«

»Verkauf mich nicht für dumm. Ich weiß, dass das alles sehr schwierig für dich sein muss. Und dass das Leben in meiner Welt ganz anders ist als in deiner. Aber du hast gewusst, worauf du dich einlässt. Und ich möchte nicht, dass das alles umsonst war. Ich liebe dich.«

Wovon sprach er eigentlich? »So anders finde ich es nun auch wieder nicht«, erwiderte ich.

»Nicht?«

Ich schüttelte den Kopf. »Aber es wäre schön, wenn du mir mehr vertrauen und mir etwas Freiraum lassen würdest.«

»Freiraum?« Aus seinem Mund klang das Wort nach einer giftigen Pflanze.

Ich nickte stärker. »Wir sind hier alle auf so engem Raum zusammen. Ich brauche auch mal etwas Luft zum Atmen«, erklärte ich stockend und hätte jedes Wort am liebsten sofort ungeschehen gemacht.

Sein Blick sprach Bände.

Calum stand auf und sah auf mich herab.

»Kannst du haben.«

Die Zimmertür knallte ins Schloss. Ich setzte mich auf die Bettkante. Ohne lange darüber nachzudenken, hatte ich erreicht, was ich wollte.

Minuten später klopfte es.

»Emma, ich bin es, Peter. Kann ich rein kommen?«

»Ja, klar«, antworte ich und rieb mir eine Träne aus dem Augenwinkel.

»Calum ist ziemlich wütend, oder?«

»Nicht ohne Grund. Ich hab ihm gesagt, dass ich mehr Freiraum brauche.«

»Stimmt ja auch.«

Mein wütender Blick brachte Peter zum Schweigen.

»Jetzt wo er weg ist, kannst du mich zu Dr. Erickson begleiten.«

»Wo ist er hin?«, fragte ich alarmiert.

»Er ist mit Joel und Amelie losgezogen. Sicher wird er sich beruhigt haben, wenn er zurückkommt.«

Das konnte ich mir nicht vorstellen.

Trotzdem nahm ich meine Jacke aus dem Schrank und lief mit Peter die Treppe hinunter.

»Wir haben heute Nachmittag auf dich gewartet«, sagte er unterwegs.

»Ich war mit Amia schwimmen, und als ich mich zu euch auf den Weg machen wollte, ist Calum aufgetaucht.«

»So was Ähnliches habe ich mir gedacht. Ich habe Dr. Erickson von dem Buch erzählt und ihm berichtet, was wir rausgefunden haben. Er war sprachlos, das kann ich dir sagen, und das ist er selten.«

»Wird er uns helfen?«

»Er hat das Buch mitgenommen, um es genauer zu untersuchen.«

Ein Schreck fuhr mir in die Glieder. Ich fühlte mich für das Buch verantwortlich.

»Ich hoffe, dass er es nicht beschädigt.«

»Er wird vorsichtig sein«, beruhigte Peter mich.

11. Kapitel

Auf unser Klopfen öffnete Sophie die Haustür. Bevor sie die Tür schloss, sah sie sich nach allen Seiten um. Dr. Erickson hatte sie offensichtlich eingeweiht. Das machte mich noch nervöser. Hoffentlich hatte niemand die beiden belauscht. Je mehr von dem Geheimnis wussten, umso größer war die Gefahr, dass es verraten wurde.

Dr. Erickson saß, über das Buch gebeugt, am Küchentisch.

Peter und ich traten näher. Es war die Innenseite des Buches, die er einer genauen Betrachtung unterzog.

»Ah, da seid ihr ja.«

Er gab mir zur Begrüßung die Hand.

»Ich passe unten auf«, sagte Sophie und verschwand die Treppe hinunter.

»Da hast du ja etwas interessantes aufgestöbert«, sagte Dr. Erickson an mich gewandt.

»Es ist aus ihrer eigenen Sammlung, «, erklärte ich.

Er nickte.

»Ich wollte auf euch warten, bevor ich mit dem Experiment beginne.«

»Welches Experiment?«, fragte ich misstrauisch.

»Wenn Peter recht hat, und ich neige dazu ihm zuzustimmen, dann handelt es sich bei diesen Zeichen um einen weiteren Hinweis.«

Er wies mit der Lupe auf die Kritzeleien.

»Ich vermute, dass dieser mit unsichtbarer Tinte geschrieben wurde, und zwar mit Milch oder Zitrone.«

Verdutzt sah ich ihn an.

»Ich hab als Kind mal eine Geburtstagseinladung bekommen. Als ich den Brief aus dem Umschlag zog, war er leer. Ich habe geglaubt, dass sich jemand einen Scherz erlaubt hat. Erst meine Mutter kam auf die Idee, dass die Einladung mit unsichtbarer Tinte geschrieben wurde.«

»Und was hat sie gemacht?«

»Sie hat eine Kerze unter das Blatt gehalten. Es hatte zum Schluss ein paar Brandlöcher, aber wenigstens wusste ich, dass ich zu einer Detektiv-Party eingeladen war.«

Ich lächelte bei der Erinnerung.

»Ganz richtig, wir müssen die Nachricht erwärmen. Ich vermute, dass das Buch sich schon einmal an einem ziemlich warmen Ort befunden hat. Dadurch ist ein Teil der Nachricht sichtbar geworden. Zum Glück, kann ich nur sagen, sonst hätten wir diese nie gefunden«, erwiderte Dr. Erickson.

»Und wie erwärmen wir das Buch?«, fragte ich. »Mit einer Kerze würde ich es nicht versuchen.«

Abwartend sahen wir Dr. Erickson an.

»Zuhause würde ich ein Bügeleisen nehmen. Da den Elfen dieser Apparat unbekannt ist, müssen wir es mit dem Backofen versuchen. Allerdings ist es riskant, da er mit Holz beheizt wird. Aber ich hoffe, dass etwas warme Glut ausreicht, um die Nachricht sichtbar zu machen.«

Er wandte sich dem Lehmofen zu, der in der Ecke der Küche stand und in dem die rote Glut bereits leuchtete. Darüber hing ein Rost.

Skeptisch sah ich hinein.

»Wir sollten es vorher ausprobieren«, schlug ich vor.

»Das ist eine gute Idee«, unterstützte mich Peter, der mein Misstrauen offenbar teilte.

»Meinetwegen. Das kann nicht schaden«, stimmte Dr. Erickson zu.

Er trat an die Treppe und rief Sophie.

»Kannst du uns bitte etwas Milch und Zitronensaft geben?«, bat er sie und holte aus dem Nachbarzimmer ein weißes Blatt Papier und eine altmodische Schreibfeder. Sorgfältig wusch er die Feder aus, während Sophie eine Zitrone auspresste. Ich goss derweil Milch in ein kleines Schälchen.

Als alles vorbereitet war, malte Dr. Erickson auf die eine Hälfte des Blattes einige Striche mit der Milch und auf die andere Seite einige Striche mit dem Zitronensaft.

Tatsächlich war, nachdem das Blatt getrocknet war, nichts mehr zu sehen.

Vorsichtig schob er das Blatt auf den Rost des Ofens. Es dauerte nur Sekunden, und die Streifen wurden auf beiden Hälften des Blattes sichtbar.

»Ich hoffe, das klappt auch mit dem Buch. Ich habe keine Ahnung, wie alt es ist«, murmelte Dr. Erickson neben mir.

Er legte das Blatt Papier wieder auf den Rost und bettete dann das Buch mit dem Papier nach unten darauf.

»Ich schätze, so geht es besser«, erklärte er. »Und wir vermeiden, dass das Buch beschädigt wird.«

Sophie tätschelte ihm den Rücken. Wahrscheinlich war sie furchtbar stolz auf die Umsicht ihres Mannes. Auch ich kam nicht umhin, ihn zu bewundern.

Das Buch ließ er etwas länger im Ofen. Als er es endlich herauszog, hielt ich den Atem an.

Er drehte es um und präsentierte es unseren neugierigen Blicken.

Ich holte tief Luft. Es war unglaublich. Die Linien auf dem Papier waren deutlich dunkler geworden. Winzige Notizen waren sichtbar geworden. Wir würden eine Lupe brauchen, um alles zu entziffern. Eines war allerdings jetzt schon klar.

Vor uns lag eine Karte.

»Es könnte noch eine Weile gebrauchen«, meinte Peter, bevor ich alles erfasst hatte. Dr. Erickson schob das Buch weitere fünf Minuten in den Ofen. In der Zwischenzeit holte er zwei Lupen.

Tatsächlich war danach alles deutlicher zu sehen. Ich griff mir eine Lupe, bevor Peter mir zuvorkommen konnte. Wir setzten uns an den Tisch und begannen, die Karte zu studieren.

Plötzlich fiel mir etwas ein. Ich griff nach dem Buch und schlug es zu.

Erschrocken sahen die anderen mich an.

»Was ist los, Emma. Bist du verrückt geworden?«, fuhr Peter hoch, dem ich die Finger eingeklemmt hatte.

»Wir wissen immer noch nicht, ob die Undinen uns sehen können.«

Peter warf einen Blick zu Dr. Erickson.

»Wir sind sicher, dass das nicht der Fall ist, Emma«, sagte er dann zu mir gewandt.

»Wie kannst du dir da sicher sein?«, fragte ich argwöhnisch.

»Ich«, er unterbrach sich, als müsse er überlegen, was er sagte. »Ich habe letzte Nacht mit dem Buch Leylin verlassen und hinter der Grenze übernachtet.«

»Du hast was?«, schrie ich auf. »Bist du wahnsinnig geworden? Was wenn Elin und die Undinen dich gefunden hätten? Was wenn sie dir aufgelauert hätten? Was wenn das Buch ihnen in die Hände gefallen wäre?«

»Beruhige dich, Emma. Es ist nichts passiert. Aber wir wussten nicht, wie wir es sonst rauskriegen sollten. Hätten die Undinen uns und speziell dich durch Muril gesehen, dann hätten sie sich sicher letzte Nacht nicht die Chance entgehen lassen, mich und das Buch in ihre Hände zu bekommen. Das ist nicht passiert und deshalb denken wir …«

Er sah Dr. Erickson an. »Dass Muril uns Menschen tatsächlich nicht sieht. Nirgendwo. Und dich auch nicht«, setzte er hinzu.

Ich atmete viel zu rasch.

Sophie legte mir einen Arm um die Schultern.

»Das war sehr mutig von Peter.«

Sie machte eine Pause. »Und sehr riskant«, fuhr sie fort und lächelte ihn stolz an.

»Okay.« Ich schlug das Buch wieder auf. »Dann hoffen wir mal, dass Peter recht hat.«

»Es ist also eine Karte.« Dr. Erickson klang ehrfürchtig. »Entweder Alrin oder Newton McLeod müssen diese Orte besucht haben. Oder die Karte ist ein Werk ihrer gemeinsamen Arbeit. Dass das Geheimnis des Buches solange nicht entdeckt wurde, ist beinahe ein Wunder.«

»Ich weiß ja nicht«, widersprach ich. »Wenn jemand davon gewusst hätte, wäre der Spiegel mittlerweile vielleicht längst zerstört.«

»Oder auch nicht. Wenn das Buch in die falschen Hände gelangt wäre, hätte derjenige den Spiegel schon viel früher den Undinen zurückbringen können.«

Ich sah auf. »Wie ist das Buch eigentlich in ihre Sammlung gekommen?«

»Der Clan der McLeod hat seinen Stammsitz auf Dunvegan«, begann Dr. Erickson.

»Die alte Burg auf Skye mit dem hübschen Garten«, rief ich aus.

»Ja«, bestätigte Dr. Erickson. »Die Mitglieder der Familie McLeod waren vor Jahrhunderten die Eingeweihten von Skye. Die direkte Linie starb aus und der letzte Eingeweihte der McLeod übertrug diese Aufgabe einer anderen Familie. Diese übertrug sie dann an meine Vorfahren. Das Buch muss Teil der Bibliothek von Dunvegan gewesen sein. Diese wurde von Generation zu Generation mitvererbt. Ich bin nie dazu gekommen, alle Bücher zu lesen. Und wenn ich ehrlich bin, dachte ich, dass dies ein Märchenbuch ist. Ich habe es nie genauer untersucht und als ich es mit Calum in der Bibliothek in Edinburgh gesucht habe, war es verschwunden. Aber jetzt weiß ich ja, wo es abgeblieben war.« Er lächelte mich verschmitzt an.

Wieder vertieften wir uns in die Karte.

»Den Umrissen nach zu schließen, soll das ganz eindeutig Schottland darstellen. Hier, das müssen die Highlands sein«, wies Peter auf die gemalten Hügel in der Mitte. »

Ich beugte mich tiefer über das Blatt.

»Guck mal hier. Da ist noch einmal so ein Gebilde, nur viel kleiner und da oben an der Spitze steht Dunvegan. Das hier muss Skye sein.«

»Hier steht Avallach.« Dr. Erickson deutete auf einen kleinen Punkt in den Highlands.

Nicht weit davon entfernt war Leylin auszumachen.

»Wahnsinn«, meinte Peter. »Wir sollten die kleinen Texte entziffern, die bei den Orten stehen.

»Das ist Gälisch«, wandte Dr. Erickson ein. »Das wird eine Weile dauern und es ist jetzt schon sehr spät.«

»Aber sicher sind die Informationen wichtig«, protestierte Peter.

Sophie schlug das Buch zu.

»Es ist nach elf. Ich schlage vor, ihr geht nach Hause. Morgen ist auch noch ein Tag. Und wir sollten uns möglichst so verhalten, dass Ethan und Bree sich nicht wundern, womit ihr euch eure Nächte um die Ohren schlagt.«

Ethan und Bree waren momentan mein geringstes Problem, dachte ich.

Peter widersprach weiter, aber Dr. Erickson eilte seiner Frau zu Hilfe.

»Sophie hat recht. Wir werden morgen weitermachen. Es ist besser, wenn ihr jetzt geht.«

Peter und ich liefen durch die stillen Straßen zurück. Jeder von uns hing seinen Gedanken nach.

»Der Rat hat heute beschlossen, eine Armee aufzustellen. Sie wollen in den Krieg ziehen«, brach Peter unser Schweigen.

Ich glaubte, mich verhört zu haben.

»Das kann nicht ihr Ernst sein.«

»Ich fürchte schon. Sie hoffen, dass sie Elin eine Falle stellen können.«

»Wie soll die aussehen? Elin weiß bereits jetzt, was sie vorhaben. Die Männer werden in ihr Verderben laufen.«

»Sie wollen ihn angreifen und ihm so zuvor kommen.«

»Sind sie so naiv zu glauben, dass Elin sich ihnen im Kampf stellt?«

Peter zuckte mit den Schultern.

»Ich befürchte, sie haben keine bessere Idee.«

»Du musst Myron und Elisien davon abbringen. Weshalb sollte Elin kämpfen? Er hat keinen Grund dazu. Mit seinen

Überfällen und den Verschleppungen der Männer erreicht er viel eher, was er will«, erregte ich mich über so viel Dummheit.

Peter legte beruhigend einen Arm um meine Schultern.

»Mittlerweile überfallen seine Horden auch Dörfer der Faune und der Werwölfe. Und diese wollen kämpfen und nicht mehr nur reden.«

»Wann soll es soweit sein?«

»In ungefähr vier Wochen.«

»Meinst du, wir können das verhindern?«

»Ich habe keine Ahnung, das kommt wohl darauf an, was uns die Karte verrät.«

Vor uns erklang ein Kichern und aus der Dunkelheit schälte sich Amelie mit Joel, der seinen Arm um sie gelegt hatte. Neben ihnen lief Calum.

Als die drei uns entdeckten, rief Amelie: »Olala, was macht ihr zwei denn hier im Dunkeln?«

Im selben Moment, als ihr klar wurde, wie verfänglich ihre Frage klang, schlug sie sich mit der Hand auf den Mund.

Peter nahm den Arm von meiner Schulter.

Aber es war zu spät. Calum sah mich wütend an.

»Wir haben euch gesucht, aber nicht gefunden«, versuchte Peter die Situation zu retten. »Wir wollten noch etwas mit euch trinken.«

»Wir waren in derselben Bar wie beim letzten Mal«, stieß Calum hervor und drängelte sich an uns vorbei. Mit großen Schritten eilte er die wenigen hundert Meter bis zu unserem Haus voraus.

»Sorry, Emma. So hab ich das nicht gemeint«, versuchte Amelie sich zu entschuldigen.

»Mach dir keinen Kopf. Ich klär das schon«, unterbrach ich sie, glaubte allerdings selbst nicht was ich sagte.

Als ich in unser Zimmer kam, lag Calum bereits im Bett. Er hatte mir den Rücken zugewandt und drehte sich auch nicht um, als ich mich an ihn schmiegte.

»Es tut mir leid«, flüsterte ich.

»Ich bin müde. Lass mich schlafen. Morgen haben wir einen anstrengenden Tag vor uns.«

»Ich kann nicht einschlafen, wenn du sauer auf mich bist.«

»Das ist ja wohl nicht mein Problem.«

Ich schwieg eine Weile, weil mir nichts einfiel, was ich darauf erwidern sollte. Ich hatte ein zu schlechtes Gewissen.

»Es ist nicht so, wie du denkst. Du musst mir vertrauen.«

»Ich will nur, dass du ehrlich zu mir bist, Emma. Und zu dir selbst. Wenn du mich nicht mehr liebst, dann sag es. Aber spiel kein Spiel mit mir. Die Elfen beschützen dich und deine Familie so oder so.«

Ich war sprachlos.

Was redete er da, fragte ich mich. Ihn nicht mehr lieben? Wen sonst? Es fiel mir wie Schuppen von den Augen. Peter? Er konnte nicht tatsächlich auf Peter eifersüchtig sein. Er musste doch wissen, dass ich ihn nie so verletzen würde. Er war für mich der einzige Mann auf der Welt, der mir etwas bedeutete. Wie konnte ich ihm das begreiflich machen?

Wut stieg in mir hoch.

Es tat weh zu sehen, wie schnell Calum sein Vertrauen verlor. Viel zu schnell.

Ich ließ von ihm ab und drehte mich um. Kälte breitete sich zwischen uns aus.

Obwohl ich Calum nicht verstand, nagte das schlechte Gewissen den ganzen nächsten Morgen an mir. Die Gedanken wirbelten durch meinen Kopf.

Was konnte ich tun? Ich konnte ihm unmöglich von unserer Entdeckung erzählen. Andererseits konnte ich nicht zusehen, wie er einen unsinnigen Krieg plante, bei dem der Feind im voraus jeden seiner Schritte kannte. Dieser Krieg musste verloren werden.

Und wie konnte er auf so eine unsinnige Idee verfallen, dass ich was mit Peter hatte? Peter war mein Cousin – ich liebte ihn wie einen Bruder. Wahrscheinlich war auch für Calum die ganze Situation zu viel. Wenn das alles vorbei war, würde er sich wieder beruhigen und einsehen, wie unsinnig seine Vorwürfe waren.

Aber wann war es vorbei? Wir sollten keine Zeit verlieren. Jeder Tag, der verstrich, machte alles schlimmer. Ich würde den Tag nutzen und mit Dr. Erickson und Peter die Karte entziffern, nahm ich mir vor, während ich in meinem Tee rührte. Dann hatte ich heute Abend Zeit für Calum. Vielleicht konnten wir gemeinsam schwimmen gehen. Abends war niemand sonst am See. Bei dem Gedanken daran wurde mir warm. Dann hielt ich in der Bewegung inne. Ich hatte bei meinen Träumereien vergessen, dass Dr. Erickson und Peter den ganzen Tag im Schloss waren. Wir hatten nur die Abende, um gemeinsam die Karte zu studieren. Ich raufte mir die Haare. Ich konnte mich schlecht jeden Abend fortschleichen und noch dazu mit Peter. Das wäre Wasser auf Calums Mühlen.

Hannah und Amber nahmen mich in Beschlag, kaum dass ich den ersten Schluck Tee getrunken hatte.

»Denkst du daran, was du uns versprochen hast, Emma?«, fragte Hannah.

Ich nickte abwesend, in meine Gedanken versunken.

»Dann kommst du heute mit?« Amber stupste mich an.

»Wohin soll ich mitkommen, Süße?«

Sie zog einen Flunsch.

»Du hast versprochen, heute mit in die Schule zu kommen«, erinnerte Hannah mich. »Wir wollten dir die Schule zeigen. Wusstest du, dass Elfen Gedanken lesen können?«

»Das ist so cool«, fiel ihr Amber ins Wort. »In dem Unterricht, wo sie lernen, das zu kontrollieren, haben wir eigentlich frei. Aber ich habe mich freiwillig zur Verfügung gestellt, sozusagen als Versuchskaninchen. Dann denke ich entweder an was Lustiges oder was Ekliges. Und wer anfängt zu lachen, hat verloren und die Lehrerin weiß, dass es bei demjenigen noch nicht so gut klappt.«

Ich lächelte und griff nach einem Toast.

»Ist schon okay. Ich komme mit. Aber nur, wenn ich noch in Ruhe frühstücken kann.«

Jubelnd liefen die zwei in ihr Zimmer, um ihre Sachen zu holen.

Wenige Minuten später waren wir unterwegs zur Schule. Zu schnell für ein ausgedehntes Frühstück.

Die Schule lag außerhalb der Stadt. Direkt daneben war das Theater, von dem Sophie so geschwärmt hatte, und auf der anderen Seite eine Anlage, die wie ein Sportplatz aussah.

»Wir können hier in einem richtigen Theater proben. Ist das nicht toll?« Hannah zupfte an meinem Arm. »Jeden Tag gehen wir zwei Stunden dorthin. Die Elfen sind verrückt nach Theater.«

»Wundert mich nicht. Schließlich gibt's hier kein Fernsehen«, warf Amber ein und klang zerknirscht.

»Ich habe mich gefragt, ob ich unserer Lehrerin von Peter Pan erzählen soll«, sprach Hannah weiter, ohne ihre Schwester zu beachten. »Ich glaube, dass es für die Elfen ein tolles Stück wäre.«

»Klar, mach das«, erwiderte ich abwesend, während ich mich staunend in dem Theater umsah, in das die beiden mich geführt hatten.

Es war ein Freilufttheater und wir standen oben in der letzten Reihe. Ich war nicht besonders gut im Schätzen, aber ich würde wetten, dass sich unter mir vierzig Reihen in einem weiten Halbkreis um die Bühne spannten.

»Es passen zweitausendfünfhundert Zuschauer rein. Und es ist fast jeden Abend voll«, erklärte Amber in einem Ton, als würde ihr das Theater gehören. »Mama und Papa haben versprochen, dass wir sobald wie möglich hergehen. Mir ist sogar egal, welches Stück gespielt wird. Du und Calum – ihr kommt auch mit, oder?«

Ich wandte mich ihr zu und nickte. »Denkst du, das lasse ich mir entgehen?«

In dem Moment hörten wir ein Klingeln.

»Wir sind zu spät.« Hannah wirbelte herum und lief los. Amber und ich flitzten hinterher. So schnell wir konnten, sprinteten wir auf das bunte Gebäude zu, das die Schule darstellen sollte. Ein Architekt aus unserer Welt würde sich die Haare raufen und die Baubehörde hätte es längst gesperrt. Es war so merkwürdig gebaut, dass es an ein Wunder grenzte, dass es nicht zusammenfiel. Kein Stockwerk stand über dem anderen. Was sagte ich, jeder Raum schien an einer anderen Stelle des Hauses herauszuragen und jeder war in einer anderen Farbe gestrichen. Selbst die Fenster waren mal rund mal eckig oder oval. Die vielen Dächer sahen aus, als würden sie normalerweise auf ein Hexenhaus gehören. Als wir eintraten, wand sich drinnen eine Wendeltreppe bis unter das Dach. Ich war froh, dass wir nur die Treppen bis zur zweiten Etage (wenn man es so bezeichnen wollte) erklimmen mussten. Amber öffnete eine Tür und schob Hannah und mich hinein. Die Elfenkinder hockten in der Mitte des Raumes auf einem Teppich. Stühle und Tische suchte ich vergebens. Eine junge Elfe, kaum größer als ihre Schüler, stand auf und kam uns entgegen. Freundlich lächelte sie mich an.

»Du musst Emma sein«, stellte sie fest. »Hannah und Amber haben versprochen, dich mitzubringen. Wir freuen uns, dass es so schnell geklappt hat. Ich bin Lia. Wir besprechen gerade, welches Stück wir als nächstes proben wollen. Setz dich einfach dazu.«

Ich setzte mich und betrachtete die Schar Kinder, die sich um Lia drängten und an ihren Lippen hingen. So hätte ich mir meine Schule auch gewünscht. Sie schienen in der Auswahl des Stückes uneinig zu sein. Genau wie Menschenkinder waren die meisten von ihnen nicht zimperlich dabei, ihre Meinung durchzusetzen. Einer versuchte den anderen zu übertönen. Nur selten unterbrach Lia sie. So würde das nichts werden, dachte ich bei mir. Wir hatten uns immer ordentlich melden müssen, wenn wir etwas sagen wollten.

»Wir hatten drei Stücke zur Auswahl«, flüsterte Hannah neben mir.

»Und welches hat dir gefallen?«

Sie zuckte mit den Achseln. »Eigentlich keins so richtig. Ich fand, dass alle sehr ähnlich waren.«

»Können wir nicht mal was ganz Neues ausprobieren?«, fragte auf einmal ein dunkelgelocktes Mädchen in die Runde, die mit ihrer kräftigen Stimme alle Streithähne überstimmte.

Die Köpfe wandten sich ihr zu.

»Die Stücke kennen wir alle aus den vorherigen Jahren. Wäre es nicht mal Zeit, ein neues Stück vorzuführen?«

»Was schlägst du vor, Billy?«, fragte Lia mit sanfter Stimme.

Ich sah, wie Billy Hannahs Blick suchte.

»Hannah hat mir eine Geschichte erzählt. Eine Geschichte aus der Menschenwelt. Ich glaubte, die würde ein tolles Stück abgeben. Das stimmt doch, Hannah, oder? Ihr habt es bei euch zu Hause geprobt.«

Hannah nickte schüchtern. Die Aufmerksamkeit, die ihr zuteil wurde, war ihr peinlich. Aufmunternd stupste ich sie an.

»Komm, erzähl uns die Geschichte«, forderte nun auch Lia sie auf.

Ich spürte, wie Hannah nach meiner Hand tastete und sich aufrecht hinsetzte. Dann begann sie zu erzählen. Die Elfen lauschten ihr gebannt. Jetzt wusste ich, weshalb sie mich im Theater auf Peter Pan angesprochen hatte. Offenbar hatte sie den Gedanken schon länger mit sich herumgetragen. Ich war jedoch sicher, dass sie ohne Billys Vorarbeit niemals die Initiative ergriffen hätte. Während sie den Kindern die Geschichte erzählte, blühte sie förmlich auf. Es tat ihr gut, einmal aus Ambers Schatten zu treten.

Die Kinder hingen an ihren Lippen und selbst ich, die ich Peter Pan beinahe auswendig kannte, konnte mich dem Zauber nicht entziehen. Während sie sprach, breitete sich Nimmerland vor mir aus und die verlorenen Kinder flogen, auf der Suche nach Abenteuern, durch den Raum. Der Zauber wurde erst vom Klingeln der Schulglocke unterbrochen. Es folgte ein allgemeines Seufzen und Proteste, als Lia Hannah unterbrach und die Kinder in den nächsten Raum schickte.

Hannah wurde von Lia zurückgehalten.

»Das hast du wundervoll erzählt, Hannah«, lobte diese sie. »Ich schätze, jetzt geht es nicht anders und wir müssen Peter Pan nehmen.«

Hannah hing an ihren Lippen.

»Traust du dir zu, das Stück vorzubereiten? Wir brauchen Sprechpläne für jede einzelne Rolle. Und du musst mir die Geschichte noch einmal aufschreiben.« Ihre Stimme klang skeptisch. »Das ist viel Arbeit.«

»Das schaffe ich bestimmt und Amber und Billy werden mir helfen.«

Lia sah mich unsicher an.

»Sie schafft das schon. Keine Sorge. Wir werden ihr alle helfen. In einer Woche können die Kinder mit den Proben anfangen.«

Selig lächelnd führte Hannah mich hinaus und zeigte mir in der restlichen Pause beinahe jeden Raum der Schule. Es gab ein Musikzimmer und Ruheräume. Einen Raum, in dem die Kinder kochten und ihr Essen selbst vorbereiteten. Es gab sogar einen Raum, der scheinbar in der Luft hing. Mehrere Teleskope waren aufgestellt. In einigen Nächten des Jahres wurde hier Sternenkunde unterrichtet, wie Amber mir erklärte.

Die nächste Stunde hatte die Klasse bei Ethan. Ich sah genau, dass er sich auf dem Boden hockend unwohl fühlte.

Er erzählte von unserer Welt und versuchte ihnen die Unterschiede klarzumachen. Heute hatte er eine Taschenlampe dabei, und nachdem wir das Zimmer verdunkelt hatten, knipste er sie an und malte mit dem Licht Figuren an die Decke. Wir lagen auf dem Teppich und mussten erraten, was er malte. Wer es erriet, durfte als Nächster dran sein. Die Stunde verging wie im Fluge und ich hätte nichts dagegen gehabt, noch den Rest des Tages in der Schule zu verbringen. Doch es zog mich zum Buchladen. Ich wollte unbedingt wissen, ob Dr. Erickson gestern Abend noch mehr von der Karte entschlüsselt hatte. Ich war sicher, dass er nicht ins Bett gegangen war.

12. Kapitel

Als ich am Laden ankam, saßen Amelie und Amia auf der kleinen Bank vor dem Haus in der Sonne. Beide hielten ein Glas in der Hand, dessen Inhalt verführerisch leuchtete. Amelie rutsche ein Stückchen zur Seite, sodass ich mich neben sie quetschen konnte, und reichte mir ihr Glas.

»Ist schon unser zweites«, meinte sie gönnerhaft. »Du darfst es austrinken. Sophie hat es sich in den Kopf gesetzt, Amia mit Vitaminen zu versorgen. Und ich trinke aus Solidarität mit.«

Es schmeckte süß, aber nicht zu süß, fruchtig, ein wenig nach Erdbeeren und das Beste war, es war eiskalt.

Ich erzählte den beiden von dem Vormittag in der Schule.

»So was Cooles hat er zu Hause in der Schule nie gemacht«, kommentierte Amelie die Aktion ihres Vaters.

»Ich schätze, Geschichte hat sich schlecht mit einer Taschenlampe vermitteln lassen«, verteidigte ich Ethan.

Amelie zuckte mit den Schultern.

»Kann ich euch zwei allein lassen?«, fragte sie dann. »Ich bin mit Joel verabredet.«

Wir sahen ihr hinterher, wie sie die Straße hinabschlenderte.

»Meinst du, das ist was Ernstes mit den beiden?«, fragte Amia mich.

»Keine Ahnung. Amelie ist in Liebesdingen etwas unbeständig.«

»Ich hoffe, sie tut Joel nicht weh.«

»Er hat doch ein Mädchen, das sich mit ihm verbinden soll«, erwiderte ich.

»Na, nachdem Calum und ich uns nicht verbunden haben, wird es für die anderen Väter schwierig werden, die geplanten Verbindungen durchzusetzen. Joel ist nicht gerade versessen darauf, sich mit dem Mädchen, das sein Vater ausgesucht hat, zu verbinden. Gerade in dieser Zeit.«

Ich nippte an meinem Glas. Damit hatte sie vermutlich recht.

»Ich würde gern kurz mit Sophie sprechen«, wandte ich mich Amia zu, die ihre Augen geschlossen hatte und ihr Gesicht den paar Sonnenstrahlen entgegenstreckte, die zu uns reichten.

»Ich warte hier, wenn es dir nichts ausmacht.«

Ich stand auf und nahm ihr das leere Glas ab.

Sophie war nirgends zu sehen. Ich lief die Treppe hinauf und fand sie in der Küche. Sie gab mir zur Begrüßung einen Kuss auf die Wange.

»Und, habt ihr noch etwas rausgefunden?«, fragte ich flüsternd.

Sophie sah an mir vorbei.

»Amia ist unten auf der Bank und Amelie ist gerade gegangen«, erklärte ich ihr.

»Wir haben ein paar Texte entschlüsselt und angefangen, die Karte zu übertragen und größer zu zeichnen, damit wir uns einen besseren Überblick verschaffen können. Die Texte sind sehr klein. Wir werden heute Abend weitermachen.«

Ich trat verlegen von einem Bein aufs andere.

»Ich kann nicht schon wieder einen Abend mit Peter verschwinden. Calum und ich haben uns gestritten. Er ist ziemlich wütend und eifersüchtig.«

»Eifersüchtig?« Sophie sah mich an.

»Auf Peter«, erklärte ich.

Sophie schüttelte den Kopf.

»Dieser Dummkopf.«

»Na, was soll er schon denken, wenn ich laufend mit Peter verschwinde«, beeilte ich mich, ihn zu verteidigen. »Ihr müsst heute ohne mich weitermachen. Vielleicht können Dr. Erickson und Peter mal einen Tag im Schloss fehlen. Dann könnten wir tagsüber arbeiten.

»Wir werden das besprechen«, sagte Sophie.

Ich drückte sie dankbar.

»Brauchst du uns noch, oder kann ich mit Amia schwimmen gehen?«

»Geht ihr nur«, winkte sie. »Amia braucht jeden Tropfen Wasser, den sie kriegen kann. Viel Spaß.«

Amia und ich planschten durchs Wasser. Man konnte langsam ein Bäuchlein unter ihrem Anzug ausmachen. »Es wird nicht mehr lange dauern«, sagte Amia auf meinen musternden Blick hin.

»Wie kommst du darauf?«, fragte ich erschrocken.

»Es strampelt schon ganz schön.«

»Hast du Angst?«

»Nicht vor der Geburt. Aber dass wir dafür ins Meer zurück müssen. Das macht mir Angst.«

Gänsehaut, die ich selbst im Wasser spürte, überrieselte mich.

»Wann wollt ihr aufbrechen?«

»In einer Woche ist Vollmond. Ich möchte unbedingt bei deinem ersten Mal dabei sein. Aber dann dürfen wir keine Zeit mehr verlieren.«

»Ich kann mir nicht vorstellen, dass Elin versucht, dir etwas anzutun. Du bist die Einzige, die er noch hat«, versuchte ich, ihr Mut zuzusprechen.

»Das hoffe ich auch«, erwiderte Amia so leise, dass ich sie nur mit Mühe verstand.

»Du und Calum – ihr habt euch gestern gestritten«, wechselte sie das Thema. »Amelie hat es mir erzählt. Sie hatte ein schlechtes Gewissen, wegen ihrer blöden Bemerkung.«

Ich tauchte kurz unter.

»Ich glaube, Calum ist auf Peter eifersüchtig«, platzte ich heraus. »Ich verstehe nicht, wie er darauf kommt«, machte ich meiner Empörung Luft. »Da ist so blödsinnig.«

»Er steht unter Druck«, versuchte Amia ihn zu verteidigen. »Hab etwas Verständnis für ihn. Er hat so viel für dich riskiert.
»

»Ich habe Verständnis«, verteidigte ich mich. »Aber unter Druck stehen wir alle. Der wird durch unsinnige Verdächtigungen nicht weniger.«

»Mach heute Abend ein Picknick mit ihm, hier am See«, schlug Amia vor. »Nur ihr zwei. In dem vollen Haus kriegt jeder einen Koller. Wann wart ihr das letzte Mal gemeinsam schwimmen?«

»Allein?«, fragte ich.

Amia nickte.

»Nur das eine Mal, als er mich in dieser Vollmondnacht im Wasser erwischt hat. Seitdem nur gemeinsam mit anderen«, erwiderte ich.

»Kein Wunder, dass er so schlecht gelaunt ist«, kicherte Amia.

Ich puffte sie in die Seite.

»Das ist eine gute Idee«, sagte ich dann.

Vielleicht konnte ich ihm durch die Blume zu verstehen geben, dass wir etwas herausgefunden hatten. Etwas, das er nicht wissen durfte. Oder konnte ich dieses Risiko nicht eingehen? Es war wie verhext.

So schnell ich konnte, schwamm ich Amia ans Ufer hinterher und zog mich an. Ich würde einen Picknickkorb für uns packen und Calum eine Nachricht hinterlassen, dass er zum See kommen sollte, sobald er aus dem Schloss zurück war.

Zu Hause angekommen schrieb ich Calum einen Zettel und legte diesen auf unser Bett. Ich hatte zwei Stunden Zeit, bis er die Nachricht finden würde.

Ich kämmte mir die Haare und durchstöberte meinen Schrank nach etwas Anziehbarem für ein Rendezvous. Die Vorfreude breitete sich kribbelnd in meinem Körper aus. Auf dem Rückweg hatte ich überlegt, wann wir das letzte Mal allein zusammen gewesen waren. Es war eine gefühlte Ewigkeit her.

Da ich nicht fündig wurde, lief ich in Amelies Zimmer. Ihre Klamotten lagen auf dem Boden und auf dem Bett verteilt herum. Offenbar hatte sie sich für das Treffen mit Joel besondere Mühe gegeben.

Es dauerte nicht lange und ich zog aus ihrem Schrank eins dieser, für mich unter normalen Umständen, indiskutables Stückchen Stoff. Aber unnormale Umstände verlangten unnormale Maßnahmen. Ich schlüpfte in das Kleidchen und drehte mich vor dem großen Spiegel. Ich musste zugeben, dass ich mich darin hübsch fand und dass es zudem unglaublich bequem war. Ein wenig Mascara und Lipgloss vervollständigten mein Outfit. Ich war sicher, dass es Calum gefallen würde.

Als ich in die Küche kam, sah Bree mich mit großen Augen an.

»Ich mache heute Abend ein Picknick mit Calum am See«, erklärte ich und versuchte nicht rot anzulaufen.

Bree verkniff sich dankenswerterweise jeden Kommentar und um weiteren Gesprächen aus dem Weg zu gehen, nahm ich einen Korb und ging zum Markt.

In aller Ruhe schlenderte ich von Stand zu Stand und kaufte ein Stück Brot, Früchte, Käse, Süßigkeiten und eine Flasche Wein sowie eine Flasche Saft.

Am See breitete ich die Decke, die Amia dort deponiert hatte, aus und stellte den Korb mit den Einkäufen in den Schatten. Dann begann ich zu warten.

Es war wunderbar still. Erst jetzt fiel mir auf, dass Leylin selbst ohne Autos und anderen Verkehrslärm ganz schön laut war. Doch hier am See herrschte Ruhe. Friedlich plätscherten die Miniwellen ans Ufer. Bienen summten auf der Suche nach den letzten Pollen um mich herum. Über mir kreiste ein Vogel. Ich hatte keine Ahnung, was für einer es war. Nur dass es ein Raubvogel war, wusste ich. Leise und ausdauernd zog er seine Kreise, ohne kaum einmal mit den Flügeln zu schlagen. Ihm zuzusehen hypnotisierte mich und ich spürte, dass mir die Augen zufielen. Kein Wunder – letzte Nacht hatte ich vor schlechtem Gewissen schlecht geschlafen.

Als ich aufwachte, war der Vogel verschwunden. Glitzernde Sterne leuchteten am Himmel und der Mond tauchte den See in helles Licht. Ich rieb mir die Augen. Wo war Calum? Hatte er meine Nachricht nicht gefunden? Weshalb war er nicht gekommen? Es musste mindestens zehn Uhr sein, wenn nicht noch später. Ich spürte, dass mir die Tränen kamen. Er konnte unmöglich so sauer sein, dass er mich hier sitzen ließ. Das war doch albern. Wütend packte ich zusammen und rollte die Decke ein. Dann griff ich nach dem Korb. Der Weg zurück im Dunkeln, den schmalen Weg durch Büsche und Bäume entlang, war unheimlich. Um mir Mut zu machen und mich abzulenken, schimpfte ich die ganze Zeit vor mich hin. Was dachte er sich dabei? Mir könnte sonst was passieren in der Dunkelheit. Sollte ich ihn um Verzeihung anflehen, oder was stellte er sich vor? Das konnte er getrost vergessen. Schließlich musste ich mir keiner Schuld bewusst sein. Ich hatte nichts getan, weshalb er sauer auf mich sein konnte. Wenn er sich so in seine unschönen Fantasien reinsteigern wollte, dann bitte. Aber ohne mich. Ich hatte derzeit sowieso Wichtigeres zu tun, als mich um seine Befindlichkeiten zu kümmern. Schließlich musste ich eine Welt retten. Okay, das war etwas theatralisch und übertrieben, aber ein bisschen stimmte es.

Ich war erleichtert, als ich die ersten Häuser erreichte und lief schneller.

Eine Gestalt schälte sich aus der Dunkelheit und vor Schreck ließ ich den Korb fallen. Laut klirrten die zerbrechenden Flaschen durch die Stille.

»Was veranstaltest du hier, Emma?«, fragte Peter und sah mich entgeistert an.

»Ich wollte mich mit Calum treffen, aber er ist nicht gekommen.«

Peter rührte sich immer noch nicht. Irritiert sah ich ihn an. Hatte er mich nicht verstanden?

»Ist dir nicht kalt?«, fragte er da. Ich sah an mir herunter und tatsächlich wurde mir im selben Augenblick furchtbar kalt. Ich begann zu zittern.

»Hast du nicht gehört? Er ist nicht gekommen. Er ist wütend. Ich weiß nicht, was ich ihm sagen soll.«

Dann begannen meine Tränen zu fließen. Wütend wischte ich mir übers Gesicht. Ich würde jetzt nicht weinen.

Peter zog seine Jacke aus und legte sie mir um die Schultern. Dann zog er mich tröstend an sich. Ich vergrub mein Gesicht an seinem Hemd und versuchte mich zu beruhigen.

»Das wird sich alles klären. Du wirst sehen, Calum wird es verstehen.«

»Was werde ich verstehen?«, grollte eine Stimme hinter mir. Erschrocken ließ ich Peter los und auch er wich einen Schritt zurück. Peters Jacke glitt von meinen Schultern, während ich mich umdrehte. Vor mir stand Calum und starrte mich fassungslos an.

Am liebsten wäre ich in dieser Sekunde im Erdboden versunken. Was sollte er von mir denken? Er hatte mich praktisch in einem Hauch von Nichts in Peters Armen mitten in der Nacht in der Stadt erwischt.

Er drehte sich um und lief mit großen Schritten in die Dunkelheit davon. Mir blieb nichts anderes übrig, als ihm hinterher zu starren. Ich wusste, egal was ich jetzt sagte, es würde ihn nicht erreichen. Blieb die Frage, weshalb er nicht zum See gekommen war.

Schweigend ging ich mit Peter nach Hause.

»Interessiert es dich, was wir heute herausgefunden haben?«

Ich schüttelte den Kopf, während mir eine Träne nach der anderen von der Nasenspitze tropfte. Mir war kalt, aber ich weigerte mich, noch mal Peters Jacke anzuziehen. Ethan und Bree waren noch wach, als wir nach Hause kamen. Bree sah mich an.

»Emma, was ist los? Hast du dich mit Calum gestritten?«

»Er ist nicht gekommen«, murmelte ich und wandte mich zur Treppe. Ich wollte allein sein.

»Oh. Ich dachte, dass er direkt vom Schloss aus zum See gegangen ist. Er war zwischendurch nicht hier«, hörte ich sie sagen.

Wenn er nicht hier gewesen war, dann hatte er nicht wissen können, dass ich am See auf ihn wartete, schoss es mir durch den Kopf.

Zwei Stufen auf einmal nehmend rannte ich die Treppe hoch. Der Zettel lag auf dem Bett, wie ich ihn deponiert hatte. Wütend zerknüllte ich ihn und warf ihn auf den Boden. Zu blöd, dass es hier keine Handys gab. Mit einer SMS wäre das nicht passiert.

Ich wälzte mich auf dem Bett hin und her. Calum ließ sich nicht blicken.

Mein Kopf dröhnte und mein Hals kratzte unangenehm, als ich am nächsten Morgen aufwachte. Ich wusste schon, weshalb ich mich normalerweise der Witterung entsprechend anzog, wenn ich das Haus verließ.

Trotzdem raffte ich mich auf und machte mich für den Tag fertig. Dabei verbot ich mir jeden Gedanken an Calum. Ich versuchte es jedenfalls. Ich hatte keine Ahnung, wie ich das geradebiegen sollte.

Die Kopfschmerzen wollten nicht nachlassen. Langsam schlurfte ich zum Buchladen. Amia empfing mich mit einem Blick, den man zwischen Mitleid und Vorwurf ansiedeln konnte.

»Hat Calum bei euch geschlafen?«, fragte ich kläglich.

Sie nickte. »Er möchte auch zukünftig bei uns wohnen bleiben, hat er gesagt.«

Ich ließ mich in einen Sessel fallen.

»Was ist los, Emma?«, fragte Amia und strich mir über den Arm.

Ich schüttelte den Kopf, der darauf mit noch stärkerem Brummen reagierte.

»Ich krieg das schon wieder hin«, murmelte ich und hoffte, dass mir das gelingen würde.

Sophie brachte mir ein Pulver, das gegen den bohrenden Schmerz im Kopf erstaunlich schnell half. Mein Herz tat trotzdem weiter weh.

»Dr. Erickson könnte mit Calum reden«, bot sie mir an.

Das wollte ich auf keinen Fall. Schließlich waren Calum und ich erwachsen. Wir würden das selbst regeln.

Dr. Erickson schneite mit Peter gegen Mittag herein. Ich war in ein Buch über die Feen vertieft, sodass ich ihr Kommen erst nicht bemerkte.

»Hallo, ihr zwei«, begrüßte Dr. Erickson uns. »Wollen wir gemeinsam Mittagessen?«

»Ist Miro schon heimgegangen?«, fragte Amia.

Peter nickte.

»Wir waren heute zeitig fertig. Er und Calum sind sicher schon zurück.«

Amia stand auf. »Kommst du mit, Emma? Du kannst bei uns essen.«

Ich suchte Peters Blick.

»Ich bleibe hier, wenn es dir nichts ausmacht.«

»Bist du sicher?«

Ich nickte.

Sophie hatte den Tisch gedeckt und wartete darauf, dass wir uns setzten.

Ohne Umschweife kam Dr. Erickson zum Thema.

»Peter hat mir von Calum und deinem Streit erzählt.« Er machte eine Pause. »Emma. Ich habe mir überlegt, dass es vielleicht gut ist, wenn du im Moment nicht versuchst, dich mit Calum zu versöhnen.«

Ungläubig starrte ich ihn an.

»Das kann nicht Ihr Ernst sein. Ich überlege die ganze Zeit, wie ich ihn dazu bringen kann, mir zu vertrauen und Ihnen fällt nichts Besseres ein, als unseren Streit auszunutzen?«

»Emma«, begann Peter ruhig: »Die Lage wird sich in den nächsten Wochen weiter zuspitzen. Wir haben nicht mehr viel Zeit. Ich schlage vor, dass du dir erst mal anschaust, was wir herausgefunden haben. Dann kannst du selbst entscheiden, was du für richtig hältst.«

Missmutig stocherte ich in dem Essen herum. Ich fühlte mich wie eine Marionette, die keine Kontrolle darüber hatte, wer an ihren Strippen zog. Trotzdem nickte ich zustimmend.

Nachdem wir den Tisch abgeräumt hatten, breitete Dr. Erickson mit Peters Hilfe die Kartenabschrift, die er und Sophie erstellt hatten, auf dem Tisch aus.

Fasziniert betrachtete ich das Werk. Karte der magischen Welt, stand oben geschrieben.

Es war tatsächlich Schottland, das vor mir lag. Nur fehlten die mir bekannten menschlichen Ansiedlungen. Stattdessen waren die Highlands mit Avallach und Leylin eingezeichnet. Ich konnte sogar eine winzige Brücke erkennen, die sich von Leylin ins Nirgendwo erstreckte. Fairy Bridge hatte Dr. Erickson in seiner peniblen Handschrift daneben geschrieben. Weiter oben im Norden war das Gebiet der Faune eingezeichnet und selbst die Heilige Quelle der Shellycoats im Loch Ness war nicht vergessen. Am Rande der Karte waren verschiedene Inseln notiert, von denen nur Skye und Mull beschriftet waren. Im Norden, dort wo eigentlich die Orkney Inseln lagen und das Meer wild zwischen den Festland und den Inseln tobte, war auf dieser Karte ein winziges Eiland eingezeichnet. Es wäre mir nicht aufgefallen, wenn Dr. Erickson es nicht rot umrahmt hätte.

Er folgte meinem Blick und nickte.

»Das ist sie. Die Insel der verlorenen Seelen. Die Insel der Undinen. «

Ein Name stand neben der Insel – Ys. Das war der Name der silbernen Stadt gewesen, die die Göttin im Zorn vernichtet hatte, so stand es in der Geschichte, die ich in Avallach über die Undinen gelesen hatte. Offenbar war das der richtige Name der Insel. Als es Alrin dorthin verschlagen hatte, hatten die Undinen schon in einem steinernen Labyrinth gehaust. Das war eine gruselige Vorstellung.

»Sie liegt so nah am Festland. Kann das möglich sein?«

Ich blieb skeptisch.

»So ist es auf der Originalkarte eingezeichnet. Es ist unwahrscheinlich, da hast du recht. Aber wir haben nichts anderes als diese Karte. Alle anderen Orte sind, soweit wir das prüfen konnten, korrekt. Weshalb sollte dieses Detail nicht stimmen?«

Ich nickte und vertiefte mich erneut in die Abschrift. Neben einigen Orten standen Notizen und ich nahm an, dass Dr. Erickson diese ebenfalls von der Originalkarte übertragen hatte.

Ich zog das Papier näher zu mir heran und begann den Text neben der Insel zu lesen.

»*Muril wurde von den Undinen in einer steinernen Grotte versteckt. Diese Grotte ist durch den Zugang zu erreichen, der das darin befindliche Becken mit Wasser speist. Über diesen Weg hat Alrin Muril den Undinen gestohlen. Nur in dieser Grotte auf Ys kann Muril seine Macht entfalten. Hier muss der Spiegel vernichtet werden. Wenn der Spiegel zerstört ist, wird auch die Macht der Undinen endgültig gebrochen und diese werden zu silbernen Staub zerfallen.*«

»Silberner Staub.« Ich schüttelte mich. »Dann ist der Spiegel wirklich wieder auf der Insel. Wäre es nicht klüger von den Undinen, ihn besser zu verstecken?«

»Aufgrund des Textes vermuten wir, dass er dorthin zurückgebracht werden musste, nur dort können die Undinen ihn nutzen«, erwiderte Peter.

»Jetzt erklärt sich auch, weshalb Elin den Spiegel nicht für sich behalten hat. Für ihn war er wertlos. Doch er hat den Undinen versprochen, ihnen den Spiegel zu bringen. Und er hat Lavinia und Gawain dazu benutzt.«

»Wir wissen nicht, woher Newton oder Alrin dieses Wissen hatten. Allerdings war jahrelang Zeit, es zusammenzutragen«, lenkte Peter meine Gedanken zurück.

»Woher weißt du das?«

»Newton schreibt in seinem Vermächtnis, dass er und vor ihm Alrin jahrelang nach einer Möglichkeit gesucht haben, Muril zu vernichten. Es ist ihnen nicht gelungen. Er konnte nur noch diese Karte anfertigen und sein Vermächtnis in dem Buch verstecken.«

»Was hat er sonst für Notizen gemacht?«, fragte ich.

»Wir haben bisher nicht alles entziffert. Neben Avallach steht ebenfalls ein Text. Er ist am schwersten zu lesen. Vermutlich war es die letzte Notiz.«

Ich griff nach einer Lupe und beugte mich über den Text. Er war auf Gälisch. Da musste ich passen.

Ich reichte die Lupe an Peter weiter.

»Versuch du dein Glück.«

Auch Peter konnte nur einige Worte übersetzen.

Dr. Erickson lachte gutmütig.

»Schaut euch ruhig die Karte genauer an«, forderte er uns auf. »Ich versuche mich an dem Text. Wäre doch gelacht, wenn wir das nicht rauskriegen sollten.«

Ich lächelte in mich hinein. Er erinnerte mich an Sean Connery in meinem Lieblings-Indiana-Jones-Film. Das war der Teil, in dem die beiden als Vater und Sohn auf der Suche nach dem Heiligen Gral gewesen waren. Etwas Ähnliches suchten wir jetzt auch.

Peter und ich vertieften uns in die Karte. Neben Dunvegan war folgender Text vermerkt: *»Menschen sind für den Spiegel unsichtbar. Wir wissen nicht weshalb, aber bei ihnen ist das Geheimnis am sichersten. Nur ein Mensch kann Muril vernichten. Einem Wesen der magischen Welt wird dies niemals gelingen. Alrins Bemühungen waren von Anfang an zum Scheitern verurteilt.«*

Ich sah zu Peter. Er las diesen Text sicher nicht zum ersten Mal. Ob ihm klar war, was das bedeutete?

Mein Blick wanderte weiter. Es gab Orte, zu denen nichts vermerkt war. Mull war beispielsweise verzeichnet und selbst Iona Abbey, die Insel auf der angeblich Columban gelandet war, um Schottland zu christianisieren, war zu erkennen.

Ich sah zu Dr. Erickson. Mit zerrauften Haaren brütete er über der Inschrift.

»Peter, was fangen wir mit diesen Informationen an?«

Peter sah auf und überlegte.

»Das Vermächtnis von McLeod und die Karte sagen vor allem eins, dass der Spiegel vernichtet werden muss. Solange die Undinen im Besitz des Spiegels sind, können sie jedes Lebewesen der magischen Welt damit überwachen und was noch schlimmer ist, sie können ihm seine Seele stehlen. Bisher sind hauptsächlich kampfbereite Männer davon betroffen. Aber stell dir vor, die Undinen gewinnen diesen Krieg. Und momentan sieht es so aus, als ob genau das passieren würde. Was hält sie dann noch davon ab, jeden zu ihrer Marionette zu machen?«

Es war ein beängstigendes Bild, das Peter vor mir ausbreitete.

»Aber die Karte sagt nicht, wie Muril vernichtet werden kann. Sie sagt nur, durch wen. Nämlich nur durch einen Menschen.«

Peter nickte nachdenklich.

Dr. Erickson unterbrach uns mit einem Stöhnen. Wir wandten ihm gleichzeitig unsere Köpfe zu.

»Haben Sie es entziffern und übersetzen können?«

Stumm schob er uns einen Zettel zu.

»Nur mithilfe des magischen Schwertes kann der Spiegel vernichtet werden. Der Baum wird die Waffe nur dem überlassen, der ihrer würdig ist.«

Mann oh Mann, dachte ich bei mir. Immer diese gestelzten Zeilen. Konnten die früher kein Klartext reden?

Dr. Erickson sah Peter und mich an.

»Versteht ihr, was das bedeutet?«

»Also ich für meinen Teil nicht«, gab ich unumwunden zu.

»Überleg mal, Emma«, wandte Peter ein. »Baum, Schwert – klingelt da nichts bei dir?«

Ich schüttelte den Kopf.

Peter zog die große Karte zu sich heran und tippte mit dem Finger auf den Ort, zu dem der Text gehörte.

»Avallach«, flüsterte er. »Der Baum, der heilige Baum.«

Langsam begann ich zu verstehen. Noch bevor ich aussprechen konnte, was mir durch den Kopf spukte, winkte ich ab.

»Das ist unmöglich, Peter. Das ist eine uralte Legende. Niemand glaubt heute daran, dass es sich jemals so zugetragen hat.«

»Nur wir Menschen glauben nicht mehr daran. In der magischen Welt weiß jedes Kind, dass der Baum schon einmal einem Menschen das Schwert überlassen hat, um diese Welt zu retten.«

»Wir reden hier von Excalibur, Peter.«

Er nickte. »Nur das Schwert kann Muril zerstören.«

Ich bekam eine Gänsehaut.

Excalibur sollte Muril vernichten. Das war lachhaft. Wie sollten wir an das Schwert herankommen? Vielleicht sollten wir Elisien von unserer Entdeckung berichten. Wenn alle Völker gemeinsam Ys einnehmen würden, musste es möglich sein, die Undinen zu vernichten. Wie viele Männer hatten die Undinen in ihre Gewalt gebracht? Fünfhundert, Tausend? Ich hatte keine Ahnung. Aber es musste den Völkern möglich sein, eine weit größere Armee aufzustellen. Wir sollten uns raushalten.

Lachen riss mich aus meinen Gedanken. Ich wandte mich um und sah Amia und Miro, die sich einen Weg durch die Büsche bahnten.

Ich war zum See gegangen, um in Ruhe über unsere neuen Erkenntnisse nachdenken zu können. Ohne Calum würde ich zu Hause nur trübsinnig werden. Ich hatte gehofft, etwas ungestört zu sein.

»Emma, hier bist du. Wir wollten dich von den Ericksons abholen, aber du warst fort. Joel und Calum kommen auch gleich. Wir wollen gemeinsam für den Tanz proben.« Sie zog meinen Anzug aus ihrer Tasche und warf ihn mir zu. »Miro, dreh dich um, damit wir uns umziehen können.«

Miro gehorchte und auch ich wagte keinen Einwand. Kurze Zeit später waren Calum und Joel da. Ich wagte nicht, Calum anzusehen.

Gemeinsam gingen wir ins Wasser.

»Wir üben erst einmal die Formationen und die Sprünge. Du brauchst keine Kraft darauf verschwenden, dein Licht zu beschwören. Weißt du noch alles, was wir dir erklärt haben?«

Ich nickte. Calum griff nach meiner Hand und augenblicklich durchflutete mich dieses Gefühl von Geborgenheit. Dankbar streichelten meine Finger seine Handfläche. Er sah mich nicht an.

Mit rasender Geschwindigkeit zog er mich durchs Wasser zur Mitte des Sees. Viel zu schnell ließ er mich, nachdem wir angekommen waren, los.

Joel tauchte neben mir auf. Gemeinsam schwammen wir in die Tiefe. Ich wusste, dass die anderen drei an der Wasseroberfläche ihre Kreise zogen. Wir mussten beim Auftauchen darauf achten, mit niemandem zusammenzustoßen. Wenn wir in der Luft waren, würden Miro, Amia und Calum ebenfalls springen, wenn auch nicht so hoch wie wir.

Die Sprünge luden das Wasser auf, hatte Calum mir erklärt. Dadurch entstanden Fontänen und es würde sein, als wenn auch das Wasser tanzte.

Ich durchbrach die Oberfläche und sprang, drehte mich, wirbelte herum und sah unter mir die anderen, die wieder eingetaucht waren und nun stehend das Wasser durchpflügten. Dafür war eine Kraft in den Beinen vonnöten, die ich bisher nie aufgebracht hatte. Sanft tauchte ich ein, um erneut Schwung zu holen und einen weiter Sprung auszuführen.

Erschöpft lag ich später am Ufer, während die anderen sich ein Picknick schmecken ließen. Calum saß zwischen Miro und Joel und ignorierte mich geflissentlich.

»Das hast du toll gemacht«, lobte Amia. »Du wirst sehen, übermorgen Nacht wird es noch mehr Spaß machen.«

Übermorgen war es also so weit. Wenige Tage später würde Amia mit Miro Leylin verlassen. Würde Calum zu uns ins Haus zurückziehen? Ich sollte mit ihm sprechen. Sollte dieses blöde Missverständnis aus dem Weg räumen. Ich sehnte mich schrecklich nach ihm. Noch eine Nacht allein würde mich umbringen.

Auf dem Rückweg ergab sich keine Gelegenheit. Ich wusste, dass er mich damit bestrafen wollte, dass er mich mied. Und es gelang ihm gründlich.

»Das wird schon wieder«, flüsterte Amia mir zum Abschied ins Ohr.

Wenigstens brauche ich mir keine Ausreden mehr auszudenken, dachte ich, als ich am nächsten Abend das Haus verließ, um zu den Ericksons zu gehen. Calum hatte sich nicht blicken lassen. Auch Peter war nicht nach Hause gekommen, also vermutete ich, dass er über der Karte brütete. Ich war gespannt, zu welchen haarsträubenden Erkenntnissen er und Dr. Erickson heute gekommen waren.

Die Tür zur Buchhandlung knarrte leise und vertraut, als ich eintrat. Sophie schloss hinter mir ab und brachte mich nach oben.

»Hat Calum sich beruhigt?«, fragte sie.

»Ich habe ihn heute nicht gesehen.«

»Wenn Blicke töten könnten, dann läge Peter jetzt mausetot im Schloss. Ich hätte nicht gedacht, dass Calum so dummes Zeug denken könnte«, sagte Dr. Erickson zur Begrüßung.

Peter sah mich an und zuckte verlegen mit den Schultern.

»Er hat große Sorgen. Wir sollten nachsichtiger mit ihm sein. Jetzt wo Amia zurück ins Meer muss, kommt noch eine dazu. Er kann von Emma durchaus erwarten, dass sie das versteht«, verteidigte Sophie Calum.

»Ja, ja. Das hast du mir alles schon vorgehalten. Es ist sowieso besser so. Das macht es Peter und Emma leichter zu verschwinden. Calum würde Emma ansonsten nie gehen lassen.«

Ich glaubte mich verhört zu haben. Wovon redete der alte Mann? Wohin sollte ich verschwinden?

Bevor ich meine Fragen formulieren konnte, rückte Peter einen Stuhl für mich zurecht.

»Wir haben einen Plan, Emma«, begann er zu erklären. »Er ist nicht völlig ausgereift, das gebe ich zu. Aber momentan fällt uns kein besserer ein. Außerdem haben wir noch ein paar Tage Zeit, daran zu feilen.«

»Kannst du dich bitte verständlicher ausdrücken?«

»Wir beide werden Leylin verlassen«, platzte er heraus.

Ich starrte ihn an. Sprachlos. Das konnte unmöglich sein Ernst sein. In Leylin waren wir sicher. Nur deshalb waren wir hier. Was sollten wir da draußen?

»Das kannst du vergessen«, presste ich hervor.

»Es gibt keinen anderen Weg. Wir werden Excalibur aus Avallach holen und Muril damit vernichten.«

Jetzt hatte er endgültig den Verstand verloren. Diese Schwertgeschichte konnte er doch nicht ernst nehmen.

Ich holte tief Luft.

»Ich habe mir auch etwas überlegt. Ich finde die Idee mit der Armee nicht mehr so schlecht. Es muss mit vereinten Kräften möglich sein, Ys einzunehmen und den Spiegel zurückzuholen. So viele Männer können noch nicht in der Gewalt der Undinen sein.«

In meinen Ohren klang dieser Vorschlag tausendmal vernünftiger. Die Vorstellung, dass ich wie eine zweite Johanna von Orleans mit einem Schwert auf einen Spiegel einschlagen sollte, war absurd.

Dr. Erickson sah mich an.

»Das würde nicht funktionieren. Ihre Anzahl wächst von Tag zu Tag. Jeder, der ihnen in die Quere kommt, wird von ihnen überwältigt. Uns bleibt nicht viel Zeit. Wir haben keine Wahl mehr. Der Spiegel muss vernichtet werden, um die Undinen aufzuhalten.«

Er zeigt auf Dunvegan.

»Ist die Macht des Spiegel erst einmal gebrochen, so fällt der Fluch der Undinen in sich zusammen, und alles wird sein wie vorher.«

Bleierne Müdigkeit kroch mir in die Knochen, oder war es Angst? Angst, die schützende Umgebung von Leylin zu verlassen und hinauszugehen? Ich dachte an Ares, der von Elin ermordet worden war. Ich dachte daran, wie Elin mir Calum genommen hatte, wie er Avallach und mein Zuhause in Portree zerstört hatte. Und diesem Monster sollte ich mich freiwillig ausliefern? Das konnte niemand von mir verlangen. Ich war bloß ein ganz normales Mädchen. Niemals hatte ich mich absichtlich in etwas Gefährliches gestürzt. Okay, das mit Calum war eine Ausnahme gewesen. Dr. Ericksons Stimme drang wieder zu mir durch.

»Du bist die Einzige, die diese Aufgabe erfüllen kann. Niemand sonst. Hörst du mir überhaupt zu?«

Ich schüttelte die Gedanken fort.

»Entschuldigung.«

»Das ist zu wichtig, Emma. Du musst dich konzentrieren. Nur du kannst diese Aufgabe bewältigen. Du bist dieser besondere Mensch, von dem McLeod in seinem Vermächtnis spricht.«

Das Lachen, in das ich ausbrechen wollte, blieb mir im Hals stecken, als ich zu Sophie sah, die ein Geschirrtuch in ihren Händen zerknüllte. Sie sah ängstlich aus.

»Es ist gefährlich. Das will ich nicht leugnen«, fuhr Dr. Erickson fort. »Aber wir haben keine andere Möglichkeit mehr.«

Damit beendete er seinen Monolog.

Stattdessen ergriff Peter das Wort.

»Du und ich, Emma – wir beide werden nach Avallach zurückkehren. Unser Auto steht versteckt im Wald. Damit werden wir nicht allzu lange unterwegs sein. Außerdem ist es sicherer. Die Undinen greifen keine Menschen an. Das ist nicht ihr Kampf. Sie wollen die Macht über die magischen Völker. Wenn wir die Grenze zu Avallach passiert haben, wird es gefährlich. Wir wissen nicht, ob Elin Wachen zurückgelassen hat. Trotzdem müssen wir versuchen, den Weg zu dem Heiligen Baum zu finden. Wir können nur hoffen, dass die Priester unsere Hilferufe hören und uns einlassen.«

»Nur die Priesterinnen und Priester wissen den Weg«, warf ich ein. »Ich glaube nicht, dass wir ohne Raven dorthin finden.«

Peter griff nach meinem Arm.

»Wir müssen es versuchen, Emma. Wir haben keine Wahl. Verstehst du das nicht?«, schrie er mich an.

Erschrocken zuckte ich zurück.

»Entschuldige.« Peter fuhr sich durch sein ohnehin zerzaustes Haar. »Ich wollte dich nicht anschreien.«

Sophie kam zum Tisch.

»Peter, lass mich es Emma erklären. Du solltest dich hinlegen. Du hast seit Tagen nicht richtig geschlafen.«

Peter nickte, stand auf und ging in eins der Nebenzimmer.

»Du kannst mir glauben, Emma, dass wir alle denkbaren Möglichkeiten durchgegangen sind. Letzten Endes ist diese eine übrig geblieben. Es ist viel von dir verlangt und es ist gefährlich. Aber es ist der einzige Weg, die Undinen unschädlich zu machen.«

Sophie setzte sich mir gegenüber und griff nach meinen Händen.

»Murils Macht entfaltet sich in dieser Grotte. Deshalb muss er dort zerstört werden. Es gibt nur einen Zugang, wenn man nicht wie Alrin durch das Labyrinth irren will. Und dieser Zugang ist nur einem Shellycoat zugänglich. Hier haben wir das Problem. Einen Shellycoat würden die Undinen sehen. Dich sehen sie nicht. Hoffen wir«, setzte sie ehrlicherweise hinzu. »Du bist die Einzige, die ungesehen in die Grotte gelangen kann.«

Eiskalt rieselte die Angst durch meine Adern und setzte sich fest.

»Ich bin nicht besonders mutig«, wandte ich kläglich ein. Die Vorstellung durch den dunklen Ozean zu schwimmen und den unterirdischen Eingang zu einer Höhle zu suchen verursachte mir körperliche Schmerzen.

Sophie war unerbittlich.

»Vorher musst du das Schwert aus Avallach holen. Dabei kann Peter dich unterstützen und er wird dich zum Meer bringen. Danach bist du auf dich allein gestellt. Du wirst niemanden um Hilfe bitten können. Verstehst du das?«

Ich nickte.

»Ihr müsst bald aufbrechen. Vorher ist noch der Vollmondtanz und Amia wird abreisen. Wir haben noch einige Vorbereitungen zu treffen, bevor es losgeht.«

»Und, Emma«, Sophie hielt mich zurück, als ich mich abwenden wollte. »Ich weiß, wie schwer es dir fällt, aber es wäre tatsächlich besser, wenn du dich vorher nicht mit Calum verträgst. Dafür ist danach Zeit genug.«

Ich schüttelte den Kopf. Das konnten sie nicht von mir verlangen. »Oder auch nicht«, widersprach ich. »Ich soll ihn im Streit verlassen? Womöglich scheitere ich. Ganz sicher scheitere ich. Was wenn ich ihn nie wieder sehe? Was wenn er von den Undinen in Besitz genommen wird und nie mehr er selbst ist?

Ich werde mir bis an mein Lebensende Vorwürfe machen, wenn wir uns im Streit trennen.«

Resigniert sah Sophie ihren Mann an.

»Ich habe es dir gleich gesagt.«

Dr. Erickson nickte ergeben.

Da Peter eingeschlafen war, machte ich mich allein auf den Weg nach Hause. Benommen von den Enthüllungen schlich ich durch die Gassen.

Ethan und Bree erwarteten mich in der Küche unseres Hauses.

»Wo ist Peter?«, fragte Ethan in einem Ton, der nichts Gutes verhieß.

»Er schläft bei Sophie und Dr. Erickson. Er war müde und ich wollte ihn nicht wecken, als ich ging.«

»Würdest du uns bitte erklären, was hier vor sich geht? Weshalb hat Calum vorhin seine Sachen abgeholt und ist zu Miro und Amia gezogen?«

Er hatte seine Sachen geholt? Es war noch schlimmer, als ich befürchtet hatte.

»Ich glaube, dass er mit dir reden wollte«, warf Bree ein. »Aber als du und Peter nicht kamt, ist er irgendwann aufgesprungen, hat seine Sachen zusammen gesammelt und ist verschwunden.«

»Was habt ihr angestellt?« Ethan würde nicht locker lassen. Aber ich hatte Sophie versprechen müssen, niemandem das Geheimnis zu verraten. Auch den beiden nicht. Ihr und Dr. Erickson erschien es sicherer, wenn so wenige Personen wie möglich von unserem Plan erfuhren.

»Wir haben uns gestritten. Calum ist eifersüchtig«, erklärte ich mit kraftloser Stimme. Jetzt wussten es bald alle. Ich sollte auf dem Marktplatz ein Plakat anpinnen.

Verständnislos sahen die beiden mich an.

»Auf Peter«, erklärte ich.

Bree gluckste und Ethan zog seine Augenbrauen in die Höhe.

»Das kann nicht sein Ernst sein«, sagte er, nachdem einige Minuten verstrichen waren und er diese Neuigkeit verdaut hatte.

»Ihr wisst das und ich weiß das«, erwiderte ich. »Aber er hat sich da in was reingesteigert.«

»Wie kommt er auf so eine dumme Idee?«, fragte Bree.

»Er hat mich und Peter ein paar Mal dabei gesehen, wie wir getuschelt haben und wie Peter mich getröstet hat und dann hat er mich in der Nacht, in der ich mich eigentlich mit ihm zum Picknick treffen wollte, mit Peter gesehen. Du weißt ja, was ich da anhatte.« Ich sah zu Bree.

»Da hat er dann seine Schlüsse draus gezogen. Und er kann so stur sein«, fügte ich wütend hinzu.

»Ich glaube, er denkt, dass mir die ganze Situation zu viel wird und ich mich lieber wieder auf meine menschlichen Beziehungen zurückziehen will.«

»Und? Ist da was dran?« Ethan ließ mich nicht aus den Augen.

Ich schüttelte heftig den Kopf.

»Ich liebe Calum«, erwiderte ich verärgert. »Wie kann er so was von mir denken? Wir haben so viel durchgemacht. Weshalb sollte dieses Problem etwas an meiner Liebe ändern?«

»Ich könnte mal mit ihm reden«, bot Bree an.

»Untersteh dich«, fuhr ich herum. Ich erschrak. Auf keinen Fall durften die beiden sich einmischen.

Unser Gespräch wurde unterbrochen, als Amelie mit leuchtenden Augen hereinspazierte. Wo sie wohl gewesen war?

»Worüber philosophiert ihr hier?«, fragte sie, als sie unsere ernsten Gesichter sah. Sie setzte sich mit Schwung auf die Küchenplatte.

»Calum ist weg«, sagte ich. »Er ist zu Miro und Amia gezogen. Hat Joel dir nichts erzählt?«

»Dieser Holzkopf«, schimpfte Amelie. »Ich habe selten einen Jungen getroffen, der so starrköpfig ist. War ja klar, dass ausgerechtet du dich in ihn verliebst. Ich habe es immer gesagt. Du hättest es einfacher haben können.«

»Das hilft mir auch nicht weiter, Amelie. Versprich mir, dass du und Joel euch da nicht einmischt.«

»Ja, ja.« Sie winkte ab. »Das klärt mal schön beide allein. Wir haben unsere eigenen Sorgen.« Sie zwinkerte uns zu und verließ die Küche.

Ihre Eltern sahen ihr hinterher.

»Weshalb haben wir nicht vier Jungs bekommen?«, fragte Ethan Bree, woraufhin diese zu lachen begann und ihn umarmte.

Ich nutzte die Gelegenheit und ging in mein Zimmer. In meinem derzeitigen Zustand war mir das zu viel Zweisamkeit.

Die Nacht des Vollmondtanzes war gekommen. Es hatte eine Zeit gegeben, wo ich es nicht hatte abwarten können, dabei zu sein. Doch jetzt war mir, als läge ein riesiger Stein in meinem Magen. In diesem Zustand würde ich keinen einzigen Sprung ordentlich hinbekommen. Calums abweisende Art schmerzte mich. Ich fand, dass ich das nicht verdient hatte. Er war mir in den letzten Tagen aus dem Weg gegangen und hatte mir keine Gelegenheit gegeben, mit ihm zu reden. Ich wusste nicht, was ich tun sollte. Alles fühlte sich falsch an ohne ihn.

Sophie und Dr. Erickson hatten in den letzten Tagen mit Nachdruck versucht, mich davon zu überzeugen, dass es so besser war. Aber sie hatten es nicht geschafft. Was sollte besser daran sein, dass Calum sich von mir abwandte, dass er mich allein ließ?

Amia hatte mich gebeten, mit ihr das Picknick für den Abend vorzubereiten. Es sollte ihr Abschiedsessen sein. Tagtäglich konnte man zusehen, wie ihr Bauch runder wurde. Sie schien in gleichem Maße aufzublühen, trotzdem der Mangel an Salzwasser ihr mittlerweile zu schaffen machte.

Nach dem Frühstück lief ich hinüber. Der Wunsch, Calum wenigstens zu sehen, wurde mir nicht erfüllt. Er war mit Miro längst im Schloss, um die notwendigen Vorbereitungen für Amias und Miros Abreise zu treffen.

Amia wirbelte durch die Küche und zauberte alle möglichen und unmöglichen Häppchen. Für jeden Geschmack sollte etwas dabei sein.

Ich sah ungläubig auf die fertig gepackten Körbe.

»Amia, wie viel Leute erwartest du eigentlich?«

»Wir haben unseren engsten Freundeskreis eingeladen«, meinte sie entschuldigend. »Aber ich habe jetzt schon einen Mordshunger und ich will, dass alle satt werden.«

Sie drückte mir eine Rolle in die Hand und wies mich an, gefüllte Teigtaschen herzustellen. Ich stocherte mit der Gabel in der grünen Pampe herum, die als Füllung herhalten sollte.

»Was ist das, Amia?«

»Seegras, was dachtest du denn?«

»Es sieht aus wie Spinat und den mochte ich schon als Kind nicht besonders gern.«

»Seegras wirst du mögen. Ich habe es scharf gewürzt. Es ist eins von Calums Lieblingsessen. Du solltest dir besonders Mühe geben. Vielleicht verzeiht er dir dann.«

Ich verzog mein Gesicht zu einer Grimasse.

»Dein Wort in Gottes Ohr.«

»Da ist nicht wirklich was zwischen dir und Peter, oder, Emma?«

»Natürlich nicht. Aber Calum glaubt mir nicht.«

Ich spürte, wie mir Tränen in die Augen stiegen.

»Vielleicht habt ihr heute Nacht Zeit, in Ruhe darüber zu reden.«

»Ja, vielleicht.«

Laut Sophie wäre es klüger, einem Gespräch aus dem Weg zu gehen, dachte ich bei mir. Aber wenn Calum mit mir reden wollte, dann würde ich dies tun. Ich hatte mich bereit erklärt, mit Peter diese selbstmörderische Mission in Angriff zu nehmen. Das konnte man von mir verlangen, aber nicht Calum abzuweisen.

Um das Thema zu wechseln, stellte ich Amia eine Frage, die mich schon länger beschäftigte.

»Als Calum und ich uns kennengelernt haben, war es unglaublich wichtig, dass kein Außenstehender den Vollmondtanz beobachtet. Darauf stand die Todesstrafe. Der Rat hat meine Mutter deshalb verurteilt. Und jetzt machst du daraus ein Happening. Weshalb? Ich versteh das nicht.«

»Weißt du, Emma, es hat sich viel verändert in den letzten Monaten. Unsere Vorstellungen von dem, was richtig und falsch ist, wurden auf den Kopf gestellt. Ehrlich gesagt finde ich, viele dieser Regeln sind mittlerweile überholt. Weshalb sollten unsere Freunde diesen Moment nicht mit uns teilen, sehen, was uns wichtig ist, und sich mit uns freuen? Außerdem sind wir hier alle Teil der magischen Welt. Ich glaube, dieses Verbot bezog sich eher auf die Menschen. Wenn es ein Fehler von uns ist, unsere Freunde beim Vollmondtanz zusehen zu lassen, kann der Rat, wenn das hier vorbei ist, über uns richten. Ich glaube allerdings, dass dann sowieso alles anders sein wird.«

»Das kommt mir trotzdem mutig vor.«

»Das hat mit Mut nichts zu tun, eher mit Angst«, flüsterte sie.

Ich sah zu ihr und leckte dabei meine Finger ab. Das gewürzte Seegras schmeckte wirklich außerordentlich gut.

»Was meinst du?«

»Je näher der Tag kommt, an dem ich euch verlassen muss, umso mehr fürchte ich mich davor. Heute Nacht möchte ich, dass alle, die ich liebe und die mir zur Seite stehen, dabei sind. Wir werden feiern und glücklich sein. Das wird mir Kraft geben, für das, was danach kommt.«

Schweigend arbeiteten wir weiter. Goldenes Sonnenlicht schien in den kleinen Garten, der hinter dem Haus lag. Friedlicher hätte ein Tag nicht sein können. Von der Straße drang gedämpftes Kinderlachen zu uns. Ansonsten wurde die Stille nur durch das brodelnde Wasser gestört, in das Amia die fertigen Teigtaschen warf. Am frühen Nachmittag waren wir mit den Vorbereitungen fertig und setzten uns mit einer Tasse Tee in den Garten.

»Was machst du noch bis heute Abend?«, fragte ich Amia.

»Ich werde mich etwas hinlegen. Das lange Stehen fällt mir nicht mehr so leicht. Mein Rücken schmerzt furchtbar. Wie Menschenfrauen eine Schwangerschaft vierzig Wochen durchhalten, ist mir schleierhaft. Im Wasser würde ich davon nichts spüren.« Ihre Stimme klang wehmütig.

»Deine nächste Schwangerschaft kannst du sicher komplett im Wasser verbringen«, versuchte ich sie aufzumuntern.

»Hoffentlich.«

Bevor ich ging, drückte ich Amia an mich. »Ich wünschte, du könntest das Baby in Leylin bekommen. Hier wärt ihr in Sicherheit.«

Amia seufzte: »Das wünschte ich auch.«

Ich wandte mich zum Gehen.

»Emma, warte. Jetzt hätte ich es beinahe vergessen. Raven würde dich gern sehen. Du sollst zum Schloss kommen.«

Ein mulmiges Gefühl beschlich mich.

»Weshalb kommt sie nicht zu uns?«

Amia zuckte mit den Schultern. »Ich habe keine Ahnung. Sie hat gestern Miro gebeten, es dir auszurichten.«

Da ich sowieso nichts Besseres zu tun hatte, machte ich mich direkt auf den Weg zum Schloss. Ich konnte mir denken, weshalb sie mit mir sprechen wollte. Sicher hatte auch sie schon erfahren, dass Calum bei uns ausgezogen war.

Die Schlosswachen brachten mich in einen kleinen Raum und baten mich, dort auf Raven zu warten. Mir sollte es recht sein. Ich nahm ein Glas Saft von dem Tisch, der in der Mitte des Raumes stand. Dann ging ich zum Fenster. Von hier aus hatte man einen erstklassigen Blick auf die Stadt.

Ich war so in den Anblick versunken, dass ich nicht bemerkte, wie Raven in den Raum kam und neben mich trat.

»Es ist wunderschön, oder?«

Ich wandte mich ihr zu.

»Das ist es. Weshalb wolltest du mich sprechen?«

»Was ist mit dir und Calum?«, fragte sie zurück. »Ich habe gehört, er wohnt jetzt bei Miro und Amia.«

Im Grunde hatte ich keine Lust, die Geschichte vor Raven auszubreiten, trotzdem fühlte ich mich bemüßigt, es zu tun.

»Wir haben uns gestritten«, fing ich an.

»Scheint ein ziemlich großer Streit gewesen zu sein, wenn er gleich auszieht. Oder habt ihr schon genug voneinander?«

»Hat Peter dir nichts erzählt?«, fragte ich, ohne auf ihre Provokation einzugehen.

»Nein, was sollte er mir erzählen?«

Mir wurde unbehaglich. Wenn Peter ihr nichts erzählt hatte, dann gab es dafür womöglich einen Grund.

»Er ist eifersüchtig«, platzte ich heraus.

»Wer? Peter?« Verständnislos sah Raven mich an.

»Quatsch, nicht Peter. Calum.«

»Auf wen denn? Du hast dich doch nicht in einen Elf verliebt, oder?«

Ich schüttelte verärgert den Kopf.

»Ich habe mich in niemanden verliebt. Er ist auf Peter eifersüchtig. Er hat uns ein paar Mal zusammen gesehen und hat sich da so was Blödes zusammengereimt.«

Ein Grinsen breitete sich über Ravens Gesicht aus, bevor sie zu lachen begann.

»Schön, dass es dich amüsiert«, sagte ich verärgert.

»Calum hat doch wirklich andere Probleme. Das kann er nicht ernst meinen.«

»Ich fürchte doch.«

Raven hakte mich unter.

Ich war erleichtert, dass sie auf Calums lebhafte Fantasie nichts gab.

»Lass uns was essen gehen. Ich habe einen Mordshunger.«

Wir liefen aus dem Raum hinaus und eine Treppe hinunter, die geradewegs in die Schlossküche führte. Währenddessen kicherte Raven die ganze Zeit amüsiert vor sich hin.

Jeder, dem ich von Calums Eifersucht erzählte, fand das lustig. Mir war das Lachen vergangen.

In der Küche erwartete mich eine weitere Überraschung.

»Morgaine«, rief ich, als ich die kleine Fee auf einem der Tische sitzen sah.

Sie knabberte an einem Keks und sah sehr zufrieden aus. Ich ließ mich auf die Bank vor ihr fallen.

»Wo warst du solange? Du hättest dich ruhig mal blicken lassen können. Ich hab mir Sorgen gemacht.«

»Das war nicht nötig. Ich bin erst eine Weile in Edinburgh geblieben und dann hat mich Elisien mit verschiedenen Aufträgen herumgeschickt. Jetzt, wo Avallach zerstört ist, hat sie meinem Volk Asyl angeboten. Ich musste allen Bescheid geben. Und jetzt bin ich hier.«

»Hast du gehört, dass Amia ein Baby bekommt?«, fragte ich.

»Selbstverständlich. Uns Feen entgeht so schnell nichts.«

»Dann weißt du auch, dass sie Leylin in wenigen Tagen verlassen wird.«

Jetzt setzte Morgaine eine bekümmerte Miene auf.

»Ja, ich weiß. Und ich habe kein gutes Gefühl dabei.« Sie senkte ihre Stimme. »Wir Feen sind für die Undinen uninteressant. Noch«, setzte sie hinzu. »Ich habe ihre Armee gesehen, Elin ist auf dem Weg nach Leylin. Ich bin sofort hergeflogen und habe Elisien die Nachricht überbracht. Wenn sie durchmarschieren, sind sie in spätestens einer Woche hier.

Entgeistert sah ich sie an. »Und das erzählst du so nebenbei. Wir sind noch nicht so weit. Es ist viel zu früh.«

Raven sah mich an und runzelte ihre Stirn. »Was meinst du damit?«

Ich begann zu stottern. »Na, Elisien hat doch noch keine eigene Armee aufgestellt. Es sind nicht genug Männer da, um ihnen entgegen zu marschieren.«

»Hat Peter dir das erzählt?«, hakte Raven nach. »Eigentlich sind die Gespräche des Kriegsrates vertraulich.«

Ich klappte meinen Mund zu. Beinahe hätte ich mich verplappert.

»Elisien hat nicht viel Zeit«, warf Morgaine ein. »Ich habe keine Ahnung, wie die Undinen von den Plänen des Kriegsrates, eine Armee aufzustellen, erfahren haben. Aber wenn Elin mit dieser Armee hier ankommt, wird er die Barriere durchbrechen können«, warf Morgaine ein. »Elisien muss ihnen entgegenmarschieren und sie von Leylin fortlocken.«

»Wäre es möglich, in Leylin einzufallen?«, fragte ich Raven.

Diese zuckte beinahe resigniert mit den Achseln. »Immerhin sind mittlerweile auch etliche Elfen in Elins Armee. Für diese öffnet sich die Barriere selbstverständlich.«

»Dann sind wir hier in Gefahr?«

»Das hoffe ich nicht.«

Raven stellte zwei Schüsseln mit dampfender Kürbissuppe vor uns hin. Für Morgaine holte sie eine kleinere Schüssel und einen Teller mit aufgeschnittenem Brot.

Unschlüssig rührte ich in der heißen Suppe.

»Raven, wie sicher sind wir in Leylin?«

Raven warf erst Morgaine und dann mir einen Blick zu.

»Wo sind wir schon noch sicher?«, stellte sie die Gegenfrage.

»Wo sollten wir uns verstecken? Wir haben nicht viele Optionen. Uns bleibt nur dieser Kampf. Wenn wir den verlieren ...« Sie wandte sich ihrer Suppe zu.

»So schlimm ist es also«, flüsterte ich.

»Wir dürfen die Hoffnung nicht aufgeben, Emma. Und vor allem musst du das für dich behalten. Wir wollen eine Panik verhindern. Das würde alles nur schlimmer machen. Wir sind nicht ganz so unvorbereitet, wie es für dich aussieht.«

Meine Familie, dachte ich. Sie durften nicht hierbleiben. Hier waren sie in größerer Gefahr als draußen. Ich musste sie warnen. Sie mussten Leylin verlassen. Wenn Elin sie fand, würde er sie töten.

Der vermeintlich sichere Ort war zu einer Falle geworden.

»Sprich heute mit Calum«, forderte Raven mich auf. »Wenn das Chaos losbricht, solltet ihr euer Problem geklärt haben. Wir wissen nicht, was danach kommen wird.«

Ich nickte geistesabwesend und stand auf.

»Ich gehe dann mal zurück und mache mich fertig. Wir sehen uns nachher.«

Ohne mich noch einmal umzudrehen, lief ich hinaus.

14. Kapitel

Die Sache stieg mir über den Kopf. Ich musste meine Gedanken sortieren. Zu Hause angekommen stellte ich mich unter die heiße Dusche.

Amia würde morgen abreisen. Peter und ich durften dann keine Zeit verstreichen lassen und mussten uns auf den Weg machen. Vorher wollte ich meine Familie warnen. Sie mussten Leylin verlassen. Ethan würde sich weigern. Vielleicht sollte ich das Dr. Erickson und Sophie überlassen.

Sophie. Was würde aus ihr werden, wenn es niemanden mehr gab, der ihr ihre Medizin zubereitete?

Ich trocknete mich ab und legte mich auf mein Bett. Noch ganz leicht entströmte den Kissen Calums Duft. Ich vergrub meinen Kopf darin.

Wir würden es nicht schaffen. Ich würde es nicht schaffen. Wie kam jemand auf den Gedanken, dass ausgerechnet ich Muril zerstören konnte? Dass ich dieser besondere Mensch war, von dem McLeod gesprochen hatte? Und überhaupt, was geschah, wenn der Spiegel zerstört war? Die Undinen zerfielen zu silbrigen Staub, hatte McLeod geschrieben. Schön und gut, und was wurde aus den Männern? *Alles wird sein wie vorher,* hatte auf der Karte gestanden. Was hieß das schon? Welches vorher?

Es klopfte und Amelie kam herein.

»Was zieht man zu so einem Anlass an?«, fragte sie.

»Es ist ein Picknick, Amelie. Was zieht man da schon an. Wir sitzen auf der Erde und essen. Du könntest dich bekleckern.«

Empört sah sie mich an. »Du bist die einzige Frau in unserem Alter, die ich kenne, die sich bekleckert.«

Sie wies auf einen orangefarbenen Fleck auf meinem Pulli.

Zerknirscht betrachtete ich ihn. »Kürbissuppe«, erklärte ich.

»Du willst dich doch mit Calum versöhnen, oder?«, fragte sie.

Ich nickte.

»Dann sollten wir etwas dafür tun, dass er das auch will.«

Sie zog mich hoch.

»Komm mit in mein Zimmer.«

Nur widerwillig folgte ich ihr, ahnend, was auf mich zukam.

Als Amelie begann, mir ein durchsichtiges Stück Stoff nach dem anderen vor den Körper zu halten, winkte ich ab.

»Das kannst du vergessen. Als ich mich neulich in so ein Kleidchen gestopft habe, hat das ein böses Ende genommen, Amelie. Das ist nichts für mich. Außerdem trage ich meinen Anzug.«

»Ja, aber nur beim Schwimmen«, widersprach sie triumphierend. »Für das anschließende Picknick brauchst du etwas Vernünftiges.«

Wir einigten uns schließlich auf ein hellgrünes Kleid, zu dem mir Amelie ein silbernes Bolerojäckchen aufdrängte.

»Und mach dir deine Haare ordentlich zurecht«, rief sie mir nach, als ich ihr Zimmer verließ. »Du siehst aus wie ein gerupftes Huhn.«

Pah, gerupftes Huhn, dachte ich, während ich vor dem Spiegel versuchte, mir die Knoten aus dem Haar zu kämmen. Verzweifelt gab ich das Vorhaben nach zehn Minuten auf machte mir einen Zopf. Ich zog das Kleid und die Jacke an, griff nach meinem Anzug und lief zu Amia.

Die Körbe standen aufgereiht im Flur und Amia scheuchte die Jungs, auf der Suche nach fehlenden Sachen, durch das Haus.

»Wir müssen uns beeilen, wenn wir zu unserer eigenen Party nicht zu spät kommen wollen«, schimpfte sie.

»Wir haben noch eine gute Stunde Zeit«, wandte ich ein. »Es ist gerade mal dunkel geworden.«

»Ich bin erstens gern pünktlich und zweitens wäre ich mit den Vorbereitungen gern fertig, wenn alle kommen«, schnitt sie mir das Wort ab.

Miro schüttelte den Kopf, was wohl bedeuten sollte, dass jeder Versuch, Amia zu beruhigen, zwecklos war.

Kurze Zeit später war alles verpackt und jeder von uns griff sich zwei Körbe. Dann gingen wir los.

Am Seeufer angekommen breiteten wir die Decken aus. Während Amia und ich das vorbereitete Essen verteilten, waren die Jungs damit beschäftigt, am Ufer Fackeln in den Boden zu stecken und diese anzuzünden. Calum hatte mich bisher weder eines Blickes gewürdigt, noch ein Wort mit mir gesprochen. Ich war hin und her gerissen, ob ich darüber froh oder traurig sein sollte. Ich musste an Ravens Worte denken. In ein paar Tagen konnte es für eine Versöhnung zu spät sein.

Wir waren fertig, als die ersten Gäste eintrudelten.

Raven kam mit Peter und Morgaine. Ethan und Bree mit den Zwillingen und Amelie. Außerdem kamen die anderen Shellycoats, die bei den Elfen Asyl gefunden hatten und heute Nacht gemeinsam mit uns tanzen würden. Als letzte kamen Dr. Erickson und Sophie. Zu meinem Erstaunen waren sie in Begleitung von Elisien, Myron und Merlin.

Ich hatte gewusst, dass Myron und Merlin regelmäßig nach Leylin kamen, um an den Gesprächen des Kriegsrates teilzunehmen. Bisher hatte ich sie nicht zu Gesicht bekommen. Trotzdem hätte ich angenommen, dass sie nach Morgaines Nachricht andere Sorgen hatten, als an einem Fest teilzunehmen.

Mittlerweile war der Himmel tiefschwarz. Angesichts der vielen Zuschauer wurde ich nervös. Gern hätte ich mich von Calum in den Arm nehmen lassen, aber er saß wie festgewachsen zwischen Miro und Amia.

Ich ließ mich neben Amia auf die Decke fallen und beobachtete, wie unsere Gäste miteinander plauderten. Jeder von ihnen schien froh zu sein, einen unbeschwerten Abend verbringen zu können. Das Schreckliche, das sich uns mit Riesenschritten näherte, würde früh genug hereinbrechen. Oder hatte nur ich solche düstere Gedanken? Ich wusste genau, woran das lag. An dem Schafskopf, der mir gegenübersaß und sich benahm wie ein Kindergartenkind.

Gleichzeitig griffen der Schafskopf und ich nach einer Weintraube. Unsere Finger berührten sich unsere Blicke trafen sich.

Ich versuchte mich an einem Lächeln, doch nichts kam zurück. Glücklicherweise zog er seine Finger nicht übermäßig schnell zurück, sonst hätte man vermuten können, er hätte sich an mir verbrannt.

Amia, die meinen kläglichen Lächelversuch beobachtet hatte, stupste Calum an.

»Calum, reiß dich zusammen. Sei etwas netter zu Emma. Das hat sie verdient.«

Er brummte etwas Unverständliches vor sich hin.

»Wir sollten beginnen«, schlug Amia da vor. »Oder was meint ihr?«

Wir standen auf und traten nebeneinander an das Seeufer. Plötzlich wurde es um uns herum still. Die Gespräche verstummten und nur die Geräusche der Nacht waren zu hören. Wir gingen einen Schritt ins Wasser und verharrten bewegungslos. Der Wind nahm ab und der See wurde glatt wie ein Spiegel. Der große silberne Mond schien ein Stück näher zu rücken. Erst als die Stille vollkommen war, tauchten wir wie auf ein geheimes Kommando alle gleichzeitig ein und verschwanden unter der Wasseroberfläche. Ich spürte, dass Calum nach meiner Hand griff und mich pfeilschnell in die Mitte des Sees zog. Dort angekommen ließ er mich los und ich schwamm zu Joel in meine Position. Dann begannen wir zu schwimmen und dabei zogen wir immer größere Kreise. Unsere Lichter flammten auf und durchzogen wie helle Streifen das Wasser. Unterschiedliche Grüntöne vermischten sich mit Calums Azurblau, Amias Goldbraun und meinem eigenen silbernen Licht. Über uns begann die Wasseroberfläche zu brodeln und zu kochen. Es dauerte nur Minuten, bis sich die ersten Fontänen bildeten und in die Höhe schossen. Das war der Moment, in dem Joel und ich zu springen begannen. Mit jedem Sprung fiel die Anspannung der letzten Wochen mehr von mir ab. Immer tiefer schwammen wir hinab, um danach nur noch höher zu springen. Immer kunstvoller wurden unsere Drehungen und unsere Pirouetten. Vom Ufer hörte ich Beifall und Begeisterungsrufe. Doch ich hatte nur Augen für Calum, der unter mir mit kräftigen Bewegungen aufrecht das Wasser durchpflügte und immer wieder mit den anderen durch die Fontänen schoss. Jeder von ihnen folgte einem Ritus, mit dem die Shellycoats seit jeher diesen Tanz vollzogen. Jede Vollmondnacht aufs Neue. Ruhe breitete sich in mir aus, während ich weiterhin meine Sprünge ausführte. Eintauchen, springen und wieder eintauchen. Was auch geschah, in diesem Moment war es mir gleichgültig. Das Schicksal würde mit uns tun, was immer für uns vorherbestimmt war. Wir würden nichts ändern können, egal was wir versuchten. Wir konnten uns mit aller Macht dagegenstemmen, aber das würde nichts nutzen. Und doch war ich in diesem Moment sicher, dass das Schicksal es gut mit uns meinte.

Ich tauchte hinab und spürte, dass meine Kräfte nachließen. Blaues Licht tauchte neben mir auf. Vertraute Arme griffen nach mir, zogen mich an einen Körper und hielten mich fest. Ich schlang meine Arme um seinen Hals. Mein Herz schlug fest gegen meine Brust. So hatten wir das nicht geprobt. Gemeinsam schossen Calum und ich nach oben, stießen durch die Oberfläche und flogen durch die warme Nachtluft. Erst dann ließ Calum mich los und beinahe synchron drehten wir uns zurück, flogen der Wasseroberfläche entgegen und tauchten lautlos hinein. Das Wasser verlor seine Kraft und die Fontänen fielen sanft zurück in den See. Unsere Lichter erloschen und gemeinsam schwammen wir zurück zum Ufer.

»Ich liebe dich«, flüsterte mein verräterischer Kopf ohne meine Erlaubnis.

»Ich weiß«, hörte ich Calum.

»Egal was geschieht und für immer und ewig«, setzte ich hinzu.

»Für immer und ewig«, wiederholte er und eine zentnerschwere Last entschlüpfte meinem Körper und versank in der Tiefe des Sees.

Als wir das Wasser verließen, stand Bree mit einem Handtuch für mich am Ufer. Aus dem Augenwinkel sah ich genau das amüsierte Lächeln der anderen Shellycoats. Ich nahm ihr das Handtuch aus der Hand und trocknete mein Haar.

»Das war unglaublich, Emma. Wie hast du das gemacht?« Die Zwillinge bestürmten mich, kaum dass ich mich gesetzt hatte.

»Kann ich das auch lernen, Emma?«, fragte Amber.

Ich schüttelte den Kopf. »Ich fürchte nicht, Kleines. Das können nur echte Shellycoats oder halbe, so wie ich.«

»So wie Emma können die wenigsten Shellycoats springen, Amber«, unterbrach Amia mich. »Sie ist eine echte Künstlerin.«

Ich sah auf und fing Calums Blick auf. Er lächelte. Mir wurde warm. Offenbar hatte das Wasser sein Temperament abgekühlt und er hatte beschlossen, mir zu verzeihen. War es das, was den Tanz ausmachte? Wischte er allen Streit und alles Trennende fort?

Dann wurde jetzt nichts aus dem Plan, dass ich im Streit fortgehen sollte. Erleichtert lächelte ich zurück. Peter und Dr. Erickson mussten sich eine andere Ausrede einfallen lassen.

Es war nach Mitternacht, als wir beschlossen aufzubrechen. Niemand wollte, dass dieser Abend zu Ende ging. Wer wusste schon, ob wir jemals wieder so zusammenkommen würden? Hannah und Amber waren eingeschlafen und Ethan übernahm die undankbare Aufgabe, sie zu wecken. Amelie und ich packten die Picknickreste ein, als Amia hinter uns aufstöhnte. Erschrocken drehte ich mich zu ihr um.

»Was hast du?«

Amia hielt ihren Bauch fest. Obwohl dieser längst nicht so groß war wie der Bauch einer menschlichen Schwangeren, verursachte er offenbar ähnliche Probleme.

»Es zieht furchtbar.«

»Bree? Kommst du mal.« Ich wandte mich Hilfe suchend zu ihr um.

Bree ließ fallen, was sie gerade in der Hand gehalten hatte, und kam zu Amia. Vorsichtig tastete sie über deren Bauch. »Er ist ganz hart. Das ist kein gutes Zeichen.«

Amia biss die Zähne zusammen, als eine neue Welle des Schmerzes über sie hinwegrollte.

Miro, der sich von Raven und Morgaine verabschiedet hatte, kam auf uns zu.

Fürsorglich legte er einen Arm um Amia. »Was ist los?«

Amia sah ihn mit schmerzverzerrtem Gesicht an. »Ich weiß nicht, ich glaube, es geht los.«

»Wir werden sofort aufbrechen«, versprach Miro. »Wir dürfen keine Zeit verlieren.«

Ich erschrak. Sofort? Was sollte das bedeuten? Morgen früh würde ausreichen, oder nicht? Sie konnten nicht mitten in der Nacht losziehen. Das war zu gefährlich.

»Joel«, rief Miro, bevor ich etwas einwenden konnte.

Joel und zwei andere Shellycoats, deren Namen ich nicht kannte, gesellten sich zu uns.

»Wir sollten aufbrechen. Es wird nicht mehr lange dauern. Der Tanz hat die Wehen ausgelöst.«

Die drei nickten.

Das friedliche Gefühl, das sich während des Abends in meinem Körper ausgebreitet hatte, verschwand schlagartig. Die Wirklichkeit hatte uns wieder, brutaler als zuvor. Wir würden uns jetzt von Miro, Joel und Amia trennen müssen und konnten nur hoffen, dass wir uns wiedersahen. Calum trat zu mir und legte mir einen Arm um die Schulter. Ich schlang beide Arme um seine Taille und lehnte mich an ihn. Tränen stiegen mir in die Augen.

Elisien kam zu uns. »Miro, einige meiner Krieger werden euch aus Leylin hinausbegleiten. Wir wissen nicht, ob Elin eine Vorhut ausgeschickt hat. In den letzten Tagen war alles ruhig. Meine Krieger geleiten euch bis zum Meer. Danach seid ihr auf euch allein gestellt.«

Miro nickte ernst. »Hoffen wir, dass auch Elin heute Nacht mit dem Vollmondtanz beschäftigt ist, und wir ungestört zum Meer kommen.«

Niemand sprach, während wir Elisien zum Schloss folgten. Sie erteilte ihren Wachen Anweisungen und wir begannen uns voneinander zu verabschieden. Ich wollte Amia nicht loslassen. Ich hatte das untrügliche Gefühl, dass etwas Schreckliches geschehen würde, wenn ich sie gehen ließ. Ich sah, wie Calum und Joel sich voneinander verabschiedeten und wie Joel sich dann Amelie zuwandte. Er nahm eine Strähne ihres Haares zwischen seine Finger und drehte diese vorsichtig. Amelie legte ihm eine Hand in den Nacken und zog ihn zu sich herunter.

»Du musst auf dich und das Baby aufpassen«, wandte ich mich wieder Amia zu. »Hörst du? Du darfst nicht zulassen, dass euch etwas geschieht.«

Amia nickte tapfer, während sich offenbar eine nächste Wehe anbahnte.

»Wirst du es bis zum Meer schaffen?«, fragte ich nun noch besorgter.

»Entbindungen dauern bei uns lange. Ich werde das schon hinkriegen.«

Ich bewunderte ihren Mut.

Miro kam zu uns. »Elisien stellt uns eine Trage zur Verfügung. Damit sind wir schneller.«

Neben uns postierten sich vier Krieger, die eine Sänfte zwischen sich abstellten. Umständlich kletterte Amia hinein. Nachdem jeder sie noch einmal gedrückt und ihr viel Glück gewünscht hatte, hoben die Krieger den Stuhl an langen Stangen in die Höhe. Dann setzten sie sich in Bewegung. Die vier Shellycoats, die sie begleiteten, formierten sich zum Schutz auf jeder Seite der Trage. Wir winkten ihnen hinterher, bis sie in der Dunkelheit verschwunden waren. Ich vermisste Amia bereits jetzt.

»Glaubst du, dass sie es schaffen?«, fragte ich Calum, während wir zurückgingen.

Wir waren allein. Wir hatten vorgegeben, die Körbe vom See holen zu wollen. Glücklicherweise hatte niemand sich angeboten, uns zu begleiten.

»Wir müssen hoffen, dass ihnen nichts geschieht. Aber es gab keine andere Möglichkeit. Amia hätte nicht hierbleiben können. Das wäre für das Kind ein Todesurteil gewesen.«

»Ich hoffe, dass Elin seine eigene Schwester verschont. Sie ist die Einzige, die versucht hat, zu ihm zu halten.«

»Ich bin nicht sicher, ob er das weiß«, wandte Calum ein.

»Du denkst, die Undinen haben sein altes Selbst ganz ausgelöscht?«

»Das befürchten wir, ja.«

»Das würde bedeuten, dass ihr all die Männer töten müsst, von denen die Undinen Besitz ergriffen haben.«

Calum ließ diese Bemerkung unbeantwortet. Wir waren am See angelangt.

Ohne ein weiteres Wort zog er mich zum Ufer und streifte mir meine Jacke ab. Dann half er mir aus meinem Kleid.

Es gab nichts zu sagen. Ich knöpfte sein Hemd auf, und als unsere Kleider vollständig am Boden lagen, griff er nach meiner Hand und zog mich in das schimmernde Wasser. Sein schlanker Körper leuchtete im Mondlicht. Ich würde mich niemals an ihm sattsehen können. Wenn das das letzte Mal war, dass wir zusammen sein konnten, so würde ich diesen Anblick für immer in meiner Erinnerung bewahren.

Sanft begannen unsere Lichter zu leuchten und breiteten sich auf der Wasseroberfläche aus. Je weiter wir gingen, umso mehr erstrahlte das Wasser. Calum wandte sich mir zu und küsste mich, bis mir schwindelig war. Schauer durchrieselten meinen Körper und breiteten sich bis in den letzten Winkel aus. Seine Lippen fuhren über meinen Körper. Ich strich mit meinen Händen über seinen muskulösen Rücken und wanderte dann weiter nach unten. Als ich seine Berührungen beinahe nicht mehr ertragen konnte, zog ich ihn endgültig unter Wasser. Calum war wieder ganz bei mir, das spürte ich bei jeder Berührung, jedem Kuss. Aber ich spürte hinter seinem Verlangen, auch seine Verzweiflung. Wir klammerten uns aneinander, als ob wir vollständig miteinander verschmelzen wollten.

Mich von ihm trennen zu müssen, war schwerer als alles andere. Ich wollte nicht gehen, aber ich wusste, dass ich es tun musste. Ich wünschte, er würde mich zurückhalten, mich festhalten – für den Rest meines Lebens.

15. Kapitel

Es war dunkel im Zimmer, als ein heftiges Pochen an der Tür mich weckte. Ich rüttelte Calum an der Schulter, doch statt die Augen zu öffnen, umschlang er mich fester und vergrub sein Gesicht in meinem Haar.

»Wach auf, Calum. Es ist jemand an der Tür.«

»Hier sind genug Leute, die aufmachen können«, murmelte er.

Wieder klopfte es fordernd. Wieso hörte das niemand? Ich stand auf und schlüpfte in Hose und T-Shirt. Dann öffnete ich die Tür. Das Sonnenlicht, das den Flur ausfüllte, blendete mich. Wie spät war es eigentlich? Ich lief die Treppe hinunter. Das Haus war menschenleer. Konnte es sein, dass alle schon fort waren? Der Helligkeit nach zu schließen war es fast Mittag. Weshalb hatte uns niemand geweckt?

Ich riss die Tür auf, um dem Klopfen endlich ein Ende zu bereiten.

Raven stand vor der Tür und drängte sich, ohne ein Wort zu sagen, an mir vorbei.

»Raven, was ist los? Weshalb veranstaltest du so einen Höllenlärm?«

»Wo ist Calum?«, fragte sie, ohne auf meine Frage einzugehen.

Ich deutete mit dem Finger nach oben. »Im Bett.«

»Ihr habt euch vertragen?«

Ich nickte.

In diesem Moment kam Calum die Treppe herunter.

Vergeblich versuchte er, seine verstrubbelten Haare zu glätten.

»Ist etwas passiert?«, fragte er, als er Raven sah.

Erst jetzt fiel mir auf, dass ihr Aufzug mehr als ungewöhnlich war. Raven achtete immer besonders auf ihr Erscheinungsbild. Jetzt sah sie, um es vorsichtig auszudrücken, völlig durcheinander aus. Nichts von dem, was sie trug, passte nur ansatzweise zusammen und auch ihre Frisur war nicht so sorgfältig zurechtgemacht wie sonst.

Ich zog sie in die Küche und drückte sie auf einen Stuhl.

»Sag schon, Raven: Was ist passiert?« Calums Stimme klang alarmiert.

»Sie sind überfallen worden«, flüsterte sie.

Die Tasse, die ich gerade aus dem Schrank genommen hatte, fiel mir aus der Hand. Klirrend zersprang sie auf dem Boden und verstreute ihre Splitter in der Küche.

Niemand von uns sagte ein Wort. Nach einer Weile sah Raven auf.

»Hast du verstanden, Calum. Amia und Miro sind überfallen wurden. Sie haben ihnen aufgelauert.«

Ich machte einen Schritt auf Raven zu.

»Was ist mit Amia?«, fragte ich tonlos. »Was ist mit dem Baby?« Ich rüttelte ihren Arm, um sie zu einer Antwort zu zwingen.

»Elin hat genau gewusst, wo sie hinwollten. Sie haben sie in dem Moment überfallen, indem sie sich getrennt haben. Im Wasser warteten Shellycoats und unsere Elfen wurden von Faunen überwältigt.«

»Woher weißt du das?«, fragte Calum.

»Von Morgaine«, antwortete Raven. »Sie ist mitgeflogen. Sie wollte bei Amia bleiben. Sie kam vorhin zurück.«

»Oh Gott.« Ich konnte es nicht fassen. »Das darf nicht wahr sein. War Jumis nicht da? Er hatte versprochen, Wachen zu schicken.«

»Es war eine Falle, Emma. Sie wussten genau über unsere Pläne Bescheid. Besser als Jumis. Er kam zu spät. Zu spät für Joel, zu spät für die anderen.«

»Was soll das heißen?«

Raven sah Calum an. »Joel, er … er hat sich geopfert, damit Miro mit Amia fliehen konnte. Er und die beiden anderen Shellycoats, die sie begleitet haben, wurden überwältigt. Genau wie unsere vier Elfen. Amia und Miro konnten fliehen. Morgaine hat es gesehen. Als Jumis mit seinen Männern anrückte, sind diese Feiglinge geflohen. Joel und die anderen haben sie mitgenommen.«

»Wir müssen ihn befreien. Sie werden ihn verwandeln.« Ich krallte meine Finger in die Bank, auf der ich saß. Das konnte nicht geschehen sein. Calum setzte sich neben mich und griff nach meiner Hand. Ich sah ihn an. Sein Gesicht war kalkweiß. Sein bester Freund. Er hatte seinen besten Freund verloren.

»Ich hätte mitgehen müssen. Ich hätte wissen müssen, dass so etwas passiert«, presste er hervor.

Raven schüttelte den Kopf. »Das stimmt nicht, Calum. Niemand von uns hätte wissen können, dass so etwas geschieht. Wir wussten doch selbst nicht, wann Amia aufbrechen musste. Und wir haben extra nur so eine kleine Mannschaft geschickt, um kein Aufsehen zu erregen. Jemand muss es trotzdem geschafft haben, die Undinen oder Elin zu benachrichtigen.«

»War er dabei? Hat Morgaine ihn gesehen?«

Raven schüttelte den Kopf.

»Ich bringe ihn um. Ich bringe ihn eigenhändig um, wenn er Joel auch nur ein Haar krümmt.«

»Sie werden ihn nicht verschonen.«

Ich sah Raven an. Es war grausam, so etwas zu sagen.

»Jemand muss es Amelie sagen.« Raven blickte mir in die Augen. Ich konnte nicht anders als nicken. Dann stand sie auf.

»Calum, kommst du zum Schloss? Wir müssen uns eine neue Strategie überlegen. Joel wird unseren Plan verraten.«

Calum wirbelte herum.

»Das würde er niemals tun!«, schrie er Raven an. »Niemals, hörst du.«

Raven wich zurück. »Er ist längst nicht mehr er selbst, Calum. Ich weiß, dass er dies unter normalen Umständen nicht tun würde. Du musst dich beruhigen, Streit bringt uns nicht weiter.«

»Es ist besser, wenn du jetzt gehst«, forderte ich Raven auf. »Calum kommt so schnell wie möglich nach.«

Raven nickte.

Ich zog Calum zu mir auf die Bank. Er legte seine Arme um mich und verbarg sein Gesicht an meiner Schulter. Ich hielt ihn fest und schwieg. Nichts, was ich sagte, würde ihn trösten. Er hatte seinen besten Freund verloren. Sie waren zusammen durch dick und dünn gegangen. Immer hatte Calum sich hundertprozentig auf ihn verlassen können und nun war er fort.

»Er hat mich gerettet«, flüsterte Calum. »Und ich habe ihn im Stich gelassen. Es war meine Aufgabe, für Miro und Amia da zu sein. Ich hätte mich nicht überreden lassen dürfen, ihn gehen zu lassen.«

Calum zitterte in meinen Armen, sodass ich ihn noch fester hielt.

»Er hat es so gewollt, Calum«, erinnerte ich ihn. »Er wollte sich der Armee seines Vaters anschließen. Er wäre gegangen, ob du es erlaubt hättest oder nicht.«

»Er wollte mich schützen.«, widersprach Calum.

»Er wusste, worauf er sich einlässt.«

Ich biss mir auf die Zunge. Konnte mir denn nichts Tröstendes einfallen? Nichts anderes als diese leere Floskel? Was wäre gewesen, wenn sie Amia in ihre Gewalt gebracht hätten. Es war schrecklich von mir, so etwas zu denken. Aber ich war froh, dass Amia entkommen war.

»Wir müssen es Amelie sagen.« Davor grauste es mir.

Calum richtete sich auf. Seine Augen glitzerten verräterisch. Er hielt meine Hände fest.

»Schaffst du das allein?«

Ich schüttelte den Kopf.

»Ich muss ins Schloss. Vielleicht können wir Joel doch noch befreien.«

Ich brachte es nicht übers Herz, ihm diese Hoffnung zu rauben.

»Ich muss mit Morgaine sprechen. Sie muss mir genau berichten, was sie gesehen hat. Bitte, du musst das Amelie allein sagen.«

Jetzt nickte ich bei der Eindringlichkeit seiner Worte.

Calum sprang auf und lief nach oben. Keine zwei Minuten später war er aus dem Haus.

Ich ließ mir deutlich mehr Zeit. Das Überbringen der Hiobsbotschaft wollte ich solange wie möglich hinauszögern.

Mit schleppenden Schritten ging ich zum Buchladen und dachte an Amia. Ob sie das Baby mittlerweile bekommen hatte? Ob es ihr gut ging? Der Überfall musste ein Schock für sie gewesen sein. Konnte ein Baby unter solchen Umständen gesund zur Welt kommen? Miro hatte sie und das Baby, sobald es möglich war, zurückbringen wollen. Ob er sich das jetzt traute? Wo waren sie sicherer? Bisher war die Barriere um Leylin nicht durchbrochen worden. Ich musste mit Peter aufbrechen. Wir durften keine Zeit mehr verlieren.

Vor dem Laden angekommen holte ich tief Luft, bevor ich eintrat. Sophie und Amelie standen am Tresen und blätterten gemeinsam in einem Buch. Dabei kicherten sie wie zwei Schulmädchen.

Sie blickten auf, als der Perlenvorhang leise klirrte.

»Komm her, Emma, und sieh dir diese Bilder …«

Amelie verstummte.

»Ist etwas passiert?«, fragte sie. »Emma, sag schon. Ist was mit Amia?«

Sophie trat mir entgegen.

Ich konnte es nicht sagen. Amelie sah mich durchdringend an. Ich brachte kein Wort über meine Lippen. Sophie schüttelte mich sanft.

»Jetzt sag schon, Emma«, befahl Amelie, die sich nicht von der Stelle gerührt hatte.

»Es ist Joel. Sie haben Joel gefangen genommen.«

Amelies Bewegungen waren seltsam. Sie wirkte wie eingefroren, als sie sich mühsam am Tresen entlangtastete und sich dann in einen der Sessel setzte, die in der Nähe standen.

Erst als sie saß, begann sie zu weinen. Sophie eilte mit einem Taschentuch zu ihr und setzte sich neben sie.

Ich fühlte mich hilflos. Als ob ich, als Überbringer der Nachricht, Schuld an der Tragödie war.

Langsam ging ich zu den beiden und schob einen Stuhl an Amelies andere Seite.

Sophie sah mich an. »Was ist mit Amia?«

Stockend erzählte ich, was ich wusste. Viel war es nicht, aber immerhin half es Amelie sich zu beruhigen.

»Er hat es für Amia getan und für das Baby.«

Ich nickte. »Das war sehr mutig von ihm.«

»Wie hat Calum es aufgenommen?«, fragte Sophie.

»Er will den Rat überreden, ihn zu befreien.«

Amelie sah uns hoffnungsvoll an, doch Sophie schüttelte den Kopf.

»Der Rat wird nichts dergleichen unternehmen. Sie können sich einzelne Gefechte nicht mehr leisten. Jedes Mal gehen ein paar Männer verloren.«

Amelie sank wieder in sich zusammen. Ich konnte sie nicht trösten. Es gab nichts, was ich hätte sagen können. Wir wussten alle, dass Joel, einmal verwandelt, verloren war. Es war zu spät.

»Ich habe ihm nicht mal gesagt, was er mir bedeutet. Ich war schrecklich zu ihm. Ich wusste doch, dass er in mich verliebt war. Und ich blöde Kuh habe nur mit ihm gespielt. Dabei war er etwas ganz Besonderes.« Sie schlug sich mit der Hand auf den Mund. »Jetzt sage ich schon ›war‹.«

Schluchzend sank sie in ihrem Sessel zusammen.

Sophie stand auf und schloss die Ladentür ab. Dann brachten wir Amelie die Treppe hinauf und legten sie auf die Couch.

Sophie kochte in der Küche einen Tee, während ich bei Amelie sitzen blieb und ihr ein frisches Taschentuch nach dem anderen reichte. Es war schrecklich, sie so zu sehen und zu wissen, dass wir nichts ändern konnten.

Es kam mir vor, als ob ich Amelies Hand stundenlang festhielt. Sophie saß neben mir, aber wir sprachen fast kein Wort, während Amelie sich in den Schlaf weinte.

Erst als sie tief und fest schlief, schlichen wir uns in die Küche. Die Tür ließen wir einen spaltbreit auf, damit wir Amelie hörten, falls sie uns rief.

Kurze Zeit später kamen Peter und Dr. Erickson.

Ihre Mienen verhießen nichts Gutes.

»Was ist passiert?«, fragte Sophie. »Noch mehr Hiobsbotschaften?«

Dr. Erickson nickte und griff nach einem Becher Wasser. Er sah gealtert aus. Schwer stützte er sich auf den Rand der Küchenplatte.

»Die Undinen haben mit ihrer Armee das Gebiet der Faune überfallen. Beinahe alle kampffähigen Männer wurden überwältigt.«

Er klang müde.

»Woher wissen Sie das?«, fragte ich und konnte nicht glauben, was ich gehört hatte. Ich hatte das Gefühl, als ob ich noch mehr schreckliche Nachrichten nicht verkraften könnte. Von allen Seiten drangen sie auf mich ein.

»Ferin ist hier. Er konnte fliehen.«

»Wo ist er?«

»Raven kümmert sich um ihn. Er ist bei ihr im Schloss. Er ist verletzt. Trotzdem hat er es geschafft, herzukommen und uns zu warnen. Wachen haben ihn vor der Barriere aufgegriffen.«

»Kann ich zu ihm?«

»Ich weiß nicht, ob das gut ist, Emma. Es wird dir nur noch mehr Angst machen. Außerdem ...« Peter verstummte.

Ich sah ihn an.

»Was ist sonst noch?«, fuhr ich ihn an, als er nicht weitersprach.

Beschwichtigend hob er die Hände.

»Die Lage hat sich so zugespitzt, dass wir aufbrechen sollten. Wir können nicht länger warten. Jeden Tag wird es gefährlicher zu gehen.«

»Aber ich muss mich noch vorbereiten«, stammelte ich. »Ich muss mir einfallen lassen, was ich Calum sage. Ich kann Amelie jetzt nicht allein lassen, ich ...«

Ich wusste, dass er recht hatte. Länger zu warten, war angesichts der Tatsachen verantwortungslos.

Sophie nahm mich in den Arm und wiegte mich wie ein kleines Kind.

»Peter hat recht, Emma. Ihr solltet heute noch aufbrechen. Wir kümmern uns um Amelie und um Calum.«

»Aber ihr müsst Leylin auch verlassen. Ihr seid hier nicht sicher. Die Undinen werden mit den gefangenen Elfen die Barriere überwinden. Wenn sie euch finden, werden sie euch nicht verschonen.«

»Das wissen wir längst, Kind.« Sophie strich mir meine Haare aus dem Gesicht. Mach dir um uns keine Sorgen. Du musst dich beruhigen. Nur deine Aufgabe ist wichtig, Emma. Du kannst uns alle retten. Daran musst du denken. Das wird dir Kraft geben.«

Skeptisch sah ich Dr. Erickson an. Kraft geben? Mir wurde übel bei der Vorstellung, dass ich die ganze Verantwortung trug.

Ich wandte mich ab und lief in die Toilette. Würgend brachte ich das spärliche Essen des heutigen Tages hervor. Als mein Magen sich beruhigt hatte, richtete ich mich auf und sah im Spiegel ein Gespenst.

Das eiskalte Wasser, das ich mir ins Gesicht spritzte und mit dem ich meinen Mund ausspülte, half nicht wirklich.

»Ich gehe jetzt nach Hause und werde Calum eine Geschichte auftischen, die ihn daran hindern wird, mir zu folgen. Ich hoffe, das gelingt mir.«

Sophie und Dr. Erickson nickten mir aufmunternd zu. Peter schloss sich mir an.

Calum war nicht zu Hause.

»Ich gehe zum Schloss, Peter. Wer weiß, wann Calum zurückkommt. Ich will mich in jedem Fall von ihm verabschieden«, sagte ich, bevor Peter Einspruch erheben konnte. »Du solltest Ethan und Bree sagen, dass sie packen müssen.«

Eine Idee flackerte in meinem Kopf auf. Das konnte die Lösung sein. So würde Calum mich gehen lassen, ohne dass ich uns beiden wehtun musste.

Ich lief zum Schloss und feilte unterwegs an meinem Plan. Calum war noch im Gespräch mit Elisien und die Wachen waren nicht dazu zu bewegen, mich zu den beiden durchzulassen.

»Darf ich wenigsten zu Ferin?«, fragte ich, nicht daran glaubend, dass das möglich war.

Zu meinem Erstaunen rief die Wache einen Diener, der mich in den Gästetrakt begleitete.

Ferin würde mir sagen können, was in der Welt draußen vor sich ging. Er konnte es mir aus erster Hand berichten.

Vor einer der weißen Türen blieb der Diener stehen und klopfte an. Dann öffnete er sie und schob mich hinein.

Ferin saß im Bett und hatte ein Tablett vor sich, beladen mit Köstlichkeiten. Er sah blass und schmal aus, aber als er mich sah, begann er zu strahlen.

»Emma.«

Ich setzte mich auf die Bettkante und umarmte ihn.

»Peter sagt, dass du verletzt bist.«

»Ich habe eine Wunde am Arm. Zwar haben Elins Männer mich nicht bekommen, aber ich bin auf der Flucht gestürzt.« Er lächelte wehmütig. »Normalerweise passiert einem Faun das nicht. Einer der Heiler hat eine Wundersalbe darauf geschmiert. Es ist nicht mehr so schlimm.«

»Willst du mir erzählen, was passiert ist?«, fragte ich ihn.

Er wich meinem Blick aus und sah zum Fenster.

»Es war schrecklich, Emma«, flüsterte er nach einer Weile. »Wir konnten nichts tun. Ich weiß nicht, wie ich entkommen bin.«

Ich griff nach seiner Hand, unterbrach ihn aber nicht.

»Sie kamen im Morgengrauen. Viele von uns waren noch in ihren Bäumen und schliefen. Das ist der Moment, in dem wir am verwundbarsten sind. Sie warteten einfach darauf, dass wir herauskamen und dann raubten sie einem nach dem anderen die Seele. Ich hatte länger geschlafen.« Er grinste mich traurig an. »Das hat mich gerettet. Als ich wach wurde, hörte ich Rufe und Schreie. Vorsichtig lugte ich aus meinem Baum und da sah ich sie. Eine Armee von Verrückten. Anders kann ich es nicht beschreiben. Diese Gesichter, das waren keine Wesen mehr, die ich kannte. Irrsinn und Hass verzerrten ihre Züge. Und das Schlimmste war, dabei zu zusehen, wie die Undinen von den Männern meines Volkes Besitz ergriffen. Bis dahin waren es nur vereinzelte Mitglieder unseres Stammes gewesen, die in ihre Hände gefallen waren. Aber diesmal waren es so viele. Ich konnte nichts tun. Diese silbrigen Geschöpfe schlüpften einfach in sie hinein. Es schien nicht einmal wehzutun.«

Er schluckte und ich reichte ihm ein Glas Wasser.

»Du musst es nicht erzählen, wenn die Erinnerung zu schrecklich für dich ist.«

»Es geht schon wieder.«

»Was war mit den Frauen und Kindern?«, fragte ich.

»Für die haben sie sich nicht interessiert. Es waren nur die Männer, die sie in Besitz nahmen.«

»Was ist dann geschehen?«

»Ich habe mich in meinen Baum zurückgezogen und gebetet, dass sie mich nicht entdecken. Wäre ich mutiger gewesen und hätte mich in den Kampf gestürzt, dann hätten sie mich auch bekommen. Aber ich hatte Angst, Emma.«

Flehend sah er mich an. Ich nahm das unberührte Tablett von seinen Knien und stellte es beiseite. Tröstend nahm ich ihn in den Arm.

»Du hättest nichts ausrichten können, Ferin. Die Undinen sind zu mächtig. Es war richtig, dass du dich versteckt hast, und sehr mutig, dass du dich nach Leylin auf den Weg gemacht hast. Sonst wären wir nicht gewarnt gewesen.«

Ferin hielt sich an mir fest. Schluchzen schüttelte seinen Körper. »Das waren meine Freunde und meine Familie, Emma, und ich habe ihnen nicht geholfen. Ich wusste nicht, was ich tun sollte. Die ganze Zeit dachte ich nur daran, dass ich das nicht werden wollte. Eine seelenlose hasserfüllte Kampfmaschine.

Was wird aus ihnen? Werden sie so bis an ihr Lebensende sein? Können wir denn nichts tun?«

»Der Kriegsrat sammelt seine Männer. Sie wollen den Undinen und ihrer Armee entgegenziehen und sie von Leylin fortlocken.«

»Aber in einem Krieg werden sie mein Volk töten. Das dürfen sie nicht tun.« Ferin löste sich von mir, griff nach meinen Oberarmen und schüttelte mich. »Ich habe gesehen, was passiert, wenn ein Besessener getötet wird. Die Undine verlässt den toten Körper und nimmt sich einen neuen. Die Männer zu töten, nützt gar nichts.«

Ich sah ihn hilflos an. Das hatte ich nicht gewusst. Überhaupt wussten wir viel zu wenig. Ich stellte mir vor, dass Calum Joel gegenübertreten und womöglich töten musste. Das würde er niemals können. Doch dann würde Joel ihn umbringen.

Es klopfte.

»Herein«, rief ich und Raven öffnete die Tür.

»Emma. Die Wache hat mir gesagt, dass du hier bist.«

»Ich war auf der Suche nach Calum. Da er noch bei Elisien ist, dachte ich, dass ich Ferin besuchen könnte.«

»Das war eine gute Idee. Er war schon den ganz Morgen eingeschnappt, weil ich keine Zeit hatte, seine Babysitterin zu spielen.«

»Man kann von seinen besten Freunden durchaus verlangen, dass sie sich um einen kümmern, wenn man krank ist«, fiel Ferin ihr ins Wort.

Raven zog sich einen Stuhl neben das Bett und wandte sich mir zu.

»Hat Ferin dir berichtet, was passiert ist?«

Ich nickte.

»Raven, hat einer von euch eine Ahnung, was mit den besessenen Männern passiert, wenn sie im Kampf verletzt oder getötet werden?«

Raven sah von Ferin zu mir. Unsicherheit flackerte in ihrem Blick. Dann nickte sie.

»Trotzdem seid ihr fest entschlossen, euch der Armee in einem Kampf zu stellen?«

»Hast du eine bessere Idee?« Sie klang trotzig. »Wir haben keine Wahl. Die besessenen Männer sind für unsere Völker verloren. Sieh dir Elin an. Nichts kann ihn zur Vernunft bringen. Diese Männer sind eine ständige Gefahr für uns alle. Ja, wir sind uns im Rat einig, dass wir sie töten müssen.«

Ferin starrte sie an. »Raven, du sprichst hier von meinem Volk. Ihr werdet es auslöschen.«

Raven griff nach seiner Hand.

»Wenn wir jetzt nicht handeln, Ferin, dann ist es vielleicht für uns alle zu spät.«

Er wandte sich von ihr ab und entzog ihr seine Hand.

»Es ist besser, wenn du etwas schläfst, es war ein langer Tag für dich«, sagte sie zu ihm.

Ferin nickte, ohne uns dabei anzublicken.

»Kommst du, Emma?«, forderte Raven mich auf.

Widerwillig stand ich auf. Ich wäre gern noch geblieben. Aber Raven hatte diese Miene aufgesetzt, bei der jeder Widerspruch sinnlos war. Mir blieb nichts übrig, als ihr zu folgen.

Ohne ein Wort lief sie durch die Flure des Schlosses.

»Du musst ihn verstehen, Raven. Er ist verzweifelt.«

Sie drehte sich zu mir um.

»Das sind wir alle, Emma«, sagte sie schneidend. »Denkst du, wir haben uns diese Entscheidung leicht gemacht? Denkst du, dass das nur die Faune betrifft? Die Entscheidung zum Krieg bedeutet das Todesurteil für Männer aus allen Völkern.«

»Aber bei den Faunen ist es beinahe das ganze Volk. Sie haben nur die Frauen und Kinder verschont. Warum?«

»Sie brauchten Männer, die an Land kämpfen können. Das ist doch klar. Wir Elfen sind in Leylin geschützt. Vampire und Werwölfe leben in kleinen Gruppen zusammen. Die Faune waren die leichtesten Opfer. Eine große Anzahl Männer in einem überschaubaren Gebiet. Wenn wir bloß wüssten, woher sie in dieser Nacht wussten, wo die Faune übernachteten.«

Fragend sah ich sie an.

»Die Faune sind jede Nacht weitergezogen. Sie wollten vermeiden, dass sie von einem der gefangenen Männer verraten werden. Trotzdem wussten die Undinen, wo sie zuschlagen mussten. Wir können uns das nicht erklären.«

Jetzt war der geeignete Moment, Raven zu sagen, was ich wusste. Ich setzte an und biss mir im letzten Moment auf die Lippen.

Raven sah mich an.

»Wolltest du mir etwas sagen, Emma?«

Ich schüttelte den Kopf und verschloss meine Gedanken.

»Nein. Meinst du, Calum und Elisien sind fertig? Ich würde gern nach Hause gehen.«

Raven musterte mich. »Ich gehe nachsehen«, sagte sie dann und ließ mich stehen.

Minuten später kam Calum den Gang entlang. Seine Augen lagen tief in ihren Höhlen. Er sah schrecklich aus. Er hatte Joel verloren und jetzt würde ich ihm sagen, dass ich ihn verlassen würde. Ich nahm seine Hand und schweigend verließen wir das Schloss. Ich zog ihn zum See. Dort angekommen legte er sich ins Gras und schloss die Augen. Ich schmiegte mich an ihn. Er fühlte sich eiskalt an.

Ich konnte es nicht sagen. Ich brachte kein Wort über meine Lippen. Es war unmöglich, ihn in diesem Zustand allein zurückzulassen. Es würde ihm das Herz brechen. Es würde mir das Herz brechen.

»Du musst mit deiner Familie Leylin verlassen«, flüsterte Calum.

Ich erstarrte an seiner Brust. Wusste er Bescheid?

»Ihr seid hier nicht mehr sicher. Ihr müsst euch bei den Menschen verstecken, an einem Ort, den Elin nicht kennt.«

»Ich werde dich nicht allein lassen«, flüsterte ich zurück.

»Du musst. Ich werde dich nicht schützen können. Ich befürchte, dass wir alle verloren sind.«

Ich richtete mich auf.

»Dann komm mit mir, Calum. Wir werden uns zusammen verstecken«, flehte ich.

»Das kann ich nicht. Das weißt du.«

Das wusste ich. Niemals würde er seine Freunde und sein Volk allein lassen.

Er setzte sich auf. Seine Stimme klang fester, als er weitersprach.

»Es dauert nur noch wenige Tage, bis die Undinen hier sind. Noch könnt ihr versuchen zu entkommen. Ich bin sicher, dass die Undinen nicht euch wollen. Im Gegenteil, wenn sie euch hier finden, werden sie euch töten. Ihr seid Menschen und damit weniger wert als Feen. Ich habe alles mit Elisien besprochen. Sie unterstützt diesen Plan. Morgaine wird euch heute Nacht zu den Autos bringen und dann fahrt, so weit ihr könnt.«

Ich wusste, dass es das Vernünftigste war, was wir tun konnten. Ich wusste, dass Calum mir damit das Tor öffnete, das ich brauchte, um zu gehen. Aber ich wollte nicht. Ich konnte nicht.

»Wie wirst du mich finden, wenn ihr siegt?«

Er sah mich an. Das Blau seiner Augen schimmerte beinahe schwarz.

»Es gibt so wenig Hoffnung«, sagte er dann. »Ihr dürft nicht zurückkommen, verstehst du. Ich werde dich suchen. Wenn ich überlebe, werde ich die ganze Welt nach dir absuchen, wenn es nötig ist.«

»Du schickst mich fort?«

»Ich schicke dich fort.«

»Was, wenn ich nicht gehe?«

»Dann werde ich dich eigenhändig zum Auto tragen.«

Ich lächelte, während mir die Tränen über die Wangen liefen.

»Wir könnten einen Ort ausmachen, an dem wir uns treffen, wenn alles vorbei ist.«

Calum verschloss mit seinen Fingern meine Lippen. Sie zitterten.

»Nein«, flüsterte er. »Nein. Das werden wir nicht. Du weißt nicht, was nach diesem Kampf aus mir werden wird. Du darfst mir nicht trauen, wenn ich eines Tages bei dir auftauche. Denke immer daran. Es ist möglich, dass ich nicht mehr ich bin. Dass ich dir nach deinem Leben trachte. Du musst dich vor mir verstecken, hörst du.«

Noch während er sprach, zog er mich näher zu sich heran. Seine Lippen berührten meine. Sanft wie Schmetterlingsflügel schwebten sie darüber. Mein Atem ging schneller. Ein letzter Kuss, nur ein letzter Kuss, mehr wollte ich nicht. Calums Finger wanderten mein Gesicht entlang und strichen voller Zärtlichkeit über meine Haut. Ich schloss die Augen. Er berührte mich, als müsse er sich jeden Zentimeter meines Körpers genau einprägen. Ich zog ihn zu mir heran. Das Kribbeln, das nichts von seiner Intensität eingebüßt hatte, seit er mich das erste Mal berührt hatte, durchzog schmerzhaft meinen Körper. Nur ein letzter Kuss, dachte ich.

16. Kapitel

Amelie ging blass zwischen uns, während wir durch den dunklen Wald zu unseren Autos liefen.

Morgaine flatterte voran. Elisien war es ratsamer erschienen, uns keinen Elf mitzuschicken. So würde niemand verraten können, in welche Richtung wir gefahren waren. Ich fühlte eine schreckliche Leere in mir. Calum hatte mich nach Hause gebracht und war ohne ein weiteres Wort gegangen. Wenn es für ihn so einfacher war, sollte auch ich mich damit zufriedengeben. Aber mein Körper brannte jetzt schon vor Sehnsucht.

Angst nagte an mir. Angst davor, ihn nie wieder zu sehen. Angst, dass er sich verändern würde. Angst vor der Aufgabe, die vor mir lag.

Sophie und Dr. Erickson hatten Amelie, während ich im Schloss war, nach Hause gebracht und Dr. Erickson hatte die Aufgabe übernommen, Ethan und Bree den Ernst der Lage zu schildern.

Als ich nach Hause kam, war schon alles gesagt. Entgegen meiner Annahme hatte es keine Proteste gegeben.

Die ganze Familie war in der Küche versammelt. Alle bis auf Peter. Suchend sah ich mich um.

»Peter ist noch mal ins Schloss gegangen«, erklärte Bree. Er möchte sich von Raven verabschieden.

»Wo ist euer Gepäck?«, wandte sich Ethan an Dr. Erickson.

»Wir werden hier bleiben«, sagte Sophie ruhig.

Bree schlug sich eine Hand vor den Mund.

»Das dürft ihr nicht. Ihr müsst mitkommen. Wir haben zwei Autos. Es ist genug Platz.«

Sophie schüttelte ihren Kopf.

»Du verstehst nicht. Ich kann nicht mitkommen. Ich brauche meine Medizin. Und diese bekomme ich nur hier. In unserer Welt würde ich innerhalb kurzer Zeit wieder ins Koma fallen und sterben. Da bleibe ich lieber und hoffe, dass sich alles zum Guten wendet.

Sophie sah mich eindringlich an.

Da scheuchte Morgaine uns aus dem Haus. Unterwegs stieß Peter zu uns. Fragend sah ich ihn an, doch er wich meinem Blick aus.

Wie Diebe in der Nacht schlichen wir zu den Autos, die meine Familie in Sicherheit und Peter und mich nach Avallach bringen sollten. Nur dass wir das Ethan und Bree noch erklären mussten.

Wir fanden die Wagen ohne Schwierigkeiten. Peter und Ethan befreiten sie von den Ästen und Blättern, unter denen sie verborgen waren. Während die beiden das Gepäck einräumten, nahm Morgaine mich zur Seite.

»Ich möchte dir etwas geben, Emma«, sagte sie. »Es wird dir Glück bringen.«

Sie reichte mir ein handtellergroßes verblichenes Stück Stoff. Verwundert betrachtete ich es.

»Was ist das? Wo ich herkomme, bringen vierblättrige Kleeblätter Glück, oder Hufeisen, aber keine alten Taschentücher.«

Morgaine lächelte.

»Das ist mein Stück der Fairy Flag«, erklärte sie stolz. »Nachdem unserem Volk die Rückkehr in seine Heimat verwehrt war, verteilte unsere Königin an jede Fee ein winziges Stück der Fairy Flag. Dieses Stück beschützt seinen Träger, wie die Fahne früher unser ganzes Volk beschützt hat. Wir können es weitergeben und das Stück wird auch den neuen Besitzer schützen. Nimm es, Emma. Es wird der Zeitpunkt kommen, an dem du es brauchen wirst.«

Vorsichtig strich ich mit dem Finger über das Stück Stoff. Kleine Lichtpunkte stiegen daraus hervor und schwebten in den Himmel. Morgaine schloss meine Hand um das Tuch.

»Passt gut darauf auf. Du kannst es mir zurückgeben, wenn wir uns wiedersehen.«

»Werden wir uns wiedersehen?«

»Du musst fest daran glauben und du musst an dich glauben. Dann kannst du alles schaffen.« Morgaine sah mich mit ihren klugen Augen an.

Dann nickte sie mir aufmunternd zu und schob mich zum Wagen.

Ich setzte mich zu Peter ins Auto. Hannah und Amber, die mit uns fuhren, winkten Morgaine zum Abschied zu.

Ich öffnete meine Hand und betrachtete das Stück Stoff.

Ich würde es ihr zurückbringen.

Peter fuhr voraus. Die Nacht war finster und stetiger feiner Nieselregen fiel auf die Autoscheiben. Niemand von uns sprach ein Wort, während wir uns über die schmalen, kurvenreichen Straßen unseren Weg durch die Highlands bahnten.

Wir waren ungefähr eine halbe Stunde gefahren, als Peter eine schmale Bucht am Straßenrand nutzte, um anzuhalten. Ethan parkte direkt hinter ihm.

Fluchend sprang dieser aus dem Wagen und zog sich seine Jacke über den Kopf.

Peter sah mich an. »Wir müssen von hier aus allein weiterfahren.«

Ich nickte.

Ethan klopfte ans Fenster und Peter stieg aus. Ich sah mich nach Hannah und Amber um. Beide saßen aneinander gekuschelt auf der Rückbank. Sie sahen mich mit großen Augen an.

Ich stieg aus und konnte selbst durch den Regen hören, wie Peter und Ethan stritten.

»Das kommt nicht infrage, Peter. Wir werden uns nicht trennen.«

»Dad. Emma und ich müssen etwas tun. Wir müssen ihnen helfen. Verstehst du das nicht.«

»Natürlich verstehe ich das. Aber was wollt ihr ausrichten, wenn ihnen ihre ganze Magie nicht gegen die Undinen hilft. Sag mir das! Wir müssen uns in Sicherheit bringen.«

»Du kannst es uns nicht verbieten, Dad. Wir werden gehen.«

Peters Stimme klang so fest, dass Ethan schwieg.

Er sah seinen Sohn an und dann mich. Ich versuchte seinem Blick nicht auszuweichen, während der Regen über mein Gesicht lief.

Dann nickte Ethan und öffnete die Autotür.

»Hannah, Amber, kommt, ihr müsst umsteigen.«

Peter holte unterdessen ihr Gepäck aus dem Kofferraum.

Durch die regennasse Schreibe sah ich zu Bree. Sie saß auf der Beifahrerseite des anderen Wagens. Ich nahm Hannahs Hand und brachte sie zu dem Auto.

Bevor sie einstieg, kniete ich vor ihr nieder. »Wir werden zurückkommen«, versprach ich ihr. »Und dann werden wir deinen Peter Pan bei den Elfen aufführen. Es wird das schönste Stück sein, was die Elfen je gesehen haben.« Hannah nickte und drückte mich. »Pass auf dich auf«, flüsterte sie mir ins Ohr.

»Was habt ihr vor?«, fragte Bree durch die heruntergelassene Fensterscheibe.

»Wir werden versuchen zu helfen. Peter und Dr. Erickson haben sich etwas überlegt. Macht euch keine Sorgen.« Ich versuchte, so überzeugend wie möglich zu klingen.

»Pass auf Amelie auf«, sagte ich zum Abschied und warf einen Blick auf meine schlafende Cousine. Bree nickte und drückte meine Hand.

»Seid vorsichtig, ja?«

Ohne mich noch einmal umzuschauen, lief ich zurück und stieg ein. Peter startete den Motor und fuhr los. An der nächsten Kreuzung bogen wir nach links. Die Rücklichter des anderen Wagens verschwanden nach rechts in der Dunkelheit.

Jetzt waren wir allein.

»Wie lange brauchen wir nach Avallach?«, fragte ich Peter.

»Ich schätze, vier Stunden. Ich will nicht den direkten Weg nehmen, um unsere Spuren zu verwischen. Es wäre gut, wenn du versuchst zu schlafen. Wer weiß, wann wir wieder Gelegenheit dazu haben.«

Ich zog meine nasse Jacke aus und drehte die Heizung höher. Dann rutschte ich tiefer in den Sitz und schlang meine Arme um mich.

Finster zog die schottische Landschaft an uns vorbei. Es war so einsam, dass es schien, als ob wir die letzten Menschen auf der Welt waren. Ich schloss die Augen. Peter hatte recht, ich sollte mich ausruhen.

Bilder schossen durch meinen Kopf. Calum und ich am See. Calum und ich, wie wir gemeinsam schwammen. Amelie, wie sie Joel neckte. Hannah, während der Proben zu Peter Pan. Raven, die Ferin zurechtwies. Peter und Dr. Erickson gemeinsam über die Karte gebeugt. Sophie im Eingang ihres Buchladens, wie sie mir hinterherwinkte.

Ich öffnete die Augen wieder. Ich war so aufgewühlt, dass ich nie einschlafen würde. Ich hatte Angst vor diesen Bildern. Angst davor, dass es so nie wieder sein würde. Angst, dass ich die Menschen aus diesen Bildern nie wiedersehen würde. Angst, dass ich für ihren Tod verantwortlich war, wenn ich scheiterte.

»Peter?«

»Hhm?«

»Was denkst du, was passiert, wenn ich … wenn wir es nicht schaffen.«

Peter warf mir einen kurzen Blick zu und wandte sich dann wieder der verlassenen Straße zu.

»Darüber möchte ich lieber nicht nachdenken, Emma. Und du solltest es auch nicht.«

Das war nicht gerade hilfreich. Andererseits, was nutzte es, sich Horrorszenarien auszumalen?

Peter griff nach meiner Hand.

»Du musst fest daran glauben, Emma. Du bist unsere einzige Chance. Wenn du scheiterst, dann …«

Er sprach nicht weiter und ich entzog ihm meine Hand. Auf so eine Aufmunterung konnte ich gut und gern verzichten.

Das gleichmäßige Rumpeln des Autos machte mich mit der Zeit doch schläfrig.

Peter weckte mich, als die Sonne sich daran machte, über den Horizont zu klettern. Verschlafen rieb ich mir die Augen und sah mich um.

Wir waren in Avallach, das erkannte ich sofort. Selbst wenn nicht mehr viel an mein Avallach erinnerte. Peter hatte den

Wagen in den Bergen oberhalb des Schlosses geparkt und zwischen den Büschen versteckt.

»Weiter kommen wir mit dem Auto nicht. Wir müssen ab jetzt zu Fuß gehen.«

Er war neben mich getreten, während ich auf die Katastrophe zu meinen Füßen starrte. So schlimm hatte ich es mir nicht vorgestellt. Das Wasser war vollständig zurückgegangen, aber das Schloss war nun eine Ruine. Beinahe alle Fenster waren eingeschlagen. Die Brücke, die zum Schloss führte, war zerstört. Trümmer der Möbel lagen auf den Wiesen und dem Vorplatz. Selbst eine der vier Turmspitzen war abgebrochen. So wie viele der Wasserspeier offenbar abgeschlagen worden waren. Ihre steinernen Überreste lagen am Boden.

»Es ist schrecklich, Peter. Soviel Wut und so viel Hass.«

»Komm zurück, Emma«, erwiderte Peter. »Wir wissen nicht, ob Elin Wachen zurückgelassen hat. Wir sollten uns auf den Weg machen und hoffen, dass niemand den Wagen findet.«

Ich nickte und ging, ohne mich abzuwenden, einige Schritte zurück.

Peter kramte im Auto zwischen unseren Sachen. Dann reichte er mir einen Apfel.

»Viel haben wir nicht. Und es muss einige Tage reichen«, meinte er entschuldigend.

»Ist schon in Ordnung.«

Das Letzte, an was ich jetzt denken konnte, war Essen. Der Anblick des Schlosses verursachte mir Übelkeit. Entschlossen wandte ich mich dem schmalen Pfad zu und biss in den Apfel.

Hinter mir hörte ich Peter leise fluchen. Ich drehte mich um, folgte seinem Blick und erstarrte. Auf dem Platz vor dem Schloss stand eine Gestalt. In der Hand hielt sie einen Dreizack.

Die Gestalt sah sich um.

»Runter, Emma«, raunte Peter mir zu und ich warf mich auf die Erde.

Die Gestalt beschirmte ihre Augen mit der Hand und sah zu uns hinauf.

Das Herz schlug mir bis zum Hals. Ich wagte nicht einmal, weiter mein Apfelstück zu kauen. Unsere Mission konnte unmöglich schon hier scheitern.

Ich drückte mein Gesicht in den kalten Waldboden. Nach dem Motto: Wenn ich ihn nicht sah, sah er mich auch nicht. Eine kindische Annahme, das wusste ich, aber es half gegen die Angst.

Als ich vorsichtig wieder hinunterschaute, wandte die Gestalt sich gerade ab und ging zurück ins Schloss.

Peter robbte auf mich zu.

»Hast du ihn erkannt?«, fragte er.

Ich schüttelte den Kopf. »Es war Gawain.«

Gawain. Was tat er hier?

»Wir müssen unten bleiben. Dann wird er uns nicht sehen«, sagte Peter.

Langsam robbten wir den Weg weiter, bis wir zu einer Stelle kamen, die auch an der Hangseite mit Büschen und Bäumen bewachsen war. Mit klopfendem Herzen stand ich auf und wischte mir die Blätter und das Gras von Hose und Jacke. Trotzdem drang eine unangenehme Feuchte bis auf meine Haut.

»Ich hoffe, dass er uns nicht bemerkt hat«, wandte ich mich an Peter.

»Ich auch. Wir sollten uns beeilen fortzukommen.«

So schnell es der matschige Untergrund des Pfades zuließ, liefen wir bergan.

Es war anstrengend und nach einer Viertelstunde bat ich Peter schnaufend um eine Pause. Im Ausdauerlauf war ich nie besonders gut gewesen. Fester Boden war nicht mein Terrain. Peter billigte mir eine Minute zu, dann ging er weiter. Wenigstens drosselte er sein Tempo ein wenig. Der Pfad wurde schmaler und schmaler. Bald war er so zugewachsen, dass wir uns nur schwer einen Weg bahnen konnten. Peter gab sich Mühe, mir den Weg freizumachen, allerdings hätte es dafür einer Machete bedurft und an so etwas hatten wir selbstverständlich nicht gedacht.

»Bist du dir sicher, dass das der richtige Weg ist?«, fragte ich skeptisch.

Ohne sich umzudrehen, sagte Peter: »Es gab nur den einen.«

Na toll, dachte ich bei mir. Also hatte er im Grunde keine Ahnung. Schweigend setzte ich einen Fuß vor den anderen. Ich hatte damals nicht darauf geachtet, an welcher Stelle des Berges Talin uns hinaufgeführt hatte. Wenn wir aber nicht an derselben Stelle aufgestiegen waren, konnte dieser Weg uns sonst wo hinführen. Es war nicht anzunehmen, dass ein schön ausgebauter Pfad uns zum wichtigsten Heiligtum der magischen Welt brachte. Dann konnte ja jeder hinfinden.

»Lass uns eine Pause machen, Peter. Wir sollten nicht weiterlaufen, wenn wir nicht sicher sind, dass das der richtige Weg ist.«

»Das ist der richtige Weg«, tönte Peters Stimme aus dem Dickicht. Ich seufzte und trottete ihm hinterher. Ich konnte zwar nicht so schnell laufen wie Peter, doch nachdem ich meinen Rhythmus gefunden hatte, fiel mir der Aufstieg nicht mehr so schwer. Ich fragte mich, ob der Berg damals auch so steil gewesen war. Peter und Miro hatten Vince mehr oder weniger hochgeschleppt. Hatte Peter überhaupt auf den Weg geachtet?

Ich vernahm ein zischendes Geräusch, noch bevor ich mich ducken konnte, streifte ein Ast meine Wange.

»Autsch«, schrie ich auf. Peter drehte sich zu mir um.

»Das tut mir leid, Emma. Der Ast ist mir aus der Hand gerutscht.«

Ich betastete meine Wange. Sie fühlte sich feucht an. Ich blickte auf meine Finger und sah Blut. Die Wunde puckerte und schmerzte.

Peter nahm seine Wasserflasche und tropfte etwas Wasser auf ein Taschentuch.

»Zeig mal her«, forderte er mich auf. »Wir müssen das kühlen.«

Wütend riss ich ihm das Tuch aus der Hand. »Ich finde, eine Entschuldigung wäre angebracht.«

Ich drückte das Tuch auf die Wange und setzte mich auf einen Baumstumpf. Es brannte wie Feuer.

»Tut mir leid«, brummte Peter, begann in seinem Rucksack nach etwas zu suchen und reichte mir ein Stück Brot.

»Dann können wir auch gleich eine kleine Rast machen.«

Ich fühlte mich schrecklich. Meine Klamotten waren feucht und kalt, meine Wange brannte und ich war sicher, dass mitten in meinem Gesicht eine Narbe bleiben würde, und außerdem vermisste ich Calum. Was er wohl gerade tat? Ich biss in mein Stück Brot, das man nicht mehr als frisch bezeichnen konnte, und kaute darauf herum.

Ich sah mich um. Deutlich waren die Spuren des Herbstes zu erkennen. Überall lagen rote und gelbe Blätter herum. Das dunstige, kalte Licht bahnte sich mühsam einen Weg durch die nur noch halb belaubten Bäume. Ich hoffte, dass wir vor Einbruch der Dunkelheit die Lichtung finden würden. Ich hatte keine Lust, eine Nacht in diesem unwirtlichen Wald zu verbringen. An ein Zelt hatte keiner von uns gedacht.

Ich sah zu Peter, der gedankenverloren an seinem Stück Brot knabberte. Ob er sicher war, dass das der richtige Weg war, oder tat er nur so, um mich nicht zu verunsichern? Für mich sah alles völlig anders aus, als vor ein paar Wochen. Mittlerweile fror ich richtig. Ich suchte in meinem Rucksack nach einem dicken Pullover. Hinter einem Busch wechselte ich mein T-Shirt und zog den Pullover darüber. Das war deutlich besser.

»Lass uns weitergehen«, forderte ich Peter auf. Erstaunt sah er mich an. »Von dem Rumgesitze wird mir kalt.«

Er nickte zustimmend und stand auf. Dann griff er an mein Kinn und drehte meinen Kopf so, dass er meine Wunde begutachten konnte.

»Es sieht schlimmer aus, als es ist«, sagte er nicht gerade aufmunternd. »Blöd, dass ich nicht an eine Salbe oder Pflaster gedacht habe.«

»Wenn wir am Heiligen Baum sind, wird die Verletzung schon heilen«, beschwichtigte ich ihn und dachte an Vinces gebrochenen Arm, der innerhalb von ein paar Stunden vollkommen in Ordnung gewesen war.

Peter nickte. »Dann sollten wir uns sputen.« Aus seiner Hosentasche zog er einen Kompass.

»Wir müssen Richtung Norden«, erklärte er und ging los. Tapfer trabte ich hinterher. Wir kamen nur langsam voran, da Peter darauf bedacht war, mich nicht noch einmal zu verletzen. Ich hatte schließlich noch eine Aufgabe zu erfüllen, da konnte ich nicht vorher schon total lädiert sein, dachte ich zynisch.

Der Weg, und nur echte Optimisten hätten ihn als solches bezeichnet, nahm kein Ende. Immer wieder gabelte er sich und wir mussten entscheiden, welchen wir nehmen sollten. Peter hielt sich streng an seinen Plan, nach Norden zu marschieren, obwohl ich das ein oder andere Mal einen ausgetreteneren Pfad gewählt hätte. Ich wollte nicht streiten und nicht an jeder Gabelung endlos diskutieren. Stunde um Stunde verstrich. Ab und zu legten wir eine Pause ein, um etwas zu trinken.

Als das Licht dunkler wurde, wurde auch Peter klar, dass wir uns verlaufen hatten. Der Weg war auch damals lang gewesen, aber niemals so lang. Wir hätten längst auf die Lichtung stoßen müssen.

Bei der nächsten Gelegenheit ließ ich mich auf einen Baumstumpf fallen. Ich war völlig erschöpft.

»Peter, wir haben uns verlaufen«, eröffnete ich ihm das Offensichtliche.

Resigniert nickte er. »Es wird dunkel«, sagte er dann. »Wir sollten uns ein trockenes Fleckchen suchen, an dem wir die Nacht verbringen können.«

Mein Albtraum wurde wahr. »Du hast nicht zufällig ein Zelt und Schlafsäcke dabei?«, fragte ich hoffnungsvoll.

Peter schüttelte den Kopf und lächelte mich entschuldigend an. »Nach meinem Plan wären wir jetzt auf der Lichtung und bekämen ein warmes Essen.«

»Essen also auch nicht«, stellte ich fest.

»Ich bin nicht sonderlich geübt in solchen Dingen«, brachte Peter zu seiner Entschuldigung hervor.

Ich sah mich nach etwas Essbarem um. Vielleicht gab es hier Pilze oder Beeren. Doch außer Blättern und Zweigen war nichts zu sehen.

Peter vergrub den Kopf in seinen Händen. »So ein Mist. Wie konnte das passieren?«

»Wir versuchen es morgen noch einmal. Wir schaffen das schon. Jetzt lass uns erst einmal Schutz vor der Nacht suchen.«

Peter räusperte sich und sah mich an. »Wir haben so wenig Zeit und jetzt haben wir einen ganzen Tag verloren.«

»Das können wir nicht mehr ändern. Wir haben unser Bestes gegeben«, sagte ich und dachte an den Muskelkater, den ich ohne Zweifel morgen haben würde.

Peter wies mit seinem Finger noch oben.

»Da ist ein Baum, dessen Wurzeln eine Höhle bilden. Ich schätze, dass wir da beide reinpassen.«

»Dann lass uns nachsehen, bevor es stockfinster ist.« Ein riesiger Baum reckte sich oberhalb des Pfades in die Höhe. Seine Wurzeln wuchsen aus der Erde heraus und bildeten ein wildes Geflecht. Peter kletterte voraus. Vorsichtig folgte ich ihm. Weiter oben bildeten die Wurzeln eine kleine Höhle, die uns Schutz bieten würde. Es war eng, aber wenigstens würden wir so weniger frieren. Mein Magen knurrte.

»Es wäre das Beste, wenn wir gleich schlafen, dann merken wir den Hunger nicht so«, sagte Peter.

Ich nahm die immer noch feuchte Jacke aus meinem Rucksack und faltete sie zu einem Kopfkissen. Ich schloss die Augen und versuchte einzuschlafen. Mein Körper fühlte sich an, als ob ihn jemand mit Aufputschmittel vollgepumpt hatte. Ich zappelte an Peters Seite herum, drehte und wendete mich, bis Peter ärgerlich ein Stück von mir wegrutschte.

Ich blickte zwischen den Wurzeln nach draußen. Dunkle Schatten krochen in unsere kleine Höhle und mit den Schatten kam die Kälte. Peter atmete gleichmäßig neben mir. Weshalb war dieser verfluchte Waldboden so steinhart? Ich setzte mich auf, zog die Knie an meinen Oberkörper und umschlang sie mit beiden Armen. Es half nur wenig. Was würde ich jetzt für eine

Thermoskanne mit heißem Tee geben und eine Decke und einem einfachen Butterbrot und …

17. Kapitel

Ich hörte Schritte. Ganz deutlich. Leise liefen sie unter mir den Pfad entlang. Mein Herz begann zu hämmern, so laut, dass derjenige, der dort herumlief, es hören musste. Etwas anderes war nicht vorstellbar. Es dröhnte in meinen Ohren. Wer konnte das sein? Mir fielen zwei Möglichkeiten ein. Es konnte einer der Priester sein. Dann bestand noch die Möglichkeit, die Nacht in einer kuschligen Hütte zu verbringen. Wo ich die Nacht verbringen würde, wenn es Gawain war, wollte ich mir nicht vorstellen. Ich wagte nicht, mich zu bewegen. Aber nur, wenn ich mich etwas weiter nach vorn beugte, bestände die Möglichkeit, zu erkennen, wer da rumschlich. Wie festgenagelt blieb ich auf der Stelle sitzen und rührte mich nicht. Ich hoffte inständig, dass Peter nicht aufwachte und uns mit einer unbedachten Äußerung verriet.

Ich lauschte. Die Schritte waren verstummt. War er fort oder war er stehen geblieben? Ich hielt die Luft an. Es blieb still. Irgendwann musste ich wieder atmen. Ganz leise holte ich Luft. Ich wartete noch eine Minute, zwei, drei. Nichts bewegte sich. Sollte ich es wagen? Vorsichtig rutschte ich nach vorn und lugte auf den Weg. Es war zu dunkel, bemerkte ich resigniert. Falls derjenige nicht helle Kleidung trug, würde ich ihn nicht ausmachen können. Die Priester trugen weiße Kleidung, erinnerte ich mich. Ich wusste aber beim besten Willen nicht mehr, was Gawain heute früh angehabt hatte. Es war alles viel zu schnell gegangen. Ein Priester hätte ein Licht dabei, überlegte ich weiter. Es war das Beste, wenn ich unsichtbar blieb.

Leise rutschte ich zurück und legte mich hin. Ich durfte nicht einschlafen. Nicht auszudenken, wenn unser nächtlicher Besucher zurückkam und uns friedlich schlafend vorfand.

Ich starrte in die Nacht und versuchte die Dunkelheit, die um sich griff, zu durchdringen. Es gelang mir von Minute zu Minute weniger, und obwohl Peter nur eine Armlänge von mir weg lag, war er bald nicht mehr zu sehen. Noch nie war mir eine Nacht so finster und so lang vorgekommen. Die Kälte kroch mir in jeden Winkel meines Körpers. Am Anfang bewegte ich noch meine Füße und meine Hände, mehr wagte ich nicht. Je mehr die Nacht voranschritt, umso steifer wurde ich. Angst und Kälte hielten mich fest in ihrem Griff. Wie ich morgen einen Schritt machen sollte, war mir schleierhaft. Ich würde festgefroren liegen bleiben. Ob Calum an mich dachte? Ob er annahm, dass ich in Sicherheit war? Wie weit waren die Elfen und die anderen Völker mit ihrer Planung? Diese Ungewissheit war das Schlimmste. Wir wussten nichts von ihren Plänen und sie nichts von unseren. Es war ein Fehler gewesen, ihnen nicht wenigstens einen kleinen Hinweis zu geben.

Und warum schlief Peter eigentlich neben mir wie ein Baby? Er hatte diese blöde Idee gehabt und mir die Rolle der Retterin aufgezwungen, und jetzt schlief er. Ich streckte meine Hand aus und tastete nach ihm. Ich fand seine Schulter und rüttelte daran. Nichts passierte. Ich rüttelte fester.

»Was ist?«, knurrte er leise.

»Da war jemand«, wisperte ich.

Ich spürte, dass Peter unter meiner Hand erstarrte.

»Was soll das heißen?«

»Da ist jemand rumgeschlichen«, erklärte ich.

»Konntest du sehen, wer es war?«

Ich verdrehte die Augen, wohl wissend, dass Peter das nicht sehen konnte. »Wenn ich ihn erkannt hätte, dann hätte ich es dir gesagt. Ich habe nur die Schritte gehört.«

»Vielleicht war es ein Priester«, Peters Stimme klang aufgeregt. »Und du hast ihn vorbeilaufen lassen.« Jetzt klang er aufgebracht.

»Wenn du nicht geschlafen hättest, dann hättest du ja nachschauen können«, erwiderte ich wütend.

»Ist ja schon gut. Hatte er ein Licht dabei?«

»Nein und das fand ich merkwürdig. Meinst du, die Priester streifen nachts bei völliger Dunkelheit durch den Wald?«

»Vielleicht haben sie Wachen«, mutmaßte Peter.

»Ohne Licht?«

»Shellycoats können im Dunkeln ziemlich gut sehen«, erwähnte er fast beiläufig.

Mein Magen zog sich zusammen.

»Wie lange ist es her, dass du die Schritte gehört hast?«

»Wenn ich mich nicht täusche, war es sicher vor zwei oder drei Stunden.«

»Weshalb hast du mich nicht gleich geweckt?«

»Ich habe mich nicht getraut. Ich hatte Angst, dass du aus Versehen ein Geräusch machst.«

»Hast du überhaupt geschlafen?«

»Ich kann nicht«, antwortete ich kläglich. »Es ist so kalt.«

»Du musst aber, Emma. Sonst schaffst du das nicht. Es liegt noch so viel vor dir.«

Ich hörte ihn herumwühlen und dann legte sich eine warme Jacke um meine Schultern. Es war himmlisch.

»Das ist deine Jacke«, versuchte ich zu protestieren. »Du brauchst sie selbst.«

»Mir ist nicht so kalt und ich habe noch einen Pullover an. Komm her.«

Peter zog mich an sich und bettete meinen Kopf an seine Brust. So fühlte sich der Waldboden gleich besser an. Ich entspannte mich und es konnte nur Sekunden gedauert haben, bis ich eingeschlafen war.

»Emma, wach auf. Wir sollten uns auf den Weg machen.«

Ich vergrub mein Gesicht in Peters Hemd. Er hatte kein Mitleid. »Die Sonne geht auf. Los, komm schon.« Dann setzte er sich auf und mein Kopf landete unsanft auf dem Waldboden.

Ich rieb mir die schmerzende Stelle und öffnete die Augen. Peter grinste. »Wach?«

Ich nahm mir vor, ihn zu ignorieren, bis wir den blöden Baum gefunden hatten.

»Unser nächtlicher Besucher hat sich nicht noch mal blicken lassen«, sagte Peter. »Vielleicht hast du dich getäuscht.«

»Ich kann ganz gut erkennen, wenn jemand unter mir lang läuft«, erwiderte ich empört.

Peter zuckte mit den Achseln und lugte zwischen den Wurzeln nach unten. »Es ist jedenfalls niemand zu sehen. Wir haben keine Wahl. Wir müssen weiter, oder wir verhungern.«

»Beides keine verlockenden Aussichten«, bemerkte ich mürrisch.

Peter wandte sich mir mit ernstem Gesicht zu.

»Ich klettere runter und schaue mich um. Wenn ich sicher bin, dass alles in Ordnung ist, rufe ich dich.«

Ich nickte eingeschnappt und zog Peters Jacke fester um mich. Die würde ich noch eine Weile anbehalten.

Mister Obervorsichtig brauchte eine ganze Weile, um sicherzugehen, dass uns niemand auflauerte. Behutsam kletterte ich auf sein Rufen hin die Wurzeln hinunter. Hinauf war es leichter gewesen, da ich wenigstens gesehen hatte, wo ich hintrat. Zweimal rutschte ich, auf den vom Tau feuchten Wurzeln, aus und wäre mit Sicherheit gefallen, wenn ich mich nicht so verzweifelt festgehalten hätte. Ich war erleichtert, als ich wieder festen Boden unter den Füßen hatte. Peter stand am Rande des Weges und sah nach unten. Ich ging zu ihm.

»Hast du was entdeckt?« Er wies auf Fußabdrücke, die sich in die weiche Erde gedrückt hatten und eindeutig nicht von unseren Schuhen stammten. Diese hier hatten im Gegensatz zu unseren kein Profil.

Ich hatte recht, dachte ich triumphierend. Dieses Gefühl wich allerdings im selben Moment einem anderen, allzu vertrautem. Dem der Angst. Jemand war uns gefolgt, das stand fest. Dass er uns nicht entdeckt hatte, hatten wir der stockfinsteren Nacht zu verdanken und unserer Müdigkeit. Ansonsten hätten wir wohl eine Weile geredet und die Schritte niemals gehört.

»Wir sollten versuchen, unsere Spuren zu verwischen. Wenn er wieder kommt, kann er unsere Spuren nicht übersehen, so wie wir rumgetrampelt haben.«

Peter brach Äste von einem Busch ab und begann auf der Erde rumzufegen. Erfolg hatte er damit nicht.

»Peter, die Erde ist zu feucht, das wird nichts. Lass uns Laub auf den Weg werfen«, schlug ich vor.

Gemeinsam sammelten wir Laub von den Wegrändern auf, immer darauf bedacht, nicht zu viel zu nehmen und streuten es auf den Weg hinter uns. Ob das unseren Verfolger in die Irre führen würde, wagte ich zu bezweifeln. Aber im Grunde reichte es, ihn etwas länger aufzuhalten. Wir überlegten, welchen Weg wir heute einschlagen sollten. Ich war dafür, zurückzugehen und nach dem Punkt zu suchen, an dem wir Vince aus dem Wasser gezogen hatten. Peter war dagegen. »Ich will nicht noch einen Tag verlieren. Unsere Zeit ist ohnehin knapp. Wenn wir zurückgehen, bezweifle ich, dass wir die Lichtung heute finden.«

»Was ist dein Vorschlag?«, fragte ich genervt.

»Nach Norden zu gehen, war offenbar falsch. Wie wäre es mit Süden?«

Fassungslos sah ich ihn an. »Nach Süden?«, äffte ich ihn nach. »Das ist dein Vorschlag. Und morgen dann nach Osten und dann nach Westen, oder wie? Dann können wir gleich zurückfahren. Dann kommen wir in jedem Fall zu spät.«

Wütend drehte ich mich um und ging den Weg zurück. Sollte Peter bleiben, wo der Pfeffer wuchs, ich würde versuchen, den richtigen Weg auf meine Art zu finden.

Ich drehte mich nicht um, um nachzusehen, ob Peter mir folgte. Ich bahnte mir einen Weg durch das Gestrüpp. Erleichtert erkannte ich nach einiger Zeit Stellen wieder, an denen wir gestern vorbeigegangen waren. Der Wald wurde heller, je mehr die Sonne nach oben stieg. Nach einer Weile wandte ich unauffällig den Kopf nach hinten und sah Peter, der hinter mir hertrottete. Ich grinste. Diesmal hatte ich mich durchgesetzt. Ich hoffte nur, dass ich mit meiner Entscheidung richtig lag. Nach zwei weiteren Stunden lag der Weg, der zum Schloss führte, wieder vor uns. Ich wartete an der Kreuzung auf Peter. Die linke Abzweigung führte zum Auto. Ich war sicher, dass wir den rechten Weg weitergehen mussten. Dieser Weg wand sich steil nach oben. Dorthin hatte Talin die Schüler geführt, um sie vor der Flut zu retten. An der Innenseite des Weges begannen sich in einiger Entfernung mit Moos bewachsene Felswände emporzurecken. Die Außenseite fiel abschüssig hinab. Wir mussten uns vorsehen, nicht zu nah an den Rand zu geraten. Es grenzte an ein Wunder, dass nach der Flucht aus Avallach kein einziger Schüler hinuntergestürzt war. Als wir dem Weg gefolgt waren, hatte fast bis zur Kante das Wasser gestanden, das Avallach überflutet hatte. Wir waren gestern falsch gegangen. Wir hätten diesen Weg nehmen müssen.

»Ich würde nach rechts gehen«, wandte ich mich zu Peter. Er blickte sich um und nickte.

Entschlossen setzte ich mich in Bewegung. Ich hörte ihn nicht kommen. Ich hörte gar nichts, so stolz war ich auf mich, dass ich den richtigen Weg gefunden hatte. Erst als Peter mit einem merkwürdigen Gurgeln meinen Namen rief, drehte ich mich um und erstarrte. Peter hatte mir seine rechte Seite zugewandt und stand zusammengekrümmt auf dem Weg. Ihm gegenüber stand Gawain. Er sah mich an und lächelte. Ich konnte meine Augen nicht von seinem fratzenhaft verzerrten Gesicht lösen. Erst nach einer gefühlten Ewigkeit wanderte mein Blick hinunter zu seiner Hand, in der er einen Dreizack hielt. Die Spitze des Dreizacks steckte in Peters Unterleib.

Da ist kein Blut, dachte ich und konnte mich nicht rühren, den Blick nicht abwenden. Die Hand mit dem Dreizack bewegte. War es Peters oder mein Schrei, der in meinen Ohren hallte? Ich setzte mich in Bewegung. Peter erschlaffte und fiel tiefer in die Waffe. Noch nie war ich so schnell gerannt und trotzdem kam es mir vor, als bewegte ich mich nicht von der Stelle. Ich sah, wie Gawain Peter zu Boden stieß und versuchte, seinen Dreizack aus ihm herauszuziehen. Ich wusste, dass ich das verhindern musste, dass ich schneller sein musste. Mit dem Dreizack würde er mich auch töten. Auch? Ich durfte nicht glauben, dass Peter starb oder bereits tot war. Ich sah, wie Peter mit letzter Kraft nach dem Dreizack griff und ihn festhielt. Mir wurde übel, als ich sah, wie die beiden um die Waffe rangen. Dann war ich bei ihnen. Gawain ließ los und drehte sich zu mir um. Ich hatte keine Chance gegen ihn. Er war so viel stärker als ich und seine Besessenheit machte ihn zu einem noch gefährlicheren Gegner. Diese Einsicht steigerte meine Wut. Ich knallte im vollen Lauf gegen ihn. Er wollte nach mir greifen, doch ich schlüpfte unter seinem Arm hindurch und lief ein paar Schritte von ihm fort. Er drehte sich um, unschlüssig, ob er mir folgen sollte oder ob er versuchen sollte, an seinen Dreizack zu kommen. Er entschied sich für mich und tänzelte hinter mir her.

»Du hast keine Chance, Emma«, sagte er leise. »Wenn du dich freiwillig ergibst, dann würde ich deinem Cousin helfen. Ansonsten wird er sterben.«

Ich sah zu Peter. Er rührte sich nicht. Sein Gesicht war schneeweiß. Ich ließ die Arme sinken und richtete mich auf. Gawain würde sein Versprechen nicht halten, das wusste ich. Siegesgewiss kam er auf mich zu. Ich spannte meine Muskeln an. Ich hatte nur diesen einen Versuch. Als er nahe genug an mich herangekommen war, rannte ich los. Voller Wucht warf ich mich gegen ihn, stemmte mich mit meinem ganzen Gewicht gegen seinen Körper. Die Sekunde der Überraschung reichte aus. Er strauchelte. Ich schob ihn weiter Richtung Abgrund. Er versuchte sich festzuhalten, doch seine rudernden Arme fanden keinen Halt – nur mich. Ich trat um mich, stieß ihn, versuchte mich aus seinem Griff zu befreien. Dann spürte ich, dass er rutsche und fiel. Und ich spürte, dass auch ich ins Rutschen geriet und fiel. Gawain klammerte sich mit einer Hand an meine Jacke. Ich bekam sie nicht auf. Ich grub die Finger meiner linken Hand in die Erde und die Wurzeln, die dort herauswuchsen. Mit der rechten versuchte ich, den Reißverschluss zu öffnen. Ich spürte, wie ich den Halt verlor und Gawains Gewicht mich mit sich riss. Dann war die Jacke auf. Ich wand meinen rechten Arm heraus und fasste dann nach einer kräftigen Wurzel, die in meiner Reichweite aus dem Erdreich wuchs. Ich ließ die linken Hand los und die viel zu große Jacke glitt von meinen Schultern. Mit einem Schrei stürzte Gawain in die Tiefe.

Die Wurzel, an der ich mich festhielt, gab nach. Ich griff mit der linken Hand in die Erde und das Moos und versuchte mich hochzuziehen. Ich musste es schaffen, es gab niemanden, der mir helfen konnte. Ich musste nach Peter sehen, mich vergewissern, dass seine Verletzung nicht so schlimm war, wie sie ausgesehen hatte. Ich zog mich ein Stückchen nach oben. So schwer, wie ich mir vorkam, konnte ich unmöglich sein, dachte ich. Nie wieder würde ich diesen Elfenkuchen essen. Nur er war schuld, dass ich mich so schwer tat, hier hochzukommen.

»Peter?«, rief ich. Wenn ich wüsste, dass er lebte, dann würde ich es schaffen. Ich bekam keine Antwort. Wieder zog ich mich ein bisschen höher. Meine Füße fanden an ein paar Wurzeln Halt. Erschöpft hielt ich inne.

»Peter«, kreischte ich verzweifelt. Ich hörte etwas. Es war kein richtiges Wort, aber immerhin ein Ton. Er war am Leben. Ich griff nach oben und zog mich hinauf. Erst als mein Oberkörper halbwegs auf dem Weg lag, brach ich erschöpft zusammen.

Meine Finger brannten und schmerzten. Ich richtete mich auf und kroch zu Peter. Der Dreizack steckte tief in seinem Bauch. Das konnte er unmöglich überleben, dachte ich, noch bevor ich bei ihm angelangt war. Tränen liefen über mein Gesicht, die ich verzweifelt versuchte fortzuwischen. Ich musste doch nachsehen, ob ich etwas tun konnte. Ich konnte ihn nicht sterben lassen.

»Peter«, flüsterte ich. Seine Augen waren geschlossen. »Peter, sag etwas, irgendwas.«

Jetzt sah ich das Blut, das langsam aber stetig aus der Wunde rann. Tropfen für Topfen versickerte in dem feuchten Waldboden. Ich griff nach seiner Hand. Sie war eisig. Vorsichtig tastete ich nach seinem Herzschlag, doch ich spürte nichts. Ich legte meinen Kopf auf seine Brust und lauschte. Es dauerte eine Weile, erst dann hörte ich ein sehr leises Schlagen. Es war zu leise, und wenn nichts geschah, würde auch dieses bald verstummt sein. Ich sah mich um. Was sollte hier schon geschehen? Wenn wir uns bloß nicht verlaufen hätten. Wenn wir besser aufgepasst hätten. Ich schlug mit der Faust verzweifelt auf den Waldboden. Irgendetwas musste ich tun.

Wärme. Peter brauchte Wärme. Ich zog meinen Pullover aus. Vorsichtig deckte ich ihn damit zu, darauf bedacht, den Dreizack nicht zu berühren. Peters Rucksack lag in einiger Entfernung. Ich lief hin und kramte darin. Peter hatte noch einen Pullover dabei und eine Flasche, in der ein Rest Wasser war. Vorsichtig versuchte ich Peter etwas einzuflößen, doch mehr als seine Lippen zu benetzen gelang mir nicht. Er war schon weit davon entfernt, schlucken zu können. Wenn seine Augenlider nicht ab und zu geflattert hätten, hätte ich ihn für tot gehalten. Aber ich konnte ihn nicht gehen lassen. Ich sammelte Laub und schichtete es um ihn herum auf. Ich hoffte, dass ihn das zusätzlich wärmte. Meinen Pullover legte ich ihm unter den Kopf. Ich wusste, dass ich Hilfe holen sollte, aber ich sträubte mich, ihn hier allein liegen zu lassen. Also hielt ich seine Hand und redete unaufhörlich auf ihn ein, als ob ich ihn so zwingen könnte, bei mir zu bleiben. Die Zeit verstrich. Mir wurde von Minute zu Minute kälter, aber Peter brauchte die Wärme mehr als ich. Wolken schoben sich vor die Sonnen und vertrieben den Rest Helligkeit zwischen den Wäldern. Es musste später Nachmittag sein. Wenn die Nacht kam, waren wir verloren. Je mehr die Dunkelheit ihre Finger nach mir ausstreckte, umso mehr grub sich die Furcht in meine Eingeweide. Näher rückte ich an Peter heran. Regentropfen platschten auf den Waldboden. Es ging also noch schlimmer.

Was war mit Gawain? Konnte er den Sturz überlebt haben? Ich hatte nicht nachgeschaut. Mein ganzes Denken hatte Peter gegolten. Was, wenn noch andere Shellycoats in Avallach waren und sich auf die Suche nach ihm gemacht hatten? Mitten auf dem Weg waren Peter und ich völlig ungeschützt. Trotzdem wagte ich es nicht, Peter an den Rand des Weges zu ziehen. Verstecken konnten wir uns nirgendwo. Bei jedem Rascheln und bei jedem Knacken wandte ich panisch meinen Kopf. In einem Gruselfilm würde mir in der Nacht jemand eine Hand auf die Schulter legen, dachte ich.

Ich zitterte. Wie lange saß ich hier? In jedem Fall zu lange. Ich hätte mich auf die Suche nach der Lichtung machen müssen. Warum entschied ich mich immer für die falsche Möglichkeit, dachte ich verzweifelt. Es war doch klar, dass Peter ohne

Hilfe sterben würde. Tränen stiegen in mir hoch. Ohne Peter würde ich niemals zu Ethan und Bree zurückkehren können. Ich würde ihnen nicht in die Augen sehen können und ihnen sagen, dass ich ihren Sohn auf einem Waldweg hatte verbluten lassen. Aber wenn er starb, während ich fort war? Ganz allein. Jetzt würde ich den richtigen Weg sowieso nicht mehr finden. Es war zu dunkel. Tränen strömten über mein Gesicht, während ich mich über Peters regloser Gestalt zusammenkrümmte. Ich hatte versagt. Ich strich über Peters Gesicht. Eiskalter Schweiß hatte sich darüber gelegt und vermischte sich mit dem Nieselregen. Ich griff in meine Hosentasche auf der Suche nach einem Taschentuch, mit dem ich ihm das Gesicht abwischen konnte. Das Einzige, was ich fand, war das Abschiedsgeschenk von Morgaine. Ihr winziges Stück der Fairy Flag. *Es wird dich beschützen,* hatte Morgaine mir versichert. Vorsichtig tupfte ich mit dem winzigen Stück Stoff Peters Stirn und seine Wangen trocken. Viel nützte es nicht.

Ich kroch zu ihm unter die dicke Schicht aus Laub und schmiegte mich an ihn. Vielleicht würde ihm so wärmer werden. Das Stück Stoff hielt ich fest in meiner Hand. Wenn Morgaine nur hier wäre. Sie würde mir helfen. Aber die kleine Fee war in Leylin geblieben und alles, was sie mir gegeben hatte, war der Fetzen einer uralten Fahne.

»Peter, du darfst nicht sterben. Hörst du. Du hast noch so viel zu erledigen. Du musst mir helfen, Muril zu zerstören. Ohne dich schaffe ich das nicht. Und du musst der Eingeweihte von Skye werden. Dr. Erickson hat dich extra dafür ausgewählt und ausgebildet. Niemand sonst kommt dafür in Frage. Und du musst Raven endlich sagen, dass du sie liebst. Ich bin mir nicht sicher, ob sie das weiß. Na ja, ich weiß es eigentlich auch nicht, aber ich habe da seit Längerem eine Vermutung und Amelie übrigens auch. Du siehst also, es ist noch keine Zeit zum…«

Was redete ich da. Peter hörte sowieso nichts mehr. Wenn ich wenigstens etwas sehen könnte. Es war so dunkel.

Ich dachte an Joel, der sich für Amia und ihr Baby geopfert hatte. Was würde noch geschehen, wenn ich diesen verdammten Spiegel nicht zerstörte? Konnte man von mir verlangen, dass ich Peter opferte, um viele andere zu retten? Ich knüllte das Stückchen Stoff in meiner Hand zusammen. Weshalb hilft mir niemand, dachte ich bitter.

Im selben Moment schob sich eine Hand zwischen das Laub und griff nach meinem Arm.

Ich wollte schreien. Doch die Berührung war so sanft und schickte so beruhigende Signale durch meinen Körper und in meinen Kopf, dass mir der Schrei in der Kehle stecken blieb.

»Es ist gut, Emma«, sagte eine sanfte Stimme. »Du musst keine Angst haben. Du hast uns in der Stunde der größten Not gerufen und wir sind gekommen, um dir zu helfen.«

Ein Licht flammte auf und ich erblickte drei Priesterinnen und zwei Priester alle ganz in Weiß gekleidet. Ich rappelte mich auf und wies auf Peter. Die Tränen der Erleichterung hinunterschluckend stammelte ich: »Er ist schwer verletzt. Er stirbt.«

Aus dem Nichts zauberten die beiden Priester eine Trage und betteten Peter vorsichtig darauf. Eine der Priesterinnen legte ihren Arm um mich und nach nur wenigen Schritten umgab die ganze Gruppe ein heller Schein. Ich fand mich auf der Lichtung wieder, in deren Mitte der riesige uralte Apfelbaum seine Zweige in den Himmel streckte.

Zielstrebig trugen die Priester Peter zu den Wurzeln des Baumes und legten ihn dort nieder. Zwei Heiler kamen herbeigeeilt.

»Sie werden sich um ihn kümmern, Emma. Komm mit uns. Du bist sicher müde und hungrig«, wandte sich eine der Priesterinnen mir zu.

Ich war nicht bereit, Peter allein zu lassen. Erst wenn ich sicher war, dass er gesund werden würde, würde ich der Aufforderung folgen.

Ich ging zu ihm und setzte mich neben ihn. Ein Heiler untersuchte die Wunde an seinem Bauch.

»Wird er wieder gesund werden?«

»Die Wunde ist sehr schwer. Du hast uns im allerletzten Moment um Hilfe gerufen. Wenn wir den Dreizack heraus haben, dann bin ich sicher, dass der Baum ihn heilen wird. Aber es wird einige Tage dauern. So eine schwere Wunde braucht Zeit.«

»Um Hilfe gerufen?« Ich wandte mich den drei Priesterinnen zu, die mir gefolgt waren. Eine von ihnen kniete sich neben mich und öffnete meine Hand, in der ich immer noch das Stückchen der Fairy Flag festhielt.

»Dem Besitzer auch nur eines winzigen Stückchens der Fairy Flag wird Hilfe dann zuteil, wenn er darum bittet. Hat man dir das nicht gesagt?«

Ich schüttelte den Kopf. Das zu erwähnen hatte Morgaine versäumt.

»Nimm seine Hand«, forderte einer der Heiler mich auf. Der andere ergriff den Dreizack und zog daran. Peter bäumte sich auf und schrie, während die Waffe aus ihm herausglitt. Der Schrei verstummte und Peter fiel zurück. Blut strömte aus der Wunde, die der Heiler mit einer Lage lindgrüner Tücher bedeckte. Vorsichtig berührte ich den Stoff. Er fühlte sich merkwürdig an. Eine der Priesterinnen deckte Peter mit mehreren Wolldecken zu und schob ein Kissen unter seinen Kopf. »Wir weben diese Tücher aus den Blattfasern des Baumes. Es ist ein sehr aufwendiges Verfahren. Deshalb werden diese Tücher nur bei solch schlimmen Verletzungen benutzt. Für leichtere Verletzungen genügt die Kraft des Baumes«, erklärte sie mir.

Erstaunt sah ich erst sie an und dann hinauf in die Krone. Jedes einzelne Blatt ein kleines Wunder, dachte ich. Was würde man in meiner Welt dafür geben? Wie viele Krankheiten könnten geheilt werden?

»Du kannst ihn jetzt loslassen«, unterbrach die Priesterin meine Gedanken. Erst bei ihren Worten bemerkte ich, dass ich Peters Hand immer noch fest umklammert hielt. Viel zu fest.

»Es wird alles gut. Er wird jetzt schlafen.«

Skeptisch sah ich in Peters Gesicht. Er war, wenn das überhaupt möglich war, noch weißer als vorher.

Die Priesterin reichte mir ihre Hand und half mir auf. »Wir kümmern uns um ihn, du wirst an anderer Stelle gebraucht.«

Verwundert sah ich sie an. Sie konnte meine Aufgabe nicht kennen. Das war unmöglich.

Doch sie lächelte wissend.

»Unsere Hohepriesterin Mairi möchte dich sprechen. Sie hat dich bereits erwartet.«

Ich warf einen letzten Blick auf Peter, an dessen beiden Seiten die Heiler knieten und versuchten, ihm ein Getränk aus einem Tontopf einzuflößen.

Ich konnte nichts mehr für ihn tun. Also folgte ich der Priesterin zu einer der Hütte auf der Lichtung, die die anderen überragte.

Mit einem Lächeln verabschiedete sie sich von mir.

Wohltuende Wärme schlug mir entgegen, als ich die Tür öffnete, die ins Innere führte. Trotz der spartanischen Unterkunft, die aus zwei Betten, einem Tisch und ein paar Stühlen aus Holz bestand, verströmte die Hütte einen beruhigenden Charme. Vermutlich lag das an den bunten Teppichen, die an den Wänden der Hütte entlang gespannt waren. Außerdem knisterte in einem großen Kamin ein wärmendes Feuer. Als ich eintrat, wandte sich mir eine Frau zu, die am Tisch Teller und Becher gerichtet hatte. Freundlich lächelte mich ein altes Gesicht an. Die kornblumenblauen Augen schienen auf den Grund meiner Seele zu blicken.

»Komm herein, Emma«, forderte sie mich mit einer Stimme auf, die trotz ihres Alters nichts von ihrer Kraft verloren hatte. »Du musst dich stärken, bevor du deine Aufgabe erfüllen kannst. Dir bleibt nicht viel Zeit.«

Ich ging zum Tisch und setzte mich auf den angebotenen Stuhl. Mairi reichte mir einen Becher mit heißem, süßem Saft und schob mir einen Teller zu, der gefüllt war mit Brot, Käse und Früchten. Bei dem Anblick meldete sich mein Hunger. Doch ich wollte nicht gierig erscheinen und schnitt mir nur ein kleines Stückchen Käse und Brot ab und nahm mir einen Apfel.

»Iss dich satt, Emma. Wir haben genug. Gleich wird eine Novizin eine warme Suppe für dich bringen. Wir haben dich erwartet und uns mittlerweile gesorgt«, setzte sie hinzu.

»Ich verstehe nicht?«, stammelte ich zwischen zwei Bissen.

»Woher wusstet ihr, dass ich kommen werde? Weshalb seid ihr mir nicht zu Hilfe gekommen, wenn ihr mich erwartet habt?« Ich wurde zornig. Da hatten die mich fast einen Tag in der Kälte mit einem sterbenden Peter liegen lassen. Es war unfassbar.

Mairi schüttelte den Kopf. »Es ist nicht so, wie du denkst, Emma. Wir können die Lichtung nur verlassen, wenn wir um Hilfe gebeten und gerufen werden. In erster Linie sind wir Hüter und Hüterinnen des Heiligen Baumes. Das Leben dort draußen geht uns nichts an. Wir haben uns losgesagt. Was nicht bedeutet, dass wir keinen Anteil an eurem Schicksal nehmen. Aber wir mischen uns nicht ein.«

»Was wisst ihr über meine Aufgabe?«

»Wir Priesterinnen hüten nicht nur den Heiligen Baum sondern auch die Vorhersagen der magischen Welt. Eine Hohepriesterin gibt dieses Wissen nur an ihre Nachfolgerin weiter. Es ist seit Langem überliefert, dass einzig ein Mädchen, das halb Mensch, halb Shellycoat ist, unsere Welt vor den Undinen retten kann. Diese Prophezeiungen sind geheim, niemand darf davon erfahren. Das Wissen darum ist gefährlich.«

»Warum?«

»Stell dir vor, jedermann hätte von deiner Bestimmung gewusst. Du wärst längst nicht mehr am Leben, um diese zu erfüllen«, erklärte sie schonungslos.

Ich schluckte, als mir die Bedeutung ihrer Worte klar wurde. »Retten? Du sagtest retten. Bedeutet das, dass ich es schaffen werde?« Hoffnung stieg in mir auf.

Mairi lächelte traurig, wie ich fand. »Das sagt die Prophezeiung nicht. Wir wissen nicht, ob du erfolgreich sein wirst. Aber du bist die Einzige, die eine Chance hat.«

Na toll. Das war aufmunternd.

Ich sann über ihre Worte nach und erschrak. »Bist du sicher, dass niemand von dieser Prophezeiung weiß? Elin verfolgt mich schon so lange. Ist es möglich, dass die Undinen ihm befohlen haben, mich zu töten? War es gar nicht der Hass auf meine Mutter, der ihn trieb, meine Familie und mich zu verfolgen? Vielleicht wissen die Undinen längst, dass ich kommen werde, und erwarten mich. So wir ihr mich erwartet habt.«

Mairi antwortete nicht und sah mich nur an.

Das war auch eine Möglichkeit, meinen Ängsten zu begegnen. Ich schluckte den Knoten, der sich in meiner Kehle gebildete hatte, hinunter und überlegte, wie es weiter gehen sollte.

»Wie lange wird es dauern, bis Peter geheilt ist?«, fragte ich und hoffte, dass ich wenigstens darauf eine Antwort bekommen würde.

»Du wirst den Weg allein weitergehen müssen, Emma.«

Mit großen Augen sah ich sie an. Das konnte nicht ihr Ernst sein. Peter sollte mich zum Meer bringen. Das war der Plan. Erst dann sollte ich auf mich allein gestellt sein. Nicht vorher.

»Es würde zu lange dauern«, erklärte sie. »Die Verletzungen deines Cousins sind sehr schwer. Sie müssen ausheilen, bevor er den Baum verlassen darf.«

»Ich schaffe das nicht allein«, protestierte ich.

Mairi setzte sich neben mich. Tröstend griff sie nach meiner Hand. »Du musst an dich glauben, Emma. Nur dann kannst du es schaffen.«

Das hatte meine Mutter früher auch immer gesagt – vor einem Mathetest. Geholfen hatte es nicht so super. In Mathe waren meine Leistungen leider begrenzt gewesen. Von einer Hohepriesterin konnte man mehr erwarten, fand ich.

Die Tür öffnete sich und ein junges Mädchen trat ein. Anstelle eines weißen Gewandes trug sie ein hellgrünes. Ohne ein Wort zu sagen, stellte sie eine Schale mit dampfender Suppe vor mir ab und verschwand wieder. Das musste die Novizin gewesen sein. Erstaunt sah ich ihr hinterher. Ganz deutlich hatte ich winzige Hörner aus dem dunkelblonden langen Haar ragen sehen.

»Sie ist eine Faunin«, stellte ich fest.

»Wundert dich das?«, fragte Mairi. »Jedes Volk sendet uns seine begabtesten Kinder für das Priesteramt. Es ist eine große Ehre, dem Baum zu dienen.«

Ich tauchte den Löffel in die Schale, aus der köstlich riechender Dampf aufstieg. Langsam aß ich die Suppe. Danach fühlte ich mich endlich richtig satt. Ich schob die Schüssel beiseite und tupfte mir meinen Mund mit einem Tuch ab.

Ich traute mich nicht zu fragen, weil ich mir so lächerlich vorkam, aber schließlich war ich nur deswegen mit Peter hergekommen. Und wenn ich nicht fragte, würde Mairi vielleicht nicht von selbst darauf zu sprechen kommen. Ich gab mir einen Ruck. Ich konnte nicht noch mehr Zeit verschwenden.

»Wo kriege ich eigentlich das Schwert her? Excalibur?«

Mairi blickte mich prüfend an, bevor sie antwortete. Als schätze sie ab, ob ich eine Antwort verdiente.

»Du musst den Baum darum bitten«, sagte sie dann.

Ich runzelte die Stirn.

»Ich soll mit einem Baum reden?«, fragte ich nach.

Sie nickte. »Und der Wunsch muss aus tiefstem Herzen kommen. Nur dann wird der Heilige Baum dir Excalibur überlassen.«

Ich solle mit einem Baum reden und dann auch noch von Herzen. Klang doch ganz einfach, dachte ich sarkastisch. Amelie würde sich kaputtlachen, falls ich jemals dazu kommen sollte, ihr davon zu erzählen.

»Was, wenn er mir das Schwert nicht gibt? Wenn ich nicht richtig darum bitte.«

Mairi zuckte mit den Schultern. »Dann wirst du einen anderen Weg finden müssen, uns zu retten.«

Konnte das hier eigentlich noch schlimmer werden, fragte ich mich.

Mairi stand auf. »Du solltest dich ein wenig ausruhen. Versuche zu schlafen. Wir werden alles vorbereiten.« Sie wies auf eins der Betten, die im Raum standen, und verließ die Hütte.

Ich stand auf und ging – oder besser wankte – zu dem Bett und zog mir mit letzter Kraft die Decke über den Körper.

Mairi und ihre Novizin weckten mich. Ich konnte nicht länger als zwei Stunden geschlafen haben, so müde fühlte ich mich.

»Wie geht es Peter?«, fragte ich als erstes.

»Es geht ihm gut. Er hat das Schlimmste überstanden und schläft. Er ist bei uns in Sicherheit, Emma. Du musst dir keine Sorgen machen.«

Erleichtert setzte ich mich auf.

»Aber für dich ist es jetzt Zeit. Ich hätte dir gern noch mehr Ruhe gegönnt, aber das ist nicht möglich. Es dauert nicht mehr lange und der Kampf wird beginnen. Wenn du bis dahin deine Aufgabe nicht erfüllt hast, wird es zu spät sein.«

»Möchtest du dich frisch machen?«, fragte mich die junge Novizin, die Mairi zur Hand ging. Ich nickte und folgte ihr in eine der anderen Hütten. Dort stand ein kleiner Zuber, aus dem weißer Dampf aufstieg. Die Priesterin reichte mir ein Handtuch und ließ mich allein.

Ich zog meinen Pullover aus und wusch mir Gesicht und Arme mit dem heißen Wasser. Das weckte meine Lebensgeister. Dann trocknete ich mich ab und schlüpfte in meinen Pullover. Mit einer Bürste, die auf der Ablage lag, kämmte ich mein Haar und band es wieder zu einem Zopf.

Dann sah ich in den Spiegel vor mir.

»Du musst es schaffen«, flüsterte ich meinem Spiegelbild zu. »Auch wenn es vollkommen verrückt und selbstmörderisch ist. Du musst es für Calum tun und für Amia und für Miro und für Ferin…«

Es klopfte an der Tür.

»Emma. Es ist Zeit. Komm.«

Ich trat aus der Hütte und die Novizin brachte mich zurück zu Mairi, wo sie mir noch einmal eine warme Suppe und frisches Brot vorsetzte. Ich würde niemals wieder irgendwo hingehen, ohne genügend Vorräte eingepackt zu haben, nahm ich mir für die Zukunft vor, und begann zu essen.

Mairi nahm mir gegenüber Platz. »Der Baum wird dich prüfen. Dich und deine Absichten. Er gibt Excalibur nur den wirklich Auserwählten.«

»Haben etwa schon andere außer Artus um das Schwert gebeten?«, fragte ich verwundert.

Mairi nickte.

»Und?«, hakte ich nach, nicht sicher, ob ich die Antwort hören wollte.

»Der Baum hat das Schwert bisher nur Artus überlassen. Niemandem sonst, weder vorher noch nachher.«

Der Löffel fiel mir klirrend aus der Hand.

»Er wird es mir nicht geben, oder?«

»Das wissen wir erst, wenn du es versucht hast. Du musst daran glauben. Der Baum muss spüren, dass du deiner Aufgabe gewachsen bist.«

»Aber das ist es doch gerade. Ich bin dieser Aufgabe nicht gewachsen. Ich weiß das und der Baum wird es auch wissen. Und ohne Peter werde ich es gar nicht schaffen.«

»Das ist nicht wahr, Emma. Wenn du es wirklich willst, wenn du deine Familie und deine Freunde wirklich retten willst, dann kannst du es schaffen. Du bist gesegnet mit den Gaben zweier Völker. Es gibt auf der ganzen Welt niemanden wie dich. Du bist etwas ganz Besonderes. Darauf musst du vertrauen.«

Etwas ganz Besonderes. Mairi hatte keine Ahnung von mir. Ich war weit entfernt davon, etwas ganz Besonderes zu sein.

Von draußen ertönte ein Gong und Mairi stand auf.

»Es ist alles vorbereitet. Wir sollten jetzt gehen.«

Mit wackligen Beinen schob ich meinen Stuhl zurück.

Mairi fasste mich an beiden Schultern. »Emma, du trittst vor den Baum und äußerst deine Bitte. Entweder er übergibt dir das Schwert oder er wird uns zeigen, dass du nicht würdig bist. Vorher verlässt du den Baum nicht. Hast du das verstanden?«

Ich nickte und sie schob mich zur Tür.

»Noch etwas, Emma. Den Baum zu bitten, bedeutet nicht, mit ihm zu sprechen. Ab jetzt wirst du schweigen.«

Dann würde ich mich wenigstens nicht völlig lächerlich machen, dachte ich ein wenig erleichtert.

Noch im Türrahmen erstarrte ich und wäre am liebsten zurück in die Hütte geflüchtet. Von dem Eingang bis zum Baum standen in regelmäßigen Abständen rechts und links Priester und Priesterinnen und bildeten eine Gasse. Der riesige Baum wirkte bedrohlich auf mich. Es war, als wisse er, dass ich ihm seinen wertvollsten Besitz stehlen wollte. Zwischen den Priestern und Priesterinnen brannten in großen Körben wild flackerndes Feuer. Es versuchte vergeblich die Dunkelheit und den nebligen Dunst, der auf der Lichtung lag, zu vertreiben.

Ich wich zurück, doch Mairi, die hinter mir stand, schob mich vorwärts. Eine Flucht aus dieser unwirklichen Situation war nicht möglich. Langsam ging ich an den Priestern und Priesterinnen vorbei, die den Kopf gesenkt hielten und leise vor sich hin murmelten. Ich nahm an, dass sie beteten. Ich war nicht besonders gläubig, doch wenn es half, sollte es mir recht sein.

Die Priester und Priesterinnen, an denen ich vorbeigegangen war, schlossen sich mir an und folgten mir.

In meinen verdreckten Sachen kam ich mir noch unwürdiger vor, als ich mich sowieso fühlte. Ich konnte bloß hoffen, dass der Baum auf solche Äußerlichkeiten keinen gesteigerten Wert legte. Viel zu schnell war der Weg zu Ende.

Peter lag an derselben Stelle, an der die Priester ihn gestern abgelegt hatten, und strahlte mich mit aufgeregt glänzenden Augen an.

»Peter.«

Ich eilte zu ihm, ohne auf das kollektive Aufstöhnen zu achten, das um mich herum erscholl.

Ich griff nach seiner Hand. Sie glühte. Auch seine Stirn war fieberheiß. Aber er lebte.

»Er hat Fieber«, wandte ich mich zu Mairi, die hinter mich getreten war.

»Die Heiler kümmern sich um ihn«, sagte sie und mir entging nicht der Ärger in ihrer Stimme. »Du solltest schweigen, Emma. Das Ritual verlangt äußerste Konzentration und Stille.«

Ich sah zu Peter. »Du musst tun, was sie sagt«, flüsterte er mit schwacher Stimme. »Ich komme schon zurecht.«

Mit fliegenden Händen glättete ich die Decke auf seinem Körper und stand auf. Mairi führte mich zu der Stelle, die für das Ritual, wie sie es nannte, vorbereitet war.

Ohne ein Wort zu sagen, bedeutete sie mir mich hinzuknien und trat zurück zu den anderen, die einen Kreis um den Baum bildeten. Sie fassten sich an den Händen und schlossen die Augen. Vollständige Stille trat ein.

Ich betrachtete den Baumstamm vor mir. Er war alt und runzelig. Narben überzogen den Stamm und ich fragte mich, wie viele Kämpfe er erlebt hatte, bevor die Priester ihn vor der Welt da draußen verborgen hatten, um ihn zu schützen. Was sollte ich jetzt tun? Sollte ich auch die Augen schließen? Ein Versuch war es wert.

Ich konzentrierte mich und dachte: »Ich brauche Excalibur. Es wäre nett, wenn du es mir geben könntest. Nur das Schwert kann Muril zerstören und damit verhindern, dass die Undinen Macht über die Völker erlangen. Bitte –wenn es dir nichts ausmacht – gib es mir. Ich werde es zurückbringen.«

Das war nicht gerade einfallsreich und ich war sicher, Artus hatte seine Bitte gekonnter formuliert, aber etwas Besseres fiel mir nicht ein. Wirklich verwundert war ich nicht, dass nicht passierte. Was hatte ich erwartet? Dass das Schwert mit einem Glockenschlag aus dem Baum geschossen kam? Bei meinem Glück würde es mich dabei verletzen. Was wog so ein Schwert eigentlich? Ich öffnete vorsichtig meine Augen und lugte durch die Lider. Nichts hatte sich verändert. Die Priester und Priesterinnen, die ich sehen konnte, verharrten immer noch in völliger Bewegungslosigkeit. Ich war sicher, dass ich das nie könnte. Nach einer Minute würde mir die Nase jucken.

Ein Kichern kroch mir die Kehle hoch. Ich sollte mich konzentrieren, ermahnte ich mich. Das hier war zu ernst für solche kindischen Gedanken. Ich rückte näher an den Baum heran und berührte seine Rinde. Unter meinen Fingern fühlte sie sich hart und zugleich weich an. Fast wie ein lebendes Wesen – Muskeln und Haut. Ich musste an Calum denken, daran, wie er sich anfühlte, wenn ich ihn berührte. Wie er mich festhielt. Meine Gedanken wanderten zurück an den Tag, an dem ich ihn das erste Mal so intensiv gespürt hatte. Damals, als er mich in den Bergen gefunden hatte, in denen ich mich hoffnungslos verlaufen hatte. Mir war eiskalt gewesen und ich konnte weder stehen noch gehen. Ohne mit der Wimper zu zucken, hatte Calum mich zum Auto getragen und zugelassen, dass ich meine Hände unter sein T-Shirt schob, um mich zu wärmen. Ich hatte seine warme Haut gespürt, seine Muskeln. Danach war mir klar gewesen, dass ich mein Herz an ihn verloren hatte. Ich dachte zurück an den ersten Kuss, den er mir gegeben hatte – auf unserer Lichtung am See. Er hatte mich geküsst, bis mir schwindelig geworden war. Ich hatte mir nicht vorstellen können, nur einen Tag von ihm getrennt zu sein. Leider hatte Elin uns einen Strich durch die Rechnung gemacht. Elin und seine Undinen. Soviel Hass – Avallach war zerstört, das Volk der Faune beinahe ausgerottet, sie hatten Joel in ihre Gewalt gebracht und würden nun Leylin vernichten – wenn ich sie nicht aufhielt. Leylin, diese wunderschöne Stadt mit den bunten Häusern und den lachenden Kindern. Die Erinnerungen übermannten mich. Ich konnte mich nicht von dem Baum lösen. Jeden meiner Gedanken sog er aus mir heraus. Jedes Bild in meinem Kopf verlangte er zu sehen. Instinktiv versuchte ich mich zu wehren. Ich wollte nicht zulassen, dass jemand oder etwas so tief in meine Gedanken drang. Doch es ging nicht. Immer willenloser wurde mein Geist. Und dann waren es plötzlich nicht mehr meine Erinnerungen. Der Baum zeigte mir etwas. Erst lag ein Schleier über den Bildern, wie bei alten verblichenen Fotos. Als der Schleier sich hob, sah ich Feuer. Viele Feuer. Und um jedes Feuer saßen Männer. Sie schwiegen und rührten sich nicht. Sie warteten geduldig und ich fragte mich worauf. Die Stille, die sie umgab, war unheimlich. Doch noch unheimlicher war der silbrige Schimmer, der sie umgab. Mit einem Schlag wurde mir klar, was ich sah – die Armee der Undinen. Das waren die Männer, von deren Körpern sie Besitz ergriffen hatte. Mit schwarzen leeren Augen stierten sie vor sich hin und warteten auf etwas. Sie warteten auf den Kampf, den Kampf, der alles entscheiden würde.

Dann zeigte der Baum mir Leylin. Es war dunkel. Alles wirkte wie ausgestorben. Das Bild schwenkte weiter. Am Rande der Stadt formierten die Krieger der Elfen sich zu einem langen Zug. In den weißen Umhängen wirkten sie unbesiegbar. Ich sah Elisien und Raven, die am Kopf des Zuges standen. Neben Raven stand Calum. Er trug ebenfalls einen der weißen Umhänge. Sein Gesicht war starr. Es war, als würde ich direkt vor ihm stehen, als könnte ich ihn berühren. Ich streckte die Hand nach ihm aus und wollte seine Wange streicheln. Ich wollte ihm Mut machen, auch wenn ich wusste, dass es vergebens war. Ich hatte versagt. Ich würde es nicht mehr rechtzeitig schaffen. Ich griff ins Leere. Trotzdem erwachte Calum aus seiner Starre. Er blickte sich um. Hoffnung glomm in seinem Blick auf. Ich sah, wie seine Lippen meinen Namen formten. Dann glitt das Bild fort. Ich sah Amia mit einem Baby im Arm. Sie hielt es fest, während sie Miro folgte, der durch das dunkle Meer schwamm. Ich fragte mich, wohin die beiden wollten. Ich sah Ethan und Bree, die bei Miss Wallace im Wohnzimmer saßen und Tee tranken. Dann veränderte sich das Bild wieder. Ich sah die Männer, die kämpfend über ein Schlachtfeld ritten und Seite an Seite ihre Schwerter schwangen. Ich sah Männer begraben unter ihren Pferden. Alle trugen altmodische Rüstungen. »Artus«, schrie plötzlich ein schwarzhaariger Hüne und bahnte sich mit seinem Schlachtross einen Weg durch die Kämpfenden. Wild schlug er mit seinem Schwert um sich und tötete jeden, der sich ihm in den Weg stellte. Endlich hatte er den deutlich schmächtigeren Mann erreicht, den er gerufen hatte und der sich einen verzweifelten Kampf mit einem anderen Krieger lieferte. Artus war verletzt. Sein linker Arm hing blutend an seiner Seite. Mit einem Schlag tötete sein Ritter seinen Gegner. Dann glitt Artus vom Pferd. Sein Krieger sprang zu ihm hinunter und bettete seinen Kopf in seinen Arm. »Lancelot«, flüsterte Artus, »Du musst Excalibur zurückbringen. Versprich mir das.« Ich sah das Schwert, dass im Blut des Königs lag. Dann verschwanden die Bilder aus meinem Kopf.

Weshalb zeigte der Baum mir das? Was wollte er mir damit sagen – dass Geschichte sich wiederholte? Dass es immer Kriege geben würde? Dass die Undinen gewinnen würden?

»Es muss ein Ende haben«, flehte ich. »Bitte. Wir dürfen nicht zulassen, dass die Undinen alles vernichten. Du musst mir Excalibur überlassen, das ist der einzige Weg. Ansonsten werden sie alle sterben.« Ich wusste nicht, ob ich die Worte laut ausgesprochen oder gedacht hatte. Als Antwort vernahm ich in meinem Kopf eine wispernde eindringliche Stimme. »Der Tod ist nicht das Ende.«

Ich sackte verzweifelt zusammen. Diese Antwort war eindeutig gewesen. Was scherte einen uralten Baum auch das Schicksal anderer. Was hatte es gebracht, dass er Artus das Schwert überlassen hatte? Die Menschen hatten sich nicht geändert. Sie hatten ihre Göttin vergessen und sich von dem alten Wissen abgewandt.

Es dauerte lange, bis ich die Kraft fand, meine Augen aufzuschlagen und mich aufzurichten. Die Priester und Priesterinnen waren näher an mich herangerückt. Schweigend umstanden sie mich und sahen ehrfürchtig zu mir herab. Erst da spürte ich es. Ich blickte in meine Hände und dort lag, ich wusste nicht, wie ich es bezeichnen sollte – ein Messer, oder war es ein Dolch? Jedenfalls war es kein Schwert. Es war ein unterarmlanges silbernes Etwas, dessen Knauf mit funkelnden weißen Steinen besetzt war. Behutsam drehte ich es in meinen Händen.

»Was ist das?« Fragend wandte ich mich Mairi zu.

Diese lächelte mich an. »Das ist Excalibur.«

Ich zog die Augenbrauen nach oben. »Es ist kein Schwert«, wies ich auf das Offensichtliche hin.

»Die Legende besagt, dass Excalibur in der Form erscheint, die der Bittende benötigt. Artus brauchte ein Schwert. Du brauchst anscheinend einen Dolch.«

Ich zuckte mit den Schultern. Dann blickte ich zu dem Baum. Noch einmal legte ich meine Hand an den Stamm. »Auch wenn es vermutlich zu spät ist und ich nichts mehr ausrichten kann – danke. Ich werde es zurückbringen, wenn ich kann.«

Die Priesterinnen und Priester machten mir den Weg frei und Mairi führte mich zurück zur Hütte. Ich fühlte mich ausgelaugt, so als hätte der Baum mir sämtliche Energie entzogen. Am liebsten hätte ich mich auf dem Bett zusammengerollt und die nächsten Tage verschlafen. Doch Mairi gönnte mir keine Pause.

»Du musst aufbrechen und zu eurem Auto zurückgehen. Dann fährst du zur Küste. Die Zeit drängt. Wir werden beten, dass du deine Bestimmung erfüllst.«

Meine Bestimmung – ich schauderte bei dieser Formulierung und der Verantwortung, die darin mitschwang. Ich beobachtete sie, wie sie mir Käse, Brot und Früchte in den Rucksack packte. Dann drehte sie sich zu mir um und deutete auf den Dolch, den ich immer noch in den Händen hielt. »Willst du ihn die ganze Zeit festhalten oder einpacken?«

Ich trat zu ihr an den Tisch und verstaute Excalibur vorsichtig.

Mairi sah mir zu. »Du wirst ihn zurückbringen«, sagte sie dann und ich fragte mich, was geschehen würde, wenn nicht. Ich setzte mir den Rucksack auf und schweigend gingen Mairi und ich über die Lichtung. Sie drückte ein letztes Mal meine Hand und dann war alles verschwunden. Die Hütten, der Baum und die Priester. Ich stand mutterseelenallein in einem unwirtlichen Wald. Nebel lag zwischen den Bäumen und waberte bedrohlich auf mich zu. Es nieselte stetig und nach kurzer Zeit war ich völlig durchnässt. Vorsichtig tastete ich mich vorwärts. Wegen des Nebels konnte ich kaum sehen, wohin ich trat, und ich betete darum, dass ich die richtige Richtung eingeschlagen hatte. Ich atmete auf, als ich den Weg fand und der Nebel sich lichtete. Dann rannte ich los. Ich lief, so schnell ich konnte. Ich sah weder nach links noch nach rechts. Ich stürmte durch den Wald, ohne nachzudenken. Es war egal, ob mich jemand hörte. Wenn ich schlich, würde ich das Auto niemals rechtzeitig erreichen. Wenn ich ohne Rücksicht auf Geräusche durch den Wald stürmte und meine Feinde mich fanden, würde ich meine Aufgabe ebenso wenig erfüllen können. Wie ich es drehte und wendete – ich konnte nur hoffen. Der Weg nahm kein Ende. Meine Lunge brannte und meine Waden schmerzten von dem Lauf. Ich hielt zweimal kurz inne, um zu verschnaufen und etwas zu trinken. Dann rannte ich weiter. Je näher ich der Stelle kam, an der Peter das Auto versteckt hatte, umso langsamer wurde ich. Ich hatte alle meine Reserven aufgebraucht, mein Körper schrie nach Ruhe. Doch ich gab nicht nach. Wenn ich es bis hierher geschafft hatte, würde ich es auch weiter schaffen. Jeder einzelne Meter war ein Gewinn. Zum Schluss stolperte ich mehr, als dass ich lief. Trotzdem fanden meine Beine die letzten Meter allein. Keuchend stützte ich mich auf der Motorhaube des Autos ab und rang nach Luft.

Waren tatsächlich beinah zwei Tage vergangen, seit wir den Wagen hier abgestellt hatten? Was war in dieser Zeit in Leylin passiert? Der Baum hatte mir gezeigt, dass die Elfen sich für den Kampf gerüstet hatten. Der Plan war, die Armee der Undinen von Leylin fortzulocken. Doch wohin? Ob es ihnen gelungen war? Wie viele Krieger hatten die anderen Völker geschickt?

Ich wischte die Blätter und Zweige von dem Wagen, mit denen Peter versucht hatte, das Auto vor neugierigen Blicken zu verbergen.

Erschöpft ließ ich mich dann in die Polster des Fahrersitzes sinken. Minutenlang saß ich da und starrte hinaus. Draußen zwitscherten Vögel, aber ansonsten war es still. Ich versuchte, nicht zum Schloss hinunter zu schauen. Zu groß war meine Angst, dort die vertrauten Gestalten feindlicher Shellycoats zu entdecken. Mühsam schälte ich mich aus meinem feuchten Pullover. Ich nahm mir nicht die Zeit, auch die anderen Klamotten zu wechseln, obwohl die Hose unangenehm an dem Autositz klebte. Das war jetzt mein geringstes Problem. Ich zog die Autotür zu und schaltete das Navigationssystem ein. Peter hatte unser Ziel bereits eingegeben – Dunnet Head. Vor mir lag eine Fahrtzeit von mehr als fünf Stunden. Ich startete den Wagen, der stotternd ansprang. Er durfte mich auf keinen Fall im Stich lassen. Dann regelte ich die Heizung auf Maximum und lenkte den Wagen vorsichtig auf den Weg. Äste schrammten an den Türen entlang. Ethan würde mich umbringen, dachte ich und lächelte traurig. Wenn die Undinen das nicht vorher erledigten. Dass ich Avallach ohne weitere unliebsame Zwischenfälle verlassen konnte, besserte meine Stimmung etwas. Mein Hoch hielt nur solange an, wie sich der Regen zurückhielt. Als dieser begann, unablässig und immer dichter herunterzuströmen, und ich selbst mit eingeschaltetem Fernlicht die Straße nur mit Mühe erkennen konnte, sank meine Zuversicht wieder auf einen Tiefpunkt. So würde ich Dunnet Head erst Stunden später erreichen. Die Ungewissheit, was in Leylin vor sich ging, nagte an mir. Hatte der Kampf begonnen? War er womöglich schon verloren? War Calum noch er selbst? Wohin waren Amia und Miro mit dem Baby geschwommen? Waren sie in Jumis Haus nicht mehr in Sicherheit gewesen? Oder wollte Miro sein Volk im Kampf nicht allein lassen? Hätte der Baum mir nicht mehr zeigen können? Vor Nervosität kaute ich auf meiner Unterlippe, während meine Augen auf der Straße vor mir klebten. Berge und Wälder flogen an mir vorbei. Alles war groß, grün und nass. Das stetige Tropfen des Regens und die hinter mir liegenden Anstrengungen forderten ihren Tribut. Immer wieder fielen mir die Augen zu. Selbst die Musik des Radios, die viel zu laut durch den Wagen dröhnte, konnte meine Müdigkeit nicht vertreiben. Ich umklammerte das Lenkrad mit beiden Händen, wild entschlossen, meinem Schlafbedürfnis nicht nachzugeben. Hätte ich Streichhölzer dabei gehabt, hätte ich sie mir spätestens jetzt zwischen die Lider gesteckt.

Meine Augen fielen zu. Wildes Hupen und quietschende Reifen schreckten mich auf. Ich riss das Lenkrad herum und wich dem riesigen Truck aus, der vor mir aus der Erde zu wachsen schien. Der Schreck saß mir in den Gliedern. Ich fühlte mich unfähig weiterzufahren und lenkte das Auto in die nächste Haltebucht, die ich am Straßenrand erkennen konnte. Ich schaltete den Motor aus und legte meinen Kopf mit geschlossenen Augen zurück. Nur ein paar Minuten, schwor ich mir. Nicht länger. Aber ich musste etwas ausruhen.

»Emma, du musst aufwachen«, hörte ich eine Stimme in meinem Kopf. »Sie brauchen dich. Der Kampf hat begonnen.« Ich schreckte hoch. Wer hatte da mit mir gesprochen? Panisch sah ich mich um. War jemand im Auto? Doch ich war allein.

Mairi. Es war die Stimme der Hohepriesterin gewesen, die mich geweckt hatte.

Jetzt bemerkte ich die Kälte. Meine Finger waren ganz steif. Wie spät war es? Was hatte ich angerichtet? Ich hatte seelenruhig geschlafen, während meine Freunde starben. Wie blöd konnte man eigentlich sein? Mit den Eisklumpen, die eigentlich meine Hände waren, versuchte ich den Wagen zu starten – einmal, zweimal. Tränen des Zorns liefen mir über das Gesicht, die ich wütend versuchte wegzuwischen. Doch es kamen immer neue. Beim fünften Versuch sprang der Wagen an. Ich lenkte ihn auf die Straße und raste los. Ich achtete kaum auf die wenigen anderen Autos, die mir entgegenkamen und mich empört anhupten. Eineinhalb Stunden lagen noch vor mir und ich war wild entschlossen, diese Zeit zu verkürzen. Die schwierigste Aufgabe lag schließlich noch vor mir. Ich musste Ys finden, und zwar mitten in der Nacht und in einem wild tosenden Meer. Ich schluchzte auf.

19. Kapitel

Ein Blick auf die Uhr verriet mir, dass es eine Stunde nach Mitternacht war, als ich in der Nähe von Dunnet Head ankam. Das letzte Stückchen bis zu den Klippen musste ich zu Fuß gehen.

Ich wollte keine weiteren Verzögerungen riskieren und auch nicht noch einmal darüber nachdenken, welchen Irrsinn ich da vorhatte. So schnell ich konnte, zog ich mich aus und schlüpfte in meinen Anzug. Sofort umgab er mich wie eine zweite Haut und fühlte sich tröstlich vertraut an. Ich stopfte mir ein Stück Brot in den Mund und trank einige Schlucke. Als ich fertig war, zog ich behutsam Excalibur aus dem Rucksack. Ehrfürchtig strich ich über die leuchtende Klinge. Dann fasste ich den Dolch fest am Knauf und ging, ohne mich noch einmal umzuschauen, den schmalen Weg entlang zu den Klippen. In der Ferne spendete der Leuchtturm von Dunnet Head etwas Licht.

Die Vögel, die tagsüber die Luft mit lautem Krächzen erfüllten, schliefen. Nur ab und zu vernahm ich ein Knarren oder Keifen. Der Lärm der donnernden Wellen, die sich an den Felsen unter mir brachen, verschluckte jedes andere Geräusch. Das Meer tobte. Regen peitschte mir ins Gesicht. Ich durfte nicht darüber nachdenken, was geschah, wenn mich einer der Brecher an die Felsen drückte. Fest umklammerte ich den Dolch. Ich stellte mich an den Rand der Klippe und sprang, soweit ich konnte, ins Meer hinaus. Das Wasser umhüllte mich, der Sog zog mich nach unten. Es war stockfinster. Ich tauchte tiefer und schwamm mit kräftigen Bewegungen fort von den Klippen.

Erst als ich weit genug vom Ufer entfernt war, wagte ich mein Licht zu benutzen. Dann orientierte ich mich.

Ys lag zwischen dem Festland und den Orkneys. So hatte es auf der Karte gestanden. Wo genau, war nicht herauszufinden gewesen. Dr. Erickson hatte vermutet, dass die Insel für die Menschen ebenso unsichtbar war, wie Avallach. Peter und ich hatten ihm zugestimmt. Etwas anderes war bei der Nähe zum Ufer auch nicht denkbar. Ich wusste ungefähr, in welche Richtung ich zu schwimmen hatte, aber das Meer war unübersichtlich groß. Wenigstens war es unten nicht so stürmisch wie an der Oberfläche. Noch nicht. Ich befürchtete, dass die Ausläufer des Sturms bald auch den Grund erreichen würden. In Ermangelung einer Alternative schwamm ich los und prüfte meine Umgebung sorgfältig. Die Insel hatte einen unterirdischen Zugang. Es musste also Felsen geben, auf denen sie stand.

Ziellos schwamm ich durch das dunkle Meer. Ich fühlte mich allein und verzweifelt. Der Gedanke, dass meine Bemühungen umsonst waren, lähmte mich. Doch das Wasser tröstete mich und verlieh mir mehr Zuversicht, als ich an Land besessen hatte.

Mehrere Male schwamm ich an die Oberfläche und sprang aus dem Wasser. Ich sah nichts, was auch nur im Entferntesten auf die Existenz einer Insel schließen ließ.

Alrin war durch die Meere geschwommen, auf der Suche nach seiner Tochter. Viele Jahre seines Lebens hatte er damit verbracht. Ich hatte nicht so viel Zeit. Jede Minute, die verstrich, brachte Calum und meine Freunde dem Verderben ein Stück näher. Ich wusste nicht, was ich tun sollte. Verzweiflung bemächtigte sich meiner. Meine Hand, die Excalibur umklammert hielt, fühlte sich taub an. Ich fürchtete, den Dolch zu verlieren, dass er mir irgendwann in der Nacht einfach aus der Hand gleiten würde.

Mir wurde immer elender zumute. Zum hundertsten Male überlegte ich, was ich übersehen hatte. Wie hatte Alrin die Insel gefunden? Ein Sturm hatte ihn an die Küste von Ys gespült. Es war ein Sturm gewesen.

Es war, als hätte ich es heraufbeschworen. Ich spürte die Kraft der Welle noch bevor ich sie sah. Sie drückte mich zurück und verwehrte mir das Weiterschwimmen. Strudel erhoben sich vom Meeresboden. Ich versuchte mich mit aller Kraft hindurch zu kämpfen. Gegen die Macht des Wassers hatte ich keine Chance. Es wirbelte mich herum, wie einen Spielball. Ich konnte ihm nicht entkommen. Kaum ließ es mich los und ich versuchte fortzuschwimmen, die Oberfläche zu erreichen, packte es mich und zog mich nach unten. Es war, als wäre das Wasser ein lebendiges Wesen, das genau wusste, was ich vorhatte. Vielleicht war es das auch, überlegte ich, während es mir eine winzige Verschnaufpause ließ. Vielleicht spielte es mit mir, lenkte mich ab, damit ich Ys nicht fand. Vielleicht war die Insel in der Nähe und diese Falle war eine Barriere, die die Undinen zu ihrem Schutz errichtet hatten.

Als das Wasser mich das nächste Mal aus seinen Klauen ließ, nahm ich all meine Kraft zusammen und entfloh.

Das Wasser versuchte nach mir zu greifen, es leckte an meinen bloßen Füßen, doch diesmal war ich schneller. Als ich mich in sicherer Entfernung umdrehte, sah ich die Strudel im Meeresboden verschwinden. Ich weitete mein Licht aus. Das Meer war mit einem Mal wieder ruhig. Nichts unterschied den Meeresboden hier wo ich mich jetzt befand, von der Stelle, an der die Strudel mich gepackt hatten. Noch weiter dehnte ich mein Licht. In der Ferne sah ich dunkle Umrisse, Schatten. Konnten das die unterirdischen Felsen von Ys sein?

In weitem Bogen umschwamm ich die Schatten, die mal deutlicher hervortraten, mal fast verschwanden. Ich wagte nicht näher zu schwimmen, aus Furcht, dass die Strudel wieder hervorschnellen würden. Trotzdem musste ich hindurchkommen.

Ich entfachte mein Licht so hell es ging, und versuchte die Dunkelheit des Meeres weiter zu durchdringen. Ich musste wissen, ob ich mit meiner Vermutung richtig lag. Dann sammelte ich Steinchen vom Meeresboden auf. In sicherer Entfernung umrundete ich die Stelle. Immer wieder warf ich Steine in die Richtung, in der ich die Barriere vermutete, doch nichts geschah. Offenbar reagierte die Barriere nur auf lebende Eindringlinge. Vorsichtig schwamm ich näher an die Felsen heran, darauf bedacht, so schnell es ging die Flucht zu ergreifen. Doch ich war nicht schnell genug. Ein einzelner Strudel schoss aus dem Boden und umwickelte mein Fußgelenk. Er zog mich zu sich heran. Langsam und bedrohlich wanden sich die anderen Strudel zwischen Sand und Steinen empor. Sie peitschten gegen meine Beine, ringelten sich an meinem Bauch empor wie Spinnen. Ich unterdrückte ein Keuchen. Angst klumpte meinen Magen zusammen. Ich paddelte mit den Armen, doch konnte ich mich keinen Zentimeter von der Stelle bewegen. Ich spürte, wie meine Füße sich in den Meeresboden wühlten, der nur zu freiwillig unter mir nachgab. Die Strudel zogen mich in den Sand hinein. So musste es sich anfühlen, im Treibsand zu versinken. Bis zu den Knien steckte ich in der widerlich schmatzenden Pampe. Ich stützte mich mit den Händen ab und versuchte die Attacken der Strudel zu ignorieren. Ich musste versuchen, meine Beine herauszuziehen. Doch je mehr ich strampelte, umso tiefer rutsche ich in das Loch, das sich unter mir auftat. Die Strudel hatten mittlerweile meinen Oberkörper festumschlungen und wuchsen an meinen Armen entlang. Ich versuchte meine Arme zu befreien, doch Excalibur behinderte mich. Ich wollte es nicht loslassen, aber mit gefesselten Beinen und mit einer Hand würde ich mich nicht befreien können. Meine Kraft ließ nach. Immer fester pressten die Strudel meine Brust zusammen und nahmen mir den Atem. Wut und Verzweiflung stiegen in mir hoch. Ich durfte mich nicht von Sand und Wasser aufhalten lassen. Wieder rutschte ich ein Stück nach unten, sodass ich bis zum Bauchnabel feststeckte. Ich drückte mich hoch. Stemmte mich mit ganzer Kraft aus dem Loch heraus – einen Zentimeter, zwei. Dann verließ mich meine Kraft und ich spürte, wie ich zurückrutschte und der Sand meinen Oberkörper noch enger umschloss.

Wut wallte in mir hoch. Wut auf die Undinen, Wut auf das Meer, Wut auf den Sand, Wut auf diese Aufgabe, die ich allein bewältigen sollte und es einfach nicht schaffte. Ich rammte Excalibur in den Boden. Wütend schoss der Sand vor mir heraus. Konnte Sand schreien? Ein Kreischen zog durch meinen Kopf. Ich musste mir die Ohren zuhalten. Der Sand zog sich zurück. Noch einmal stieß ich zu. Ich stieß nach dem Sand und den Strudeln. In meiner Wut musste ich achtgeben, dass ich mich nicht selbst verletzte. Ich konnte nicht glauben, was geschah. Der Sand gab mich frei. Die Strudel zogen sich zurück. Der Lärm, den sie dabei verursachten, sprengte allerdings beinahe meinen Schädel. Ich drückte mich hoch und robbte in Richtung der Felsen, ohne die Gefahr hinter mir aus den Augen zu lassen. Je mehr ich mich von den Strudeln entfernte, umso kleiner wurden sie. Der ein oder andere versuchte seine Schlinge nach mir auszuwerfen. Aber ich wehrte diese letzten Angriffe mit Excalibur ab. Als das Wasser sich beruhigt hatte, stand ich auf und sah mich um. Nur wenige Meter vor mir standen die unterirdischen Felsen von Ys. Ich war sicher, dass ich die Insel gefunden hatte. Nur die Undinen konnten so einen teuflischen Zauber erfinden.

Langsam schwamm ich um die Felsen herum. Immer in der Erwartung eines neuen Angriffs. Aber die Undinen mussten der Meinung gewesen sein, dass der Sand und die Strudel ausreichten, unliebsame Besucher von der Insel fernzuhalten. Wieder umrundete ich die Felsen. Auch beim zweiten Mal fand ich keinen unterirdischen Tunnel, der nach oben führte. Es blieb mir nichts anderes übrig, als mich hinaufzuarbeiten. Systematisch erkundete ich das Gestein. Ungeduld kribbelte in mir. Ich durfte ihr nicht nachgeben. Das Gestein war uneben und hatte viele Spalten. Ein Eingang war leicht zu übersehen. Es würde nichts nützen, wenn ich von vorn anfangen musste. Ich musste den Eingang jetzt finden und hoffen, dass es der richtige war und das kein Monster darin lauerte. Langsam tastete ich mich an dem Gestein entlang. Vielleicht war es kein richtiger Eingang. Vielleicht musste man einen Zugang öffnen. Ein Versuch konnte nicht schaden. Leise murmelte ich »Sesam öffne dich«, vor mir her und musste trotz meiner zum Zerreißen gespannten Nerven grinsen. Leider passierte gar nichts. Keine Felsbrocken verschoben sich, kein Durchgang tat sich auf.

Ich war so in meine verschiedenen Überlegungen versunken, dass ich den dunklen Spalt, beinahe übersehen hätte. Ich tastete mich an einem besonders spitzen Grat entlang, als meine Arme wegrutschten. Mühsam zog ich mich hinauf. Der Spalt verlief nicht senkrecht, sondern waagerecht im Felsen. Finsternis strömte mir aus dem schmalen Schlitz entgegen. Er war maximal einen halben Meter breit und nicht viel höher. Ob das der gesuchte Eingang war? Vorsichtig schwamm ich hinein. Kaum war ich in der Spalte verschwunden, als ich spürte, dass der nach oben anstieg. Konnte ich es wagen, in dem Wasser mein Licht zu beschwören? Ich hatte keine Ahnung, wo der Gang hinführte. Wenn er in dem Wasserbecken in der Grotte endete, war die Gefahr, dass die Undinen mein Licht bemerkten, zu groß. Es durfte also nur ein winziges Licht sein, beschloss ich. Die Vorstellung, dass etwas auf mich lauerte, und ich es nicht sah, war zu beängstigend. Langsam begann mein Licht zu glühen. Es durchdrang das dunkle Wasser, ich zog den Schein fest um mich. Er beleuchtete die muschelbewachsenen Wände des Gesteins. Der Gang war schmal, nicht geeignet für Leute mit Platzangst. Wobei diese sich sowieso nicht hierher verirren würden. Vorsichtig stieß ich mich ab und schwamm nach oben. Es grenzte an ein Wunder, dass es keine Löcher oder Höhlen gab, aus der mich giftige Seeschlangen, ein Rochen oder ein anderes Monster ansprang. Es erschien mir zu einfach. Offenbar waren die Undinen überzeugt davon, dass niemand hier eindringen konnte?

Nach einer Weile, in der mein Herzschlag sich beruhigt hatte, entschloss ich mich, mein Licht zu löschen. Ich hoffte, dass ich den richtigen Eingang erwischt hatte und nicht irgendwo auf der Insel auftauchte. Ich blickte nach oben. Ein winziger Lichtpunkt schimmerte über mir. Das konnte der Eingang zur Grotte sein. Je näher ich der Oberfläche kam, umso stärker begann mein Herz wieder zu schlagen. Ich war dort angelangt, wo ich hingewollt hatte. Obwohl – von Wollen konnte keine Rede sein. Ich schluckte und hielt an. Weiter nach oben zu steigen, erschien mir unmöglich. Mein Blut rauschte hinter meinen Augen und füllte meinen Kopf mit dumpfem Dröhnen.

Calum – dachte ich. Wo bist du? Was würde ich darum geben, ihn bei mir zu haben. Ich schaffe das nicht. Es ist zu viel verlangt. Die Verzweiflung schnürte mir die Kehle zu. Hätte ich mich in dem engen Gang zusammenkrümmen können, ich hätte es getan.

Excalibur war mein einziger Halt. Ich spürte, dass es zu glühen begann. Ein Prickeln zog sich meinen Arm hinauf und breitete sich in meinem Körper aus. Meine Angst wurde zu einer winzigen Kugel, die ich in meinem Kopf verschloss. Zuversicht durchströmte mich.

Ich hob den Dolch zu meiner Brust und presste ihn an mein Herz. »Danke«, flüsterte ich und stieß mich nach oben. Diese Aufgabe war für mich allein bestimmt. Niemand konnte mir helfen. Ich musste versuchen, diese Gedanken von mir abzuschütteln. Ich musste mich konzentrieren.

Ich wusste nicht, was mich in der Grotte erwartete. Alrin hatte den Spiegel allein vorgefunden. Es war unwahrscheinlich, dass die Undinen ihn noch einmal ohne Bewachung zurückließen.

Andererseits war da der Kampf. Er musste längst in vollem Gange sein. Waren die Undinen dort und warteten darauf, neue Opfer zu finden? Womöglich waren nur wenige zurückgeblieben.

Die Oberfläche war jetzt direkt über mir. Das Licht wurde heller, es schimmerte. Ich versuchte es mit meinen Blicken zu durchdringen, auf die andere Seite zu sehen. Es gelang mir nicht. Ich musste riskieren, aufzutauchen. So sah ich durch das Wasser lediglich die Decke der Grotte, die sich über mir wölbte.

Vorsichtig und ganz leise durchbrach ich die Oberfläche des klaren Wassers.

Was ich sah, ließ mir das Blut in den Adern gefrieren. Nach Alrins Beschreibung waren wir davon ausgegangen, dass die Grotte ein kleiner Raum war. Vor mir öffnete sich jedoch ein Ort, der deutlich größer war, als ich erwartet hatte. Es war dunkel hier drin. Das einzige Licht, das ich sah, stammte von unheimlichen schwebenden silbrigen Schatten. Starr vor Schreck wagte ich nicht, mich zu rühren. Ich war sicher, dass sie mein Auftauchen bemerkt hatten. Doch als nichts geschah, fand ich die Kraft meinen Kopf ein Stück weiter aus dem Wasser zu heben. Vorsichtig wandte ich ihn erst zu der einen und dann zu der anderen Seite. Danach war mir klar, weshalb diese Wesen mich nicht bemerkten. Ihre Aufmerksamkeit wurde von etwas anderem gefesselt.

Von Muril.

Der Spiegel stand mir direkt gegenüber. Ich konnte ihn durch die Schatten genau erkennen. Er erstrahlte in einem Glanz, an den ich mich nicht erinnern konnte. Ich musterte ihn genauer. Die Undinen hatten, wie auch immer, den Rahmen instand gesetzt. Jede der vier Seiten war mit filigranen Schriftzeichen überzogen. Nichts war mehr von den Beschädigungen zu sehen.

Während ich in die Betrachtung versunken war und darüber hinaus überlegte, ob ich einfach aus dem Wasser springen, zu Muril laufen und Excalibur in ihn hineinrammen sollte, begannen die Undinen einen seltsamen Singsang anzustimmen.

Als die ersten Töne mich erreichten, wurde mir schwindelig. Ich spürte, wie ich begann, meinen Willen zu verlieren. Sanft kroch ein Gefühl in mir hoch, das mir sagte, dass alles gut werden würde, dass ich mich nur fallen lassen brauchte. Mir würde nichts geschehen. Eindringlicher wurden die Töne. Sie riefen und lockten mich. Die Stimmen der Undinen formten sich zu Bildern, die mir alles versprachen, was ich mir je gewünscht hatte.

Ich sah Calum vor mir, der mich über eine grüne Wiese trug. Sanft legte er mich ab und begann mich zu küssen. Meine Mutter trat aus dem Schatten der Bäume hervor und hielt Ares an ihrer Hand. Ich stand am Ufer des Meeres und winkte Miro und Amia, in deren Mitte ein kleines Mädchen mit lilafarbenen Locken schwamm, die ihr in allen Himmelsrichtungen vom Kopf abstanden. Ich ließ mich fallen und versank. Meine Hände öffneten sich und Excalibur rutschte hinaus. Im selben Augenblick durchzuckte ein rasender Schmerz meinen Arm. Unwillkürlich griff ich zu und hielt den Dolch fest. Ich schüttelte mich und betrachtete meine Hand. Brandblasen zogen sich über die Innenfläche. Der Dolch hatte mich verbrannt. Weshalb?

Die Undinen. Sie hatten mich in ihren Bann gezogen. So funktionierte das also. Sie gaukelten ihren Opfern etwas vor. Wunschgebilde. Ich musste an Sirenen denken, die der Legende nach unschuldige Seemänner an ihre Küste gelockt hatten und diese jämmerlich sterben ließen.

Ich hatte nicht gedacht, dass das bei mir funktionieren würde. Ich war ein Mensch und noch dazu eine Frau. Ich hatte mich wohl getäuscht. Dass sie mich nicht sahen, bedeute nicht, dass ich ihrem Gesang nicht verfallen konnte. Zum Glück wusste Excalibur sich und mich zu schützen.

Wieder schwamm ich nach oben und lugte aus dem Wasser. Ich durfte nicht hinhören. Ich musste mich auf den Spiegel konzentrieren.

Jetzt wo ich wusste, was mich erwartete, fiel es mir leichter als gedacht. Während ich unter Wasser gewesen war, hatten die Undinen den Spiegel zum Leben erweckt. Unscharfe Bilder flackerten über das silberne Glas. Es dauerte eine Weile, bis sie an Schärfe gewannen. Dann konnte ich sehen, was mit den Menschen, die ich liebte, geschah.

Ein Kampf tobte so unerbittlich, wie ich es nicht für möglich gehalten hatte. Ich wusste nicht, wo dieser Kampf ausgetragen wurde. Aber ich war sicher, dass es nicht in Leylin war. Die Bilder huschten hin und her. Als ob die Undinen jemanden suchten. Ich sah hinter den Kämpfenden mal das Meer aufblitzen, mal in Nebel gehüllte Klippen.

Das Bild blieb stehen und ich sah, wie Shellycoats aus dem Wasser stiegen. Waren es Elins Anhänger oder standen diese auf unserer Seite? Ich erkannte Jumis und atmete auf. Doch konnte ich sicher sein, dass er noch einer von uns war? Konnte ich überhaupt bei jemandem sicher sein? Im Kampf war nicht zu erkennen, wer schon besessen war und wer nicht. Ich sah Elfen, die mit Faunen kämpften. Vampire in ihre dunklen Mäntel gehüllt, die sich gegen Shellycoats mit deren Dreizacks zu Wehr setzten. Als das Bild sich weiterschob, sah ich Merlin, der am Rand des Schlachtfeldes mit einer Gruppe anderer Zauberer

Blitze zwischen die Kämpfenden trieb. Ich fragte mich, ob er damit etwas ausrichten konnte. Verletzte und Verwundete lagen zwischen den Kämpfenden. Viele würden am Abend tot sein. Ich wollte das nicht sehen und konnte den Kopf doch nicht abwenden. Mehrere Male sah ich, dass sich silbrige Schatten aus am Boden liegenden Männern erhoben und über den Kämpfenden schwebten. Ich wusste, was sie suchten - einen neuen Körper, den sie in Besitz nehmen konnten. Die Männer, die sie auswählten hatten keine Chance. Es dauerte nur Sekunden und sie wandten sich gegen diejenigen, mit denen sie eben noch Seite an Seite gekämpft hatten.

Ich suchte Calum auf den Bildern. Ich musste wissen, ob es ihm gut ging. Immer weiter schob ich mich aus dem Wasser. Die Undinen vor mir beachteten mich nicht. Zu sehr waren sie selbst in die Bilder und ihren Gesang, der in ein monotones Summen übergegangen war, versunken.

Ich entdeckte Elisien, die auf einem schwarzen Pferd durch die Kämpfenden ritt. Dicht hinter ihr hielt sich Raven. Ein Shellycoat bahnte sich mit rasender Geschwindigkeit einen Weg zu ihnen. Ich wollte schreien, als ich sah, wie er seinen Dreizack nach Raven warf. Sie sah die Waffe nicht. Im letzten Moment verschloss ich mir mit meiner Hand den Mund. Elisien hob ihr Schwert und wehrte den Dreizack im Flug ab. Die Waffe fiel zu Boden. Ich atmete auf. Raven nickte Elisien zu und wies dann mit ihrem Schwert auf jemanden in der Menge. Ich folgte ihrem Blick.

Es war Elin. Elin, der umringt von seinen Kriegern mitten im Schlachtfeld stand und bei jedem Opfer, das er verletzte oder tötete, höhnisch lachte. Zorn wallte in mir auf. Leise stützte ich mich am Rande des Brunnens hoch. Ich musste näher an den Spiegel heran, wenn ich ihn zerstören wollte. Ich traute mir nicht zu, dass Excalibur den Spiegel traf, wenn ich ihn von hier aus warf. Werfen war nie meine große Stärke gewesen und ich wollte nicht riskieren, dass der Dolch am Rande des Spiegels abprallte oder in den Felsen landete.

Langsam stieg ich aus dem Wasser. Jeder von mir abperlende Wassertropfen klingelte in meinen Ohren. Zitternd setzte ich meine Füße auf den Boden der Grotte. Den Spiegel ließ ich nicht eine Sekunde aus den Augen.

Immer neue Gegner stürzten aufeinander los. Das Gebrüll und das Klirren der Waffen füllte die Grotte mit ohrenbetäubendem Lärm. Es war, als würden die Kämpfenden jeden Moment durch den Spiegel dringen.

Und dann sah ich Calum. Das Hemd, das er trug, war blutverschmiert. In einer Hand hielt er einen Dreizack, mit der anderen versuchte er das Blut zu stoppen, das aus einer Wunde an seiner Schulter sickerte. Er war blass, aber in seinen Augen leuchtete ein mir unbekanntes Feuer. Er würde dieses Schlachtfeld nur siegreich verlassen – oder tot.

Ich richtete mich auf und ging einige Schritte auf den Spiegel zu.

In diesem Moment stand Calum Joel gegenüber. Er wich zurück und ich hielt inne. Dieser Mann, der dort im Spiegel stand, glich seinem Freund optisch bis aufs Haar, aber jeder, der ihn sah, wusste sofort, dass es nicht mehr Joel war. Calum kam nicht dazu nachzudenken, nicht dazu fortzulaufen. Ich ahnte, dass er diesem Kampf ausweichen wollte, aber Joel ließ ihm keine Wahl. Mit einem Schrei, der aus der Kehle eines wilden Tieres zu stammen schien, stürzte er sich auf seinen besten Freund. Klirrend trafen ihre Waffen aufeinander. Ich sah, wie Elin sich näher an die beiden Kämpfenden heranschob. Diese Gelegenheit würde er sich nicht entgehen lassen. Raven und Elisien versuchten auf ihren Pferden die Horden zu durchdringen, um Calum zu Hilfe zu eilen. Es war aussichtslos. Sie mussten selbst um ihr Leben kämpfen. Jetzt rutschte Raven vom Pferd. So war sie schutzlos, konnte aber Calum schneller erreichen. Der Hass in Joels Augen machte mir Angst, doch noch war der Kampf ausgeglichen. Aber der Blutverlust schwächte Calum und Joel trieb ihn unerbittlich durch die Menge. Was sah er in seinem Kopf, während er seinen besten Freund in den Tod trieb? Ich wimmerte leise auf vor Angst und war unfähig mich zu rühren. Doch ich musste einen Platz suchen, der die besten Bedingungen für mein Vorhaben bot. Vorsichtig schob ich mich hinter den Undinen vorbei, zu einer Stelle, von der aus ich werfen konnte und sicher war, dass ich den Spiegel nicht verfehlen würde.

Elin hatte Joel und Calum beinahe erreicht. Nur wenige Meter trennten ihn von den beiden. Er würde mit Calum kurzen Prozess machen. Ich musste handeln, sofort. Miro tauchte in meinem Blickfeld auf. Er schien unbewaffnet und drängelte sich durch die wild kämpfenden Männer. Jetzt hatte er Elin erreicht. Er stellte sich ihm einfach entgegen und hielt ihn damit auf. Er musste den Verstand verloren haben. Elin lachte böse.

»Der arme, kleine Ehemann meiner Schwester. Hat sich niemand Besseres gefunden, nachdem Calum sie nicht mehr wollte?«, höhnte er laut. Die Umstehenden zogen sich von den beiden zurück. »Amia und ich lieben uns, Elin. Etwas, von dem du keine Ahnung hast.«

Ich kam nicht umhin, Miros Mut zu bewundern. Damit verschaffte er Calum wichtige Minuten. Trotzdem war es furchtbar gefährlich. Gefährlich und dumm.

»Liebe.« Elins Stimme hatte einen gefährlichen Klang angenommen. »Liebe bedeutet nichts – außer Schmerz und Verlust. Was für ein armseliges Leben der führt, der liebt. Immer in der Angst, den zu verlieren, an den er sein Herz gekettet hat.«

»Davon verstehst du nichts«, Miros Stimme zitterte jetzt ein wenig. Es wäre klüger, wenn er verschwand. Weshalb kam ihm niemand zu Hilfe?

»Ich verstehe nichts davon?« Elins Stimme steigerte sich zu einem Kreischen. »Da hast du recht.« Er trat einen Schritt auf Miro zu. »Du aber bald auch nicht mehr«, flüsterte er und hob seinen Arm. Der Dreizack in seiner Hand blitzte auf.

Ich wusste auch später nie, woher sie gekommen war. Keiner hatte sie vorher auf dem Schlachtfeld gesehen. Sie war einfach da.

Amia schob sich vor Miro und der Dreizack, der für ihn bestimmt war, bohrte sich in ihre Brust.

Das war der Moment, in dem Excalibur meine Hand verließ und Muril in zwei Hälften spaltete.

Mein Schrei vermischte sich mit dem Kreischen der Undinen. Ich versuchte mir die Ohren zuzuhalten und sank in die Knie. Der Schmerz brannte sich seinen Weg durch meinen Körper. Ich fiel zu Boden wand mich, um die quälenden Geräusche zu vertreiben. Ich sah, wie die Schatten der Undinen sich mir zu umwandten und an mich heranrückten. Selbst in diesem Zustand konnte man ihre Schönheit erahnen. Wunderschöne Wesen mit leblosen Augen. Sie umringten mich und griffen mit ihren Schattenhänden nach mir. Eisige Kälte floss durch meine Adern. Ohne Excalibur war ich ihnen hilflos ausgeliefert. Mir war, als ob sie an mir zerrten. Sie zerrten an meiner Seele, das durfte ich nicht zulassen. Ich stemmte mich hoch. Sie würden versuchen, mir meine Seele zu rauben, doch ich war sicher, dass sie meinen Körper nicht aufhalten konnten. Millimeter für Millimeter näherte ich mich dem Dolch. Die Undinen um mich herum stimmten wieder ihren betörenden Gesang an. Ich wusste, was mich erwartete, also wappnete ich mich gegen die Trugbilder, die kommen würden. Ich durfte nicht zulassen, dass sie mich jetzt noch aufhielten. Diesmal waren sie schrecklicher, als ich mir hätte ausmalen können. Ich sah Calum blutüberströmt neben einer toten Amia liegen. Miro hatte ihren Kopf in seinen Schoß gebettet, während Elin triumphierend neben ihnen stand. Raven sah mitleidlos auf Calum hinab. Ihre Augen glühten kalt im Licht des beginnenden Morgens.

Ich brach zusammen. Wenn es wahr war, was ich da sah, dann konnte ich auch gleich liegen bleiben. Dann war es vorbei. Ich hatte nichts ausrichten können. Trotzdem ich Muril zerstört hatte, war der Kampf verloren gegangen.

Plötzlich verstummte der Gesang. Die Bilder verschwanden. Ich sammelte meine letzte Kraft und sah auf.

Es musste eine Halluzination sein. Die Gesichter der Undinen verwandelten sich vor meinen Augen. Ihre Münder mit den sinnlichen Lippen wurden zu dunklen Schlünden, dann zerknitterte ihre zarte Haut. Die Haare, die eben noch seidig geglänzt hatten, wurden grau.

Es war noch nicht zu Ende. Ich sah zu Muril. Er war in zwei Teile zerbrochen. Doch er musste zu Staub werden, wenn ich die Prophezeiung erfüllen wollte, fiel mir ein. Jeden anderen Gedanken aus meinem Kopf sperrend kroch ich dem Spiegel entgegen.

Immer noch versuchten die Undinen nach mir zu greifen. Sie konnten mich nicht festhalten, doch ihre Berührungen brannten sich wie Feuer durch meinen Anzug auf meine Haut. Ihr bezaubernder Gesang war in ein unmenschliches Schreien übergegangen.

Die Schmerzen waren unerträglich. Krämpfe peitschen meinen Körper. In unendlicher Langsamkeit kroch ich zu Muril. Die beiden Hälften lagen auf dem Boden. Die obere war in viele Einzelteile zerbrochen. Mit letzter Kraft sank ich auf dem unteren Teil zusammen. Man konnte immer noch sehen, was auf dem Schlachtfeld geschah. Miro hielt Amia im Arm. Tränen rannen über sein Gesicht. Raven hielt ihn fest und auch sie weinte. Elin stand über seiner Schwester. Sein Gesicht zu einer Maske erstarrt.

Und dann geschah etwas, dass ich nie vergessen würde. Silbrige Schatten lösten sich aus den Körpern unserer Gegner. Viele der Männer brachen zusammen. Joel erstarrte mitten im Kampf und nur in letzter Sekunde konnte Calum seinen Dreizack zurückziehen, um ihn nicht zu verletzen. Auch aus Joel entwich einer der Schatten. Joel fiel Calum in die Arme. Die Schatten verharrten über ihren vormaligen Opfern, als würden sie abwarten. Calum beugte sich über seinen Freund und schüttelte ihn. Joel schlug seine Augen auf und blickte ihn an. Selbst durch den Spiegel sah ich, dass er zurück war.

Weitere Schatten lösten sich und schwebte über den eben noch Kämpfenden.

Ich sah nicht, wer Miro das Schwert gab. Bevor jemand ihn daran hindern konnte, stürmte er auf Elin zu, der unbeweglich stehen blieb. Jeder wusste, dass es für ihn ein Leichtes gewesen wäre, Miro abzuwehren, ein Leichtes ihn zu töten.

Miro achtete weder auf die Umstehenden noch auf den übergroßen Schatten, der sich seinen Weg aus Elins Körper bahnte. Er stürmte auf ihn zu und bohrte ihm das Schwert mit solcher Wucht ins Herz, dass beide das Gleichgewicht verloren und zusammen zur Erde fielen.

Immer noch rührte sich niemand. Erst Elisien trat mit versteinertem Gesicht zu den beiden und zog Miro von Elin fort.

Überdeutlich rückte Elins Gesicht in den Spiegel. Ich weiß nicht, ob jemand dort seine Worte hörte. Mir brannten sie sich ins Gedächtnis. »Das hab ich nicht gewollt, Amia. Verzeih mir.« Dann starb er.

Das Grauen, das ich gesehen hatte, lähmte mich. Ich wollte, dass alles zu Ende war. Weshalb verschwanden die Schatten nicht? Weshalb blieben sie dort und weshalb hier?

Ich bäumte mich auf, als sich ein rasender Schmerz seinen Weg durch meine Adern bahnte. Die Undinen mit ihren furchtbaren Gesichtern hatten einen engen Kreis um mich gebildet. Grelles Licht blitzte hinter meinen Augen.

Ich tastete nach Excalibur. Als ich den Dolch in meiner Hand fühlte, stach ich auf die Reste des Spiegels ein, der unter meinen Händen zu feinem Staub zerbröselten. Immer heftiger stieß ich zu, denn je mehr der Spiegel zu Staub zerfiel, umso geringer wurden meine Schmerzen. Ich hielt erst inne, als meine Kraft endgültig erschöpft war.

Stille umgab mich. Nichts war mehr zu hören von dem Wutgeheul der Undinen. Sie waren von mir abgerückt. Reglos umgaben sie mich. Ich konnte nur ahnen, dass es sich auf dem Schlachtfeld ähnlich verhielt. Ich sah auf meine Hände. Silbriger Staub bedeckte sie. Von Muril war nichts übrig geblieben. Excalibur hatte seine Aufgabe erfüllt. Fest umfasste ich den Dolch und stand auf.

Was geschah nun mit den Undinen? Waren sie besiegt? Oder würden sie auf den Nächsten warten, der ihren Versprechen verfiel? Was hatte die Prophezeiung versprochen? *Wenn der*

Spiegel zerstört ist, wird auch die Macht der Undinen endgültig gebrochen und diese werden zu silbernen Staub zerfallen.

Hier zerfiel jedenfalls keine. Zwar sahen sie nicht mehr taufrisch aus und in diesem Zustand würde sicher kein Mann mehr auf sie hereinfallen, von Staub konnte jedoch keine Rede sein.

Was würden sie tun, wenn ich ging?

Ich machte einen Schritt in Richtung des Brunnens und da begann es. Die Undine, die mir am nächsten war, zerbröselte vor meinen Augen. Ganz sanft, beinahe wie Sand, zerfiel sie zu Staub, der tatsächlich silbrig glänzte. Ich konnte den Blick nicht abwenden. Eine Undine nach der anderen ereilte dieses Schicksal. Als es zu Ende war, glitzerte der Boden der Grotte und funkelte.

Ich war allein. Keine einzige Undine war übrig geblieben. Sie waren fort. Wind fuhr in die Grotte und verwehte ihre Überreste. Fröstelnd legte ich mir meine Arme um die Brust. Ich spürte nichts mehr. Das Gekreische in meinem Kopf war verstummt, die Schmerzen in meinem Körper abgeebbt. Nur ein Gedanke beherrschte mich.

Amia.

Was war mit ihr geschehen? War sie verletzt oder … Ich wollte den Gedanken nicht denken. Ich wollte hoffen, solange es möglich war.

Ich spürte das Beben unter mir, ehe ich es hörte. Das Meer schien sich befreien zu wollen. Befreien von der Last, die die Undinen ihm jahrhundertelang aufgebürdet hatte. Befreien von dem Bösen, dass sie angerichtet hatten. Grollen stieg aus dem Inneren der Insel herauf.

Vor meinen Augen brach ein Felsen herunter und versperrte den Eingang der Grotte. Ich lief zu dem Brunnen und sah hinein. Würde ich es schaffen, den engen Tunnel zu durchschwimmen, bevor alles zerbrach? Hinter mir hörte ich, wie weitere Felsen auf den Boden der Grotte knallten.

Ohne länger nachzudenken sprang ich.

Hastig zog ich mich durch das Wasser nach unten in die Tiefe, die sich mir wieder tintenschwarz entgegenstreckte. Über mir hörte ich den Lärm der zusammenbrechenden Steine. Der Gang wurde schmaler. Die Kraft des Bebens, das nun die Insel erschütterte, schien ihn zusammenzuschieben. Mit Mühe zwängte ich mich hindurch. Ich fragte mich, wie lange es dauern würde, bis ich die Biegung erreichte. Würde ich es schaffen, oder würden die Felswände mich zerquetschen? Mein Anzug riss an der Schulter auf und das Gestein hinterließ blutige Schlieren auf meiner Haut. Verzweifelt griff ich in die scharfkantigen Muscheln, die den Stein überwucherten, und zog mich daran herab. Endlich erreichte ich die Biegung. Lose Steine hatten sich auf dem Boden gesammelt. Ich spürte, wie sie von oben in den Gang rieselten. Es würde nicht lange dauern und der Gang war verstopft. Verzweifelt begann ich, das lose Geröll hinter mich zu schieben. Immer mehr davon fiel von der niedrigen Decke auf meinen Rücken hinab. Mühsam kämpfte ich mich Zentimeter für Zentimeter hindurch. Jetzt war Excalibur mir keine Hilfe mehr. Ich kam immer langsamer voran. Weshalb war dieses letzte Stückchen mit einem Mal so lang? Ich spürte, wie mir die Luft ausging. Das Geröll drückte meinen Brustkorb zusammen. Wenn ich es nicht schaffte, hier herauszukommen, dann würde ich ersticken. Ich würde Calum nie wiedersehen, ihn nie wieder spüren, nie wieder Schutz in seinen Armen finden. Das durfte nicht sein. Nicht nachdem ich die Undinen besiegt hatte. Dieser verdammte Gang musste ein Ende haben und auf der anderen Seite wartete das offene Meer – meine Rettung. Ich schob mit meiner letzten verzweifelten Kraft. Ich stieß und drückte. Der Sand vor mir gab nach und Wasser schoss in den Gang. Es umspülte mich mit eisiger Frische. Tief atmete ich ein und stieß mich aus dem Gang heraus. Ich war frei.

Meine Freude währte nur kurz. Gesteinsbrocken rasten an mir vorbei und schlugen unter mir auf dem Meeresboden auf. Wirbelnde Sandfontänen stiegen nach oben. Es dauerte ein Augenblick, bis ich realisierte, was hier geschah.

Die Insel brach auseinander. In immer schnellerer Folge brachen Felsstücke und Steine aus den Wänden. Den Druckwellen, die sie durch ihren Aufprall am Meeresboden auslösten, war ich hilflos ausgeliefert. Ich war ihr Spielball, ohne Aussicht auf Rettung. Ich konnte mich nirgendwo festhalten. Ich konnte nur versuchen den Geschossen, die in rasender Geschwindigkeit auf mich zukamen, auszuweichen. Ein Stein traf mich an der Schulter. Der Schmerz lähmte mich. Ich fühlte mich nicht imstande, länger um mein Leben zu kämpfen. Ich war am Ende meiner Kräfte. Die Insel zerbrach und sie würde mich mit in die Tiefe reißen.

Calum, dachte ich verzweifelt. Ich werde es nicht schaffen, zu dir zurückzukehren. Es tut mir leid. Ich habe es versucht. Aber ich kann nicht mehr.

Erschöpfung übermannte mich. Ich ließ einfach alles los. Sollte die Insel mich mitnehmen. Wenn das der Preis war, würde ich ihn zahlen. Immerhin hatte ich meine Aufgabe erfüllt. Ich hatte Calums Welt gerettet. Wieder wurde ich von einer Druckwelle hochgeschleudert. Ich riss die Augen auf. Ein gigantischer Steinkoloss kam mir entgegen. Angstvoll starrte ich ihn an. Er würde mich zermalmen. Ich drehte mich um und versuchte meine letzte Kraft zu mobilisieren. Das Wasser, das er verdrängte, drückte mich zum Meeresgrund. Ich konnte ihm nicht entkommen, nicht wenn ich weiter mit der Geschwindigkeit einer Schnecke schwamm. Dann war er über mir. Er streifte meinen Rücken. Gleichzeitig riss etwas an mir. Ich wurde weiter nach unten gedrückt. Aufschäumender Sand verstopfte mir die Nase, den Mund und die Augen. Ich schlug um mich und versuchte meine Beine zu befreien, die zu keiner Bewegung mehr fähig schienen. Dann wurde es dunkel.

Es war vorbei.

20. Kapitel

Ich träume. Es ist ein schöner Traum. Vertraute Hände streicheln mich. Befreien mein Gesicht von Steinen und Sand. Fahren sanft über die Wunden auf meiner Haut. Arme halten mich fest und wiegen mich. Ich will nicht aufwachen. Ich will nicht, dass der Traum vorbei ist. Enger schmiege ich mich in die Umarmung. Ich fühle warme Haut auf meiner Wange. Ich rieche vertrauten Duft. Wenn ich aufwache, werden das Brausen und Donnern wieder da sein. Das Kreischen der Undinen gellt durch meinen Kopf. Zerreißt mich. Ich schrecke zusammen, doch die Arme halten mich. Ich höre Calums Stimme. Er tröstet mich, redet leise auf mich ein. »Du wirst mich nicht verlassen«, sagt er. »Es wird alles gut werden, Emma. Hörst du mich?«, fleht er. »Du musst nur aufwachen. Du musst zu mir zurückkommen. Ich werde nicht allein hier bleiben.«

Ich kann meine Augen nicht öffnen. Ich habe Angst, dass der Traum dann im Wasser zerrinnt. Wo bin ich? Ich beginne zu zittern. Bilder des Kampfes formen sich in meinem Kopf. Wie der Scharfmacher einer Kamera fokussiert mein Gehirn ein Bild. Amia in den Armen von Miro. Elins Dreizack steckt tief in ihrer Brust. Auf ihrem Gesicht ein letztes sanftes Lächeln. Ich weiß nicht, ob es Miro, ihrem Bruder oder beiden gilt.

Ich schluchze. Ich will das nicht sehen. Ich schlage um mich. Die Bilder sollen verschwinden.

»Ich bin bei dir«, flüstert Calum in mein Ohr. Er küsst mich. Ich schlinge meine Arme um seinen Hals. Endlich öffne ich die Augen.

Hellblaues Wasser umspielte meinen Körper. Calum saß an einen Felsen gelehnt und hielt mich in den Armen. Seegras bedeckte den Meeresgrund. Ich konnte durch das Wasser die Sonne sehen. Beruhigend streichelte er mich. »Es ist vorbei«, sagte er sanft.

»Du hast mich gerettet«, stellte ich verwundert fest und versuchte meine Beine zu bewegen. Es gelang mir nicht. Aber wenigstens lebte ich. Das war mehr, als ich erwartet hatte.

»Nur einen Moment später und die Trümmer der Insel hätte dich begraben«, antwortete Calum.

Ich erinnerte mich an den riesigen Brocken, der auf mich zugerast war.

»Wie konntest du das nur tun? Was hast du dir dabei gedacht? Du hättest sterben können. Beinahe hätte ich dich verloren.«

Ich lächelte ihn an. Das war so typisch für ihn.

Er beugte sich über mich und küsste mich mit solcher verzweifelten Leidenschaft, dass alles andere unwichtig wurde.

»Ich musste. Es gab keinen anderen Weg. Aber wie hast du mich gefunden?«, fragte ich ihn, als er mich wieder freigab.

»Raven kam zu mir. In dem Moment, in dem die feindlichen Kämpfer erstarrten und diese gruseligen Schatten ihre Körper verließen. Ich wollte den Kampf nicht verlassen und erst verstand ich nicht, wovon sie sprach. Sie meinte, ich müsste dich retten. Ich sollte im Meer nach dir suchen. Auf deine Stimme hören. Erst dachte ich, sie hat den Verstand verloren. Ich glaube, wenn ich nicht getan hätte, was sie von mir verlangte, hätte sie mich eigenhändig ins Meer geprügelt. Also tat ich, was sie befahl. Kaum war ich im Wasser, hörte ich dich. Hätte ich nur eine Sekunde länger gezögert – ich wäre zu spät gekommen.«

Ich legte meine Finger auf seinen Mund und strich über seine Lippen.

»Es ist vorbei«, wiederholte ich seine Worte und hoffte, dass er sich beruhigte.

»Amia ist tot«, flüsterte er.

Dunkle Verzweiflung kroch in meine Fingerspitzen und lähmte mich. Es war also wahr.

Calum zog mich fester an sich und vergrub sein Gesicht in meinem Haar. Sein Körper bebte.

Amia und Calum. Sie waren zusammen groß geworden. Sie hatten soviel miteinander geteilt. Amia, Calum und Elin.

Jetzt lebte nur noch er.

»Joel?«, fragte ich leise.

»Er lebt.«

Erleichtert nickte ich und strich Calum durchs Haar.

Wir schwiegen beide dicht aneinandergeschmiegt.

Tränen liefen mir die Wangen hinunter und vermischten sich mit dem Meereswasser. Ich würde sie so vermissen. Jeden einzigen Tag, der zukünftig kommen würde, würde sie mir fehlen. Ich traute mich nicht, nach ihrem Kind zu fragen. Ich traute mich nicht, an Miro zu denken – an seinen unendlichen Schmerz.

»Du hast mich nicht gefragt«, stellte Calum nach einer Weile fest und ein Vorwurf schwang in seiner Stimme.

»Was gefragt?« ich strich mit meinen Fingern über seine Brust.

»Ob ich noch ich selbst bin. Ich hatte dir beim Abschied gesagt, dass du mir nicht trauen sollst, wenn wir uns wieder sehen.«

»Wenn du nicht mehr du wärst, hättest du mich nicht gerettet, schätze ich.«

»Vermutlich nicht«, antwortete er und klang resigniert. »Es wäre trotzdem schön, wenn du ein einziges Mal das tun könntest, worum ich dich bitte.«

»Bist du noch du selbst?«, fragte ich und versuchte zu lächeln.

Calum schwieg, bis ich zu ihm aufsah. Sein Blick war in die Ferne gerichtet.

»Wer von uns wird das jemals wieder sein?«

Darauf gab es nichts zu sagen.

»Wir sollten an Land schwimmen. Sie werden auf uns warten. Meinst du, du schaffst das?«, fragte Calum.

»Wenn du mich nicht loslässt.«

Ich versuchte mich aufzurichten. Meine Beine knickten unter mir weg. Besorgt sah Calum mich an und nahm mich auf seine Arme.

»Irgendwo hier ist eine Barriere«, warnte ich. »Sie ist aus Strudeln und Sand. Die Undinen müssen sie errichtet haben, um Eindringlinge fernzuhalten.«

»Hier ist nichts mehr«, erwiderte Calum. »Nur friedliches Meer. Alles, was die Undinen jemals erschaffen haben, ist verschwunden. Für immer.«

Behutsam schwamm er mit mir durch das Wasser der Sonne entgegen. Am Ufer trug er mich an Land.

Es war nicht weit von der Stelle entfernt, an der ich ins Wasser gegangen war. Ich erkannte sie wieder. Die Klippen hatte ich im Spiegel gesehen. Hier hatte der Kampf stattgefunden. Weshalb hatte Elisien diesen Platz ausgewählt? Fragend sah ich Calum an.

»Raven hat Elisien im letzten Augenblick überzeugt, hier zu kämpfen. Sie hat uns nicht gesagt, weshalb. Es war gefährlich, herzukommen und wir waren nicht sicher, ob alle Krieger zur rechten Zeit hier eintreffen würden. Aber du kennst sie ja. Wenn sie sich etwas in den Kopf gesetzt hat, setzt sie das auch durch.«

Ich nickte. Raven hatte diesen Platz ausgesucht. Raven hatte Calum geschickt, mich zu retten. Raven hatte alles gewusst, wurde mir da klar. Die Frage war nur, wer hatte es ihr verraten? Mir fiel nur einer ein. Peter.

Ich war entrüstet. Mir hatte er verboten, Calum einzuweihen. Er hatte sogar verlangt, dass wir im Streit auseinandergingen. Wenn ich ihn in die Finger bekam.

Von dem Kampf, der letzte Nacht hier getobt hatte, war nichts zu sehen. Lediglich der Sand war womöglich aufgewühlter als sonst. Spaziergänger, die sich in den nächsten Tagen hierher verirrten, würden sich über den silbernen Staub wundern, der zwischen den Steinen lag und seltsam funkelte. Ich sah mich um. Alle Kämpfer waren fort. Nur am Rande der Klippen lagerte eine kleine Gruppe. Dorthin trug Calum mich.

Elisien und Raven kamen uns entgegen. Ferin und Joel folgte ihnen und auch Morgaine flatterte hinterher. Als sie uns erreicht hatten, setzte Calum mich im Sand ab. Einer nach dem anderen umarmte mich. Ferin begann zu weinen und auch Ravens Augen füllten sich mit Tränen.

»Emma. Wo ist Peter?«, fragte sie mit einer Stimme, die nicht zu ihr passte. Auf der Stelle bekam ich Mitleid mit ihr. »Er war nicht an eurem Wagen. Er ist überhaupt nicht hier. Was ist mit ihm geschehen?«

»Gawain hat ihn schwer verletzt.« Ich sah, dass Raven blass wurde. »Er musste in Avallach bleiben, damit der Baum ihn heilt.«

Elisien blickte von mir zu Raven. Dann fiel ihr Blick auf den schimmernden Dolch, den ich nicht losgelassen hatte und immer noch in der Hand hielt.

»Ich denke, dass ihr uns eine Menge zu erklären habt«, sagte sie dann. »Aber erst einmal sollten wir nach Leylin zurückkehren.«

»Wo sind alle hin?«, fragte ich.

»Die Völker haben mit ihren Toten und Verwundeten in aller Frühe den Kampfplatz verlassen. Jetzt kommt die Zeit des Trauerns.«

Sie pfiff und ihr Pferd trabte heran. Auch Raven schwang sich auf ihres, nicht ohne mir noch einmal einen schuldbewussten Blick zu zuwerfen. Sie wusste, dass sie und Peter mir eine Erklärung schuldig waren. Wenn sie einen Weg gefunden hatten, das Geheimnis zu teilen, dann hätten sie mir und Calum dies auch zubilligen müssen. Das würde ich nicht so leicht verzeihen.

Calum trug mich zum Auto. Ferin und Joel folgten uns schweigend. Die beiden würden mit uns nach Leylin fahren.

Trotz der Schmerzen schlief ich ein, kaum dass wir einige Kilometer gefahren waren. Niemandem war nach Reden zumute. Jeder hing seinen Gedanken nach. Ich war sicher, dass es bei allen die gleichen waren. Die Erinnerungen an Amia.

Als ich aufwachte, lag ich in einem Krankenzimmer. Alles um mich herum war weiß. Vorsichtig wandte ich meinen Kopf zur Seite und lächelte. Calum lag neben mir und schlief. Ich kuschelte mich an ihn und er zog mich, selbst im Schlaf fester an sich.

Lange lag ich so da und hörte sein Herz schlagen. Sollte es tatsächlich vorbei sein? Brauchten wir uns zukünftig vor niemandem mehr fürchten? Sich das vorzustellen, war merkwürdig. Was würden wir nun anfangen – wir zwei?

»Es gibt nur eins, was jetzt wichtig ist«, sagte Calum plötzlich mit so klarer Stimme, als ob er schon länger wach war und überdies meine Gedanken gelesen hatte. »Wir müssen Miro beistehen.«

»Wo ist er jetzt?«, fragte ich.

»Er hat Amia mit nach Berengar genommen.«

»Ich würde sie gern noch einmal sehen«, sagte ich stockend. Ich fürchtete mich davor und trotzdem wusste ich, dass ich Abschied von ihr nehmen musste. Ich konnte sie so nicht gehen lassen.

»Es wird eine Zeremonie für die Gefallenen geben. Für alle«, antwortete Calum.

Ich sah zu ihm hoch. »Für alle?«

»Der Feind ist vernichtet. Die Männer, die für die Undinen gekämpft haben, können dafür nicht verantwortlich gemacht werden. Sie waren selbst Opfer. Es ist wichtig für uns und ihre Familien, mit ihnen Frieden zu schließen.«

»Meinst du damit auch ihn?« Ich wollte seinen Namen nicht hier haben.

»Nein, er nicht. Das können wir den anderen Völkern nicht zumuten. Jumis hat sich darum gekümmert.«

Calum und ich schwiegen, obwohl es soviel gab, was wir uns zu sagen hatten.

»Wie fühlst du dich?«, fragte er.

Ich bewegte vorsichtig meine Beine. Mit den Zehen wackeln ging schon ganz gut. Ich versuchte aufzustehen, musste aber einsehen, dass ich das nicht allein schaffen würde.

»Die Heiler haben dich vier Tage lang in einen Schlaf versetzt«, erklärte er. »Deine Beine waren schlimmer verletzt, als ich befürchtet hatte, und deine Haut war übersät mit Brandblasen und roten Striemen.«

Verwundert hob ich die Decke hoch und musterte meine Beine und Arme. Außer ein paar rosa Streifen war nichts mehr zu sehen. »Die Undinen haben mich mit ihren Berührungen verbrannt«, erklärte ich.

»Sobald du dich kräftig genug fühlst, werden wir im Schloss erwartet«, sagte Calum. »Ich bin nicht der Einzige, den deine Geschichte interessiert.«

»Ich kann nicht gehen«, protestierte ich. »Außerdem würde ich lieber mit dir im Bett bleiben. Am liebsten für immer«, setzte ich hinzu.

»Gute Idee«, sagte Calum und zog mich zu sich heran. »Alles andere kann warten«, murmelte er und küsste mich, so dass sämtliche schmerzhaften Erinnerungen für den Moment verschwanden.

Es klopfte an der Tür. Calum zog mir die Decke bis zum Kinn und setzte sich auf. »Herein«, rief er dann.

In der Tür stand Raven. Mit schuldbewusstem Blick sah sie mich an.

Ich wollte ihr nicht so leicht verzeihen, dass sie und Peter mich getäuscht hatten. Andererseits, hätten sie das nicht getan, läge ich jetzt zerquetscht auf dem Meeresgrund. Vielleicht sollte ich ihr doch verzeihen. Ich lächelte sie an.

Erleichtert lächelte sie zurück.

Mein Blick fiel auf ein winziges Bündel in ihrem Arm. Es quietschte.

Raven kam zum Bett und setzte sich auf den Rand.

Aus den bunten Tüchern, die das Bündel hielten, sahen mich Amias Augen an. Ich schluckte. Ernst betrachteten sie mich, bevor sich der kleine Mund zu einem Lächeln verzog. Obwohl mir eher zum Weinen war, konnte ich nicht anders und lächelte zurück. Raven reichte mir das Päckchen und ich nahm es in die Arme. Ganz leicht und warm lag es da und strahlte mich an.

Vorsichtig schob ich die Tücher von dem Köpfchen. Lilafarbene Locken umringelten das zarte Gesicht.

Ehrfürchtig sah Calum das Baby an, bevor er vorsichtig ihr Haar berührte.

»Lilafarbenes Haar«, stellte er das Offensichtliche fest. »Sie wird etwas ganz Besonderes in unserem Volk sein.«

»Amia hat sie Lila genannt«, sagte Raven. »Sie ließ sie bei Jumis Frau, nachdem Miro zum Kampf aufgebrochen war. Sie wollte ihn nicht gehen lassen. Es wäre besser gewesen, sie wäre auch dort geblieben.«

Böse sah ich sie an. »Dann wäre Miro jetzt tot.«

Raven biss sich auf die Lippen. »Entschuldige«, sagte sie leise.

Ich hatte meinen Blick wieder Lila zugewandt und streichelte ihre Haut, die wie feinstes Porzellan schimmerte. Noch nie hatte ich so was Hübsches gesehen.

»Jumis hat sie hergebracht. Ihr seid ihre Paten«, erklärte Raven. »Wir denken, bei euch ist sie am besten aufgehoben, bis Miro sich um sie kümmern kann.«

Ich drehte den Ring an meinem Finger. Den Ring, den ich am Tage von Miros und Amias Verbindung bekommen hatte und mit dem ich ein Versprechen gegeben hatte. Das Versprechen, mich um sie und ihre Kinder zu kümmern und immer für sie da zu sein. Bei Amia hatte ich versagt. Ein Gedanke verfestigte sich in meinem Kopf. Hätte ich den Dolch früher geworfen. Hätte ich nicht so lange gewartet, dann wäre alles anders gekommen. Dann hätte Elin seine Schwester nicht getötet, dann hätte die Undine seinen Körper früher verlassen.

Ich begann so zu zittern, dass Raven mir erschrocken das Baby aus den Armen nahm. Ich schlang meine Arme um meinen Körper und lehnte mich gegen Calum.

»Emma. Was ist los?« Calum nahm mein Gesicht in seine Hände.

»Sieh mich an«, forderte er.

»Ich bin schuld«, flüsterte ich. »Ich bin schuld, dass Amia tot ist. Ich habe einfach zu lange gewartet.«

»Das ist nicht wahr, Emma. Das darfst du nicht denken. Hörst du? Niemand ist schuld. Wir dürfen nicht einmal Elin dafür die Schuld geben. Das hätte Amia nicht gewollt. Schuld sind einzig und allein die Undinen.« Calum nahm mich in seine Arme und wiegte mich beruhigend hin und her. »Und wärst du nicht so mutig gewesen und hättest dein Leben für uns alle aufs Spiel gesetzt, dann hätten wir den Kampf verloren. Sie hätten uns besiegt und von jedem von uns Besitz ergriffen. Wir werden das nie gut machen können. Amias Tod …« Er stockte, bevor er die nächsten Worte aussprach. »Das war Schicksal.«

Ich wusste, dass Calum irgendwie recht hatte. Mein Verstand wusste das. Doch mein Herz sagte etwas anderes. Ich hätte sie retten müssen. Für mich, für Miro und vor allem für Lila. Jetzt würde das kleine Geschöpf aufwachsen, ohne jemals zu wissen, was es für eine wundervolle Mutter gehabt hatte.

Es dauerte lange, bis ich mich einigermaßen beruhigt hatte.

Lila fing an zu weinen.

»Was hat sie?«, fragte ich Raven ängstlich.

»Ich schätze, sie hat Hunger.«

»Was sollen wir tun?«

»Fühlst du dich stark genug, mit zum Schloss zu kommen?«

Ich sah auf meine Beine.

»Ich habe eine Sänfte und Träger mitgebracht. Sie warten draußen. Elisien möchte dich sehen und die ganze Geschichte erfahren. Dr. Erickson und Sophie sind sicher längst im Schloss. Und dort wird Lila auch zu trinken bekommen.«

Fragend sah ich Calum an. »Ich würde auch gern endlich die ganze Geschichte erfahren«, sagte er.

Seufzend ergab ich mich meinem Schicksal. Calum half mir mich anzuziehen. Dann trug er mich vor die Tür und setzte mich in die Sänfte. Raven legte mir Lila in die Arme, die sofort meine Hand zu sich zog und an meinem kleinen Finger zu nuckeln begann. Lange würde sie sich damit sicher nicht zufriedengeben, dachte ich und drückte sie an mich.

Sophie und Dr. Erickson standen vor dem Schloss, als wir ankamen.

Ich lächelte ihnen entgegen. Die Träger setzten mich ab und Sophie kam zu mir. Besorgt streckte sie ihre Hand nach meiner Wange aus. Umfasste mich an den Oberarmen, als wolle sie prüfen, ob auch noch alles an mir dran war. Dr. Erickson stand hinter ihr und lächelte mich, wie ich fand, stolz an.

»Ich habe gewusst, dass du es schaffen wirst«, verkündete er. »Wenn es jemand schaffen konnte, dann nur du, Emma.«

Schön für ihn, dass er so sicher gewesen war. Ich dachte jetzt noch, dass es eher Glück als mein Verstand gewesen war, das mir geholfen hatte. Glück, Peter, Mairi, Excalibur und nicht zu vergessen Raven. Noch so viele andere hatten mir geholfen, diese Aufgabe zu erfüllen.

Sophie nahm mir Lila aus dem Arm und gab ihr ein Fläschchen, das einer der Diener bereitgehalten hatte. Ein wohliges Schmatzen setzte ein und fasziniert betrachteten wir, wie der kleine Mund in Windeseile die Flasche leer sog.

Bei den letzten Schlucken fielen Lila die Augen zu und sie schlief ein.

»Wir sollten Elisien nicht länger warten lassen«, ermahnte Raven, die, wie wir alle, gebannt zugeschaut hatte.

Calum nahm mich auf den Arm und trug mich ins Schloss. »Daran könnte ich mich gewöhnen«, sagte ich leise.

»Woran?«

»Von dir auf Händen getragen zu werden.«

»Tue ich das nicht immer?« Er lächelte mich zärtlich an.

»Fast immer«, entgegnete ich.

Zu meiner Überraschung erwartete mich in dem Saal meine ganze Familie. Ethan, Bree, Amelie, Amber, Hannah und selbst Peter sahen uns erwartungsvoll entgegen. Elisien hatte keine Zeit verloren und alle wieder nach Leylin geholt.

Die Begrüßung dauerte minutenlang und bestand aus Tränen und Lachen. Niemand von uns brachte vor Erleichterung einen sinnvollen Satz zustande. Bree schluchzte die ganze Zeit, sodass Ethan seine liebe Not hatte, sie zu beruhigen. Amber zupfte an Excalibur herum, das ich mir in den Gürtel meiner Hose gesteckt hatte. Sophie hielt Lila in dem einen und Amelie in dem anderen Arm.

»Joel ist nach Berengar geschwommen um Miro beizustehen«, hörte ich sie sagen. »Er ist wieder genau der Alte. Du wirst sehen. Er hat sich nicht verändert.«

Peter hielt Raven im Arm. Zwar küssten sie sich nicht, doch diese Umarmung war so innig und vertraut, dass ich sicher war, dass die beiden mehr verband als Freundschaft. Nur weshalb sie so ein Geheimnis darum machten, war mir schleierhaft.

Elisien bat uns zu Tisch und Calum setzte mich auf den Stuhl neben ihr. Er selbst nahm auf meiner anderen Seite Platz.

»Ich denke«, begann Elisien, nachdem alle saßen, »dass es fast an ein Wunder grenzt, dass wir uns wieder gemeinsam hier versammeln können. Und ich schätze, ich spreche im Namen aller Anwesenden, wenn ich Emma bitte, uns die Geschichte zu erzählen, die dafür gesorgt hat, dass dieses Wunder geschehen konnte. Soweit ich das überblicken kann, bist du«, sie wandte sich an mich, »die Einzige, die diese von Anfang bis zum Ende kennt.«

Ich nickte und faltete nervös eine Serviette in meinen Händen. Die Blicke waren erwartungsvoll auf mich gerichtet. Also begann ich zu erzählen. Stockend erst, dann immer flüssiger. Gebannt hörten sie mir zu. Nicht ein einziges Mal wurde ich unterbrochen und es gab wirklich viel zu erzählen.

Als ich am Ende angelangt war, erfüllte Stille den Saal. Nur Amelies und Brees Weinen war zu hören. Sie und der Rest der Familie hatten erst jetzt von Amias Tod erfahren. Ethans Miene wirkte wie versteinert. Peter hielt Ravens Hand fest umklammert, als wolle er sich daran festhalten.

»Wir haben dir unendlich viel zu verdanken, Emma«, brach Elisien das Schweigen. »Das werden dir unsere Völker nie vergessen. Diese Schuld werden wir nicht begleichen können. Weder bei dir, noch bei Peter, noch bei den Ericksons.«

Ich schüttelte den Kopf. Tränen sammelten sich in meinen Augen. Ich wollte nicht, dass jemand in meiner Schuld stand.

»Ihr habt mich beschützt, als Elin mir nach dem Leben trachtete«, erinnerte ich sie. »Ihr habt mir geholfen, Calum aus seiner Gewalt zu befreien. Ohne euch wäre ich längst nicht mehr am Leben. Ihr seid mir nichts schuldig.«

Elisien lächelte. »Es ehrt dich, dass du das so siehst.«

Verlegen wandte ich meinen Blick ab. Calum legte seinen Arm um mich.

»Ich hab schrecklichen Hunger«, flüsterte ich ihm zu, »aber ich hätte eine Frage.«

Mein Magen knurrte mittlerweile so laut, dass jeder im Raum es hören musste.

»Was ist das für eine Frage, Emma?«, fragte Elisien, die meine Worte gehört hatte.

Ich sah Raven an und dann Peter. »Du hast ihr von unserem Plan erzählt«, warf ich ihm schärfer vor, als beabsichtigt. »Wir hatten vereinbart, niemandem etwas zu verraten. Schon gar keiner Elfe. Du hast gesagt, die Gefahr ist zu groß, dass die Undinen davon erfahren. Du hast sogar von mir verlangt, Calum im Streit zu verlassen. Und nun musste ich feststellen, dass du es Raven gesagt hast. Ich hätte gern eine Erklärung dafür.«

Peter warf Raven einen Blick zu. »Ich habe es ihr nicht *gesagt*«, begann er und zog das letzte Wort merkwürdig in die Länge.

»Aber Calum wusste von ihr, dass er mir zu Hilfe kommen musste«, fiel ich ihm ins Wort.

Peter sah mir in die Augen. »Ich hatte Angst um dich. Angst, dass dir allein im Meer etwas geschehen könnte. Ich wusste nicht, was ich dagegen unternehmen sollte. Ich konnte dich nicht begleiten, so viel stand fest. Ich konnte dich nur ans Meer bringen und nicht einmal das habe ich geschafft. Ich stellte mir vor, wie ich dich allein da reingehen lassen müsste, ohne zu wissen, ob du heil wieder herauskommen würdest. Calum konnte ich nicht einweihen. Erstens, weil er dann nicht mehr erlaubt hätte, dass du überhaupt gehst, und zweitens, weil die

Undinen ihn sicher beobachteten. Die Ericksons waren auch keine Option.« Peter warf Dr. Erickson einen entschuldigenden Blick zu und dieser lächelte ihn aufmunternd an. »Erst im letzten Augenblick fiel mir ein, was ich tun konnte. Ich hatte nicht mehr viel Zeit und ich hoffte, dass Raven alles verstehen würde und im richtigen Moment Calum zu dir schicken würde. Vielleicht erinnert ihr euch, dass ich, kurz bevor wir abreisten, zu Raven ins Schloss ging. Ich wusste, dass ich es ihr nicht sagen durfte. Die einzige Chance, die ich hatte, war, es ihr zu zeigen. Dafür musste sie sich mir öffnen und mir zuhören. Sie musste meine Gedanken lesen. Wie ihr alle wisst, nutzen die Elfen diese Gabe nur selten. Und verschließen sie normalerweise. Aber jetzt war es wichtig, dass sie in meinen Kopf sah. Ich ging davon aus, dass die Undinen durch Muril zwar sehen konnten, was in Leylin vor sich ging, aber sie konnten nicht in die Köpfe der Elfen sehen. Ich hoffte, dass Raven meine Erklärungen ohne Rückfragen akzeptieren würde, denn eine andere Idee, dich zu schützen, hatte ich nicht.« Peter sah Raven an. »Wir können froh sein, dass mein dilettantischer Plan aufgegangen ist und Calum rechtzeitig bei dir war. Ich musste Raven davon überzeugen, den Kampfplatz ans Meer zu verlegen, und zwar an die Klippen von Dunnet Head. Meine größte Sorge war, dass Raven den richtigen Moment verpasst. Sie durfte Calum nicht zu früh Bescheid geben, da die Gefahr bestand, dass die Undinen dich dann erwarten würden. Offenbarte sie sich ihm zu spät, dann konnte es auch für dich zu spät sein. Da ich nicht genau wusste, was passiert, wenn du den Spiegel zerstörst, konnte ich ihr auch nicht sagen, wann der richtige Zeitpunkt ist. Ich musste darauf vertrauen, dass Raven diesen erkennt.«

Ich sah Peter an. Allerdings hatte ich keinen Schimmer, was ich sagen sollte. Ein Danke war zu wenig.

»Können wir jetzt endlich was essen?«, maulte Amber in diesem Moment.

Elisien lächelte sie an. »Greif nur zu, Kleine. Ich hoffe, es ist genug für alle da.«

Es war schön, dass wir alle zusammen waren. Ich war sicher, dass jeder am Tisch wie ich empfand. Doch es war kein ausgelassenes Essen. Amias Verlust war zu präsent.

Lila wanderte von einem Arm zum anderen und eroberte mit ihrem Lächeln jedes Herz. Wir hatten einen kleinen Menschen gewonnen, den wir lieben konnten. Aber wir hatten jemanden verloren, der durch nichts ersetzt werden konnte.

21. Kapitel

Feline hatte, trotz der Kürze der Zeit, ein Kleid für mich genäht. Amelie hatte darauf bestanden. Ich hatte schließlich nachgegeben, aber nur unter einer Bedingung. Und nun stand ich hier umringt von zahllosen Elfen, Feen, Faunen, Shellycoats, Vampiren und Werwölfen in einem Kleid, das im Licht der untergehenden Sonne goldbraun glänzte. Es war die Farbe, in der Amias Augen gestrahlt hatten, wenn sie glücklich war. Es war die Farbe ihres Lichtes.

Die Gefallenen und Toten waren am Meeresufer aufgebahrt worden. Es waren weniger, als ich befürchtet hatte, und trotzdem zog sich die Reihe beinahe soweit das Auge reichte. Die Völker hatten beschlossen, gemeinsam Abschied zu nehmen und die Toten dem Meer zu übergeben. Lediglich die Faune würden die ihrigen in den Wald zurückbringen. Schleppend zog die Prozession an den Bahren vorbei. Immer wieder stockte der Zug, weil Angehörige länger bei ihren Toten verweilen wollten.

Endlich erreichten wir Amia. Sie lag auf einer Trage mit rotem Samt. Nie war sie mir schöner vorgekommen. Ihr Haar floss an ihrem Körper hinunter, der in ihr Hochzeitskleid gehüllt war. Miro stand mit Lila im Arm an ihrer Seite und hielt ihre Hand. Sein Gesicht war wie in Stein gemeißelt. Ihr schmales Gesicht leuchtete in der Dunkelheit. Ich kniete neben ihr nieder.

»Es tut mir so leid, Amia«, schluchzte ich, obwohl ich mir fest vorgenommen hatte, nicht zu weinen. »Ich hätte dich retten müssen. Ich hätte dich nicht gehen lassen dürfen. Ich hoffe, du kannst mir verzeihen.«

Ich spürte, wie Calum sich hinter mich kniete, und mich festhielt.

»Ich werde für Lila da sein«, flüsterte ich. Meine Stimme versagte. »Das verspreche ich. Ich werde ihr von dir erzählen. Ich weiß, dass ich dich nicht ersetzen kann. Aber es wird für sie sein, als wärst du immer an unserer Seite, egal wo du ab heute sein wirst. Ich hoffe, dass du sie sehen kannst und sie beschützen wirst.«

Ich konnte nicht weitersprechen. Ich verstand nicht, wie Miro das überleben konnte. Musste sein Schmerz nicht unendlich größer sein? Er hatte sie so sehr geliebt. Ich war sicher, wenn Lila nicht wäre, er wäre Amia in den Tod gefolgt. Mit diesem Schmerz zu leben, war grausamer als alles andere, das wir ertragen hatten. Calum zog mich hoch und hielt mich fest.

»Der Tod ist nicht das Ende«, flüsterte ich die Worte des Heiligen Baumes und hoffte, dass sie wahr waren.

Der Strom der Trauernden war zum Stehen gekommen. Meine ganze Familie hatte sich um Amia gescharrt. Joel hatte einen Arm um Amelie gelegt. Ich hielt Ausschau nach Peter. Er stand mit Raven und Elisien auf einem kleinen Podest. Elisiens Stimme klang durch die Nacht.

Die Dunkelheit, die uns umgab, wurde nur durch einige Fackeln erhellt. Selbst der Mond und die Sterne hatten sich vom Himmel zurückgezogen und trauerten.

»So schwer es uns auch fallen mag«, hörte ich Elisien. »Es ist an der Zeit, Abschied zu nehmen. Abschied zu nehmen, von denen, die wir lieben, und denen zu verzeihen, die sie uns genommen haben. Wir müssen unseren Hass vergessen und Mitleid mit denen haben, die nicht anders konnten, als dem Bösen zu dienen. Jeder von uns, der das Glück hatte, dem Fluch der Undinen zu entgehen, sollte dafür dankbar sein.«

Ich wusste, weshalb Elisien davon sprach. Es gab nicht wenige Stimmen, die forderten, die ehemals Besessenen zu bestrafen. Vor allem die Familien der Toten waren auf der Suche nach Schuldigen. Das Problem war, dass diejenigen, die es betraf, sich an nichts erinnerten. Ich hatte Joel gefragt. Seine letzte Erinnerung bestand darin, dass er Leylin mit Miro und Amia verlassen hatte. Danach war nur Dunkelheit in seinem Kopf. Er war erleichtert gewesen, als sich herausgestellt hatte, dass er in dem Kampf niemanden getötet hatte. Jedenfalls hatte keiner etwas gesehen. Ganz sicher würde er nie sein können. Es gab viele, die mit dem Wissen leben mussten, jemandem das Leben genommen zu haben.

»Die Schuldigen sind vernichtet. Sie werden unsere Welt nicht wieder bedrohen.« Elisien machte eine Pause. »Ihr wisst alle, dass wir unsere Existenz vor den Menschen seit Jahrhunderten geheim halten. Und daran wird sich sicher, solange wir leben, nichts ändern. Doch ich möchte hier und jetzt eins verkünden. Dass wir diesen Kampf gewonnen haben, verdanken wir nicht der List der Vampire, nicht der Kraft der Werwölfe, nicht der Klugheit der Elfen oder dem Wagemut der Faune. Dass dieser Kampf nicht verloren ging, verdanken wir vier Menschen.« Wieder schwieg sie und vor mir tat sich eine Gasse auf, die bis zu dem Podest reichte, auf dem Elisien stand. Calum nahm meine Hand und zog mich durch die schweigende Menge. Sophie und Dr. Erickson folgten uns.

Elisien lächelte mir entgegen. Ich wäre lieber bei Amia geblieben, als mich als Retterin präsentieren zu lassen. Ich war froh, dass es still blieb. Die strahlenden dankbaren Gesichter entgingen mir trotzdem nicht.

»Heute ist kein Tag zum Jubeln«, sprach Elisien weiter. »Aber ich wünsche mir, dass diese Tatsache nie in Vergessenheit gerät. Erzählt es euren Kindern und Kindeskindern, damit diese Geschichte ein Teil unserer Legenden wird, und vielleicht wird es in einer fernen Zukunft wieder eine Zeit geben, in der wir Seite an Seite mit den Menschen leben. Eine Zeit, in der sich keins unserer Völker mehr verstecken muss.«

Nachdem Elisien ihre Rede beendet hatte, stieg sie von dem Podest und ging zum Meeresufer. Wir folgten ihr und auf ein stummes Kommando wurden die Bahren von Elfenkriegern ins Meer geschoben. Am Kopf einer jeden Bahre flackerte ein Licht auf. Stumm verfolgten wir, wie die Strömung nach unseren Toten griff und sie hinaustrug. Erst als kein Licht mehr am Horizont zu sehen war, wandten wir uns zum Gehen.

Langsam gingen wir zurück zum Lager. Meine Beine schmerzten noch bei jedem Schritt. Die Heiler hatten ihr Bestes getan und es grenzte an ein Wunder, dass ich wieder laufen konnte.

Lagerfeuer brannten zwischen den Zelten. Mir war nicht nach Gesellschaft zumute und so steuerte ich zielstrebig das Zelt an, in dem ich mit meiner Familie schlief.

Calum hielt mich zurück.

»Würdest du mit mir schwimmen gehen?«, fragte er und seine Stimme klang unsicher.

Verwundert sah ich ihn an. »Ich wäre jetzt gern mit dir allein. Es gibt in dem Wald hier einen wunderschönen kleinen See.«

Niemand bemerkte, dass wir das Lager verließen und den schmalen Pfad zu dem See einschlugen. Dort angekommen half Calum mir aus dem Kleid, das lautlos auf das Moos fiel, das den See umgab. Dann streifte er seine Sachen ab und trug mich ins Wasser. Sanft umspülte das kalte Nass meine Haut. Unwirklich friedlich war die Welt in dem dunklen Wasser. Calums Hände streichelten mich. Beinahe war es, als fühlte ich sie zum ersten Mal auf meiner Haut. Voller Sehnsucht presste ich mich an ihn. Am liebsten würde ich im Wasser mit ihm verschmelzen, dachte ich. Oder mich auflösen und zu Schaum werden wie die kleine Meerjungfrau aus dem Märchen. Dann würden wir das Schreckliche vergessen, das hinter uns lag. So würde es uns ein Leben lang begleiten. Aber im Gegensatz zu der kleinen Meerjungfrau hatte ich meinen Prinzen bekommen und er liebte mich genauso stark wie ich ihn. Wenn nicht noch mehr.

»Verbinde dich mit mir«, flüsterte Calum in mein Ohr und ich nickte, bevor er seinen Satz beendet hatte. »Ich möchte, dass die ganze Welt weiß, dass du zu mir gehörst – für immer und ewig.«

Epilog

Ich hatte mir eine Zeremonie in kleinem Kreis gewünscht. Zu meinem Leidwesen hatte sich jedoch rausgestellt, dass dies ein Wunsch bleiben würde. Man konnte den Eindruck gewinnen, dass jedes Wesen der magischen Welt sich auf der Wiese vor Avallach eingefunden hatte. Nach den vielen Monaten, die es gedauert hatte, das Schloss instand zu setzen, strahlte es nun schöner als vorher in der Frühlingssonne.

Die Normalität war zurückgekehrt. Wir alle hatten unseren Abschluss gemacht. Calum und ich hatten Excalibur dem Heiligen Baum zurückgebracht. Dort würde es geduldig darauf warten, dass es wieder gebraucht wurde.

Elisien, Jumis, Merlin und Myron hatten die Zeremonie unserer Verbindung gemeinsam vollzogen. Amelie und Joel sowie Peter und Raven waren unsere Paten geworden. Wir hatten uns nicht zwischen ihnen entscheiden wollen und wieder einmal ein Gesetz der Shellycoats gebrochen. Viel zu schnell war der Tag vergangen und langsam begann es zu dämmern.

Wir würden Avallach in dieser Nacht verlassen und nach Berengar schwimmen. Unsere Flitterwochen würden wir im Meer verbringen. Es wurde Zeit für mich, Calums Welt kennenzulernen.

Mittlerweile stand fest, dass Calum kein König werden würde. Ich war erleichtert darüber. In Zukunft würde ein gewählter Rat über die Belange des Volkes entscheiden. Und er würde nicht mehr aus alten Männern bestehen, die an jahrhundertealten Sitten festhielten, sondern aus Männern und Frauen, egal welcher Abstammung sie waren.

Die Zeit der Angst hatte vieles verändert.

»Es ist soweit«, flüsterte Calum mir ins Ohr, während wir über die Tanzfläche schwebten. »Bist du bereit?« Er fasste nach meinen Händen.

»Du zitterst«, stellte er fest.

Ich nickte und wagte nicht ihn anzusehen. » Ich bin etwas nervös.«

»Weshalb?«

»Es scheint mir ein großes Wagnis zu sein, den Rest meines Lebens mit dir zu verbringen.«

»Du bist die mutigste Frau die ich kenne. Und davor hast du Angst?« Calum legte einen Finger unter mein Kinn und zwang mich ihn anzusehen.

»So schlimm wird es nicht werden.«

»Versprochen?«

Er lächelte verschmitzt.

»Versprochen.«

Ich nickte und atmete tief ein. Dann legte ich meine Hand wieder in seine und ließ zu, dass er mich ans Ufer des Sees zog. Um uns herum setzte Jubel ein.

Ich drehte mich ein letztes Mal zurück, um meinen Brautstrauß in die Menge zu werfen. Ein Tribut an meine Menschlichkeit.

Was hätte ich darum gegeben, wenn Amia diesen Moment mit mir geteilt hätte. Meine Augen suchten Miro, der mit Lila zwischen Amelie und Joel stand. Calum, ich und meine Familie hatten uns monatelang um die Kleine gekümmert, bis Miro bereit war, diese Verantwortung selbst zu übernehmen. Seine Trauer und Verzweiflung hatte ihn durch die Meere getrieben und er war erst vor wenigen Tagen zurückgekehrt. Er würde Amia weiter vermissen, aber er würde seine ganze Liebe nun Lila schenken, da war ich sicher. Wann immer sie uns brauchte, wir würden für sie da sein. Jeder einzelne von uns.

»Wir werden sie nie vergessen«, flüsterte ich Miro zu und sah, wie er nickte.

Ich wusste genau, wohin ich zielen musste. Als Raven den Strauß auffing, warf sie mir einen verwunderten Blick zu. Peter hinter ihr drehte sie zu sich um und zog sie an sich. Ihren aufkommenden Protest unterdrückte er mit einem Kuss.

Morgaine flatterte über den beiden und zwinkerte mir verschmitzt zu.

Jetzt nahm Calum meine Hand und zog mich ins Wasser. War das das Ende unseres Abenteuers oder der Anfang?

Wer wusste das schon. Nur eins war sicher: Wir würden zusammenbleiben, für immer, wenn uns das Schicksal keinen Streich spielte.

Danksagung

Meine lieben Leserinnen und Leser,

nun ist es (endlich) vollbracht. Die Geschichte von Emma und Calum ist erzählt. Ich weiß, dass es immer schwer fällt, sich von liebgewordenen Bücherfreunden zu trennen. Mir geht es nicht anders. Emma, Calum, ihre Familie und Freunde haben mich jetzt ein ganzes Stück meines Lebens begleitet und ich kann behaupten – sie haben es gründlich umgekrempelt.

Trotzdem viele von euch mich gebeten haben, die MondLichtSaga auch zukünftig weiterzuerzählen, habe ich mich entschlossen, dies nicht zu tun.

Dafür werde ich euch aber auch in den nächsten Monaten und hoffentlich Jahren mit neuen Geschichten überraschen. Dass das möglich ist, habe ich in erster Linie euch zu verdanken. Deshalb ein

RIESENGROSSES DANKESCHÖN

an jeden einzelnen von euch.

Ich freue mich auf viele Rezensionen, Postings und Kommentare damit ich erfahre, wie euch das Ende gefallen hat. Gern dürft ihr die Bücher in euren Blogs vorstellen oder bei Twitter und Facebook empfehlen. Macht einfach alles, was euch einfällt, damit die Fangemeinde von Emma und Calum wächst und die beiden nicht im Bücherdschungel untergehen. Emma, Calum und ich würden uns jedenfalls sehr darüber freuen. Amelie, Joel, Raven, Peter, Ethan, Bree, Morgaine und alle anderen Figuren, die ihr beim Lesen lieb gewonnen habt, natürlich auch.

Für diejenigen von euch, die Lust haben, noch eine andere Geschichte von mir zu lesen.

BookLess ist eine ganz besondere Geschichte über uns und über Bücher. Lasst euch überraschen und viel Spaß da

3597572R00180

Printed in Germany
by Amazon Distribution
GmbH, Leipzig